D1748932

Centurydancer

Kaisergold und Herzogseisen

Ein Roman von Saléa Washausen

Widmung

Für alle, die mich kannten.

Alle, die mich kennen.

Oder mich noch kennen lernen werden.

Bibliographische Information der Deutschen Nationalbibliothek: Die Deutsche Nationalbibliothek verzeichnet diese Publikation in der Deutschen Nationalbibliographie; detaillierte bibliographische Daten sind im Internet über http://dnb.dnb.de abrufbar.

©2015 Saléa Washausen

Herstellung und Verlag:

BoD – Books on Demand, Norderstedt

ISBN 9783738654189

„Höre auf deine Träume.
Sie verraten dir wichtige Dinge!"

Nebel umhüllt sie und die Luft ist klamm. Aber ihr ist erstaunlicherweise nicht kalt.
Ihr Zittern ist mehr der Erwartung als der Kälte zuzuschreiben.
Sie weiß, gleich wird er kommen! Aus dem grauen Dunst brechen, wie ein Dämon oder herrschaftlicher Geist.
Und ihr Atem und Verstand rauben.
So wie immer.
Der Wind dreht sich, die Bäume, welche sich schemenhaft um sie herum erheben, wiegen sich als würden sie zu einer ganz eigenen Melodie tanzen.
Hoch über ihr zieht ein sandfarbener Falke mit Gold gesprenkelten Augen seine Kreise.
Es ist sein Ruf, der sie jedes Mal begrüßt und verabschiedet.
Er ist es auch, der ihr sagt, wann ER erscheint.
Sie muss lächeln und tief Luft holen, um sich zu beruhigen, als sein gedehnter Schrei zu ihr getragen wird.
Er kommt! Gleich wird er da sein.
Schon bebt die Erde und rhythmischer Hufschlag dringt an ihr Ohr, gefolgt vom Schnaufen eines großen Pferdes und einem Flattern, als würde der Wind an einer Fahne reißen.
Kurz flackert vor ihrem Inneren Auge das Bild eines

herrlichen, goldenen Löwen auf, der sich stolz vor ihr präsentiert und sie umkreist.
Wieder ruft der Falke mit den Gold gefleckten Augen.
Und da bricht er aus dem Nebel!
Die graue Wand aus Dunst und Rauch berstet an der Brust seines großen, dunklen Hengstes und das Tier wiehert wie im Triumph.
Das Pferd ist von so tiefem Braun, dass es fast schwarz erscheint.
Seine Augen leuchten und der Stern auf seiner Stirn strahlt so hell im Gegensatz zu der finsteren Umgebung, als sei er tatsächlich vom Firmament herabgekommen.
Das lederne Vorderzeug ist Schaum befleckt, der von seinem Maul flockt und Schweiß ist an Hals, Brust und Flanken erkennbar.
Dennoch sind die Bewegungen kraftvoll und weit.
Mähne und Schweif wehen wie Rauch oder prächtige Fahnen hinter dem Ross her.
Sein Reiter führt die Doppelzügel mit einer Hand.
Er trägt weiße Handschuhe und einen zivilen, mitternachtsblauen Reitermantel, der wild hinter ihm im Wind tanzt.
Auf seiner Brust blitzt ein silbernes Abzeichen.
Der Hosenbandorden, der ihn als Ritter Seiner Majestät auszeichnet.
Er selbst ist groß und hochgewachsen, von beinahe hagerer Erscheinung.
Auf seinem dunklen Haar, das an den Schläfen schon grau- meliert ist, thront ein Zweispitz.

*Seine Augen schauen sie über die große Adlernase hinweg scharf an und erscheinen wie aus geheimnisvollem Saphir.
Sie kennt ihn, so wie jeder in ganz Großbritannien ihn kennt.
Von Gemälden, Standbildern oder aus den Geschichtsbüchern in der Schule.
Er ist der Mann, der über Jahre, ja fast Jahrzehnte hinweg, den Goldenen Adler über die halbe Welt jagte und verfolgte, beinahe so etwas wie ein Erzfeind für ihn wurde.
Über Portugal, durch Spanien und die spätere Niederlande – bis er schließlich in einem letzten Kraftakt dem Sterben und Schlachten bei Belgien ein Ende setzte.
Der Name dieses Gefechts ist legendär. Waterloo.
 Und ebenso der Name des Feldherrn, der den Spitznamen „ der Eiserne Herzog" von seinen Truppen bekam.
Und der Reiter, der sie nun auf seinem großen Pferd mit fast tänzerischer Anmut umkreist, ist der Mann, dessen Namen fast die ganze Welt kennt.
Sir Arthur Wellesley, der 1. Herzog von Wellington.
„ Euer Gnaden.", wispert sie und ihre Stimme schwankt und zittert.
Eine Gänsehaut zeigt sich auf ihren Armen und ihr Atem steigt plötzlich weiß gen Himmel.
Es ist inzwischen noch kälter geworden und es fängt an zu Regnen.
„ Ruhig, Copenhagen.", hört sie ihn zu seinem Hengst sagen und das stattliche Tier hält mit einem*

Mal ganz still.
Der Falke ruft. Sie lächelt verstohlen, denn sie hört, wie er in ihrem Rücken absteigt und zu ihr tritt.
Das Pferd senkt den Kopf und grast. Sie kann hören, wie es das Grün rupft.
„Sie sind schwer zu finden, Madam. Wirklich sehr schwer.", meint Seine Lordschaft sanft und legt beide Hände auf ihre schmalen Schultern.
Sie dreht den Kopf, um ihn besser sehen zu können.
„Aber jetzt haben Sie mich ja gefunden, nicht wahr?", fragt sie lächelnd.
Seine Hände gleiten ihre Arme herab und kommen bei ihrer Hüfte zum Ruhen.
Indes betrachtet er sie leicht von der Seite und sein Atem streift ihren Hals.
„Ja. Ja, das habe ich in der Tat!", bestätigt er rauchig und beginnt damit, die weiche Haut an Schulter und Nacken zu küssen.
Sie lehnt sich seufzend gegen ihn, spürt seine Wärme im Rücken und seine Hände, die sie sacht, doch bestimmt an sich ziehen.
Der Regen nimmt zu.
Ihr langes, braunes Haar wird schwer.
Kälte frisst sich in Muskeln und Knochen. Der Wind pfeift und lässt seinen Mantel, wie auch Mähne und Schweif des Hengstes wehen.
Gras und Bäume tanzen zu der stummen Melodie.
Er nimmt widerstrebend etwas Abstand von ihr, um sich seinen Umhang abzustreifen.
Als sie sich ihm fragend zu dreht, hüllt er sie in einer eleganten, schnellen Bewegung darin ein und

zieht sie wieder zu sich.
Seine Lippen benetzen ihre Stirn, ihre Wangen, ihren Hals und ihr Schlüsselbein.
Seine Arme legen sich um ihre Hüfte und behalten sie nah bei sich, hin und wieder fahren seine Hände kosend über ihren Rücken.
Sie legt ihre Arme in seinen Nacken, um ihm noch näher zu sein.
Als ein verlangendes Keuchen ihre Lippen verlässt, verziehen sich die Seinen zu einem leichten Lächeln.Ihre Finger umschließen seinen Kragen und ziehen ihn etwas runter, sodass ihr es leichter fällt, seine Wangen und seinen Hals zu küssen.
Eine Weile zieht sich dieses Spiel der Zärtlichkeiten, stets bewacht vom sandfarbenen Falken, der hoch über ihnen in Wind und Regen tanzt.
Dampf steigt vom warmen Pferdeleib auf und verliert sich in der Luft.
Ebenso ergeht es dem Atem von Mensch, wie Tier.
Doch als sie ihr Kleid öffnen will, hält er sie auf.
Ihre Blicke treffen sich.
„ Das musst Du nicht tun, mein Stern.", flüstert er.
Seine Lippen beben und seine Augen sind dunkel vor Verlangen, doch auch ein Hauch von Vernunft und Sorge sind darin.
Zweifel, ob sie es tut, weil es ihr Wunsch ist oder weil er es verlangt.
„ Ich will es aber.", erwidert sie und ihre Stimme ist dünn, ihr Atem geht schwer.
Aber dennoch schaut sie ihn entschlossen an.
Er macht einen Schritt auf sie zu, um ihr – ganz

Gentleman – behilflich zu sein.
Doch da hebt der dunkle Hengst plötzlich den Kopf und schaut mit gespitzten Ohren aufmerksam in die Ferne.
Ein Wiehern entfährt ihm.
Wie eine Mahnung oder eine Erinnerung.
Sein Herr dreht sich fragend zu ihm um.
„Was hast du, mein Junge?!", will er wissen und legt die Stirn in Falten.
Er hat gelernt, sich auf die Instinkte seines Pferdes zu verlassen.
Copenhagen stampft beinahe fordernd mit dem Vorderhuf auf und lässt ein energisches Schnauben hören, gefolgt von einem weiteren, gedehnten Wiehern, das der Ferne gilt.
Und da hören sie es auch.
Fanfaren. Laut und fordernd.
Betreten senkt sie den Blick, streift den Mantel ab und befestigt ihn wieder liebevoll an seinem Kragen.
„Sie rufen dich.", meint sie leise und macht sich keine Mühe, ihre Enttäuschung zu verstecken.
Unruhig tänzelt Copenhagen auf der Stelle, scharrt immer wieder mit den Vorderhufen und wiehert und schnaubt laut.
Ein Seufzen entweicht den Lippen seines Herrn und er tritt von ihr zurück, schenkt ihr einen Blick, der um Vergebung fleht.
„Ja. Ja, das tun sie."
Mit diesen Worten wirft er sich herum, sodass sein Mantel weht, und geht zu seinem Hengst.
Schnell ist er auf dessem Rücken und im Sattel.

Das Tier drängt zur Eile und wirft fordernd den Kopf nach vorne.
Aber er hält es gekonnt zurück.
Mit Tränen in den Augen schaut sie zu ihm hoch.
In der Ferne eint sich der Ruf des Falken mit dem befehlenden Laut der Fanfaren.
Beide wissen, es ist Zeit zu gehen.
„Ich werde Sie wiederfinden!", schwört er noch, dann gibt er seinem großen Ross die Fersen und der Hengst macht einen Satz nach vorne und sprengt mit einem Wiehern davon.
Rasch haben die Nebel ihn wieder verschluckt.
Allein der Hufschlag verhallt nach und nach.
Der Falke mit den Gold gesprenkelten Augen ruft erneut.

Und sie erwacht.
Wie immer.

Das diese bescheuerten Wecker aber auch nie die Klappe halten konnten!
Zornig wollte Julia dem verdammten Mistding einen ordentlichen Hieb verpassen, damit es endlich still wurde.
Aber so sehr sie auch schlug, das penetrante Geräusch blieb.
„Bist wohl zäh geworden, was?", brummte sie verschlafen und kämpfte sich murrend und widerwillig aus der warmen Umarmung ihrer Bettdecke.
Ihr langes, braunes Haar fiel ihr normalerweise in

sanften Wellen über die Schultern – nur nicht morgens.
Im Moment stand es wirr ab und erinnerte sie jedes Mal an einen geföhnten Pudel.
Während sie sich im Raum umsah und allmählich zu allen fünf Sinnen fand, wurde ihr klar, dass dieses nervende Geräusch gar nicht von ihrem Wecker kam.
„ Sorry, Kleiner.", murmelte sie und streichelte das Gerät, welches brav und stumm die Uhrzeit anzeigte.
„ Aber ich hasse dich trotzdem!", meinte sie amüsiert, warf ihm einen bösen Blick zu und schwang die Beine aus dem Bett.
Sie entsagte vollends der kuscheligen Gesellschaft ihrer Kissen und ließ eine enttäuschte Decke zurück, als sie aufstand und sich lediglich im Nachthemd auf die Suche nach dem Störenfried machte.
Dabei führte ihr Weg aus dem Schlafzimmer, vorbei an der kleinen Küche und in den schmalen Flur, wo an der Garderobe ihr Mantel hing.
In der Tasche fand sich dann die Quelle des Lärms.
„ Ah, da haben wir ja den Übeltäter!", meinte Julia und zog ihr Klapphandy aus der Tasche.
Es war nicht nur ihrem Beruf als Historikerin verschuldet, dass sie keines der angesagten Modelle hatte.
Sie mochte diese Dinger auch einfach nicht.
Das Display gab Auskunft darüber, dass gerade ein

Anruf einging.
Und derselbe Anrufer es wohl schon geschätzte hundert Mal zuvor versucht hatte.
Beim Anblick der Nummer verdrehte Julia schmunzelnd die Augen und hob ab, dabei zielstrebig wieder das Schlafzimmer ansteuernd, um den Kleiderschrank auszubeuten.
„ Guten Morgen, Professor."
„ Herr Gott, Julia! Ich dachte schon, ich müsste die Polizei zu Ihnen schicken.", meinte ihr Mentor und Chef vom anderen Ende der Leitung.
„ Sie haben auch noch nie was von AUSSCHLAFEN gehört, oder?", fragte sie lachend und hakte das Handy mit der Schulter ans Ohr, um die Hände frei zu haben.
Ihr Kleiderschrank hatte gewisse Ähnlichkeiten mit dem gewaltigen Ungetüm aus Narnia.
Was kaum verwunderlich war, denn ihr Schrank und der aus dem Film entstammten derselben Epoche.
Sie entschied sich für eine dunkelblaue Bluse, eine gute Jeans und Stiefel mit hohem Schaft, doch ohne Absatz.
Erstens, war sie ohnehin mit 1,70m groß genug, und zweitens, konnte sie in den erhöhten Dingern nicht laufen. Schon seit ihrer Jugend nicht.
Also warum sollte sie es jetzt mit Mitte Dreißig noch lernen müssen?!
„ Ausschlafen?! Sie haben *geschlafen*?!?", drang die Stimme des Professors entsetzt an ihr Ohr.
Sie lachte leise auf.

„ Ja. Das tut man normalerweise an einem Sonntag und um diese Uhrzeit. Warum fragen Sie?"
Mit der Hüfte stieß sie geschickt die Tür zum Badezimmer auf.
„ Ich hab gedacht, dieser Tunichtgut Troy hätte Sie aufgesucht.", meinte ihr Chef mit echter Sorge im Tonfall.
Ihr entwich ein Schnauben.
„ Ihre Sorge rührt mich, Professor. Aber nur, weil ich mal nicht sofort ans Handy gehe, heißt es nicht, dass der Idiot seine Rache bekommen hat! ... Dennoch danke für Ihre Achtsamkeit.", fügte sie versöhnlich hinzu.
Troy war ihr Ex und hatte gelinde gesagt, die Trennung nicht wirklich verkraftet.
Gut, in Wahrheit hatte er geschworen, sie zu finden und sie für diese Tat bezahlen zu lassen.
Aber wahrscheinlich hatte der Mistkerl sich inzwischen beruhigt und sich irgendein neues Mädchen gekrallt.
„ Ich stelle Sie mal auf laut, Professor.", verkündete sie und ließ den Worten Taten folgen.
„ Wo sind Sie denn bitte?!", hakte er verwirrt nach und seine Stimme echote blechern von den Fließen wider.
„ Bei mir Zuhause. Genauer, in meinem Badezimmer.", rief sie ihm zu und begann damit, sich fertig zu machen. Wasser rauschte, Zahnbürste und andere Dinge klapperten, wenn sie sie ausräumte oder zurückstellte. „ Sie ... Sie haben mich in Ihr *Bad* mitgenommen?!?", entfuhr es dem Professor

wieder mal entsetzt.
Sie musste schmunzeln bei dem Gedanken, dass er jetzt wahrscheinlich rot wurde.
Er gehörte eben zur älteren Generation – zur Anständigeren, befand sie – und er war für Julia eine Art Vater und Großvater in einem.
„ Ihre Stimme, Sir.", meinte sie beruhigend und zog sich an. „ Sie können mich ja nicht sehen, oder? Und wenn *doch*, dann mach ich mir Gedanken!"
„ Nein, nein. Gott bewahre!", wehrte ihr Mentor sofort verlegen ab und schien mit der Situation überfordert.
Wieder lachte sie auf.
„ Das war ein Scherz, Professor! Ich weiß doch, dass Sie ein anständiger Kerl sind. Aber sagen Sie, warum rufen Sie an? Wohl nicht nur, um mir einen guten Morgen zu wünschen, oder?", erkundigte sie sich interessiert.
„ Gut, das Sie fragen. Wir haben hier tatsächlich etwas, dass Sie sich ansehen sollten, meine Liebe! Ist gerade eben angekommen und ich dachte, Ihnen sollte die Ehre gebühren, es in unseren Hallen willkommen zu heißen. Sehen Sie es als eine Art Auszeichnung für Ihre bisherigen Dienste.", antwortete der alte Mann und sie konnte sein Lächeln fast sehen, so sehr war es heraus zu hören.
„ Was ist es denn?!", fragte sie neugierig und streifte sich die Bluse über.
„ Das werden Sie schon sehen.", meinte der Professor geheimnisvoll. „ Kommen Sie einfach, so

schnell es Ihnen möglich ist."
„ Bin schon auf dem Weg, Professor Baker!"
Damit verabschiedeten sie sich vorerst von einander und Julia verließ schnell und fertig angezogen das Bad, griff sich im Laufen ihren schwarzen Mantel und stürmte aus der Wohnung.

Draußen empfing sie das stetige, pulsierende Treiben Londons.
Diese Stadt stand niemals still, kannte jedoch Orte und Plätze, wo man Frieden finden konnte.
Hier prallten Moderne und Tradition in nie gekannter Weise aufeinander.
Alle Kulturen der Welt schienen hier vertreten und konnten sich entfalten.
London war alt, sehr alt. Und bunt. Jeder konnte auf die Straße gehen, wie es ihm passte und tun, was er wollte, solange er keinen gefährdete oder belästigte.
Und diese bunte, große, alte Stadt, welche vor etlichen Jahren wie der Phönix aus seiner eigenen Asche wieder emporgestiegen war, nannte sie ihr Zuhause.
Sie, Miss Julia Green.
Und ohne es zu wissen, war sie auf dem Weg zu ihrem Schicksal.

Professor Baker erwartete sie bereits in der großen Archivkammer des Museums, in dem sie gemeinsam angestellt waren.
Durch das gotische, imposante Mauerwerk zog sich der Atem der Zeit und aber hunderte Geschichten und Erzählungen tränkten den Stein, der überall um sie herum war.
Trotz der Tatsache, dass sie keine Absätze trug, hallten ihre Schritte durch den weiten Saal, sodass der Professor ohne Mühen von ihrem Kommen informiert wurde.
Er lächelte und breitete die Arme aus, als er sie sah und sie erwiderte die Geste freundlich.
Professor Ignatius Baker war kurz vor dem Ruhestand und hatte sich den Ruf erarbeitet, der brillanteste Historiker in London, vielleicht sogar ganz England zu sein.
Was andere nie fanden, schien der Professor regelrecht aus dem Ärmel zu schütteln.
Er war ein gediegener Gentleman der alten Schule, dem man ohne Zweifel seinen Hang zu gutem Essen ansah.
Sein weißes Haar war stets sorgsam zurückgekämmt und seine Anzüge aus feinstem Tweed waren immer tadellos.
Auf seiner spitzen Nase thronte eine kleine Brille und verlieh seinen fast schon eisblauen Augen etwas Sanftes, Sympathisches.
Er legte seinen Gehstock beiseite, um Julia in die Arme schließen zu können, dann stützte er sich wieder darauf.

Eine alte Verletzung aus Jugendtagen, die nie aufhören würde ihn – besonders beim Wetterwechsel – zu plagen.
„Guten Morgen, meine Liebe. Ein weiteres Mal.", grüßte er sie und lächelte.
„Guten Morgen, Professor. Also, was haben Sie für mich?", erkundigte sich Julia sofort und sah neugierig an ihrem Mentor vorbei, wo auf einem großen Tisch ein gewaltiges, verschnürtes Paket lag.
Ein großer, breitschultriger Hüne in schwarzem Anzug stand daneben und musterte sie abschätzig aus dunklen Augen, die Hände vor dem Bauch verschränkt.
Offensichtlich war er der Wächter dieses Pakets.
„Und wer ist der?", wollte sie wissen und nickte in die Richtung des unheimlichen Typen.
Der Professor folgte ihrem Blick und wirkte, als habe er den Kerl ganz vergessen.
„Oh, das ist Russel. Er gehört ..."
„Zu mir, Professor. Und meinem Besitz, den ich Ihrem Museum überlasse.", unterbrach ihn da eine sanfte Stimme, doch mit befehlendem Unterton. Aus den vielen Regalreihen trat ein schlanker Gentleman in Weiß hervor.
Er führte ebenfalls einen Spazierstock mit Silberknauf mit sich und sein blondes Haar schimmerte golden im Sonnenlicht, was in herrlichen Kaskaden durch die gotischen Fenster herein fiel.
Er schlenderte auf sie zu und seine Gebärden waren ungemein elegant.

Ein Mitglied der Oberschicht, mutmaßte Julia, aufgrund der grazilen Bewegungen und des Dialekts.
Als er vor ihr stand, versank sie fast in seinen Augen.
Sie waren von hellem Gold-Braun, wie Whiskey oder Bernstein.
Er neigte ehrerbietig den Kopf als er vor ihr stand.
„ Mein Name ist Richard Merlin Tempis, Madam.", meinte er zur Begrüßung, doch Julia kannte diesen Mann auch unter anderem Namen.
„ Lord Rosendale.", wisperte sie überrascht.
Was wollte ein Mitglied des Oberhauses hier?!
Auch noch um diese Zeit?
Ihr Gegenüber lächelte verschmitzt und seine Augen blitzten.
„ Ihr Diener, Madam. Und mit wem habe ich das Vergnügen?!", erkundigte er sich charmant.
„ Julia Green, Euer Gnaden. Ich bin Professor Bakers Assistentin.", antwortete sie und wollte ihm die Hand reichen.
Er nahm sie und deutete einen Handkuss an.
„ Oh, es ist mir eine Ehre, Mrs. Green. Aber seien Sie doch nicht so bescheiden! Der Professor meinte, Sie würden bald seine Nachfolge hier antreten."
Der Lord richtete sich wieder auf und seine Miene wurde undeutbar.
„ Ich hoffe, auf eine ergiebige Zusammenarbeit, Madam."
Normalerweise würde sie sich geschmeichelt füh-

len, aber irgendetwas mahnte sie bei diesem Mann zur Vorsicht.

Es schien Julia, als könne er ihr bis auf die Seele sehen und die Welt hatte ihm freiwillig all ihre Geheimnisse offenbart.
Richard Tempis. Sie dachte einen Moment über den Namen nach, während der Lord sich mit dem Professor unterhielt.
Richard Tempis ...
Herrscher ... und Zeit ...
„Der Herr der Zeit.", murmelte Julia nachdenklich und musterte den Lord von der Seite.
Genau in dem Moment fiel sein Blick auf sie.
Erschrocken fuhr sie zusammen, fühlte sich ertappt!
Aber dann wandte Seine Gnaden seine Aufmerksamkeit wieder Professor Baker zu.
Sie besprachen wohl noch einige formelle Dinge und Baker versicherte zum hundertsten Mal überschwänglich, dass der ominöse Besitz Seiner Lordschaft hier in den besten Händen war.
Merlin war sein zweiter Name.
Das gälische Wort für ... >Falke<!
Sofort flammte ungewollt die Erinnerung an den Traum in Julia hoch.
Der sandfarbene Falke mit den Gold gesprenkelten Augen.
Sein Ruf. Der Nebel. Wellington. Regen. Lippen und Leidenschaft.
„Alles in Ordnung, meine Liebe?"

Die Stimme des Professors riss sie aus ihrer Erinnerung.
Sie war ihm im Stillen dankbar.
Die beiden Männer musterten sie. Der Eine besorgt, der Andere ... neugierig.
Erst jetzt bemerkte sie, wie warm ihr war und das ihre Wangen regelrecht brannten.
„Ja. Ja, ja. Alles gut, Professor. Nur keine Sorge. Ich bin nur ... etwas aufgeregt.", antwortete sie ein wenig gehetzt und lächelte, um ihre wahren Gefühle zu überspielen.
„Ich meine, Sie klingeln mich aus dem Bett und machen nur ein paar Andeutungen, damit ich herkomme und jetzt haben wir auch noch hohen Besuch und keiner sagt mir, warum wir eigentlich alle hier sind."
Der Lord lachte leise.
Ein Laut, der Julia irgendwie Angst machte.
„Sie haben ihr also nichts erzählt, Professor?! Nun, vielleicht sollten wir es Ihnen einfach zeigen, Mrs. Green. Oder, Professor Baker?", meinte er und warf dem alten Mann einen langen Blick zu.
Kurz wirkte dieser verunsichert, nickte jedoch.
„Aber natürlich. Ganz wie Euer Lordschaft wünschen!"
Alle Drei kamen an dem großen Tisch zusammen, auf dem noch immer das Paket ruhte.
Mit einem Wink schickte Lord Rosendale den hünenhaften Wächter fort und Russel entfernte sich mit einem Murren.
„Das wird Ihnen gefallen, Julia. Warten Sie nur

ab!", flüsterte Baker und seine Augen leuchteten, wie bei einem kleinen Jungen an Weihnachten.
„Darf ich?", fragte der Adlige in die Runde und hob die Hände, um die Verschnürungen des Pakets zu lösen.
„Sicher.", antworteten Julia und ihr Mentor wie aus einem Mund und beobachteten gespannt, wie der Gentleman in Weiß ungemein behutsam die Lieferung entpackte.
Vor ihnen offenbarte sich ein Gemälde in schwerem, viktorianischem Goldrahmen.
Julias Staunen wurde immer größer, je mehr sie davon zu Gesicht bekam.
„Es stammt von Robert Alexander Hillingford und zeigt, wie Sie unschwer erkennen können, Sir Arthur Wellesley, den Herzog von Wellington bei der Schlacht von Waterloo.", erklärte Seine Lordschaft und entfernte auch den letzen Streifen Packpapiers.
Sein Blick fiel auf Julia.
„Professor Baker meinte, Sie seien DIE Expertin, wenn es um den alten Naseweis ginge. Also: Ist er es?!"
Sie beugte sich über das Gemälde und betrachtete es eingehend.
Schlammiger, aufgewühlter Boden. Schmutziger, grauer Himmel.
Kanonen, Pulverqualm und Tote.
In der Ferne waren kämpfende Truppen zu erahnen.
Vom Betrachter aus auf der rechten Seite, waren

Soldaten in den typischen, roten Röcken zu sehen. Sie gehörten zur Infanterie, hatten Musketen und diesen die Bajonette aufgepflanzt.
Viele waren verletzt und trugen Verbände, manche davon durchgeblutet.
Einer der Männer war ihm Begriff einen blutenden, vielleicht auch sterbenden Trommlerjungen auf die Beine zu zerren.
Unscharf ließ sich ein Offizier auf seinem Pferd ausmachen.
Aber trotz der Situation jubelten die Männer, hoben johlend ihre Waffen und auch die Verletzen und Sterbenden sahen mit einer Spur Hoffnung und Mut oder Trost auf das Zentrum des Bildes.
Denn im Mittelpunkt stand eigentlich ein Reiter, der im Galopp an ihnen vorbei ritt.
In seinem Rücken ließ der Künstler die Sonne erahnen.
Julia hatte keine Mühe, diesen Mann zu erkennen. Hatte sie doch vorhin noch von ihm geträumt.
Wenn auch der Herzog hier in Schwarz, anstelle des sonst typischen Dunkelblaus dargestellt wurde – es war ohne Zweifel er.
Sein dunkelbrauner Hengst hatte den Kopf hoch erhoben, Schaum vor dem Maul und die Nüstern geweitet.
Mit der Linken bändigte der „Iron Duke" das Tier und in der Rechten hielt er ein Fernrohr, mit dem er zum erahnbaren Feind wies.
Ihm folgte ein Offizier auf seinem kräftigen Schimmel.

Das waren sie!
Wellington und sein Hengst Copenhagen.
Julia hätte sie unter Tausenden erkannt.
„ Ja. Ja, das ist er.", meinte sie und hob zitternd die Finger, wollte aus einer Emotion heraus und wider besseren Wissens die Abbildung des Herzogs berühren.
Doch als sie des bohrenden Blicks von Lord Rosendale gewahr wurde, unterließ sie es und zog die Hand schnell, doch bedauernd zurück.
Der Adlige musterte sie unergründlich.
„ Ist das echt?!", wollte sie leise wissen und schluckte den Kloß im Hals runter, der sich plötzlich dort eingenistet hatte.
„ Ja, das ist es.", antwortete Professor Baker neben ihr ruhig. „ Ich habe mich vor wenigen Tagen selbst bei einem Besuch davon überzeugt."
„ Gut.", erwiderte Julia, atmete tief durch und trat zurück. „ Ich vertraue Ihrem Urteil, Sir."
Anerkennend tätschelte der Alte ihr die Schulter.
„ Gutes Kind!", sprach er amüsiert und lachte. „ Und? Was meinen Sie? Gefällt es Ihnen?! Wir hatten schon lange nichts mehr vom Eisernen Herzog und seiner Epoche hier und jetzt sogar ein Gemälde mit ihm höchst selbst darauf! Ich dachte, dass könnte Ihnen mal wieder ein Lächeln aufs Gesicht zaubern."
„ Tut es, Professor. Das tut es. Danke für Ihre Mühe. Und natürlich auch Ihnen, Euer Lordschaft!", meinte die Dame und schenkte ihnen ein dünnes Lächeln.

Etwas war anders an diesem Tag.
Ganz anders.
Nur *was*?!?
Seit heute morgen plagten sie Kopfschmerzen.
Migräne, also nichts weiter Ungewöhnliches. Nur nervig.
Aber warum merkte sie das erst jetzt?!
Das Knallen der mächtigen Flügeltür in ihrem Rücken ließ alle zusammenfahren und Jaimie, einer der Mitarbeiter des Museums trabte erschöpft herbei.
„ Professor! Professor Baker! Kommen Sie, Sir, der Direktor will Sie sehen! Er sagt, es sei verdammt dringend.", keuchte der schlaksige, junge Mann.
Entschuldigend sah der Professor in die Runde.
„ Nun, wie es scheint, werde ich Euer Lordschaft mal der Expertin überlassen. Einen guten Tag, Euer Gnaden!", meinte er und neigte lächelnd den Kopf.
Der Adlige ahmte die Geste nach, obgleich wesentlich eleganter.
„ Bis später, meine Liebe.", sprach der Alte an Julia gewandt und umarmte sie kurz.
„ Ich beeile mich!", versprach er so leise, dass nur sie es hören konnte.
„ Ist schon in Ordnung, Professor. Nicht alle Kerle, die ich treffe, sind Vollidioten. Sehen Sie lieber zu, das Cooper Ihnen nicht den Kopf abreißt!"
Sie entließ ihn und er folgte eilig dem abgekämpften Jaimie.
Gemeinsam traten sie durch die gewaltige Flügel-

tür, die krachend hinter ihnen ins Schloss fiel.
„Du kannst gehen, Russel.", sprach der Lord im selben Moment und der Hüne entfernte sich gehorsam und ohne Weiteres.
Von Jetzt auf Gleich war Julia mit dem Gentleman in Weiß allein.
Ein Umstand, der ihr ganz und gar nicht zusagte. Also beschloss sie, sich und ihn mit einem Gespräch abzulenken.
„Stimmt es?!"
„Was?", hielt er dagegen und hob fragend die Augenbraue.
„Was Ihr Name über Sie aussagt?"
Er kam einen Schritt auf sie zu und lächelte beinahe verwegen.
Seltsamerweise war ihr ganzes Unbehagen augenblicklich fort. Einfach weg!
Sie ging ihm sogar entgegen und lächelte nett.
„Was sagt er denn über mich aus?" fragte er gedehnt, fast lauernd.
Nur noch wenige Handbreit trennten sie von einander.
Plötzlich stieg ihr ein seltsamer Geruch in die Nase. Es roch nach Wald, Schweiß und Pferden.
Nach Wind, Erde und Ozean.
Verwirrt zog sie die Brauen zusammen.
Im gleichen Augenblick nahm er den Kopf etwas zur Seite und seine Gold-Braunen Augen funkelten, als hätten sie etwas Entscheidendes entdeckt oder bemerkt. Ein winziges Detail, das Julia entging.

Ihre Kopfschmerzen wurden schlimmer.
Sie stöhnte und fasste sich an den Scheitel.
Dem Lord schien es nicht aufzufallen oder er ignorierte es.
„ Richard kommt aus dem Alt-Englischen und bedeutet > der Herrscher <. Tempis stammt aus dem Lateinischen und steht für >Zeit< oder > Tempo<. Richard Tempis. > Der Herr der Zeit< . Also, sind Sie das?!", hörte sie sich lahm fragen, da ihre Zunge immer träger wurde.
Ihr Gegenüber legte fragend den Kopf schief und nahm sie in den Fokus.
Es erinnerte sie ironischerweise an einen Raubvogel, der das Kaninchen beäugt und den passenden Moment zum Angriff wählt.
„ Stammt *Ihre* Familie aus Rom?!", fragte er amüsiert und seine Mundwinkel deuteten ein Lächeln an.
Sie brachte es trotz ihres dämmrigen Zustandes fertig, den Kopf zu schütteln.
Er lachte leise und kam ihr noch näher, fasste sie am Arm, sodass sie stehen blieb, da sie in die Knie gehen und sich auf den kühlen Fliesenboden setzen wollte.
„ Würde mein zweiter Name dann nicht bedeuten, dass ich ein Zauberer bin, meine Teure?!", hakte er spöttisch nach.
„ Nein. Merlin ist gälisch.", erwiderte Julia unendlich müde.
„ Es heißt ... Falke."
Wieder ein Lachen.

Sie hörte und sah ihn fast nicht mehr.
„ Und ich habe weder Flügel, noch Federn. Sehen Sie, Mrs Green?! Nicht immer passen die Bedeutungen der Namen auch zu Ihren Trägern."
Er ließ sie sanft von seinen Armen auf den kalten Boden gleiten und hielt ihre Hände.
Plötzlich konnte sie ganz klar und scharf sein Gesicht sehen und das Lächeln, welches auf seinen Lippen regierte.
„ Außer ... bei mir!"
Endlich umfing sie die Dunkelheit und es kam ihr vor, als würde der wohltuend kühle Untergrund ihren warmen, ja kochenden Körper verschlingen.

Als Erstes empfing sie der frische Wind und ließ sie frösteln.
Grashalme wogten in der scharfen Brise und kitzelten sie.
Der Ruf eines Falken drang an ihr Ohr.
Sofort dachte sie an das sandfarbene Tier mit den Gold gesprenkelten Augen aus ihrem Traum.
Das Nächste, was sie sah, waren scharfe Bajonette, die geradewegs auf ihre Brust wiesen!
Instinktiv zuckte sie zurück.
„Sie ist wach, Serg!", rief einer der Männer, die im Kreis um sie herum standen.
Sie trugen die typische rot-weiße Tracht der britischen Infanterie um 1800.
Und alle starrten sie lüstern an.
Kein Wunder, denn bis auf ihre Unterwäsche und ihre Stiefel trug sich nichts am Leib!
„Oh Scheiße!", entfuhr es ihr und sie versuchte panisch, sich zu bedecken ohne den scharfen Bajonetten zu nahe zu kommen.
Da schob sich der Sergeant und Anführer des Regiments, wie Julia an den Streifen der Uniformjacke erkannte, durch den Ring an Leibern und reichte ihr wortlos eine grobe Leinendecke.
Er war groß wie ein Baum, breit wie ein Fels und garantiert stark wie ein Stier.
Schwarzes Haar und ein Dreitagebart gaben ihm ein wildes, gefährliches Aussehen und seine nachtschwarzen Augen blitzten drohend.
Doch galt dieser böse Blick mehr seinen Leuten als ihr, wie Julia feststellte.

„Flucht wie 'n Fuhrkutscher, Sir.", meinte einer der Kerle und grinste dreckig.
„Wollen wir sie mal ausprobieren, Jungs?! Ich meine, wenn sie schon hier so rumliegt, hm? Wär' doch schade, so was auszuschlagen. Was meinste, Püppchen?", fragte ein Anderer und machte sich bereits an seiner Hose zu schaffen.
Da traf ihn die Faust des Sergeants mitten ins Gesicht und brach ihm geräuschvoll die Nase!
„Keiner rührt sie an, ihr räudigen Köter!", grollte der Hüne dunkel.
Dem Akzent nach war er Ire.
„Haben wir uns verstanden?!"
Sein Blick schweifte über die Soldaten, die sogleich nickten und die Köpfe einzogen.
„Auch Sie nicht, Serg?", fragte ein pockennarbiger Typ keck.
Der Sergeant schwenkte schnaubend herum.
„Muss ich dir auch noch was brechen, Perkins?!?", fragte er rhetorisch und verengte die Augen zu Schlitzen.
Sofort verlor der Frechdachs seinen Mut und schüttelte kreidebleich den Kopf.
„Nein, Sir. Schon verstanden, Sir! Keiner rührt die Hure an, Sir."
„Wir wissen doch noch nicht mal, ob sie 'ne Hure ist.", meldete sich einer der Jüngeren zu Wort.
Erst jetzt bemerkte Julia ihn, obwohl er neben ihr hockte.
Sie ging einfach mal davon aus, dass er sie bewacht hatte.

Etwas anderes wollte sich ihr Verstand lieber nicht ausmalen.
Der Mann war sehr dünn, hatte kurzes, blondes Haar und liebe, blaue Augen.
Sittsam drehte er den Blick von ihr weg und zog die Decke etwas höher, um ihre Blöße zu verbergen.
Sie schätzte ihn auf Anfang oder Mitte Zwanzig.
Viel zu jung für all das hier.
Was auch immer *hier* genau war.
Als er ihren Blick bemerkte, lächelte er freundlich.
„Keine Sorge, alles wird gut, Madam. Verstehen Sie mich denn?! Können Sie unsere Sprache?", erkundigte er sich behutsam und als Julia nickte, fuhr er fort.
„Keiner der Jungs wird Ihnen was tun, Madam. Versprochen!"
Die Umstehenden grölten, ob dieser Worte.
Nur der Sergeant nicht. Er biss die Zähne zusammen und schien Mühe damit zu haben, sich zu beherrschen.
„Er nennt 'ne Schlampe >Madam<! Ist das nicht niedlich, Jungs?!", frotzelten sie.
„Versprich nichts, was du nicht halten kannst, Kleiner!"
„Hey, vielleicht kommt die ja von den Franzmännern, hm?"
„War wohl echt schlecht im Bett, wenn selbst DIE sie hier gelassen haben! Vielleicht können wir der ja noch was beibringen."
„SCHNAUZE, IHR RATTEN!!", blaffte der Ser-

geant und augenblicklich herrschte Schweigen.
„Bei Gott, ihr seid echt eine Schande! Eine Schande, sag ich!", meinte er und rieb sich die Nasenwurzel.
Dann wandte er sich an Julia.
„Alles gut bei Ihnen, Miss?! Sind Sie verletzt?", fragte er in brummendem Tonfall.
Verunsichert sah Julia zu den Bajonetten, die in der Sonne funkelten und immer noch auf ihren inzwischen bedeckten Körper wiesen.
Auch dem Sergeant fiel es auf.
„Herr Gott, nehmt die Dinger da weg!", knurrte er. „Habt ihr denn gar kein Benehmen?!"
Sofort hoben die Soldaten ihre Waffen und schulterten sie, manche stützten sich auch lässig darauf.
„Sehen Sie, Miss? Alles in Ordnung. Also, wie geht es Ihnen? Sie können mir glauben, keiner meiner Jungs hat Sie angerührt, dafür geb´ ich Ihnen mein Wort als stolzer Ire!", beteuerte der Hüne aufrichtig und sah sie abwartend an.
„M-mir ... mir geht es gut, Sir. Mir ist nur etwas kalt und ... und ich weiß nicht wo ich hier bin.", gestand Julia und ein Kälteschauer überkam sie als der Wind sie streifte.
Der Sergeant wandte sich an einen seiner Männer.
„Jenkins! Nimm deine lahmen Beine in die Hand und schaff noch ein paar Decken für die Dame her! Aber ZACKIG!", kommandierte er.
„Jawohl, Sir!", erwiderte der Soldat und eilte davon.

Kaum war er verschwunden, richtete der Ire seine Aufmerksamkeit wieder auf Julia.
„Wer sind Sie, Miss?!"
„Das selbe wollte ich Sie auch fragen, Sir.", hielt sie dagegen und wohlerzogen gab der Mann nach.
„Sergeant Patrick Harper, Miss. Das neben Ihnen ist Private Raphael Smith, genannt Smittie.", stellte er sich vor und wies dann auf den jungen Mann bei Julia.
„Angenehm, Madam.", meinte dieser und lächelte.
„Naja, und der Rest der Meute sind die Jungs des 33. Regiments Seiner Majestät des Königs von England! Wir kämpfen unter dem Kommando Seiner Gnaden, Lord Wellington."
„Des Herzogs von Wellington, Serg.", korrigierte einer der Männer ihn zischend.
„Oh, äh ... ja natürlich. Der Iron Duke, genau. Bitte um Verzeihung, Miss! Und jetzt sind Sie dran."
Er prallte verwundert vor ihrem Lachen zurück.
„Das ist jetzt ein Witz, richtig?! Sie sind Schauspieler, stimmt's? Oh, sie sind gut! Verdammt gut! Aber kommen Sie, mich können Sie nicht verarschen!"
Kurz wechselten die Männer verwunderte Blicke und betrachteten die Dame als habe sie nicht mehr alle Latten am geistigen Zaun.
Einen Moment lachte Julia noch, dann zeigte sich Erkenntnis in ihrer Miene.
„Oh SHIT! Das ist kein Witz, oder? Sie ... Sie mei-

nen das ernst.", wollte sie wissen.
Alle nickten wie ein Mann.
Eine Reihe von Flüchen und für die Männer nie gehörte Wörter verließen ihre Lippen, ehe sie sich entsetzt die Hände vor den Mund schlug und mit großen, braunen Augen sie anstarrte.
„ W- welches Jahr haben wir, Sergeant?!", fragte sie vorsichtig.
„ 1815, Miss.", antwortete er und Private Smith konnte gerade noch vorschnellen und sie fangen, als der Dame kurz die Sinne schwanden.

Als sie erwachte waren ihre Kopfschmerzen wie weggeblasen.
Doch sie befand sich immer noch im Beisein der Soldaten und einer von ihnen, Jenkins, kehrte mit einem Armvoll Decken zurück.
Genauso grob gearbeitet wie die Andere, doch wenigstens hielten sie etwas warm.
„ Was hat so lange gedauert, Jenkins? Die Miss hätte uns hier erfrieren können, verdammt nochmal!", knurrte Harper und entriss ihm die Decken, um sie Julia zu reichen.
„ Hier, Miss.", brummte er sacht und wandte sich dann bitterböse dem Soldaten zu.
„ Also?!"
„ Hab` mich wirklich beeilt, Sir! Aber ich musste doch aufpassen, dass mich keiner sieht, Sir. Lord Wellington sieht es doch nicht gern, wenn man stiehlt, Sir. Muss alles angemeldet werden, Sir.

Und ich Sie sagten, ich soll mich beeilen...", begann der Mann betreten.
„ ... da hast du sie von irgend 'nem Karren geklaut.", beendete sein Sergeant seufzend den Satz.
„ Hat dich wer gesehen, Jenkins?"
Der Soldat zierte sich, sodass Harper die Frage bellend wiederholte.
Julia zuckte aufgrund der plötzlichen Lautstärke zusammen und Smith rieb ihr beruhigend die Schulter.
„ Alles gut, Madam.", wisperte er sanft, indes Harper endlich seine Antwort bekam.
„ Vielleicht Mr. Graham, Sir. Bin mir aber nicht sicher, Sir.", gestand Jenkins kleinlaut.
„ Auch das noch! Der Offizier der gottverdammten Kavallerie! Grandios, Jenkins. Wirklich GRANDIOS!!", grollte Harper und durchbohrte den armen Kerl mit seinen Blicken.
„ Serg! Kavallerie! Ein Dutzend, Sir! Kommen von Osten, Sir!", meldete einer der umstehenden Männer und wies in die entsprechende Richtung.
„ Franzosen?", fragte Smith und Julia verspannte sich.
„ Nein. Unsere Leute.", erwiderte der Späher und beschattete die Augen mit der Hand, um besser erkennen zu können, um wen es sich handelte.
„ Das sind Mr. Graham und seine Männern, Sir!"
Harper machte ein Geräusch, wie ein rasender Bär an einer Kette und ballte die Hände zu Fäusten.
„ Na klasse! KAREE BILDEN! MARSCH!!", bellte er seinen Leuten zu.

„ Aber, Sir. Das ... das sind unsere Reiter.", warf Smith ein.

„ Ist mir egal, Smittie! Im Moment bedeuten sie Ärger. ALSO VORWÄRTS, KAREE BILDEN, IHR LAHMEN SCHNECKEN!! NA LOS!"

Nur wenige Wimpernschläge darauf hatten die Männer sich zum Karree formiert, wodurch sie den nahenden Reitern den Blick auf die notdürftig bedeckte Julia verwehrten.

„ Und wir wollen ja nicht, dass sie unseren verirrten Vogel entdecken, nicht wahr, Smittie? Am Ende tun die der Dame noch was an! Und das wollen wir nicht. Stimmt´s, Smittie?!", fragte der Sergeant den jungen Private, der sich wie ein Schatten neben ihm hielt.

„ Nein, Sir. Wollen wir nicht, Sir.", pflichtete er ihm bei.

Kaum gesagt, trafen auch schon die besagten Reiter ein.

Oh, und welch herrliches Bild sie abgaben!

Auf großen, starken Pferden sprengten sie herbei und umkreisten das Karree der Infanterie.

Der Boden zitterte unter dem trommelnden Hufschlag und die Tiere schnaubten laut, wieherten und warfen die Köpfe hoch oder schlugen mit den Schweifen, welche im Galopp wie Fahnen hinter ihnen her flogen.

Die Säbel ihrer Reiter klirrten im Takt mit dem

Zaumzeug, wenn sie gegen die Oberschenkel der Männer schlugen.
Die roten Hemden leuchteten mit den Hosen und den lackschwarzen Stiefeln um die Wette und den Helm des Offiziers zierte gar ein prächtiger Federbusch.
„ Sind Sie verrückt geworden, Harper?!", blaffte dieser schon beim Näherkommen und zügelte seinen herrlichen Schimmel energisch.
„ Bilden ein Karree gegen die eigenen Leute?! Werden Sie etwa letztlich doch zum Deserteur?" Dabei ging seine Waffenhand wie selbstverständlich zum Griff seines Säbels.
Sogleich taten die übrigen Reiter diese Geste ebenfalls.
Sie waren zahlenmäßig weit unterlegen, doch an Heldenmut – oder in diesem Fall Dummheit – schien es ihnen nicht zu fehlen.
„ Seine Lordschaft verhindert, dass meine Männer und ich verhungern und auf der Straße verrotten, Mr. Graham. Ich würde ihm bis ans Ende der Welt folgen! Also wagen Sie es ja nicht, meine Loyalität anzuzweifeln, Sie ...Kerl! Sonst hol` ich Sie mal ganz schnell von Ihrem hohen Ross, Sir!", blaffte Harper, der sich durch diese Aussage beleidigt sah. Indes gelang es Julia einen Blick auf den Offizier zu erhaschen, während er auf seinem weißen Hengst um die Formation tanzte.
Graham war das fleischgewordene Schönheitsideal dieser Epoche.
Sogar ein Stück größer noch als Harper, mit brei-

ter Brust, starken Schultern und muskulösem Rücken.
Sein Haar war rabenschwarz und kurz, das Gesicht kantig und die blauen Augen wach und klar. Wenn auch im Moment von Zorn und Überheblichkeit beschattet.
Da er den Rang eines Offiziers hatte, noch dazu bei der Reiterei, musste er wohl aus sehr reichem, damit angesehenem Hause stammen.
Wenn nicht schon sein Aussehen die Frauen dieses Zeitalters um den Verstand brachte, so war es seine wohlklingende, tiefe Stimme.
Er lachte auf und schüttelte überheblich den Kopf.
„ Da Sie ein ungehobelter, dummer Ire sind, Harper, verzeihe ich Ihnen diese Worte. Diesmal!"
Harper ließ ein Schnauben hören und wäre dem eitlen Kerl wahrscheinlich an die Kehle gesprungen, wenn Smith ihn nicht aufgehalten hätte.
Graham warf seinen Schimmel geschickt herum und ritt nun linker Hand die Reihen des 33.sten entlang und streckte sich etwas, um Einblick in die Mitte des Karrees zu erlangen.
Seine Reiter verharrten regungslos und warteten ab. „ Und was verstecken Sie dann da?! Wofür das Karree? Verbergen Sie etwa den dreckigen Dieb, den ich bis hierher verfolgt habe?! Das war doch einer Ihrer Meute, nicht wahr, Harper? Darauf steht der Tod durch Erhängen, Sergeant."
„ Wir haben nur ... einem verirrten Vogel geholfen, Mr. Graham, Sir!", platzte es aus dem zitternden Smith heraus.

„ Sie wäre sonst erfroren, Sir!"
„ Klappe, Smittie!!", knurrte Harper, doch zu spät.
„ Ein Vogel?", hakte der Offizier nach und zog die Brauen zusammen.
„ Er meint mich, Sir.", sprach Julia und hielt die Decken fest. Smith half ihr beim Versuch, aufzustehen.
Der Offizier war augenblicklich von ihr gebannt und musste sich zwingen, sie nicht offenkundig anzustarren.
„ Sie sind der Grund für diesen ganzen Aufwand, Madam?!", hakte er nach um irgendetwas zu sagen.
„ Ja, Sir. Und es tut mir sehr leid, diesen edlen Männern und auch Ihnen, Sir, soviel Ungemach gebracht zu haben.", meinte Julia förmlich und senkte unschuldig den Blick.
Das zog bei Kerlen dieser Epoche am Besten, wusste sie.
Auch diesmal zeigte diese Methode Wirkung.
„ Also eine Dirne sind Sie schon mal nicht. Dafür ist Ihre Sprache viel zu gewählt. Außerdem wäre ein Juwel wie Sie mehr als verschwendet an solche Schurken!", meinte der Offizier und warf den Männern des 33.sten einen missfälligen Blick zu.
„ Vielen Dank, Sir. Aber reden Sie nicht so über meine Retter!", erwiderte Julia und hielt ihm stand als seine blauen Augen sie trafen.
Graham deutete eine Verneigung an.
„ Ich bitte um Entschuldigung, Madam. Dennoch halte ich es für ratsam, Sie in Gesellschaft eines

echten Gentlemans zu wissen, anstelle dieser ... Gesellen! Darf ich Ihnen mein Geleit anbieten?!"
Doch bevor Julia zu einer Antwort anheben konnte, meldete sich Smith wieder zu Wort.
„ Zu dem ist sie doch auf dem Weg, Mr. Graham, Sir! Sie will zu Seiner Lordschaft!", verkündete der junge Soldat.
Sofort fuhren Julia und Harper gleichzeitig zu ihm herum.
„ Smittie!", fauchte der Sergeant und schob den Jüngling hinter sich.
Misstrauisch lehnte sich Graham im Sattel vor und zog die Brauen zusammen.
„ Ist das wahr?!"
„ J-ja. Ja, ist es. Ich ... möchte gern mit Seiner Lordschaft sprechen.", antwortete Julia so sicher, wie es ihr im Moment möglich war.
„ In *diesem* Aufzug?!", meinte der Offizier spöttisch, musterte sie eingehend und die umstehenden Reiter grinsten unverhohlen.
„ Das habe ich nicht zu verschulden, Mr. Graham!", konterte sie gepresst und schürzte die Lippen, mühte sich so viel Würde wie möglich zu zeigen.
> *Elender Mistkerl!* < , dachte sie.
„ Ich ..." Schnell überlegte sie sich eine passable Lüge.
„ Ich bin überfallen worden.", kam es ihr prompt über die Lippen.
Beschwörend sah sie zu Sergeant Harper, während sie weiterredete.

„ Ich weiß nicht von wem oder warum. Ich ging meines Wegs und plötzlich wurde ich von hinten feige niedergeschlagen. Als ich wieder zu mir kam, sah ich gerade noch, wie diese tapferen Männer."
Dabei wies sie auf Harper und seine Leute.
„ die gemeinen Kerle vertrieben. Für meine Habe galt das zwar nicht, doch wenigstens behielt ich meine Würde, da diese Herren sich wie Gentleman benahmen und sogar zu Kriminellen wurden, nur um mich zu retten. Ich wäre sonst wahrscheinlich erfroren, Sir!"
Sie legte soviel Schock in ihre Miene, wie es ihr schauspielerisches Talent zu ließ.
„ Wollen Sie also meine Retter für diese edelmütige Tat bestrafen, Mr. Graham?!"
Sie gab sich bestürzt.
Der Offizier rieb sich unschlüssig den Nacken.
„ Ich bin nicht befugt, Strafen dieser Größe zu verhängen, Madam. Das obliegt allein Seiner Lordschaft.", gestand er und überlegte einen Moment, was das weitere Vorgehen betraf.
„ Sergeant Harper!"
Sofort nahm Angesprochener Haltung an, wenn auch widerwillig.
„ Ja, Sir?!"
„ Bringen Sie die Dame erstmal zu Rosy. Danach soll Dr. Gates sie sich mal ansehen. Sie könnte trotz allem verwundet worden sein.", sprach der Offizier und wandte sich dann im Sattel Julia zu.
„ Ich werde den Herzog von Ihrem Gesuch informieren, Madam. Machen Sie sich aber keine Hoff-

nungen! Seine Gnaden ist ein viel beschäftigter Mann."
Damit wandte er seinen Schimmel und gab seinen Männern den Befehl zum Aufbruch.
Sogleich flogen die Reiter in leichtem Galopp davon.
Mähne und Schweif wehten Grahams Schimmel hinterdrein, wie ein Geflecht aus geheimnisvollem Nebel und silbernem Rauch.

Rosalia „Rosy" Blackmore war eine rüstige, alte Dame und die Witwe eines Kavallerieoffiziers. Ihr Mann war damals in Indien gefallen, als der Herzog noch ein schlichter Soldat gewesen war. Aber seitdem Arthur Wellesley ein Kommando übertragen bekommen hatte, folgte sie ihm in ihrem Wagen und noch nie hatte es ihr an irgendetwas allzu sehr gemangelt in dieser Zeit.
Obwohl sie keinerlei Nutzen mehr für das Heer hatte und damit – rein wirtschaftlich gesehen – eine Belastung darstellte, gestattete Seine Lordschaft stets, dass sie mit ihren beiden Mauleseln Heart und Soul mitreiste.
Damals, als Sir Arthur und auch später als Lord. Ein sehr ungebührliches Verhalten, wie Julia wusste. Aber durchaus edelmütig.
Harper hatte Smith mit den Worten „Lauf, Smittie! Lauf!" zu der alten Dame eilen und ihr von Julia erzählen lassen, worauf nach kurzer Zeit ein mächtiger Wagen, von zwei Mauleseln gezogen,

heran rumpelte.
Auf dem Bock saß Rosy mit gepflegtem, schlohweißem Haar, strahlenden blauen Augen und in ein mehrfach geflicktes Kleid gehüllt.
Hinter dem Gefährt trabte ein krebsroter Private Smith.
„ Ach herrje, Sie armes Kind!", rief die Dame aus und schlug die Hände über dem Kopf zusammen, als sie Julia in mitten der Männer erblickte.
„ Die Kerle haben Sie aber nicht angefasst, oder? Patrick und Raphael sind in Ordnung, um die mache ich mir keine Sorgen. Aber der Rest der Bande? Barbaren, sag ich! Elende Spitzbuben!"
Sie warf dem Umstehenden wütende Blicke zu und hüllte Julia in mütterlicher Sorgfalt in eine Wolldecke.
„ Sind wir gar nicht, Rosy!", beschwerte sich einer der Kerle pikiert.
Die Lady kniff die Augen zusammen und schürzte die Lippen.
„ Ach ja?! Und warum blutet Perkins dann wie ein abgestochenes Schwein, hm?", fragte sie spitz, worauf sich die Männer in betretenes Schweigen hüllten. Weiter vor sich hin murmelnd, widmete sie ihre Aufmerksamkeit Julia.
„ Wie heißen Sie eigentlich, Sie armes Ding?!", wollte sie wissen.
„ Julia Green, Mrs. Blackmore.", antwortete sie sacht.
Die Alte winkte lachend ab.
„ Na, Manieren hast du ja schon mal, Liebes.

Nenn` mich einfach Rosy. Das tun alle hier."
„ Danke, Rosy.", meinte Julia ehrlich und fühlte sich zum ersten Mal irgendwie willkommen.
Die rüstige Dame lief voraus und die Männer bildeten eine Gasse bis zum Wagen.
„ Komm, Liebes. Wir machen dir erstmal wieder etwas zurecht, ja? So kann man dich doch nicht lassen!"
„ Werdet ihr wohl woanders hinstarren, ihr Scharlatane!", fauchte sie scharf und sofort machten alle kehrt und drehten ihnen den Rücken zu.
„ Sollen wir vielleicht - ", begann Harper hilfsbreit und hob die Arme, um Julia in den Wagen zu helfen. Smith hielt sich neben ihm und kam langsam wieder zu Atem.
„ Hände weg, Patrick, wenn du sie behalten willst!", knurrte Rosy und übernahm die Unterstützung.
Gehorsam zog sich der Sergeant zurück und das „verirrte Vögelchen" verschwand dankbar im Innern des Wagens und entzog sich so endlich den neugierigen Blicken.
Indes nahm der junge Private die beiden Maulesel am Zaum und führte sie ins Lager zurück.
Das gesamte 33.ste folgte ihm im Laufschritt, durch die bellenden Befehle des Sergeants angespornt.

Der Innenraum des Wagens war so bunt und vollgestopft als gehöre er zu jenen des Fahrenden Volks.
Pfannen und Kellen schwankten bedenklich über den Köpfen der beiden Frauen und schlugen hin und wieder dumpf an einander, wenn der Karren durch ein Schlagloch oder eine Unwegsamkeit holperte.
Julia beobachtete Rosy dabei, wie sie in einer großen Kleidertruhe herumwühlte und sich durch nichts davon abbringen ließ, ganz gleich, wie sehr ihr Gefährt auch schwankte und polterte.
„Ich müsste hier doch noch irgendwas haben, was dir passen sollte, Liebes.", murmelte sie unentwegt.
Bis sie mit triumphalem Ausruf fündig wurde.
„Ich wusste doch, dass sich dieser alte Fetzen noch als nützlich erweisen würde!"
Der > alte Fetzen < war eigentlich sogar ganz hübsch.
Mit seichtem Ausschnitt, der das Schlüsselbein offenbarte, vielleicht etwas gewagt für diese Zeit.
Doch die langen Ärmel, welche mit einem zarten Blumenmuster bestickt waren, machten das wieder wett und verbargen Julias Schultern vor allzu dreisten Blicken.
Um die Brust, aber besonders an der Taille lag es betonend an, drückte jedoch nicht, was Julia ehrlich überraschte.
Sie hatte erwartet, in dem verdammten Ding keine Luft mehr zu bekommen.

Aber das Atmen fiel ihr erstaunlich leicht.
Von der Hüfte an abwärts wurde das Kleid zusehends weiter, fiel in mehreren Lagen und deutete eine kleine Schleppe an.
Am Meisten behagte der neuen Trägerin allerdings die Farbe.
Es war ein herrliches Mitternachtsblau von dezenter Majestät.
„Du kannst es behalten, Liebes.", meinte Rosy gutmütig und lachte.
„Das letzte Mal hab ich vor über 20 Jahren in dieses vermaledeite Ding gepasst!"
Julias leisen Dank bekam sie nicht mit, da ihre Gedanken plötzlich weit fort schienen.
„Hab es damals getragen, als ich meinen James kennengelernt habe.", meinte sie versonnen und schaute neugierig zu der Jüngeren.
„Bist du verheiratet, Liebes?!"
„Nein.", antwortete Julia ehrlich.
„Verlobt, vielleicht?"
„Nein.", wiederholte sie sich.
Die Alte nickte verstehend. Eigentlich wollte sie gar nicht so neugierig sein, andererseits konnte sie aber auch nicht widerstehen.
„Aber es gibt einen Mann in deinem Leben, oder?", hakte sie nach und schlug schnell die Hand auf den Mund.
„Ach, verzeih mir, Liebes! Ein armes, altes Weib wie ich hat nur selten noch Gesellschaft. Es geht mich selbstverständlich nichts an."
Julia lächelte nachsichtig und beschloss, die rüsti-

ge Dame in ihr Herz zu schließen.
„ Ist schon in Ordnung, Rosy. Ich weiß, wie es ist einsam zu sein. Um deine Frage zu beantworten: Nein, gibt es nicht."
Sie erwartete, dass man sie maßregeln würde – wie es für diese Epoche üblich war.
Doch stattdessen lächelte Rosy nur fröhlich und zwinkerte ihr zu.
„ Na, dann schafft es der alte Fetzen vielleicht auch noch, *dich* zum Mann deines Schicksals zu führen!", meinte sie als der Wagen mit einem Mal zum Stehen kam.
Das typische Lärmen von spielenden Kindern, grasendem Vieh und geschäftigen Menschen drang an ihre Ohren.
Sie hatten das Lager des britischen Heeres erreicht.

Harper klopfte taktvoll an die Außenwand und bat um Einlass.
„ Sind die Damen saloonfähig?!", wollte er wissen.
Es entlockte Rosy ein Schnauben.
„ Wir sind im Krieg, nicht in London! Also komm schon rein, Patrick.", forderte sie und der Hüne steckte zögernd den dunklen Lockenkopf herein.
Für einen Moment blieb sein Blick bewundernd an Julia hängen.
„ Sie ... Sie sehen wunderschön aus, Miss."
„ Danke. Sehr freundlich von Ihnen, Mr. Harper.", erwiderte sie etwas zurückhaltend und lächelte.

„ Immer gern, Miss.", brummte der Sergeant und schaute schnell zu Rosy, um nicht als aufdringlich erachtet zu werden.
Zu sehr fürchtete er die Alte und ihre unzähligen Bratpfannen.
„ Meine Jungs und ich müssen wieder auf Posten, Rosy. Aber ich dachte, es wäre ganz gut, Miss Green zum alten Gates zu bringen. Ist ziemlich gefährlich für 'ne Dame hier allein!", gab er zu Bedenken und Rosy stimmte ihm mit leichtem Nicken zu.
„ Aber sorg' dafür, dass deine Räuberbande anständig bleibt. Klar, Patrick?", warnte sie mit erhobenem Zeigefinger.
„ 'Türlich, Rosy.", antwortete der Sergeant ein wenig beleidigt und zog sich auf einen stummen Wink zurück.
„ Ich ... äh, erwarte Sie dann draußen, Miss."
Und schon war er verschwunden.

Rosy und Julia waren allein und die Alte musterte sie eingehend.
„ Ich weiß nicht, warum du hier bist. Doch mein Gefühl sagt mir, dass du nichts Böses beabsichtigst. Du ... stammst scheinbar von sehr weit her, oder?", fragte sie lauernd und der Jüngeren wurde flau in der Magengegend.
„ So kann man das auch ausdrücken. Aber ich schwöre dir, Rosy, ich will niemandem etwas tun und ich bin kein Spion!", beteuerte Julia.

Ihr Gegenüber wandte ihr langsam den Rücken zu.
„ Ich hoffe es, Liebes. Um deinet Willen! Weißt du, ich hab dich gern, Kind. Irgendwie. Aber schon oft hat mich mein Gefühl auch getrogen. Mich magst du also täuschen können, doch vor Seiner Lordschaft kann niemand etwas verbergen. Verstehst du mich, Kind? *Niemand!*"
Julia nickte eilig und schluckte.
Da bemerkte sie eine Gestalt hinter der alten Dame, beim Kutschbock.
Dort saß ein Vogel und musterte die beiden Frauen, aber besonders Julia eingehend.
Aber nicht irgendein Vogel.
„ DA! Rosy, da! Der Falke! Mit den Gold gesprenkelten Augen!", entfuhr es ihr aufgeregt und sie wies auf das Tier.
Verwundert sah Rosy zu dem Falken, welcher einen leisen Schrei ausstieß und dann elegant davon flog, um auf dem Fahnenmast zu landen, wo der Union Jack stolz wehte.
„ Du bist wirklich nicht von hier.", murmelte die Alte nachdenklich und sah dem sandfarbenen Raubvogel nach.
„ Kennst du den Vogel?!", wollte Julia wissen.
„ Jeder hier kennt ihn. Das ist Picard. Er gehört dem Leibarzt Seiner Lordschaft, Dr. Gates. Er ist wie du. ... Auch nicht ... von hier, verstehst du? Aber woher kennst *du* ihn, Kind?"
„ Aus meinen Träumen.", antwortete Julia ehrlich.
Nun war die Ältere neugierig und jedes anfängli-

che Misstrauen war vergessen.
„Was für Träume?"
Und so erzählte Julia ihr von dem Umstand ihres Auftauchens und ihrer Träume, wenn auch nicht allzu detailliert.
Allein, dass der sandfarbene Falke darin eine Rolle spielte, erwähnte sie.
Eigentlich wollte sie den Teil mit dem Zeitreisen weglassen, doch bevor sie sich's versah, hatte sie es sich schon von der Seele geredet.
Erschrocken sah sie zu Rosy, welche die ganze Zeit aufmerksam zugehört hatte.
Seltsamerweise blieb ihre Miene völlig ungerührt.
Als hätten sie gerade über das Wetter gesprochen.
„Du solltest wirklich mal mit Dr. Gates reden, Liebes.", befand sie nüchtern.
„Ihr seid euch ähnlicher als ich angenommen habe."
Ungeduldig klopfte Harper erneut gegen die Außenwand und forderte den Aufbruch.
Also verließ Julia den Wagen und machte sich in Begleitung des 33.Regiments auf zu dem ominösen Dr. Gates.
Der sandfarbene Falke ließ sie den ganzen Weg über nicht aus den Augen.

Scheinbar endlose Reihen weißer Zelte säumten ihren Weg und der Alltag herrschte in gewohnter Gemütlichkeit über die Männer und Frauen.
Es wurde trainiert, gewaschen, geschlafen und geplaudert.

Ein großes, schweres Zugpferd wurde an Julias Begleitern vorbeigeführt und eines der mächtigen Geschütze rumpelte hinter ihm her.
Beim Anblick der Kanone wurde ihr eiskalt.
„Und weiter.", meinte Harper und die Männer folgten ihm.
Julia hielt sich neben dem Sergeant und auf ihrer anderen Seite trabte Smittie so leichtfüßig, als habe er nie einen Sprint zu Rosy hingelegt.
„Was wissen Sie über diesen Arzt, Mr. Harper?", wollte sie wissen, um ihre Nervosität einzudämmen.
„Über den Doc?! Naja, er ist nicht wie wir, Miss. Wie keiner von uns!", erklärte der Sergeant und Julias Blick wanderte verstohlen zum Fahnenmast, auf dessen Spitze der sandfarbene Falke hockte und jedem ihrer Schritte mit den Augen folgte.
„Weder wie ein Soldat, noch wie ein Offizier. Er kommt ... von sehr weit her, Miss. Ist ein bisschen unheimlich, der Kerl.", raunte Harper ihr zu.
„Aber keine Sorge, er wäre nicht der Leibarzt des alten Naseweis, wenn er irgendwelche verbotenen Dinge tun würde! Er ist ein anständiger Mensch, wenn auch *sehr*, sehr seltsam."
„Sie sollten ihm nicht trauen, Madam!", warnte Smith sogleich und sein Blick hatte etwas Flehendes.
„Er ist gefährlich und seine Augen sehen alles, Madam. Wirklich *alles!*"
Der Private schien den Medicus wirklich zu fürchten. Denn er war leichenblass geworden und be-

kam nun von seinem Sergeant den Ellenbogen in die Rippen.
„Ach, halt den Rand, Smittie!", knurrte er und wandte sich an Julia.
„Hören Sie nicht auf ihn, Miss. Ist bloß ein Junge, der den Gruselgeschichten der alten Hasen glaubt. Alles nur Gerüchte!"
Nachdenklich legte sie die Stirn in Falten.
„Gerüchte haben meist einen wahren Kern, Mr. Harper.", konnte sie gerade noch sagen – als die Kopfschmerzen sie wieder überkamen.
Ähnlich wie im Archiv bei Richard Tempis. Nur pochender, beinahe energischer.
Stöhnend fasste sie sich an den Kopf und ging leicht in die Knie.
„Oh Gott!", stieß sie hervor und ihr wurde schlecht.
Die Welt begann sich rasant zu drehen und das sanfte Sonnenlicht wurde zu versengendem Feuer, der milde Wind zu scharfen Messern und das normale Lärmen zu wildem, kreischendem Gebrüll.
All das wurde vom klaren Ruf eines Raubvogels übertönt.
Es war das Letzte, was deutlich an ihre Ohren drang, bevor Schwärze und Kälte sie wieder mal umfingen.
Harper schnellte leise fluchend vor und fing sie auf, indes über ihnen sich der sandfarbene Falke schreiend abstieß und zu seinem Herrn eilte.

Beim Aufwachen stellte Julia fest, dass sie sich in einem sauberen, großen Zelt befand.
Das Sonnenlicht fiel gedämpft durch den Stoff und milderte dadurch ihre Kopfschmerzen, die immer noch sich kreischend in ihr Bewusstsein fraßen.
Sie lag auf einer Pritsche, warf sich plötzlich zur Seite und erbrach sich dankbar in einen Eimer, der schon bereit stand.
Erschöpft sank sie zurück und fuhr sich mit beiden Händen über das verschwitzte, kalkweiße Gesicht.
Sie waren eiskalt und zitterten.
„ Oh Scheiße! Gott verdammte Scheiße! Was soll das alles hier? Das schaff ich nicht. Ich schaff es einfach nicht!", klagte sie und endlich rollten Tränen ihre Wangen herab.
„ Ich will doch einfach nur Nachhause!!"
Da hörte sie einen Vogel sanft rufen und wandte den Kopf in die Richtung des Lauts.
Es war der sandfarbene Falke mit den Gold gesprenkelten Augen, der auf einer Stange saß und sie beinahe tröstend ansah.
„ Du.", kam es ihr fast tonlos über die Lippen und sie wusste nicht, ob sie sich freuen oder wütend sein sollte.
Im Moment hatte sie einfach nur Angst und war unfassbar müde.
Der Falke gab wieder einen sachten Ton von sich, als wolle er ihr antworten, und schüttelte kurz das Federkleid.

„Also bitte, Mrs. Green! Ein wenig mehr Zuversicht würde Ihnen gut zu Gesicht stehen.", meinte da eine Stimme so plötzlich, dass Julia zusammenfuhr.
Eine Gestalt im weißen Kittel beugte sich über sie und lächelte verschmitzt.
„Oder muss ich mich wiederholen, Madam?"
Ein leises Lachen. Diesmal klang es wesentlich angenehmer.
Und Julia sah in ein Paar vertrauter Gold-brauner Augen.
„ SIE?!", entfuhr es ihr überrascht und im selben Moment, als sie ihn erkannte, waren ihre Kopfschmerzen verschwunden.
Allein das Gefühl der Müdigkeit blieb.
„Kennen wir uns?!", fragte der Arzt unschuldig, doch seine Augen funkelten teils wissend, teils amüsiert.
„Oh, und ob wir uns kennen, Sie mieser Scheißkerl!", fauchte Julia aufgebracht.
„Ich hab keinen blassen Schimmer, wie Sie das gemacht haben – aber machen Sie es wieder rückgängig! SOFORT!! Ich will Nachhause. Und zwar jetzt!"
Der Medicus legte schockiert eine Hand ans Herz und konnte sich nur mühsam ein Lächeln verkneifen.
„Madam! Ihre Ausdrucksweise! So beherrschen Sie sich doch.", meinte er und schien all das ziemlich lustig zu finden.
Für Julia war der Spaß vorbei.

„Tun Sie nicht so scheinheilig, Sie elender Idiot! Wir beide wissen genau, wer Sie wirklich sind. Oder ... Mr. Tempis?"
Da legte er ihr blitzschnell und energisch eine Hand auf dem Mund und drückte sie nieder, da sie sich aufgesetzt hatte.
„Sind Sie wahnsinnig, Mrs. Green?!? Nicht diesen Namen! Besonders nicht hier!", warnte er scharf und sah sich hektisch um.
Offenbar hatte er irgendetwas erwartet, was jedoch nicht eintraf und so entspannte er sich wieder und nahm die Hand weg.
„Und wie soll ich Sie dann nennen?!", verlangte sie schnippisch zu wissen und verengte die Augen zu Schlitzen.
„Dr. Gates ist mein werter Name, Madam. Dr. Jonathan Gates. Ich stehe im Dienste Seiner Lordschaft, des Herzogs, und ich kenne ihn schon seit seiner Zeit damals in Indien.", erklärte der Medicus mit einem gewissen Stolz und reckte das Kinn.
In der Erscheinung war er Richard Tempis recht ähnlich. Nur das Haar war etwas länger und wurde durch einen Pferdeschwanz gezähmt.
Auch war das Gesicht etwas schmaler, die Konturen schärfer.
Aber seine Ausstrahlung war wesentlich freundlicher als bei ihrem ersten Aufeinandertreffen.
„Und WAS sind Sie, Doktor?!", fragte Julia und sank wieder auf die Pritsche zurück, da die Kopfschmerzen ihr mit einem Mal fast den Verstand raubten.

Ein leises Lachen drang an ihr Ohr.
„ Das wissen wir doch beide, Mrs. Green.", erwiderte der Arzt kryptisch und begann damit, sie fachmännisch zu untersuchen.
Als seine kühlen Finger sie behutsam streiften, war die pochende Qual wieder verschwunden.
Im Hintergrund schlug der Falke mit den Flügeln und putzte sein Gefieder.
„ Sie haben den Zeitsprung erstaunlich gut weggesteckt, Mrs. Green. Meine Hochachtung! Das mit Ihrer Kleidung tut mir übrigens sehr leid, doch ich konnte wenigstens ihre ... Unterbekleidung in diese Epoche übertragen, was schon schwierig genug war, glauben Sie mir.", meinte Gates und fuhr mit seiner Untersuchung fort.
Julia ließ es stumm über sich ergehen und achtete gar nicht darauf, was genau der Medicus da tat. Hin und wieder spürte sie seine Finger kalt auf ihrer warmen Haut oder durch den Stoff ihres Kleides.
„ Aber Sie können von Glück sagen, dass Sergeant Harper und seine Jungs Sie gefunden haben. Sie sind sehr anständige Kerle. Wären sie keine Iren und Schotten könnte man sie glatt für englische Gentlemen halten!"
Er lachte über seinen Scherz und trat ein Stück von seiner Patientin zurück.
Scheinbar hatte er seine Untersuchung beendet.
„ Es ist alles in Ordnung bei Ihnen, Mrs. Green. Keinerlei Prellungen oder andere Verletzungen. Was Ihre Kopfschmerzen betrifft: Sie stammen

vom Aufeinanderprallen der unterschiedlichen Zeitströme. Ihr Jahrhundert und diese Epoche hier liegen sich praktisch wegen Ihnen in den Haaren. Das 21.Jahrhundert erkennt sie immer noch als ihm zugehörig und fordert sie – sehr energisch, wie ich feststellen muss! – zurück, aber unser aktueller Zeitstrom hat Sie bereits aufgenommen. Kurz: Vergangenheit und Zukunft streiten sich um Sie wie zwei Hunde um einen Knochen.", erklärte er und legte ihr beruhigend die Hand auf die Schulter.
„ Aber keine Sorge, die Schmerzen werden immer weniger werden, je länger Sie hier bleiben. Mein Wort als Arzt darauf!"
„ Bleiben?! Ich will hier aber nicht bleiben! Ich will HEIM! *Sofort!*", protestierte Julia und eine neue Woge der Migräne riss sie stöhnend nach hinten. Als habe jemand sie an den Haaren gepackt. Sogleich war Gates neben ihr und stützte sie.
„ Deswegen hole ich so ungern Leute aus *Ihrem* Zeitalter.", hörte sie ihn verdrossen murmeln. „ Viel zu herrisch. Zu Besitz ergreifend. Macht nichts als Ärger. Mit allen anderen Epochen geht es leichter. Nur das Einundzwanzigste muss ja immer zicken und auf stur stellen! Ach, es ist eine Last so manchmal!"
Sein Blick fiel auf den sandfarbenen Falken, der unruhig auf seiner Stange wippte.
„ Hilf mir mal kurz, Picard.", bat er den Vogel. Dieser stieß sich mit leisem Ruf ab und zog einige Schleifen um Julia, dann kehrte er auf seinen Platz

zurück und betrachtete die Dame scheinbar zufrieden.
Als sei der Falke ihr Fixstern wurde Julias Bewusstsein wieder klarer mit jedem Bogen, den er flog, und als er wieder sanft rief, kam ihr kurz der Verdacht, als wolle er sie wecken.
Der Medicus nickte ihm dankbar zu und richtete seine Aufmerksamkeit wieder auf seine Patientin.
„Alles in Ordnung, Mrs. Green? Was macht der Kopf?!", erkundigte er sich.
„Geht wieder. Aber rein gar nichts ist in Ordnung! Ich hab hier nichts verloren, Doc. Ich will einfach nur heim!", antwortete sie, lehnte sich aber dankbar gegen ihn, da ihr im Augenblick die Kraft fehlte.
Er half ihr Aufzustehen und ging mit ihr einige Schritte, bis sie ihr Gleichgewicht wieder hatte.
„Sind Sie sich da ganz sicher, Mrs. Green?!", hakte er nach und musterte sie von der Seite.
„Ich kann Sie jetzt sofort zurückschicken. Das ist nicht das Problem. Aber wollen Sie wirklich Ihre Chance verpassen?"
Fragend zog sie die Brauen zusammen und begegnete seinem Blick.
„Welche Chance?"
Ein wissendes, fast verschlagenes Grinsen zierte sein Gesicht.
„Na, Seine Lordschaft zu treffen. Den wahren Herzog von Wellington. Keinen Schauspieler, keinen Nachfahren. Sondern ihn. In Echt und nicht nur in Ihren Träumen."

Sie wurde rot, fühlte sich ertappt und sie sah ihm an, dass er scheinbar über ihre Träume Bescheid wusste.
Immerhin war ihr Picard regelmäßig darin erschienen und der sandfarbene Falke und der Herr der Zeit waren offenbar miteinander verbunden.
Auf welche Weise auch immer.
Schnell schüttelte sie den Kopf.
So etwas überhaupt in Erwägung zu ziehen war absolut lächerlich!
Ein kleiner Teil von ihr tat es dennoch.
„So was ... so was können Sie?!", fragte sie ungläubig.
Lachend hob der Medicus die Augenbraue.
„Warum ich?! Es ist Seine Lordschaft, der darüber entscheidet, wen er zu sich lässt."
„Aber er ... er hat doch viel zu tun. Mit dem Krieg und so.", fing Julia an und wagte sich gar nicht vorzustellen, dass der Herzog sie zu einer Audienz bitten würde.
Gates schenkte ihr einen nachsichtigen Blick wie bei einem Kind.
Er trat zu Picard und strich dem Falken übers Gefieder.
„Mag sein. Aber Mrs. Green, Sie sind eine sehr interessante Frau und es sollte mich nicht wundern, wenn Seine Gnaden neugierig geworden ist. Sie sind eine Abwechslung zwischen all den Listen und Berichten und sonstigen Problemen mit denen sich der Herzog sonst befassen muss.", sprach er sanft und lachte auf.

„ Und Herr Gott, seien Sie nicht so bescheiden! Sie erschienen wie aus dem Nichts, noch dazu fast splitternackt und Ihr ungewöhnliches Verhalten lässt auf alles Mögliche schließen. Und da meinen Sie, Sie wären nicht interessant genug für Seine Lordschaft?!?"
Er schaute sie an, als sähe er ihr Kleid zum ersten Mal.
„ Das Kleid steht Ihnen übrigens ausgezeichnet, Madam.", lobte er und nickte anerkennend. Dadurch brachte er Julia aus dem Tritt und sie konnte nur die Geste erwidern.
„ Danke. Es ist von Rosy.", meinte sie und lächelte etwas. „ Sie sagte auch, ich solle mit Ihnen reden."
„ Das hab ich mir schon gedacht, meine Liebe. Sie können ihr vertrauen, Mrs. Green. Genauso wie Harper und Smith. Das sind alles gute und loyale Menschen. Natürlich steht es Ihnen auch frei, mir zu vertrauen. Ich bin wohl der Einzige hier, der sie wirklich verstehen kann. Sollten Sie also reden wollen, wissen Sie, wo Sie mich finden können."
„ Um ehrlich zu sein, nein. Ich weiß nicht, wie ich hergekommen bin, Doc.", gestand sie.
„ Oh, das ist schnell erzählt: Sergeant Harper hat sie hergetragen, Madam."
Da stieß Picard einen Ruf der Warnung aus und sah zum Zelteingang, wo sich ein mächtiger Schatten abzeichnete.
„ Doktor?! Ist eine Dame bei Ihnen? Wir haben sie heute gefunden."
Es war Graham, der Kavallerieoffizier.

Gates gab Julia das Zeichen, still zu bleiben, und trat an den Eingang heran.

„Guten Tag, Mr. Graham.", rief er durch den Stoff und dachte gar nicht daran, den Offizier einzulassen oder wenigstens den Kopf rauszurecken.

„Ja, die Dame ist bei mir. Ihr Name ist Mrs. Julia Green. Warum fragen Sie?"

„Ist die Dame vorzeigefähig?! Seine Lordschaft wünscht sie nämlich zu sprechen.", ließ der Offizier verlauten.

Julia sog scharf die Luft ein und verbat sich, wie ein junges Mädchen aufzuschreien.

Der Herzog. Der Herzog wollte sie sehen!

Ein scharfer Blick von Gates mahnte sie streng, Ruhe zu bewahren.

„Wann?", erkundigte er sich.

„Sofort.", antwortete Graham knapp. „Es sei denn, sie bräuchte noch Zeit, um zu genesen.", fügte er besorgt hinzu.

„Sie ist doch nicht verletzt, oder?"

„Nein, Mr. Graham. Ist sie nicht.", gab der Medicus Auskunft.

Man hörte den Offizier fast erleichtert seufzen.

„Gut. Dann soll sie bitte herauskommen. Ich habe Befehl, sie unverzüglich zu Seiner Lordschaft zu geleiten!"

Der Medicus bat noch um einen Moment, den Graham gewährte, und wandte sich an Julia.

„Sind Sie bereit, Mrs. Green?!", fragte er schelmisch.

„Dieses Treffen noch. Dann schicke ich Sie sofort

zurück, wenn Sie das wünschen. Haben wir einen Deal?"

„Deal.", erwiderte sie aufgeregt und warf ihm einen bittenden Blick zu.

„Sie kommen nicht mit, oder?"

Er lächelte gütig.

„Doch natürlich. Wenn Madam das wünschen?"

Sie nickte und ihr Lächeln wurde mutiger.

„Ja, das wünsche ich, Doktor Gates."

„So ist es beschlossen. Ihr Diener, Madam.", antwortete er und grinste, dabei eine Verbeugung vollführend.

Gemeinsam traten sie ins Sonnenlicht, wobei Julia nochmal tief Luft holte.

Dr. Gates erklärte dem Offizier, dass er als Arzt für das Wohlergehen der Dame verantwortlich sei und aus Gründen der Sicherheit sie begleiten wolle.

Zudem war allgemein bekannt, dass den Medicus und Seine Lordschaft eine lange, gemeinsame Vergangenheit und Freundschaft verband, wodurch Graham keinerlei Einwände erhob.

Er bot Julia seinen Arm, sie hakte sich bei ihm unter und so führte der Kavallerieoffizier sie geradewegs zum großen Hauptzelt, das neben dem Fahnemast mit dem stolzen Union Jack errichtet worden war.

Wo der Herzog sie bereits erwartete ...

„Wissen ist der Schlüssel mit dem du dir die Welt erschließen kannst."

Zuerst betrat Graham allein das Zelt und meldete Julias Eintreffen.
Der Herzog ließ sie noch eine Weile draußen warten, bis er endlich den Offizier sandte, um sie hereinzubitten.
Der Medicus warf ihr noch einen ermunternden Blick zu und gemeinsam traten sie ein.
Gates blieb am Eingang stehen, doch Graham stand erwartungsvoll nahe des großen Tisches und folgte Julia mit den Augen, als sie hinzu kam.
Und hinter dem Tisch, der sich unter einer Unmenge an Dokumenten und anderen Schriftstücken bog, saß der Herzog.
Neben ihm stand ein Mann mit schütterem Haar und beugte sich etwas vor, um das Schreiben betrachten zu können, dem die Aufmerksamkeit Seiner Gnaden galt. Scheinbar war dieser Mann sein Übersetzer und Vertrauter und sehr sicher Mitglied des Militärstabes.
Julias Herz schlug immer langsamer, je näher sie den Männern kam.
Der Herzog war in das typische, mitternachtsblaue Jackett gekleidet, was ihn sehr edel, aber nicht protzig erscheinen ließ.
Der silberne Orden blitzte oberhalb seines Herzens.

Die weiße Reiterhose und die schwarzen Stiefel waren tadellos.
Er war von großer, schlanker Erscheinung. Sehr hochgewachsen, doch keinesfalls dürr.
Er wies die Muskulatur eines fähigen Reiters, sowie eines guten Fechters auf.
Seine Gesichtszüge waren aristokratisch, der Mund schmal und die Nase gebogen wie ein Adlerschnabel.
Sein schwarzes Haar wurde an den Schläfen bereits grau, was seiner Anziehungskraft aber mehr zu gute kam, als sie zu mindern.
Es gab ihm etwas sehr Erfahrenes.
Als Julia an den Tisch herantrat, sah keiner auf. Weder der Herzog, noch sein Berater.
Die ozeanblauen Augen Seiner Lordschaft ruhten ganz auf dem Papier, worauf er einige Worte schrieb.
Eine Zeit lang hörte man nichts, außer dem Kratzen seiner Schreibfeder und ihre Augen folgten fasziniert jedem Schwung seiner schlanken, feinen Hände.
Nach einer gefühlten Ewigkeit sah er diese Arbeit wohl endlich als beendet an, denn er legte die Feder beiseite und schaute zu Julia.
Sein Berater zog sich etwas zurück, behielt sie aber fest im Blick.

„ Sie sind also die Frau, welche Mr. Graham die Verlorene Lady nannte?!", fragte Seine Lordschaft ohne Umschweife.

Völlig überrascht davon, dass er das Wort an sie richtete, brachte Julia nur ein Nicken zu Stande.
„Wie heißen Sie?"
Sie holte tief Luft, ehe sie ihm antwortete, und konnte selbst gar nicht fassen, dass sie es wirklich tat.
„Julia Green, Euer Lordschaft."
Er nickte schweigend.
Mit einem Wink übergab er das Wort an seinen Berater, der pflichtschuldig herantrat.
Der Herzog lehnte sich in seinem Stuhl zurück und betrachtete Julia schweigend, die Fingerspitzen aneinander gelegt.
„Woher stammen Sie?", fragte der Berater ohne sich vorzustellen und sein Tonfall klang barsch.
„Von ... sehr weit her, Sir.", antwortete sie und ihr missfiel die Art, wie dieser Kerl sie ansah.
Hilfesuchend sah sie zu Graham. Aber der tat, als sei er gar nicht da.
„Das ist keine Antwort, Madam.", urteilte der Berater und versuchte es erneut, aber in einem Tonfall als sei sie begriffsstutzig.
„Woher stammen Sie?"
Sie kniff die Augen zusammen und hob stolz das Kinn.
> *Na warte, du Bastard!* <, schoss es ihr durch den Kopf. > *Wenn du glaubst, mich vorführen zu können, dann hast du dich aber GEWALTIG geschnitten!* <
„Wie ich sagte, Sir: Von sehr weit her!", konterte sie spitz.

„ Was erlauben Sie sich eigentlich, Madam?! Seine Lordschaft hat Sie etwas gefragt, also antworten Sie gefälligst!", polterte dieser Kerl regelrecht.
In ihrem Rücken hörte Julia, wie jemand einen Schritt nach vorne machte, doch dann zurück trat. Gates, so vermutete sie.
„ Hat er nicht!", hielt sie scharf dagegen und beugte sich etwas vor. „ Der Einzige, der mich hier auf unverschämte Weise befragt, sind Sie, Sir! Dabei weiß ich noch nicht mal Ihren Namen. Also warum sollte ich Ihnen antworten?! Und wenn Seine Lordschaft mich etwas fragen will, so soll Seine Lordschaft es doch bitte selbst tun, solange Euer Gnaden sich mit mir in einem Raum befinden!"
Dabei fiel ihr Blick auf Wellington, der ungerührt dem Ganzen beiwohnte.
„ Mrs. Green!", hörte sie Graham entsetzt keuchen und der Offizier kam auf sie zu, um sie an den Schultern zu fassen.
„ So beherrschen Sie sich doch, Madam! Das ist ja unerhört."
Sofort wich Julia ihm mit einem Rückschritt aus und ihre braunen Augen blitzten warnend.
„ Wagen Sie es ja nicht, mich anzufassen, Mr. Graham!", zischte sie und hätte ihm am Liebsten eine Ohrfeige verpasst, als dieser sich entschuldigend an den Herzog wandte.
„ Es tut mir leid, Euer Gnaden. Ihr Kopf muss wohl doch etwas abbekommen haben. Anscheinend waren Sie nicht gründlich genug, Dr. Gates.", meinte er in Richtung des Medicus, der sich em-

pört streckte.
„ Ach?! Jetzt bin ich auch noch verrückt, oder wie?", fauchte Julia und funkelte den Offizier zornig an.
Das waren doch alles nur Idioten hier!
„ Gehen Sie, Mr. Graham. Oder sehen Sie nicht, dass Sie die Dame offenbar beunruhigen?!", meldete sich der Herzog in ruhigem Tonfall zu Wort.
Dennoch war es ein unmissverständlicher Befehl.
„ Aber, Euer Lordschaft - ", begann der Offizier.
„ Einen guten Tag, Sir!", meinte Angesprochener kühl und sah demonstrativ zum Zelteingang.
Ohne ein Wort und mit knapper Verneigung in Richtung des Herzogs stürmte Graham regelrecht aus dem Raum.
Seine Ehre und sein Stolz waren zutiefst verletzt.

Als die weiße Plane sich hinter ihm senkte, richtete der Herzog sein Augenmerk auf die Dame vor sich.
„ Nun, Mrs. Green. Ich denke, jetzt können wir uns angemessen unterhalten, oder?", wollte er von ihr wissen und seine blauen Augen schimmerten.
Wieder konnte sie nur nicken.
„ Fahren Sie fort, Hackswill. Doch achten Sie auf Ihren Tonfall!", mahnte Seine Lordschaft den Berater.
„ Gewiss, Euer Gnaden.", erwiderte dieser unterwürfig.

„ Euer Lordschaft scheinen nicht ganz verstanden zu haben.", wagte es Julia, ihnen ins Wort zu fahren.
„ Wenn Sie etwas von mir erfahren wollen, Sir, so müssen Sie mich schon selbst fragen. Eine Sache der Höflichkeit, oder nicht?"
Mit diebischer Freude beobachtete sie, wie der Herzog seinen schmollenden Berater wieder ins Abseits dirigierte und sie mit scheinbar neuem Interesse musterte.
Es fiel ihr sehr schwer, trotz ihrer guten Menschenkenntnis, etwas von seinem Gesicht abzulesen.
Der Eiserne Herzog. Den Namen trug er nicht nur, wegen seiner defensiven Kampfstrategie.
Er war für Julia ein Buch mit sieben Siegeln und er konnte dagegen alles von ihr erkennen, so schien es ihr.
Vor ihm könne man nichts verbergen, hatte man ihr gesagt. Jetzt, wo sie vor ihm stand, glaubte sie das ohne Zögern.
„ Der Krieg scheint wohl auch mich meine Manieren vergessen zu lassen.", bemerkte er und lehnte sich wieder im Stuhl zurück.
Seine Arme ruhten auf der Lehne.
Einen Augenblick herrschte abwartendes Schweigen.
„ Sie sind Engländerin, Mrs. Green?", fragte der Herzog schließlich.
„ Ja, Euer Gnaden."
Er nickte ruhig.

„Welche Stadt?!"
„London, Euer Gnaden.", antwortete Julia und konnte den warnenden Blick des Doktors in ihrem Rücken brennen fühlen.
Wieder ein Nicken.
Zu gern hätte sie gewusst, was in seinem Kopf vorging.
Inzwischen nahm er wieder Pergament und Feder zur Hand und fuhr mit dem Schreiben fort.
„Haben Sie Angehörige innerhalb des Heeres, Madam? Ehepartner oder Verwandte?!"
„Nein, Sir.", meinte Julia leise. „Ich ... ich habe niemanden hier. Ich bin allein."
„Wie war das?!", hakte der Herzog nach.
„Nein, Euer Gnaden.", wiederholte sie etwas lauter.
Da legte er die Feder entschieden weg und begegnete kühl ihrem Blick.
„Dann kann ich nichts für Sie tun, Madam.", verkündete er streng.
Einen Moment lang sah Julia ihn einfach nur verblüfft an.
„Wie meinen?"
„Ich kann nichts für Sie tun! Da Sie weder Angehörige eines angesehenen Offiziers oder eines schlichten Soldaten sind, noch sonst irgendeinen offensichtlichen Nutzen für unsere Sache aufweisen oder vorbringen können – sehe ich mich gezwungen, Sie des Lagers zu verweisen. Und zwar augenblicklich!"

Dieses Urteil traf sie wie ein Faustschlag in die Magengegend.
Der Eiserne Herzog. Sie hätten ihn den „EISIGEN" nennen sollen!
Er wollte sie mit einem „Guten Tag, Madam!" abspeisen und sich völlig seinem Schreiben widmen, während sie fassungs – wie sprachlos vor ihm stand.
Da tauchte mit einem Mal Dr. Gates neben ihr auf. So schnell, dass ihm sein Kittel um die langen Beine wehte.
„ Aber Euer Lordschaft!", rief er entsetzt aus, worauf Wellington den Blick hob.
Zum dritten Mal wurde die Feder an diesem Tag beiseite gelegt und der Berater des Herzogs rieb sich seufzend die Nasenwurzel.
So würden sie nie fertig werden!
„ Wollen Euer Gnaden wirklich eine Dame hilflos der rauen Umwelt überlassen?!", fragte der Medicus mit einem Hauch von Anklage in der Stimme.
„ Allein?! Dem gnadenlosen Wetter und dem Wohlwollen widerwärtiger Franzosen und ihrer räudigen Verbündeten ausgeliefert?! Euer Gnaden wissen genau, was mit wehrlosen Frauen passiert, die ihnen in die Hände fallen. Soll Mrs. Green das auch passieren, Sire? Aber dann mit dem Wissen, dass Euer Lordschaft es hätten verhindern können."
Gates stützte sich mit beiden Händen auf dem Tisch ab und lehnte sich dabei etwas nach vorne.
„ Schicken Sie sie fort, Sire, und sie wird gehen.

Auf der Stelle! Die Frage ist aber: Können Sie damit leben, Euer Lordschaft?!?"
Gespannt ruhten aller Augen auf Wellington.
Schweigen herrschte.
Die Miene des Herzogs war wie immer undeutbar.
„ Was in Gottes Namen sind Sie eigentlich, Doktor?!", fragte er plötzlich.
Da wusste Gates, dass er ihn hatte.
Er schmunzelte triumphierend.
„ Die Stimme Ihres Gewissens, Euer Lordschaft.", erwiderte er, was dem Herzog sogar ein Augenrollen entlockte.
„ Auf Ihre Verantwortung!", knurrte Wellington warnend und mit erhobenem Zeigefinger.
„ Natürlich, Euer Gnaden. Natürlich.", versicherte Gates sofort und trat vom Tisch augenblicklich zurück.

Mit einem knappen „Guten Tag!" wurden sie entlassen und Gates hielt ihr schon die Plane auf, als Julia etwas auffiel.
Wellington und sein Berater waren offenbar über ein paar spanische Texte gebeugt und da der Herzog dieser Sprache nicht mächtig war, sollte Hakeswill übersetzen.
Was er auch tat – aber falsch!
Julia hatte während ihres Studiums sowohl Spanisch, als auch Französisch und Latein gehabt und konnte alle Drei fließend schreiben, wie sprechen.
Und der Kerl da irrte sich.
Sie fuhr sogleich auf dem Absatz herum.

Gates in ihrem Rücken, fluchte leise.
„Er lügt!"
Überrascht sahen der Lord und sein Berater von den Dokumenten auf.
Sie hatten die Dame und den Medicus ganz vergessen.
„Entschuldigung?!?", sprach der Herzog gedehnt und seine Augenbraue schnellte kritisch in die Höhe.
Julia drehte sich wieder vollends dem Tisch zu, blieb jedoch wo sie war.
„Dieser Mann lügt, Sir! *Sierra* heißt nicht *Fluss*, sondern *Berg*. Und als *Sierra de Leone* bezeichnen die Spanier eine Gebirgskette, die sich *Löwenhänge* nennt. Er wird Ihre Leute in die falsche Richtung schicken, Euer Lordschaft! Denn die Löwenhänge liegen gar nicht so weit weg von hier, beinahe in direkter Nachbarschaft. Das Gewässer, zu dem dieser Gentleman Sie aber schicken würde, ist mehrere Tage entfernt! Außerdem geht es in dem Handelsgesuch, dass Euer Gnaden vor sich liegen haben, nicht um Lebensmittel, sondern Waffen. Es soll den Spaniern helfen, die Aufständischen aus ihren Gebieten zu vertreiben. Im Gegenzug unterstützen sie Euer Gnaden dann im Feldzug gegen die Franzosen."
Kurz las sie echte Überraschung auf seinem Gesicht. Dann wieder diese kühle Miene.
Entrüstet schüttelte der Berater den Kopf.
Gates trat indes unterstützend neben sie und schenkte ihr ein lobendes Lächeln, wenn auch

sein Blick mahnend blieb.
„ Hören Sie nicht auf dieses Geschwätz, Euer Lordschaft! Was versteht *eine Frau* denn schon davon?!", knurrte Haskwill und wären sie allein gewesen, Julia war sich sicher, er hätte sich auf sie gestürzt.
Aber im Beisein Seiner Lordschaft wagte er solche Eskapaden nicht.
Dieser musterte die Dame und legte nachdenklich den Zeigefinger ans Kinn.
„ Scheinbar eine ganze Menge, Haskwill.", meinte er und winkte Julia näher.
Sie leistete dem behutsam Folge, spürte sie doch, wie sehr der Berater vor Zorn kochte.
Nur mühsam verbarg sie ein triumphierendes Grinsen in dessen Richtung.
„ Sie können Spanisch, Madam?", erkundigte sich der Herzog und beugte sich in seinem Stuhl vor.
„ Ja, Euer Lordschaft.", bestätigte sie. „ Ebenso Latein und Französisch."
Er nickte langsam und ließ sie keine Sekunde aus den Augen.
„ Wie gut?", fragte er weiter.
Im Hintergrund lächelte Gates verstohlen, doch als der Berater zu ihm sah, setzte er eilig eine halbwegs empörte Miene auf.
„ Fließend, Euer Gnaden. In Wort und Schrift, Sir.", meinte Julia mutig, doch sehr gelassen, entsprach es doch der reinen Wahrheit. Zielsicher griff der Herzog zu einigen, veralteten Dokumenten, die noch nicht archiviert worden waren.

Es waren französische Feldberichte, die man einem Botenreiter abgenommen hatte und ein Bericht des Feldarztes, welcher in Latein verfasst worden war.
Die Bedeutung war dem Lord schon lange bekannt, aber er war neugierig.
„ Beweisen Sie es!", forderte er nicht unfreundlich und schob ihr die Unterlagen hin.
Sie nahm die Papiere entgegen und ihre braunen Augen flogen kurz über die Zeilen, ehe sie die Schriften beinahe komplett akzentfrei und dafür völlig fehlerlos vorlas.
„ In dem Bericht des Kuriers ist lediglich von belanglosen Dingen die Rede. Er muss sich wohl einen Spaß daraus gemacht haben, die englischen Frauen beim Waschen beobachtet zu haben. Hier beschreibt er zum Bespiel die Vorzüge einer gewissen Mary Oak. Er muss nah genug gewesen sein, um ihren Namen aufschnappen zu können."
Sie tippte auf die entsprechende Stelle im Text.
„ Um seine Offiziere wohl nicht gänzlich zu verärgern, erwähnt er noch, dass er einige Truppenbewegungen wahrgenommen hat. Nichts Wichtiges. Eine Handvoll Infanterie und ein Dutzend Reiter der leichten Kavallerie. Offenbar Angehörige der Frauen oder Freunde, die als Wächter am See waren und ein Auge auf sie hatten."
Sie legte den obszönen Bericht des Kuriers wieder auf den Tisch und richtete ihre Aufmerksamkeit auf das Schreiben des Armeearztes.
Auch hier verlief es, wie bei dem Botendokument.

„Ihren Leuten geht es soweit gut. Es liegt keine Mangelernährung oder ähnliches vor. Der Arzt meint nur, dass sie an leichter Unterkühlung oder Erkältung leiden, wegen des schlechten Wetters in den letzen Tagen.

Es hat wohl oft geregnet, nehme ich an. Der Doktor denkt aber, dass sich das beim nächsten Feindkontakt ändern wird und er wieder viel zu tun bekommt. Er schreibt Eurer Lordschaft, dass Euer Gnaden damit hoffentlich noch etwas warten werden. Ansonsten steht hier nichts weiter, dass von großen Interesse wäre. Nur eine Auflistung der bisherigen Patienten und die Behandlungsmethoden. Die Liste ist auf vor einigen Wochen datiert, Sir. Sie sollten also schon aktuellere Berichte vorliegen haben."

Damit ließ sie auch dieses Schriftstück sinken, gab es an den Herzog zurück und sah die Männer abwartend, wie fragend an.

Der Berater hatte erst hämisch gegrinst, doch inzwischen hinderte ihn wohl nur sehr wenig daran, dieser unverschämten Frau an die Kehle zu springen.

Seine Lordschaft war ein Teil davon.

Der Herzog nahm die Papiere an sich, gab sie an Haskwill, der sie verstaute, und nahm wieder seine Feder zur Hand.

Erneut war nichts weiter als das Kratzen des mit Tinte vollgesogenen Kiels zu hören.

„ Danke, Mrs. Green. Einen guten Tag, Madam!", meinte Seine Lordschaft knapp und ohne aufzusehen.
Damit war die Unterhaltung beendet und Julia entlassen.
Verwirrt stand diese noch einen Moment vor dem Tisch, doch der Herzog zeigte keinerlei Reaktion, widmete sich wieder ganz seinen Listen und Unterlagen.
Schien regelrecht darin versunken und alles andere auszublenden.
Da nahm Gates sie behutsam an den Schultern, bot ihr seinen Arm und führte sie aus dem Zelt.
„ Guten Tag, Doktor.", rief ihm der Herzog noch nach.
Dann fiel die Plane hinter ihnen zu.

„ Das haben Sie ganz toll gemacht, Mrs. Green! Wirklich sehr beeindruckend!", lobte der Medicus sie auf dem Rückweg.
„ Wirklich?!", hakte Julia zweifelnd nach. „ Kam mir irgendwie nicht so vor."
Der Arzt zuckte leicht mit den Schultern.
„ Ach was, Sie waren großartig! Wie Sie diesem Schleimer Haskwill Paroli geboten haben – einfach herrlich!", meinte er mit einem Lachen und Picard umkreiste die Beiden mit fröhlichem Ruf, als stimme er darin ein.
Gates bemerkte, wie die Dame betrübt zur Seite sah.
Er tätschelte tröstend ihre Hand.

„Nehmen Sie es nicht so schwer, Madam. Er ist eben so. Warten Sie nur, bis Sie ihn näher kennen lernen. Er wird Ihnen gefallen!", prophezeite er und zwinkerte mit mehrdeutigem Grinsen.
„Wie können Sie nur mit ihm befreundet sein?!", fragte Julia und zog die Brauen zusammen.
„Er ist so ... so kalt. Hat er denn kein Herz? Oder Gefühle?!"
„Das müssten SIE doch am besten wissen. Immerhin sind Sie die Expertin, was ihn betrifft, oder?", konterte Gates amüsiert.
„Schon. Aber ... aber ihn zu sehen. Wirklich vor ihm zu stehen. Das ist so anders, als nur über ihn zu lesen!", gestand sie und begriff erst jetzt, was vorgefallen war.
„Ist es das nicht immer?! Keine Sorge, Mrs. Green. Sie mögen es zwar nicht bemerkt haben, aber er war schwer beeindruckt von Ihnen. Geben Sie ihm und sich nur etwas Zeit und haben Sie Geduld mit ihm. Dann wird sich alles zeigen."
Julia rümpfte die Nase.
„Verzeihen Sie, aber ich habe da so ein wenig meine Zweifel. Ich meine, er ist mein Idol – und er hasst mich!"
Tränen glänzten in ihren Augen.
Picard stieß einen tröstenden Ruf aus.
„Nein, Mrs. Green, aber nein. Er hasst Sie nicht. Ganz und gar nicht! Im Gegenteil, ich glaube er mag Sie sogar. Er zeigt es nur eben nicht. Andere Zeiten, andere Sitten, Sie verstehen? Zudem ist er der Eiserne Herzog. Was meinen Sie, woher er

den Namen hat?", versuchte Gates sie zu trösten.
„Das wird schon!", versprach er als sie Rosys Wagen erreichten.
Sie schniefte und sah ihn von der Seite an.
„Sind Sie sicher?!"
Er nickte entschieden und lächelte.
„Davon bin ich fest überzeugt, Madam! Einen schönen Tag Ihnen, Mrs. Green."
Damit verabschiedeten sie sich von einander und der Arzt und sein Falke verschwanden in der Menge.

Drei Tage vergingen und die Neugier hielt Julia, brachte sie dazu, das Versprechen des Arztes auszuschlagen.
Es war einfach viel zu spannend in dieser Umgebung!
Durch Rosy erfuhr sie viel über die Menschen, deren Geschichten und Ränge, ihre Motive der Armee beizutreten und selbstverständlich teilte die Alte auch gern den gemeinen Tratsch mit der Jüngeren.
Mit Harper und Smith verstand sie sich ebenfalls gut und mit ihnen streifte sie oft durchs Lager und erkundete unter ihrem Geleit die Umgebung.
Es gab soviel zu sehen!
Sie begegnete auch Mr. Graham des Öfteren, wie er auf seinem Schimmel umher trabte.
Doch er gab sein Möglichstes, sie mit Verachtung zu strafen.

> *Männer und ihr Stolz!* <, dachte sie auch an diesem Morgen mit einem Augenrollen als er mal wieder ihren Weg passierte.
Doch diesmal zog er nicht an ihr vorbei, sondern zügelte sein Pferd direkt vor ihr.
Harper zu ihrer Linken verspannte sich und ließ ein Grunzen hören.
Smith verhielt sich ruhig, doch aus dem Augenwinkel sah Julia, wie er mit den Zähnen knirschte. Der Sergeant musste den jungen Soldaten wohl mit seinem Unwillen angesteckt haben.
„Mrs. Green?!"
„ Guten Morgen, Mr. Graham. Was kann ich für Sie tun?", begrüßte Julia ihn betont freundlich und schenkte ihm ihr schönstes Lächeln.
Schwungvoll saß der Offizier ab und nahm seinen Hengst am Zügel, klopfte ihm beiläufig den Hals. Das Tier schnaubte wie als Erwiderung und schlug hin und wieder mit dem Schweif.
„ Seine Lordschaft wünscht Sie zu sehen.", meinte Graham und warf den beiden Männern an ihrer Seite strenge Blicke zu.
„ Allein."
Die Soldaten nickten verstehend und traten zwei Schritte zurück.
Aber Julia rührte sich nicht, sondern legte nur interessiert den Kopf schief.
„ Worum geht es, Mr. Graham?", wollte sie wissen und lächelte unentwegt.
Es war die beste Art, dem Kerl die Zähne zu zeigen.

„Das wird Ihnen Seine Lordschaft selbst sagen.", erwiderte der Offizier knapp.
Im Klartext: Er hatte nicht die geringste Ahnung!
Mit einem Seufzen ergab sie sich seiner Sturheit.
„Und wann wünscht mich der Herzog zu sehen?"
„Unverzüglich, Madam!", antwortete Graham und musterte sie abwartend, sowie mit einem Hauch von Ungeduld.
Sie warf Harper und Smith einen Blick zu.
„Sie entschuldigen mich, Gentlemen?", meinte sie zum Abschied und die Soldaten nahmen Haltung an, ehe sie davon trabten.
„Miss!", brummte Harper und nickte leicht.
„Auf Wiedersehen, Madam!", rief Smith im Laufen und hatte Mühe mit seinem riesenhaften Sergeant Schritt zu halten.
Als Julia sich anschickte, zum Kommandozelt aufzubrechen, hielt sich Graham neben ihr, seinen Schimmel führend.
„Was soll das werden, Mr. Graham?!", hakte sie nach und musterte ihn kritisch von der Seite.
„Seine Lordschaft bat mich, Sie zu eskortieren, Madam.", erwiderte der Offizier und mied es, sie anzusehen.
Sie lachte leise auf.
„Hat er Angst, dass ich mich verlaufe?!"
„Scheinbar.", wich er aus und konzentrierte sich sehr auf den Weg vor ihnen.
Sie durchschaute ihn und lächelte ihn wissend von der Seite an.
„Und jetzt der *wahre* Grund, Mr. Graham.", for-

derte sie mit milder Strenge.
Beleidigt streckte er sich und griff etwas weiter aus.
Im Gegensatz zu ihr, hielt sein Pferd mühelos mit.
„ Das ist der Grund! Man gab mir einen direkten Befehl.", erwiderte er pikiert und er gab sich nach einer Weile ihrem auffordernden Blick.
„ Es ... könnte sein, dass man mir auch einen indirekten Befehl gab, Madam."
„ Und wie lautet er?", fragte sie neugierig und schaute ihn abwartend an, während sie ihren Weg fortsetzten.
Er passte sich unbewusst ihrem Gang an, damit es ihr leichter fiel.
„ Nichts Unehrenhaftes, das schwöre ich!", stellte er rasch klar, ehe er fast verlegen ihren braunen Rehaugen begegnete.
„ Ich ... wollte die Gelegenheit nutzen und mich ... für mein Verhalten vor einigen Tagen entschuldigen! Das war ... eines Gentleman nicht würdig. Ich habe Sie scheinbar bedrängt und Sie ... schlimmer Dinge beschuldigt und dafür bitte ich Sie vielmals um Vergebung, Mrs. Green! Es wird nie wieder vorkommen, das verspreche ich bei meiner Ehre als Offizier und Edelmann!"
Julia nickte bedächtig und schenkte ihm ein kleines Lächeln, diesmal von ehrlicher Freundlichkeit geprägt.
„ Ich verzeihe Ihnen, Mr. Graham. Aber unter einer Bedingung: Passen Sie besser auf, was Sie in meiner Gegenwart sagen, klar?"

„ Natürlich, Madam. Ich werde es versuchen.", gab er zur Antwort.
Wieder ein Schmunzeln ihrerseits.
„ Nicht *versuchen*, Mr. Graham. Sie werden es einfach *tun*."
Kurz zog er ob ihres ungebührlichen Verhaltens die Brauen zusammen.
Dann wurde seine Miene wieder glatt und freundlich.
„ Ich werde mein Bestes geben, Madam.", meinte er ruhig.
Nun war es an ihr, die Stirn in Falten zu legen.
„ Sie sind nicht überrascht?! Oder ... was auch immer ein Mann wie Sie sonst in diesem Fall ist."
Er lachte amüsiert und sofort überkam sie eine wohlige Gänsehaut.
„ Ich habe Sie in den letzen Tagen oft in der Gesellschaft des Doktors gesehen. Der Medicus ist ein seltsamer, aber guter Mann. Also sind die Menschen mit denen er sich umgibt genauso ... ungewöhnlich. Doch Sie scheinen eine charmante, mutige Frau zu sein, Mrs. Green. Wenn Sie mir diese Dreistigkeit erlauben: Es wäre mir eine Freude, Sie besser kennen zu lernen."
Weiter kam er nicht und Julia blieb ihm glücklicherweise eine Erwiderung schuldig, da sie das große Hauptzelt erreichten.Graham trat vor ihr ein, hielt die Plane aber offen, sodass sie eintreten konnte. Auf der Spitze des Fahnenmastes hockte Picard und überschaute das Lager. Stark, stolz und mit einem Hauch von Sorge.

Wie schon beim ersten Mal erfüllte das Kratzen einer Schreibfeder den Raum und der Tisch Seiner Gnaden schien um keinen Deut von seiner Last befreit worden zu sein.
Doch heute war Seine Lordschaft allein.
Die Sonne fiel durch den Zeltstoff und ihm in den Rücken, sodass man hinter ihm den Umriss eines großen Pferdes erkennen konnte.
Es war Copenhagen, der draußen friedlich graste und gelegentlich mit dem Schweif schlug, um die Fliegen loszuwerden.
Das Rupfen des Hengstes vermengte sich mit den Schwüngen des Federkiels zu einer seltsamen, einschläfernden Melodie.
Graham trat gehorsam vor den Tisch und meldete dem Herzog Julias Eintreffen.
Dieser nickte nur, legte die Feder beiseite, doch ließ seine Aufmerksamkeit weiterhin auf den Unterlagen.
„Mr. Graham.", sprach er ihn unvermittelt an, sodass der Offizier beinahe zusammen gezuckt wäre, wenn der militärische Drill nicht gewesen wäre.
„Ja, Euer Lordschaft?!"
„Bringen Sie der Dame einen Stuhl. Es gilt viel zu besprechen.", verlangte Seine Lordschaft und sein Tonfall blieb dabei ruhig und gelassen, fast gelangweilt.
„Jawohl, Euer Gnaden.", erwiderte der Offizier sogleich und holte vom anderen Ende des Raums einen Stuhl herbei, den er Julia zurecht schob.

„ Bitte sehr, Madam.", meinte er und als sie ihm mit einem Nicken dankte, zog er sich an den Eingang des Zelts zurück, die Hände hinter dem Rücken verschränkt.
„ Guten Tag, Mr. Graham! Ich werde Sie rufen lassen, sollte ich Sie benötigen.", verkündete der General ohne Aufzusehen und studierte weiter das Schreiben, was er in Händen hielt.
„ Jawohl, Euer Gnaden. Einen guten Tag, Euer Gnaden. Madam.", verabschiedete sich Angesprochener und verneigte sich steif, ehe er das Zelt rasch verließ.
Kaum war der Offizier gegangen und die Plane hinter ihm herabgefallen, ließ Wellington das Dokument sinken und sah Julia geradewegs an.
Ihr schlug das Herz mit einem Mal bis zum Hals und ihre Gedanken überschlugen sich.
Sie war in Gesellschaft des Herzogs. Und sie war mit ihm allein!
Völlig allein!
> *Ganz ruhig, Julia! Ganz ruhig. Du schaffst das! Gar kein Problem. Cool bleiben, Mädchen.* <, mahnte sie sich selbst und atmete tief durch.
„ Sie scheinen mir eine Frau mit vielen, weitgefächerten Interessen zu sein, Mrs. Green. Die Vorführung Ihrer Sprachkenntnisse war ... überraschend, wenn nicht sogar sehr beeindruckend.", wandte der General plötzlich das Wort an sie und riss sie so aus ihren Gedanken. „ Oh vielen Dank, Euer Lordschaft!", erwiderte sie ehrlich geschmeichelt und spürte, dass sie lächelte.

Der Herzog nickte nur und verzog keine Miene. Wie üblich.
„ Wo ist Mr. Haskwill, Sire?! Wenn ich mich erdreisten darf, das zu fragen?", sprach sie und sah sich bewusst suchend im Raum um.
Für die Dauer eines Wimpernschlags zuckten seine Mundwinkel amüsiert.
Er lehnte sich vor und stützte die Ellenbogen auf die Tischkante.
„ Einer schönen Frau gesteht man immer gern ein gewisses Maß an Dreistigkeit zu, Madam. Das sei also das Ihre.", meinte er charmant und seine Augen blitzten auf.
Moment! Hatte der Herzog von Wellington ihr gerade ein *Kompliment* gemacht?!?
Julia schwieg vor lauter Verblüffung, was wohl unbewusst die richtige Entscheidung war, denn Seine Lordschaft fuhr fort.
„ Die Dienste von Mr. Haskwill erwiesen sich in Anbetracht Ihres Talents als ... unzureichend für meine Anforderungen und damit für die Belange der Krone. Man wies ihn einem Bereich zu, der seine Qualitäten besser zur Geltung bringt. Der Rang eines Quartiermeisters, wenn Sie es wissen wollen. Sie würden es ja ohnehin durch die regen Gerüchte bald hören."
Kurz ruhten seine ozeanblauen Augen auf ihr und schienen ganz versunken in einen bestimmten Gedanken zu sein.
Mit einem kaum merklichen Kopfschütteln befreite er sich davon.

„ Das Kleid haben Sie von Miss Blackmore, oder? Ich erinnere mich, sie damals in Indien darin gesehen zu haben.", warf er betont beiläufig ein.
Warum –zur Hölle! – konnte er sich noch daran erinnern?!?
„ Ja, Euer Gnaden. Sie war so gütig, es mir zu überlassen, da ich ja meine ganze Habe an Diebe verlor, Sire.", antwortete Julia sacht, um ihre Verwirrung zu überspielen.
„ Es gefiel mir schon damals.", fuhr der Herzog fort und schien gar nicht mehr zu merken, dass sie da war.
Hinter ihm hob Copenhagen den Kopf und ließ ein Schnauben hören, gefolgt von einem röchelnden Wiehern.
„ Aber mit Ihnen scheint es seine passende Trägerin gefunden zu haben. Bezaubernde Kleider sollten auch nur von bezaubernden Frauen getragen werden, nicht wahr?"
Julia hob verdattert zu einer Antwort an, ohne recht zu wissen, was sie sagen sollte, unterließ es dann aber und schloss den Mund wieder.
Copenhagen stampfte mit dem Vorderhuf auf und schüttelte sich am ganzen Körper.
Im gleichen Moment schien Wellington sich wieder ihrer bewusst zu werden.
Julia bemerkte indes, dass die Farbe ihres Kleids perfekt zum Jackett Seiner Lordschaft passte.
Nein, sie war sogar identisch!
Stolzes, edles Mitternachtsblau.
„ Wie dem auch sei.", drang die Stimme des Her-

zogs wieder an ihr Ohr.
Er lehnte sich im Stuhl etwas zurück und legte die Fingerspitzen nachdenklich aneinander.
„ Wie Sie sehen können, fehlt mir – und damit der Krone – ein zuverlässiger und talentierter Übersetzer. Einer, der meiner Stimme Vielfältigkeit verleiht, wenn Sie so wollen. Diese Lücke gilt es zu füllen."
Er begegnete fest ihrem fragenden Blick.
Sie prallte fast daran zurück.
„ Und da dachte ich an Sie, Mrs. Green."
„ MICH, Euer Gnaden?!", entfuhr es ihr fast entsetzt und für einen Moment blieb ihr die Luft weg.
Er nickte ruhig, als sei dieser Vorschlag überhaupt kein Drama.
Der Grund folgte auf dem Fuße.
„ Selbstverständlich nicht in offizieller Position! Doch Sie könnten Ihre Gabe nutzen, um der Armee und damit der Krone und mir einen wertvollen Dienst zu erweisen. Ihre Andeutung vor mehreren Tagen hat meinen Leuten im Übrigen das Leben gerettet und die Zustimmung der hier lebenden, spanischen Freiheitskämpfer gesichert. Ich dachte mir, dass könnte Sie interessieren."
Er neigte den Kopf etwas zur Seite und seine blauen Augen musterten sie eingehend.
Ihr wurde heiß und kalt, fühlte sie sich doch kurzzeitig an ihren Traum erinnert. Es lag die selbe Intensität in seinem Blick. „ Lassen Euer Lordschaft mich dann rufen?! Oder wie soll ich mir das vorstellen?", erkundigte sie sich.

„ Sie werden in einem der Nebenzelte anzufinden sein, sollte mein Stab sich versammeln. Man wird Ihnen entsprechende Unterlagen zu kommen lassen, sollte es sie geben, damit Sie diese unverzüglich übersetzen können. Wenn Sie das erledigt haben, werden diese Dokumente wieder mir überbracht.", erklärte der Herzog.
Ergo, keiner würde wissen, dass eine Frau all dies tat. Es würde schön vertuscht werden und allein Wellington würde wissen, wem er die Übersetzungen verdankte.
Julia erinnerte sich, warum sie diese Epoche doch gleich hasste.
Aber die Ruhe, die Seine Lordschaft in Haltung und Stimme einfließen ließ und allgemein ausstrahlte, legte sich über sie wie eine wärmende, angenehme Decke und besänftigte ihre aufkeimende Empörung.
„ Was sagen Sie dazu, Mrs. Green?", wollte er von ihr erfahren.
Sie lächelte ein wenig verhalten und legte die Hände in den Schoß. „ Ich kann doch weder Sie, noch die Krone enttäuschen, Euer Gnaden. Es wäre mir also ein Vergnügen, mein Talent in Ihren Dienst stellen zu können. So kann ich mich für Ihre Güte und erwiesene Gnade mir gegenüber, erkenntlich zeigen, Sire."
Ein zufriedenes, knappes Nicken antwortete ihr.
„ Das dachte ich mir schon, Madam. MR. GRAHAM!", rief der Herzog etwas lauter und sofort trat der Offizier hoheitsvoll ein.

„Euer Lordschaft?!"
„Bringen Sie Captain Storm her!", verlangte Wellington und nahm seinen Blick keine Sekunde von Julia. „Sagen Sie ihm, dass seine Dienste hier benötigt werden."
„Jawohl, Euer Gnaden! Sofort!", erwiderte Graham, nahm stolz Haltung an und verließ dann das Zelt, um besagten Mann zu holen.
„Wer ist dieser ... Captain Storm, Euer Gnaden?!", fragte Julia misstrauisch, da sie den Namen in keiner Militärauflistung je gefunden hatte.
Er war also kein angesehnes Mitglied des Stabes. Vielleicht hatte sie ihn auch nur überlesen?! Der Herzog wertete ihre Frage falsch.
„Sie brauchen sich nicht vor ihm zu fürchten, Madam.", meinte er beruhigend.
„Er ist zwar ein gewaltiger Spitzbube, doch auch ein verdammt guter Soldat. Er wird Ihre Verbindung von mir zu Ihnen darstellen und dafür sorgen, dass niemand Ihre Arbeiten stört. Glauben Sie mir, Storm ist ein gerissener, zäher Hund und auf ihn ist absolut Verlass! Lassen Sie sich durch sein ... wildes Äußeres nicht täuschen."
Da trat Graham ein und meldete das Eintreffen von Captain Storm. „Lassen Sie ihn herein, Mr. Graham. Danach kehren Sie wieder zu Ihrem Kommando zurück."
„Jawohl, Eurer Lordschaft!", meinte der Offizier und streckte dann seinen Kopf aus dem Zelt.
„Captain Storm?! Seine Lordschaft wird Sie nun empfangen!"

Der Mann, der daraufhin das Zelt betrat, war nicht nur als „wild" sondern auch als „abgerissen" zu bezeichnen.
Er war ungefähr von Julias Größe, mit breiten Schultern und rotbraunem Haar.
Sein Körper war sehr muskulös, wie es nach Jahren im Militärdienst nun mal üblich war, besonders bei den Soldaten der Infanterie.
Sein Gesicht wirkte grimmig, was durch die lange Narbe an seiner linken Wange und dem unrasierten Kinn noch unterstrichen wurde.
Die stahlblauen Augen musterten die Umgebung und alle Personen in ständigem Misstrauen.
Captain Storm hatte scheinbar schon etliche Schlachten geschlagen.
Allein als sein Blick auf Wellington fiel, entspannte sich seine Miene merklich.
Ja man konnte sogar einen Hauch des Respekts darin erkennen.
Mochte Storm auch der ganzen, verdammten Welt misstrauen, seinen Oberbefehlshaber schien er wenigstens zu respektieren.
Mehr noch, er wirkte, als fühle er sich bei ihm sicher!
Die grüne Jacke der Rilfes war abgetragen und mit einer dicken Staubschicht überzogen.
Der Säbel an seiner Hüfte passte nicht zu seinem Regiment, er musste mal einem Kavallerieoffizier gehört haben.
„ Warum bin ich hier, Sir?!", fragte er sogleich ohne Umschweife.

Er war kein Mann, der sich mit Höflichkeiten aufhielt.
Ein Mann der Tat. Ein Mann der Schlacht. Wo er ging, da waren Krieg und Tod.
Wie hatte es so ein Kerl in den Rang eines Captains geschafft?! Er sah nicht so aus, als ob er über das Geld verfüge, um sich den Titel zu erkaufen.
„ Ihnen wird eine besondere Aufgabe übertragen, Storm.", erwiderte Wellington ruhig und schien das direkte Verhalten des Captains gewohnt zu sein.
Er wies auf Julia, die sich erhob und ihm die Hand reichte.
Der Soldat ergriff sie und deutete eine kurze Verneigung an.
„ Das ist Mrs. Julia Green, Storm.", stellte der Herzog sie vor.
„ Ma' am."
„ Mrs. Green, dies ist Captain Richard Storm."
„ Es ist mir eine Freude, Captain.", meinte sie und schenkte ihm ein Lächeln. Aber der Blick Storms ruhte wieder auf Wellington. Seine Lordschaft sah kurz zu ihr und sie begriff, dass sie sich wieder setzen durfte. Oder besser *sollte*.
Sie leistete dem brav Folge.
„ Storm, Ihre Aufgabe besteht darin, für Mrs. Greens Sicherheit zu sorgen, sollte sie im Namen des Rates agieren. Und dafür, dass sie bei ihrer Arbeit ungestört bleibt. Verstanden?!", sprach Wellington in scharfem Befehlston und hob die Augenbraue.

„Ich soll Aufpasser für ein Frauenzimmer spielen, Sir. Meinten Sie das, Sir?", hakte der Soldat nach und sah abschätzig zu Julia.
„Storm!" Wellington fauchte regelrecht und sein Blick wurde energisch.
Der Mann befeuchtete die Lippen und korrigierte sich räuspernd.
„Für die Dame, Sir. Ich soll die Dame beschützen, Sir?"
Der Herzog nickte nachdrücklich.
„Ganz recht, Storm. Das sollen Sie! Man wird Ihnen nach jeder Ratsversammlung einige Unterlagen anvertrauen, die Sie ungelesen, sowie augenblicklich Mrs. Green überantworten werden. Sobald sie ihre Arbeit beendet hat, werden Sie eine Abschrift der Dokumente erhalten und sie ebenso ungelesen, wie zügig wieder zu mir und meinen Offizieren bringen! In der Zwischenzeit sorgen Sie dafür, dass rein gar nichts die Dame bei ihrer Arbeit unterbricht oder stört, verstanden?"
„Jawohl, Sir!", antwortete Storm zackig und schlug die Hacken zusammen.
Der General besah den Captain für einen Augenblick.
„Ich verlasse mich auf Sie, Storm. Also enttäuschen Sie mich nicht!", verkündete er schließlich und bedachte ihn mit einem vielsagenden Blick.
„Gewiss nicht, Sir!", erwiderte der Soldat und Julia konnte Stolz in seinen Augen glänzen sehen. Wie bei einem kleinen Jungen, der ein Lob von seinem strengen Vater erhielt.

„ Danke, Sir.", fügte er leise hinzu und ein kurzes Lächeln erhellte seine düsteren Züge.
Es ließ ihn gleich viel freundlicher wirken.
Draußen schnaubte Copenhagen zufrieden.
Ähnlich erging es auch seinem Herrn.
„Warten Sie draußen, Captain. Es gilt, noch ein paar letzte Dinge zu klären. Einen guten Tag, Sir!", entließ er den Soldaten, welcher sofort Haltung annahm.
„ Ja, Sir! Zu Diensten, Sir! Madam.", verabschiedete er sich mit knappen Nicken und verließ strammen Schrittes das Zelt.
Fragend sah Julia zum Herzog.
Was galt es jetzt noch zu klären?! Es war doch alles gesagt, oder nicht?
Scheinbar nicht, denn Seine Lordschaft erhob sich elegant und schritt um den Tisch herum, geradewegs auf sie zu.
Augenblicklich erhob sich auch Julia, es hielt sie einfach nicht mehr auf diesem verdammten Stuhl.
„ Ich hoffe, Sie verstehen, welch ein Vertrauensvorschuss dieser Posten ist, Madam. Sollten Sie mich verraten, so wird es Ihnen genauso ergehen, wie allen anderen Deserteuren! Haben wir uns verstanden?!" Seine blauen Augen verengten sich und die Fingerspitzen seiner linken Hand ruhten auf der Tischplatte.
Julia reckte das Kinn und schluckte mit klopfendem Herzen den Kloß im Hals herunter.
„ Wollen Euer Lordschaft mir drohen?", hakte sie nach, um ganz sicher zu gehen.

Der Hauch eines Lächelns huschte über sein Gesicht.
„Ich und einer Dame drohen?! Gott bewahre, nein! Sehen Sie es als ... gut gemeinten Rat."
Eine Weile sahen sie sich einfach nur an.
Da wurde seine Miene wieder sanft und nachdenklich, sofern sie das hinter seiner stoischen Maske erkennen konnte.
„Kennen wir uns nicht schon, Madam?! Mit Verlaub, denn Sie kommen mir so bekannt, ja vertraut vor.", bemerkte er und musterte sie eindringlich, wie ein Kunstanalytiker ein Ölgemälde.
„Ich weiß nicht, Sire.", sprach Julia schnell und fühlte, wie ihre Stimme mit ihrem Herzen raste.
„Ich ... habe viel von Ihnen gehört, Euer Gnaden. Der Herzog von Wellington wird in der Heimat als Held verehrt, Sire. Viele loben Ihren Mut und Ihren Namen, Sir."
Ihre Hände wurden kalt und feucht, trotz der Wärme, die von draußen herein drang.
Er kniff die Augen zusammen und legte den Zeigefinger ans Kinn.
„Dem mag so sein. Aber ich glaube immer noch, dass ich Ihnen schon mal begegnet bin.", beharrte er und kam einen Schritt näher.
Ihr blieb fast das Herz stehen!
Augenblicklich trat sie etwas zurück, stieß mit den Knien gegen den Stuhl.
„V-vielleicht habe ich auch nur eines dieser Gesichter, das jedem bekannt vorkommt, Sire.", flüchtete sie sich hektisch in Ausreden.

„ Es könnte ja auch sein, dass Sie mich mit einer anderen Dame verwechseln, oder nicht? Ihrer Frau oder einer ihrer Zofen, zum Beispiel."
Er schüttelte den Kopf und ließ ein Schnauben hören.
„ Unsinn! Ich vergesse nie ein hübsches Gesicht. Also warum sollte ich mich bei einem so schönen, wie Ihrem, täuschen?! Meine Frau war zwar recht ansprechend, doch lange nicht so ..."
Er ließ den Satz unvollendet ausklingen und seine ozeanblauen Augen schimmerten, wie das tiefe Wasser in zwei, finsteren Brunnenschächten.
„ Sie irren sich, Sir! Wir sind uns das erste Mal vor wenigen Tagen begegnet, Euer Lordschaft. Ganz sicher!"
Julia merkte, wie panisch sie klang und wie schnell ihr Atem ging.
Er hob kritisch die Augenbraue und trat etwas von ihr zurück.
„ Möglich. Ganz wie Sie meinen.", murmelte er und nahm wieder hinter seinem Tisch Platz.
„ Vergeben Sie mir, Madam. Ich wollte keinesfalls zudringlich erscheinen!"
Ihr Puls wurde ruhiger und sie nickte.
„ Es ist nichts geschehen, Euer Lordschaft.", meinte sie und brachte ihre Atmung wieder unter Kontrolle.
Ihre Knie zitterten.
Kurz sah er nochmal von seinen Unterlagen zu ihr auf, aber es entging ihr. Sie strich mit ihren Handflächen müßig ihr Kleid glatt.

„ Captain Storm erwartet Sie draußen, Madam. Einen guten Tag!"
Damit war die Unterhaltung beendet, so wusste sie, und sie durfte gehen.
Ohne ein Wort verlies Julia schnell das Zelt.
Nur fort. Fort von diesem Mann, der ihr in die Seele zu schauen vermochte.
Und allem Anschein nach Verdacht schöpfte ...
Aber wie konnte das sein?! Er und sie konnten doch nicht dieselben Träume gehabt haben?! Oder ... etwa doch?

Im warmen Sonnenschein schmolzen ihre Befürchtungen und sie begrüßte die beiden Männer, die sie erwarteten, mit einem Lächeln.
Graham stand bei seinem Schimmel und streichelte ihn gedankenverloren, hob den Blick und lächelte zurück, als er sie bemerkte, hielt sogleich auf sie zu, sein Pferd am Zügel führend.
Captain Storm nickte bloß knapp und strich sich eine Strähne seines wilden, rotbraunen Haares aus dem kantigen Gesicht.
Eine Hand ruhte gewohnt auf dem Griff seines Säbels und erschien alles um sich herum genau wahrzunehmen. Auf eine attraktive Art war er verwegen und düster.
„ Mrs. Green! Bei Gott, ich dachte schon, Seine Lordschaft würde Sie den ganzen Tag für sich beanspruchen.", meinte Graham fröhlich und lächelte immer noch als er sie erreichte.

Er bemerkte ihre Blässe und Sorge umschattete seine heitere Miene.
„ Er war doch nicht etwa grob zu Ihnen, Madam?! Lord Wellington kann ... sehr streng sein. Regelrecht eiskalt. Aber er meint es nicht so, schätze ich. Seine Majestät, der König von England, hätte ihm sonst nie diesen Posten gegeben, das versichere ich Ihnen. Der Herzog ist ein guter Mann!"
„ Ich weiß, Mr. Graham. Ich weiß.", beruhigte sie ihn und massierte sich den Nasenrücken, während sie sich eine passable Lüge ausdachte.
„ Ich ... bin nur etwas erschöpft, sonst nichts."
Er nickte bedächtig.
„ Oh. Verstehe. Erlauben Sie dann, dass ich Ihnen helfe?!", fragte er und bot ihr seinen Arm.
Doch gerade als sie dankend annehmen wollte, trat Captain Storm an sie heran.
Sein Gesicht zeigte kein Anzeichen von Respekt oder Furcht als er dem missbilligenden Blick von Graham begegnete.
„ Ma´am. Ich soll Sie zu Ihrem Zelt führen. Sofort.", meinte er knapp, da fuhr der Offizier ihm harsch ins Wort.
„ Das werde *ich* tun, Soldat. Und wie können Sie es wagen, einen Offizier im Gespräch mit einer Dame zu unterbrechen?! Noch dazu, die Dame zu belästigen?!", herrschte er ihn an, worauf Storm die Augen zu Schlitzen verengte und die Lippen aufeinander presste.
Dieser Mann kannte keine Furcht, stellte Julia erschrocken fest.

„ Befehl von Lord Wellington, Sir.", knurrte der Captain und seine Hand schloss sich fester um den Griff seines schweren Kavalleriesäbels.
„ Ach, wirklich?!", spottete Graham, was den Soldaten vor Zorn kochen ließ.
„ Dreiste Lügner wie Sie werden mit Peitschenhieben wieder zur Vernunft gebracht, Soldat! Name und Rang?"
„ Richard Storm, Sir. Captain der 95.Riflemen, Sir.", erwiderte Gefragter gepresst.
„ Und er ist kein Lügner, Mr. Graham.", übernahm Julia die Verteidigung. „ Ich war dabei als Lord Wellington ihm diesen Sonderbefehl erteilte. Wir sind sozusagen Partner, Captain Storm und ich. Also bitte, beruhigen Sie sich."
Graham sah zu ihr und beruhigte sich zähneknirschend.
Ein wenig konnte sie die Scham in seinen blauen Augen flackern sehen.
„ Sie ... sehen nicht aus wie ein Captain, Mr. Storm.", meinte er an den Soldaten gewandt.
„ Bin auch keiner, Sir. Bin Soldat, Sir. Kein Gentleman, Sir.", erklärte er bissig.
Nun zeigte sich auf Grahams Gesicht Entsetzen.
„ Aus dem Mannschaftsstand?!? Wie ist das möglich? Wie haben Sie es dann in diesen Rang geschafft?!", verlangte er zu wissen.
„ Bei allem Respekt, Sir, aber das geht Sie einen Scheiß an!", konterte Storm und wandte sein Augenmerk auf Julia. „ Können wir, Ma´am?! Ich habe noch andere Verpflichtungen."

Sie nickte hastig und löste sich von Graham, um nicht noch mehr Öl ins Feuer zu gießen.
„ Natürlich, Captain. Einen schönen Tag, Mr. Graham. Sehen wir uns wieder?", fragte sie und war ein bisschen enttäuscht, den Kavallerieoffizier schon verlassen zu müssen.
Seine anfängliche Freude hatte ihre verwirrenden Gedanken ein wenig beruhigen und ordnen können.
„ Natürlich, Madam. Wenn Sie das wünschen.", sprach der stattliche Mann etwas hilflos, da er sich dem Befehl von höchster Stelle beugen musste.
So sah er ihnen ein wenig verwundert hinterdrein, während Storm strammen Schrittes voraus lief und Julia zu ihrem nahen, künftigen Arbeitsplatz führte. Als Julia kurz über die Schulter sah, erkannte sie gerade noch, wie der Offizier sich in den Sattel schwang und sein Schimmel ihn am langen Zügel zurück zu seinem Regiment trug.

In dem Zelt, dass Julia, laut dem Captain, zu gewiesen wurde, gab es nicht viel zu sehen. Lediglich ein polierter Holztisch, ein Stuhl und Schreibutensilien fanden sich darin, sowie ein weiterer Stuhl nahe des Eingangs für Wachen oder eventuelle Besucher.
Nach dem sie alles ausreichend in Augenschein genommen hatte, ließ sie sich auf dem Stuhl hinter dem Tisch fallen und seufzte.
Storm stand auf der anderen Seite und rührte sich

nicht, sah sie nur an und beide Hände hatte er hinter dem Rücken verschränken.

„ Was sollen Sie hier eigentlich tun, Ma´am?!", wollte er wissen.

„ Das, Captain Storm, ist meine Angelegenheit.", erwiderte sie und machte die Beine lang, behielt ihre Aufmerksamkeit aber auf dem Soldaten.

Sie hielt es für unklug, wenn dieser grobschlächtige Kerl zuviel von ihrer Aufgabe wusste.

Sie fühlte sich zwar sicher bei ihm, doch das hieß nicht, dass sie ihm traute.

Er zuckte mit den Schultern und verlagerte sein Gewicht auf beide Beine.

„ Ich kann Sie nicht beschützen, wenn Sie nicht mit mir reden, Ma ´am.", spielte er seinen Trumpf aus.

Julia seufzte und dachte kurz nach, ehe ihr ein toller Gedanke kam.

Sie beugte sich vor, stützte die Ellenbogen auf die Tischplatte und zeigte dem Soldaten ihr schönstes Lächeln, verstärkte dessen Wirkung noch, indem sie etwas den Kopf schräg legte und ihr langes, braunes Haar ihr wie ein Wasserfall über die eine Schulter fiel.

„ Wie wäre es damit?! Ich verrate Ihnen mein kleines Geheimnis, wenn Sie mir Ihres sagen."

Er ließ ein verächtliches Grunzen hören.

„ Ich habe viele Geheimnisse, Ma ´am."

„ Oh, denken Sie, ich hätte weniger?!", konterte sie mit Unschuldsmiene.

„ Ich will ja nicht alle wissen, nur dieses Eine. Und

Sie können im Gegenzug optimal Ihren Auftrag ausführen. Ist das ein Angebot?"
Er schwieg eine Weile.
„ Was wollen Sie wissen?"
Sie lachte leise und bettete ihr Kinn auf ihre Hände.
„ Wie sind Sie Captain geworden? Sie sehen mir nicht so aus, als ob Sie den Posten gekauft hätten und Sie sagten ja selbst, Sie kämen aus dem Mannschaftsstand. Also, wie sind Sie dazu gekommen?!"
„ Hab getan, was ich immer tue, Ma 'am. Leute getötet. Inder waren das damals.", antwortete er knapp und zog die Nase hoch.
„ Das tut jeder andere Soldat auch. Aber SIE wurden dafür befördert. Warum?", hakte Julia neugierig nach.
„ Habe jemandem das Leben gerettet, Ma 'am. Dadurch wurde ich erst Sergeant, dann Captain, Ma'am.", meinte Storm, als sei es eine Kleinigkeit gewesen.
Sie nickte verstehend und lehnte sich noch etwas weiter vor. Die Geschichte interessierte sie.
„ Und wem? Einem Offizier?!", wollte sie wissen.
Ein leichtes Lächeln erhellte die grimmigen Züge des Captains.
„ Wellington.", war alles, was er sagte und später fügte er noch etwas an.
„ Ma'am."
Kurz hingen seine Worte bedeutungsvoll in der Luft.

Julia suchte einen Augenblick nach den passenden Worten, aber ihr fiel beim besten Willen nichts ein.

„ Sie ... Sie haben Seiner Lordschaft das Leben gerettet. Sie sagen das, als sei es nichts!", entfuhr es ihr und staunend sah sie an ihrem Gegenüber hoch.

„ Damals war er noch kein Lord, Ma´am. Nur Wellesley, Ma´am. Aber trotz dem mein Anführer, Ma´am. Er war in Schwierigkeiten und ich hab als Soldat getan, was ich tun musste. Leute getötet und meinen Oberbefehlshaber verteidigt, Ma ´am. Meine Jungs sind gerannt, wie die Hasen. Ich nicht. Konnte ihn nicht allein lassen, Ma´am."

„ Und wie genau haben Sie das gemacht?! Ich meine, wie ist das eigentlich passiert?", fragte sie neugierig weiter und war völlig fasziniert von seiner Erzählung.

Ein Grinsen ließ sein Gesicht strahlen.

„ Erst sind Sie dran, Ma ´am.", erinnerte er sie füchsisch.

Es entlockte ihr ein Lächeln.

„ Was sollen Sie für den alten Naseweis eigentlich hier tun?!"

„ Übersetzen, Captain.", antwortete sie schlicht.

„ Sonst nichts?! Aber Sie sind doch die Fremde, die Harper und seine Jungs gefunden haben, oder? Ohne Verwandte oder nennenswerte Güter. Aber dennoch hat Wellington Sie unter seinen Schutz gestellt. Sind Sie seine Spionin? Sie müssen doch

...gewiss *mehr* für ihn tun, als nur ein paar Wische zu übersetzen?", hakte er nach und grinste dreckig.
Sie beschloss, Milde walten zu lassen.
„ Sie haben es erfasst, Sir. Sonst nichts! Ich bin einiges, aber keine Spionin. Und seine Mätresse bin ich auch nicht, das verbitte ich mir! Wie kommen Sie darauf, Captain?"
Er zuckte mit den Schultern und seine Augen funkelten.
„ Sind ein hübsches Mädchen, Ma 'am. Die Frau von Lord Langnase ist ein ekliges Biest und im Moment – zum Glück! – sehr weit weg. Könnte verstehen, wenn der alte Naseweis ... Ihre Dankbarkeit genießen würde, wenn Sie verstehen?"
Wieder dieses verruchte Grinsen.
„ Oh, ich verstehe sehr wohl, Sir!", erwiderte sie und legte ihr süßestes Lächeln auf.
„ Aber jetzt sollten *Sie* besser fortfahren, oder irre ich mich?"
Er verstand die unterschwellige Warnung dahinter und räusperte sich.
„ Natürlich, Ma 'am."
Und so begann er zu erzählen.

Es ist ein heißer Morgen und die Sonne brennt unbarmherzig vom wolkenlosen Himmel nieder.
Wie jeden gottverdammten Tag in Indien.
Storm und seine Leute befinden sich abseits des restlichen Lagers, nahe einem Fluss und bilden den

Grenzposten.
Viele der Kerle suchen unter den kargen Bäumen den Schutz des ohnehin geringen Schattens, andere versuchen zu schlafen.
Da kommt ein einzelner Reiter auf sie zu. Sein weißes Pferd ist ein Ross der Wüste und damit perfekt an solche Bedingungen angepasst.
Der Hengst trägt ironischerweise den Namen Arca. Jeder im Heer kennt diesen Schimmel und seinen in Mitternachtsblau gewandeten Reiter.
Es ist der aufstrebende Arthur Wellesley, ein General der britischen Armee.
Er ist der Bruder des legendären Richard Wellesley, der beim Versuch den Jüngeren zu schützen, umgekommen sein soll.
Seitdem führt der zweite Sohn das Heer. Er tut es mit unfassbar strenger, doch gerechter Hand. Wobei man sagt, der Kerl habe kein Herz.
Hinter dem General traben die Offiziere seines Stabes auf ihren erschöpften Pferden in einigem Abstand hinter her.
Storm beobachtet, wie der Verband anhält und Wellesley die übrigen Reiter fortschickt. Nichts Ungewöhnliches. Der General ist auf den letzten Metern seiner morgendlichen Runde immer gern allein und sucht die Ruhe, die Einsamkeit.
Die Offiziere machen dankbar kehrt und treiben ihre müden Pferde ins befestigte Lager zurück, das man in der Ferne am flimmernden Horizont erahnen kann.
Für die ausgelaugten Tiere gibt es dort Wasser und

Hafer, für die Männern Wein und willige Weiber.
Und vor allem: Schatten. Reichlich davon.

Während die Stabsmitglieder davon eilen, lenkt Wellesley seinen weißen Hengst gelassen in die entgegen gesetzte Richtung.
Gehorsam trabt das Pferd auf den viel zu schmalen, wie seichten Flusslauf zu und an seinen langen, grazilen Beinen spritzt geräuschvoll Wasser, anstelle Wüstensand hoch.
Kurz lässt er den Schimmel stehen und trinken.
Storm und seine Leute halten die Blicke respektvoll gesenkt, wie man es sie an der Militärakademie lehrte.
Schließlich trabt Wellesley weiter und passiert die Hänge in der Ferne.
Die Blicke der Soldaten folgen ihm abwartend, ehe sie wieder gewohnt ihre Tätigkeit aufnehmen.
Da zerreißen plötzlich Schüsse und das schmerzerfüllte Kreischen eines Pferdes die Luft!
Es kommt aus der Richtung, in die Wellesley geritten ist.
Sofort ist Storm auf den Beinen, greift sich einen rum liegenden Säbel und seine Waffe und rennt zur Quelle des Lärms.
Er ruft seinen Jungs zu, dass sie ihm folgen sollen – aber die laufen schnell in Richtung Lager, all ihre Habe mit sich nehmend.
Sie lassen ihren General im Stich! Gut, es war sein Befehl gewesen, woraufhin die ganze Meute ausgepeitscht wurde. Aber es waren nur 10 Hiebe pro

Mann gewesen und sie alle hatten es verdient, weil sie beim Vergewaltigen und Stehlen erwischt worden waren.

Nur Storm nicht. Er nimmt immer nur das, was die Armee ihm gibt oder die Not es von ihm verlangt.

Und wenn seine Lust überhand nimmt, bezahlt er eben eine der etlichen Huren, die dem Tross immer folgen, wie Motten dem Licht.

So ist Storm also allein – und er findet seinen General in höchster Not!

Ein Trupp indischer Infanterie, welche auf Seiten der Franzosen kämpft, hat ihn eingekesselt und vom Pferd gerissen.

Das arme Tier liegt halb über seinem Herrn, eine Fahnenstange in der Brust.

Der Goldene Adler an der Spitze ragt blutüberströmt aus dem Rücken des Tieres hervor und die Fahne selbst tut es zum Teil ebenfalls.

Der Hengst wiehert und schreit vor Schmerzen und im Todeskampf tritt und beisst er unkontrolliert um sich.

Unbewusst schützt er dadurch seinen Herrn, der mit den Beinen unter seiner Flanke ein geklemmt ist und das warme Blut des Rosses tropft ihm auf Oberkörper, wie Gesicht.

Diese indischen Bastarde mussten mit ihren Schüssen den Schimmel aufgeschreckt und ihn dann aufgespießt haben.

Sie bleiben auf Abstand, würden warten bis der tapfere Hengst endlich verendet ist – und sich dann auf Wellesley stürzen.

Aber da hatten sie die Rechnung ohne Storm gemacht!
Instinktiv erschießt er zwei der Kerle aus seiner Deckung, hinter dem Hang. Zwei Weitere im vollen Lauf und ein Anderer bekommt den Kolben seines Gewehrs zu spüren.
Als er die Mistkerle erreicht und somit seine treue Waffe relativ nutzlos wird, nimmt er den geborgten Säbel zur Hand.
Mit dem Rücken steht er zu Wellesley, der verzweifelt versucht, unter seinem sterbenden Pferd freizukommen.
Er will Storm unterstützen, weiß dieser.
Hin und wieder hält er einige der Angreifer mit seinem eigenen Säbel notdürftig fern oder warnt Storm vor hinterhältigen Finten und anderen Angriffen.
„ Bleiben Sie unter dem Gaul, Sir! Bleiben Sie unten! Verdammt noch mal, Sir!", herrscht der Soldat ihn immer wieder an.
Schließlich tut der weiße Hengst seinen letzten Atemzug und zugleich tötet Storm auch den letzen, indischen Schweinehund.
Einige Verletzungen hat der Mann für seine unvergleichliche Tapferkeit zu verzeichnen.
Unter anderem eine gewaltige Platzwunde im Gesicht. Eine Narbe wird bleiben, weiß er auch ohne Arzt zu sein.
Quer über der linken Wange.
Ein Zeichen, dass ihn ewig daran erinnern wird, was er am heutigen Tage getan hat.

Nämlich das Leben seines Generals, Arthur Wellesley gerettet.
Dieser weint eine Weile, ob dem Verlust seines Schimmels.
„ Arca. Oh Arca.", hört Storm ihn schluchzen als er ihn unter dem toten Tier hervor zerrt.
Es ist dem Soldaten mehr als peinlich, seinen Oberbefehlshaber so zu sehen.
Der General ist verletzt, kann nicht ohne Hilfe gehen.
Also erreicht er letztlich, vom blutenden Richard Storm gestützt, das britische Lager.

„ Seitdem schickt er mich in jede verteufelte Hölle, die ihm einfällt! Dieser Mistkerl.", fluchte Storm, doch es klang liebevoll.
Julia unterband ihr Lachen nicht.
„ Weil er weiß, dass sie immer von dort zurückkehren, Captain. Er verlässt sich auf Sie!", sprach sie sanft und schmunzelte.
„ Scheint so, Ma 'am. Aber manchmal glaube ich, der alte Fuchs will mich einfach nur umbringen.", erwiderte der Soldat und beide lachten einen Moment befreit.
„ Da bin ich anderer Meinung, Captain. Lord Wellington ist ein Anführer und zwar ein Guter, wie ich höre. Und gute Anführer passen immer auf ihre Leute auf. Oder liege ich da falsch?", meinte Julia und musterte ihr Gegenüber abwartend.
„ Nein, Ma 'am. Einer der Grünschnäbel hat mal

gefragt, woran man erkennt, dass man *wirklich* absolut sicher ist. Sofern man das in diesem verfluchten Krieg je ist."
Intensiv sah Storm auf seine Stiefel.
Julia erhob sich und kam zu ihm, lehnte sich mit der Hüfte gegen den Tisch.
„ Woher weiß man es?", erkundigte sie sich behutsam.
Der Captain sah auf und ihr fest in die Augen. Er lächelte schief.
„ Sobald man den alten Naseweis auf seinem großen, braunen Gaul am Horizont erkennt, Ma 'am.", gestand er und seine folgenden Worte bereiteten Julia Gänsehaut, da sie mit soviel unterschwelliger Emotion gesprochen wurden.
„Wenn ihn einer sehen kann, dann kann er auch einen sehen. Dann ist alles gut, Ma 'am."
„ Ich will nicht dreist sein, aber das klingt, als würden Sie aus Erfahrung reden. Hat er Sie schon mal beschützt, Captain?!"
Einerseits wollte sie diese recht private Frage nicht stellen, andererseits saß sie sozusagen an der besten Quelle.
Da verspannte sich Storm plötzlich und erinnerte an einen Wolf kurz vor dem Sprung. Seine Augen glänzten wütend.
„ *Immer*, Ma 'am!", brach es barsch, wie leidenschaftlich aus ihm hervor.
Dann senkte er betreten den Blick.
„ Komme aus der Gosse, Ma'am. Kenne nix anderes als die Armee. Wäre verhungert oder erfroren,

wenn ich nicht beigetreten wär`. Hatte Glück, ich kam sofort unter das Oberkommando von Wellesley, Ma´am. Lord Langnase ist ein gerechter Mann, Ma´am. Kaltherzig vielleicht, aber gerecht."
Und so begann er ein weiteres Mal ihr aus seiner Vergangenheit zu erzählen.

Sie sind angetreten. Sie alle.
Es ist ein verdammtes Exempel. Eine pure Machtdemonstration!
Und er, Richard Storm, soll dafür herhalten. Im wahrsten Sinne.
Sie binden grob seine Handgelenke mit rauem Seil fest.
Das es ihm ins Fleisch schneidet, ist diesen Bastarden nur Recht! Seine Jungs stehen in vorderster Reihe. Nicht weil sie wollen, sondern weil Major Baxter darauf bestanden hat.
Dieser widerliche Bastard!
Richard weiß genau, dass der Dreckskerl hinter ihm ist.
Mit dreckigem Grinsen und leuchtenden Augen und auf seinem gottverdammten, weißem Gaul.
Sie reißen ihm das Hemd vom Leib und ziehen sich hinter seinen nun mehr nackten Rücken zurück.
Er hört, wie die lederne Peitsche ausgerollt wird und der „Henker" sich warm schwingt.
Quälend langsam.
„ Lasst dir Zeit, Kleiner!", ruft Baxter dem armen

Private zu.
Der Kerl mit der Peitsche mag kleiner als manch andere sein, doch seine Arme sind kräftig.
Er war vorher bei der Marine.
Genau das, was Baxter will, das Richard leidet!
„ Mach schön langsam, mein Junge! Lass` den Kerl ruhig zittern.", hört Richard ihn sagen, gefolgt von einem diebischen Lachen.
Der Schweinehund kann froh sein, dass Richard festgebunden ist, sonst würde er ihm das verdammte Grinsen mit all seinen Zähnen aus dem dämlichen Rattengesicht wischen!
Die Peitsche schnalzt. Trifft Fleisch.
Die Umstehenden zählen.
30 Hiebe sollen es werden. Und das nur, weil Storm einen erschöpften Soldaten ins Lager getragen hat – und damit sich einem Befehl Baxters widersetzte.
Der Mistkerl bestand auf diese Strafe, da er sich durch Storms Verhalten beleidigt sah.

Richard schreit nicht, obwohl er es könnte und allen Grund hat.
7 Hiebe sind es bisher.
Es brennt als würden tausende Fegefeuer toben!
Warmes Blut strömt über seinen vor Schweiß kalten Rücken.
Sein Körper erbebt und zittert in seinen Grundfesten.
Aber er wird nicht schreien. Diesen Sieg wird der verdammte Bastard nicht bekommen!
> Nur über meine Leiche!<, denkt sich Richard.

Doch wenn das so weiter geht, ist das gar nicht mehr so unwahrscheinlich.
Der Mann mit der Peitsche holt zum 8.Schlag aus.
„Aufhören! SOFORT AUFHÖREN!!", brüllt da eine Stimme über die Köpfe der Anwesenden, begleitet von raschem Hufschlag.
Sie gehört zu einem Mann, dessen Tonfall normalerweise immer ruhig, ja eisig ist.
Aber im Moment ist sie ungewohnt laut und kurz davor sich zu überschlagen.
Dicht hinter Richard kommt ein Pferd scharf zum Stehen.
Er kann den warmen Atem des Wallachs auf der Haut fühlen.
Es entlockt ihm ein leises, zischendes Keuchen.
Der Reiter hat sich schützend zwischen ihn und die verdammte Peitsche positioniert.
„Stehen Sie hier nicht so rum, Sergeant!", herrscht er den Kumpanen Storms an.
„Helfen Sie ihm und binden Sie diesen Mann augenblicklich los!"
Mit ungemeiner Erleichterung bemerkt Richard, wie die schneidenden Seile von seinen Handgelenken ablassen und er fällt geradewegs in die Arme von zwei seiner Jungs.
Endlich kann Storm seinen Retter sehen.
Es ist Wellesley. Das sonst so blasse und gefasste Gesicht ist von Emotionen aufgewühlt und krebsrot. Er reitet einen herrlichen Goldfuchs, der unter ihm zu tanzen scheint.
„Und SIE, Sir!", wendet er sich richtig aufgebracht

an Baxter und zeigt gar mit der schlanken Reitgerte auf ihn. „Werden sich verantworten müssen!"
„Aber, General! Dieser Hund hat sich meinen Befehlen widersetzt. Er MUSS bestraft werden, Sir!", wirft dieser Bastard auf seinem Gaul ein.
„Oh, das wird er, Sir.", versichert Wellesley und sein Tonfall ist wieder gewohnt kühl.
„Von mir persönlich. Aber das Wie und Wann ist meine Sache. Und Sie, Sir, sind nicht in der Position, um solche Strafen zu erlassen! Oder irre ich mich, Mr. Baxter?! Also haben Sie sich meinen eindeutigen Befehlen widersetzt."
„Aber Sir, Storm schuldet mir noch 22 Hiebe. Er muss bluten, Sir.", versucht es der Offizier weiter.
Da lenkt Wellesley seinen Fuchs auf ihn zu und droht mit der Gerte auszuholen.
Die Umstehenden trauen ihren Augen nicht.
„Der Einzige, der gleich mit der Gerte eins verpasst bekommt, sind SIE, Sir!", faucht Wellesley und seine blauen Augen sprühen Feuer.
Im Stillen bettelt Storm regelrecht darum, dass der General seine Worte wahrmacht.
Aber zu seiner Enttäuschung reicht die Drohung aus, um Baxter gefügig zu machen.
Halb dem Fieber und der Ohnmacht verfallen bekommt Richard mit, dass der Mistkerl zu niederen Diensten abkommandiert, sowie gehörig tief degradiert wird.
Dann erscheint der elegante Goldfuchs mitsamt seinem mitternachtsblauen Reiter wieder neben ihm. Wie ein Schutzengel.

> Er IST mein Schutzengel. <, schießt es ihm durch den Kopf und ein Teil von ihm schämt sich für diesen Gedanken, der andere ist stolz.
> Und ICH bin der Seine. <, fügt er mit leichtem Schmunzeln an, als die Worte seines Generals zu ihm durchdringen.
„ Ich werde Sie erstmal zu einem begabten Arzt schaffen, Storm. Der soll Sie wieder zusammenflicken. Bei Gott, so kann man sich ja nicht mit Ihnen sehen lassen verdammt!"
„ A-aber ... ich kann mir von meinem Gehalt als Sergeant Major doch gar keinen Arzt leisten, Sir. Zumindest keinen guten.", wirft Richard schwach ein und schaut an dem Sattel und seinem Oberbefehlshaber hoch. Ein seltenes Lächeln ziert auf einmal seine schmalen Lippen.
„ Da müssen Sie sich irren, ... Captain."

„ Da haben Sie Ihre Antwort, Ma'am.", schloss Storm seine Erzählung ab. In ihren schönen, braunen Augen schimmerten Tränen. So gerührt war sie von dieser Geschichte.
Er hingegen sah aus, als habe er gerade mit ihr über das Wetter gesprochen.
„ Danke. Für das Vertrauen.", sprach sie und meinte es auch so. Der Captain zuckte mit den Schultern. „ Das hat nichts mit Vertrauen zu tun, Ma'am. Sie haben eine Frage gestellt. Jetzt haben Sie eine Antwort.", erwiderte er locker.

Am Abend traf Julia sich mit Harper und Smith.
Die beiden hatten sie an ihrem Zelt abgeholt und schlenderten nun mit ihr durchs Lager.
In ihren Rücken zog die Nacht allmählich herauf.
„Wellington hat Ihnen Storm zugeteilt?! Ja, ist der denn wahnsinnig?!?", entfuhr es dem Sergeant als Julia von dem Captain erzählte.
„Wieso?! Auf mich wirkt er ganz nett.", antwortete sie auf ihre entsetzen Mienen.
„Der Captain der Rifles ist ein Monster, Madam! Eine Bestie.", warnte Smith.
Der junge Private war sogleich etwas blass um die Nase geworden.
Sein hünenhafter Vorgesetzter brummte zustimmend und legte ihm besänftigend eine Pranke auf die schmale Schulter.
„Wer Wind sät, wird Storm ernten, sagen die Jungs aus seinem Regiment. Und glauben Sie mir, Miss, die meinen das *verdammt* ernst! Richard Storm ist ein Ungeheuer! Ein Schlächter! Sie sollten sich vor ihm in Acht nehmen, Miss."
Zur Antwort bekamen die Männer ein heiteres Lachen.
„Jetzt übertreiben Sie es aber mit Ihren Gruselgeschichten, Gentlemen. Ähnliche Dinge haben Sie mir auch über Dr. Gates erzählt und er hat sich als guter Freund und Verbündeter erwiesen. Warum sollte es bei Captain Storm also nicht auch so sein?! Immerhin hat er Seiner Lordschaft das Leben gerettet."
Die Soldaten tauschten wissende Blicke.

Angst zeigte sich in ihren Zügen, geeint mit Sorge.
„ Oh ja, das hat er, Madam. Aber fragen Sie besser nicht WIE.", meinte Smith kleinlaut.
„ War der reinste Berserker, Miss. Selbst unser gestandener Armeearzt konnte sein Essen nicht bei sich behalten. Und einen der Offiziere hat er bei lebendigem Leibe gehäutet, weil der sich angeblich an sein Mädchen rangemacht hat. Gegenüber der Obrigkeit hat er es natürlich ganz anders aussehen lassen. Und keiner traut sich, ihn anzurühren, da er ja so eng mit dem alten Naseweis ist, Miss. Ich sage ihnen, der Kerl ist kalt wie ′ne Schlange und gefährlicher als ein wilder Löwe, Miss!"
Julia schüttelte entschieden den Kopf, sodass ihre braune Mähne nur so flog.
„ Nein, Gentlemen, Sie müssen sich irren. Warum würde Lord Wellington ihn mir denn sonst an die Seite stellen, hm?"
Fragend sah sie die beiden Männer an.
Diese wechselten betretene Blicke.
„ Dir *wen* an die Seite stellen, Liebes?", schaltete sich Rosy ein, da sie in Hörweite des Wagens gelangt waren.
Schnell nutzen Harper und Smith die Gelegenheit, um sich zu verabschieden.
„ Guten Abend, Rosy. Miss.", meinte der Sergeant und verneigte sich schnell.
„ Gute Nacht, Madam.", rief Smittie und trabte seinem Vorgesetzten hinterher.
„ Gute Nacht, Mr. Harper. Mr. Smith.", erwiderte

Julia und winkte ihnen.
Rosy stellte den Wassereimer bei den Eseln ab und Heart und Soul begannen sogleich gierig zu trinken.
„Also: Wen hat dir Seine Lordschaft zur Seite gestellt?!", fragte sie neugierig.
„Ach, einen Mann namens Captain Richard Storm. Kennst du ihn?"
Vor Schreck taumelte die Alte einige Schritte zurück.
„Rosy?", erkundigte sich Julia besorgt und kam auf sie zu.
„Richard Storm?! Oh Gott, Kind! Patrick und Raphael haben dir leider keine Märchen erzählt, Liebes. Dieser Mann mag das Leben Seiner Lordschaft gerettet haben, doch für den Rest von uns bleibt er ein Tunichtgut und ein Schänder! Halt dich von ihm fern, Liebes. BITTE!"
„Geht schlecht. Wellington hat ihn mir als Beschützer zugeteilt.", gestand Julia verlegen.
Darauf schlug Rosy die Hände über dem Kopf zusammen, sodass ihre Esel vor Schreck zu trinken aufhörten.
„WAS?! Ist der wahnsinnig?? Wie kann er dich in die Obhut dieses ... Teufels geben? Und *warum* eigentlich?", verlangte sie zu wissen.
Denn Rest des Abends verbrachte Julia damit, ihr zu erklären, was geschehen war.
Aber egal, wie sehr sie auf die alte Dame auch einredete, sie änderte ihre Meinung nicht.
Dasselbe galt in den folgenden Tagen auch für

Harper und Smith.
Und ausnahmsweise war Graham mit ihnen der gleichen Meinung!
Julia würde auch schon bald erfahren, warum der Captain so einen schlechten Ruf bei den Übrigen des Heers hatte ...

Die Wochen vergingen und Julia leistete gute Arbeit. Sie stellte sich als sehr zuverlässig heraus und Seine Lordschaft sei äußerst zufrieden mit ihr, so berichtete Gates, wenn er sie besuchen kamen.
Aber nicht nur der Medicus leistete ihr ab und an Gesellschaft. Auch Harper und Smith kamen vorbei, um sie nach Feierabend vom Zelt zu Rosys Wagen zu geleiten.
Hin und wieder tat das auch Graham, der sich als sehr galanter und humorvoller Begleiter erwies.
Doch ihre angenehmste Gesellschaft, befand Julia, waren immer noch ihre Retter, der hünenhafte Sergeant und sein schlanker Private.
Zu ihnen hegte sie bald eine tiefe Freundschaft, ebenso und selbstverständlich zu Rosy.
Storm schwieg die meiste Zeit und obwohl sie lediglich eine Zeltplane voneinander trennte, kam es Julia meist so vor als seien es in Wahrheit Welten.
Der Captain nahm seinen Auftrag sehr, sehr ernst.
Fast zu sehr.
Denn er ließ zu Beginn nicht mal den Medicus zu

ihr durch, denn Julia extra gerufen hatte, da sie seine Hilfe bei einem lateinischen Text brauchte.
„ Sie wissen, wer ich bin, Storm. Ich bin der Leibarzt Seiner Lordschaft! Also lassen Sie mich durch, Herr Gott!", hatte Gates gefordert.
Doch der Captain hatte sich nur gestreckt und sich drohend vor dem Medicus aufgebaut.
„ Das ist mir scheiß egal! Sie könnten auch der verdammte König von England sein, Sie Quacksalber, ich lasse Sie dennoch nur über meine Leiche hier durch!", knurrte er und spannte die Muskeln an.
Er hätte sich ohne Zweifel mit dem Doc geprügelt, ihn vielleicht sogar getötet.
Da war Julia sich sicher, als sie in seine kühlen Augen gesehen hatte.
„ Aber ich bin ein guter Freund der Dame, Sir.", versuchte es der Medicus nun.
Storm verengte die Augen zu Schlitzen und kam bedrohlich näher.
Er war wirklich kurz davor, Gewalt anzuwenden.
„ Seine Lordschaft hat mir *ausdrücklich* befohlen, dass nichts und niemand, *absolut gar nichts* die Dame stören darf! Und ich habe nicht vor, den Herzog zu enttäuschen!!"
Der letzte Satz verließ als dunkles Grollen seine Lippen und voller Entschlossenheit.
Storm würde eher tausend Tode sterben, als vor Wellington zu zugeben, versagt zu haben.
„ Aber *mich* wollen Sie enttäuschen, Captain?!", erkundigte sich Julia, die rasch neben ihren Wäch-

ter getreten war, um die Situation zu entschärfen.
Seine harten Augen zuckten kurz zu ihr.
„ Natürlich nicht, Ma'am.", antwortete er knapp.
Es klang barsch, doch Julia wusste, dieser ruppige Kerl hatte ein gutes Herz.
Irgendwo.
Sie lächelte ihn an.
„ Und warum halten Sie dann den Mann auf, den ich um Unterstützung bei meiner Arbeit gebeten habe?!", erwiderte sie.
Kaum merklich zuckte Storm zusammen. Sie kannte ihn inzwischen gut genug, um es trotzdem zu sehen. Er hatte einen Fehler begangen und es gab nichts, was er mehr hasste, als das.
„ In der Armee bringen Fehler Sie um, Ma'am.", hatte er ihr mal erzählt.
Jetzt war er es, der einen zu verschulden hatte.
Für ihn stand Julia mit Wellington gleich, verkörperte und versinnbildlichte seinen Befehl.
Wenn er sie enttäuschte oder verärgerte, so tat er das gleichermaßen bei Seiner Lordschaft.
Ohne ein weiteres Wort machte der Captain den Weg frei, sodass der Medicus Julia problemlos folgen konnte.
„ Dankeschön, Captain.", bedankte sie sich lächelnd bei ihm und ging ins Zelt.
Er ließ lediglich ein Grunzen hören.

Seitdem war der Medicus der Einzige, der das Zelt des ominösen Übersetzers betreten durfte.
Ansonsten gab es nur den verwegenen Storm am Eingang, der jeden vergraulte.
Vom neugierigen Kind bis zum Klatsch versessenen Weib. Selbst vor ranghöheren Offizieren schreckte er nicht zurück.
Aber besonders die Kinder erwiesen sich als richtige Quälgeister.
Für sie war es irgendwann ein sehr interessantes Spiel, dass Geheimnis um dieses Zelt zu lüften, was Tag und Nacht unablässig von diesem unheimlichen, bösen Mann bewacht wurde.
Eines sonnigen Morgens saß Julia über einige wichtige Unterlagen zum Handel der Spanier gebeugt. Draußen herrschte reges Treiben und sie blieb entspannt, denn sie wusste genau, dass an Storm, ihrem stattlichen Wächter, niemand vorbei kam.
Absolut *niemand*!
Aber an diesem Tag sollte sich diese Konstante ändern.
„ Was machen Sie denn da, Miss?"
Erschrocken fuhr Julia zusammen und sah sich dann einem kleinen Jungen gegenüber, der sie neugierig mit großen Augen musterte.
Seine Kleider waren abgerissen und schmutzig. Also war er nicht das Kind eines Offiziers. Vermutlich war er eines der unzähligen Soldatenkinder.
„ Oh Gott, hast du mich erschreckt!", meinte sie,

ehe sie ihn freundlich anlächelte und sich vorbeugte, die Ellenbogen dabei auch die Knie gestützt.
„ Hallo, junger Mann, wer bist du denn?"
„ Benjamin Oak, Miss.", antwortete der Kleine.
Sie kannte diesen Namen. Und das nicht nur aus dem Kurierbericht eines notgeilen, französischen Botenreiters.
„ Du bist bestimmt Marys kleiner Bruder, richtig?", erkundigte sich Julia und der Junge nickte eifrig.
Mit seiner Schwester, einer großen, blonden Schönheit, verband sie eine aufkeimende Freundschaft.
„ Alle nennen mich Ben, Miss.", erklärte der dunkelblonde Knabe und grinste, sodass eine Zahnlücke zum Vorschein kam.
Sie schenkte ihm ihrerseits ein Lächeln.
„ Freut mich, Ben. Ich bin Julia Green, aber du kannst ruhig Julia sagen.", stellte sie sich vor und reichte ihm die Hand.
Er schüttelte sie und kam aus dem Grinsen nicht mehr raus.
„ Ich freue mich ja wirklich, dass du hier bist, Ben.", begann Julia behutsam. „ Aber weißt du, du darfst eigentlich gar nicht hier sein. Lord Wellington hat das verboten, verstehst du? Und wenn er mitbekommt, dass du hier bist, dann bekommst du ganz schrecklich viel Ärger. Und ich auch. Das wollen wir doch beide nicht, stimmt's?"
Zu ihrer Überraschung lachte der Kleine keck auf

und streckte sich, um groß und stark zu wirken.
„ Pah! Vor Lord Langnase hab` ich keine Angst, Miss!", meinte er tapfer, worauf sie schmunzelnd die Stirn in Falten legte.
„ Ach wirklich?! Also ich an deiner Stelle hätte schreckliche Angst vor ihm. Immerhin ist er der Eiserne Herzog!"
Sie tat, als würde sie sich fürchten und zwar bewusst so übertrieben, dass Ben lachen musste.
„ Ich werde Sie beschützen, Miss Julia.", versicherte er und warf sich heldenhaft in Pose. „ Nur keine Sorge."
„ Oh, na da bin ich aber froh! Wobei ich eines Helden eigentlich nicht bedarf, Ben. Seine Lordschaft passt gut auf mich auf."
Sie schenkte ihm wieder ein Lächeln und seine enttäuschte Miene schwand.
„ Aber trotzdem danke."
Dreist, wie der Kleine war, sprang er ungefragt auf Julias Schoß, was diese sich gefallen ließ.
„ Was machen Sie eigentlich hier?", griff er seine Frage von Anfang wieder auf.
Sie legte vorsichtig die Arme um seine Hüfte.
„ Naja, ich arbeite für Seine Lordschaft, wie du sehen kannst. Das sind ganz wichtige Unterlagen, die der Herzog mir da anvertraut hat. Die darf eigentlich niemand außer mir und ihm sehen."
„ Ist nicht schlimm.", meinte Ben und grinste. „ Ich kann eh nicht lesen."
Er drehte sich etwas mehr, um ihr ins Gesicht sehen zu können.

„ Sie sind voll hübsch, Miss Julia. Schöner als meine Mama und meine Schwester Mary!"
Das ehrliche Kompliment des Kindes brachte sie in Verlegenheit und ihre Wangen röteten sich.
„ Oh danke, Ben! Aber ich glaube du übertreibst etwas. Deine Schwester ist die schönste Frau, die ich kenne.", milderte sie das Lob ab.
Der Kleine überging es Schulter zuckend.
„ Ist halt meine Schwester.", erwiderte er knapp, ehe seine braunen Augen wieder vor Schalk und Neugier leuchteten.
„ Sind Sie das Liebchen vom alten Naseweis?!?", fragte er so direkt, dass es ihr einen Moment die Sprache verschlug.
„ Wie ... bitte?", brachte sie lahm hervor.
Der kleine Frechdachs ließ ein Schnauben hören, als sei er der genervte Erwachsene und sie das Kind.
„ Sind Sie die, die er liebt?!", wiederholte er die Frage und schaute sie direkt an.
„ Seine Frau sind Sie nicht. Die ist böse! Mein Vater sagt, sie sei ´ne verdammte Hure und sie würde dem alten Naseweis nur weh tun. Und ich glaube, Lord Langnase mag die alte Ziege eh nicht! Hat zumindest meine Mama mir gesagt."
Plötzlich wurde seine Miene ganz ruhig, fast traurig.
„ Er passt immer auf uns auf. Gibt meinem Vater Arbeit und Geld. Mir und meiner Schwester Kleidung und Essen. Hat dafür gesorgt, dass Mama und Vater heiraten konnten. Mein Vater sagt,

dank ihm sind wir sicher. Deswegen kann er in Ruhe für ihn gegen die Franzosen kämpfen. Weil er weiß ... dass der alte Naseweis auf uns Acht gibt. Lord Langnase lässt nicht zu, dass euch was geschieht, meine Lieben. Das sagt er immer, bevor er weggeht."
Mit großen Augen schaute der Junge an Julia herauf.
„ ... Und dann hat er diese blöde Ziege zur Frau! Das hat er nicht verdient, Miss."
Aus einem Instinkt gab Julia ihm einen sachten Kuss aufs Haar.
„ Ich glaube, Seine Lordschaft kommt zurecht, Ben. Und er hat Lady Wellington bestimmt sehr gern!", versuchte sie es sanft, aber der Kleine schüttelte energisch den Kopf.
Eigentlich wusste sie es ja auch besser, aber das konnte sie dem Kind ja schlecht sagen.
„ Hat er nicht!", wehrte sich Ben energisch und verschränkte trotzig die Arme vor der Brust. „ Und das wissen alle hier! Das die 'ne dumme Kuh ist."
Wieder sah er an Julia rauf, diesmal leuchteten seine Augen fröhlich.
„ Aber Sie ... Sie sind wunderschön, Miss Julia. Und ganz lieb. Und klug. Ich meine, Sie können *lesen!* Wie Lord Langnase. Der kann auch lesen, glaub ich. Ja, der *muss* lesen können, ist ja der General!"
Verlegen sah er weg und knetete seine Hände im Schoß. „ Und da dachte ich ... naja, dass er Sie sehr gern hat, Miss."

Er sprang von ihr herunter und drehte sich ihr zu.
„ Ich meine, er lässt Sie hier bewachen, wie einen Schatz! Wie eine Prinzessin aus diesen Märchen, die von einem wilden Drachen gefangen genommen wird."
Er war ganz aufgeregt und brauchte nicht zur Tür zu weisen, um zu verdeutlichen, wer in diesem Gleichnis der grausame Drache war.

Eben jener „Drache" kam mit einem Mal herein gestürmt und packte den Jungen grob am Kragen!
„ Hab` ich dich, du elende Laus!", grollte Storm und hob Ben so hoch, dass seine Beine in der Luft strampelten.
Sofort begann der Junge, sich wie wild zu wehren und zu schreien.
Julia brauchte einen Moment, um die Lage zu erfassen.
„ He! Lassen Sie mich los! LOSLASSEN! NEIN!!"
„ Schon den ganzen Tag schleichst du ums Zelt rum, du kleine Ratte! Dachtest wohl, ich seh` dich nicht, was? Tja, falsch gedacht!", knurrte Storm und wollte mit dem Jungen, den er vor sich hielt wie ein Nachtwächter seine Laterne, das Zelt verlassen.
„ Was haben Sie vor?! Lassen Sie den Jungen in Ruhe! Er hat nichts getan!", forderte Julia und eilte ihm hinterher.
Storm blieb stehen und sah über die Schulter zu ihr.
„ Nichts?! Er hat den Befehl Seiner Lordschaft

missachtet! Ist das etwa *Nichts*, Ma'am?", knurrte er und wandte sich mit eisigem Blick an den wimmernden Jungen.
„ Wärst du ein richtiger Mann, so würde ich dich solange auspeitschen, bis du deine Rippen das > Ave Maria! < singen hörst! Aber leider bist du ja noch nichts weiter, als ein kleiner Hosenscheißer.", meinte er verächtlich und Julia gingen die Augen über, als er dem Kind ins Gesicht spuckte.
„ Doch ich kann dich wenigstens solange verprügeln, bis du deinen eigenen Namen nicht mehr weißt, du Töle!"
„ Bitte nicht, Sir! Bitte nicht! Ich werde auch ganz brav sein, Sir, versprochen! Ehrenwort, Sir!", bettelte Ben unter Tränen.
Ein verächtliches Schnaufen antwortete dem verzweifelten Kind.
„ Vergiss es, du kleiner Bastard! Dir werde ich die Frechheit schon austreiben! Oh ja, und wie!"
Seine kalten Augen glänzten fast genüsslich bei diesen Worten.
Julia wollte sich auf den stattlichen Soldaten stürzen und ihm den Kleinen entreißen, doch sie stolperte ins Leere, da Storm in diesem Augenblick mit dem weinenden Jungen ins Sonnenlicht trat.
Schnell folgte sie ihnen.

Im Freien ließ Storm den Jungen auf den Boden fallen und trat ihm auf den Zipfel seines Hemds, sodass der Arme sich nicht befreien und weglaufen konnte.
Noch während Ben Besserung gelobte und heulte, wie ein Schlosshund – landete Storms Faust in seiner Magengegend!
Gefolgt von mehreren Hieben, die dem Kleinen die Luft raubten.
Manche trafen die Bauchregion, andere sogar das Gesicht.
„Aufhören!", schrie Julia gellend. „ Sofort aufhören, Sie Idiot! Er hat doch gar nichts getan!"
„ Strafe muss sein, Ma 'am!", knurrte der Captain verbissen und fuhr fort, den Kleinen zu verprügeln.
Niemand der Umstehenden schenkte dem Beachtung oder griff ein.
Als Julia sich dazwischen warf, um Ben zu beschützen, stieß Storm sie grob beiseite. Und das mit solcher Wucht, dass sie rücklings ins Gras fiel.
„ Sie sind ein Monster! HÖREN SIE AUF, SIE BRINGEN IHN NOCH UM, SIE TEUFEL!!", kreischte sie schrill und auch ihre Wangen wurden von Tränen benetzt.
Plötzlich hielt der Captain inne und drehte sich über die Schulter ihr zu, die Faust zum nächsten Schlag gegen den Jungen erhoben.
„ Aber ist es nicht das, was Sie wollten, Ma'am?! Ja, ich bin ein Killer! Ein verdammt Guter, denn dafür werde ich ja immerhin bezahlt. Was meinen

Sie, warum Wellington *mich* zu Ihrem Schutz abgestellt hat?! Weil ich der Einzige bin, der den Job richtig machen kann! Ein Ritter, wie Ihr Mr.Graham, kann das nicht tun, Ma 'am. Nein, um einen Schatz zu bewachen, bedarf es keiner Festung und keiner Soldaten. Man braucht nur ... *einen Drachen!"*
Wieder ging seine Faust nieder. Und nochmal. Und *nochmal!* Wieder und wieder.
Er scherte sich nicht, dass Julia weinte und der Junge brüllte, wie am Spieß.
Er war ein Monster, da hatten alle Recht. Und ein Monster kannte keine Gnade.
Deswegen war er so ein guter Soldat. Er hatte keine Skrupel, kein Gewissen.
Wellington hatte ihm einen Befehl gegeben – und den führte er nun aus.

Da bebte die Erde unter dem trommelnden Hufschlag einiger Pferde! Eine Gruppe Reiter näherte sich im leichten Galopp.
Selbst durch ihren Tränenschleier konnte Julia sie deutlich erkennen.
Wellington und sein Militärsstab!
Sofort war Julia auf den Beinen, lief den Reitern entgegen und winkte ausladend, um ihre Aufmerksamkeit zu gewinnen.
„ HE! HIERHER! HILFE, BITTE!!", schrie sie schneidend.
Und fand Gehör!
Sogleich spornten die Reiter ihre Pferde zu schnel-

lerem Lauf und die Rosse flogen auf sie zu. Die Tiere schnaubten und wieherten, warfen die Köpfe und ihre Schweife, sowie die Mäntel ihrer Reiter wehten ihnen hinterdrein wie stattliche Fahnen.
Allen voran jagte Copenhagen und passierte Julia als Erster.
Der braune Hengst zog an ihr vorbei und sie spürte die Kraft seiner Muskeln und die Hitze seines Körpers.
Der blaue Reitermantel des Herzogs umfing sie einen Moment, dann war der Reiter auch schon vorüber. Der übrige Stab donnerte ihm hinter her und das Trommeln der Pferdehufe klang in ihren Ohren, wie das Brechen einer Welle an scharfen Klippen.
„Oh Gott, oh Gott!", flüsterte sie wiederholt und folgte eilig den Männern und ihren Hengsten.
Diesmal flossen Tränen der Erleichterung.

Wenige Schritte vor Storm kam der Verband rasch zum Stehen.
„Aufhören! Sofort aufhören, Captain!", rief einer der Offiziere schon beim Näherkommen.
„Das war ein Befehl, Mann!", unterstützte ein Anderer beim Eintreffen scharf.
Doch Storm schien sie nicht zu hören.
Im Gegenteil, die Stimmen der ranghöheren Männer schienen ihn anzuspornen, rasend zu machen.
Julia zwängte sich an den Pferden vorbei und erschien neben Copenhagen.

Eine Gruppe Schaulustiger kam vorsichtig näher, nun da sie des Herzogs gewahr wurden.
Fassungslos sah Wellington auf das Geschehen, rührte sich aber nicht.
„ Mein Gott, er wird ihn umbringen!", entfuhr es Julia und sie stürmte an Copenhagen vorbei.
„ Mrs. Green! NICHT!"
Es war Grahams Stimme, die sie verzweifelt rief. Doch sie hörte nicht, warf sich bloß dem Soldaten entgegen und versuchte, ihn zu bremsen.
„ Stopp! Er ist nur ein Kind! EIN KIND! Wenn Sie wen bestrafen wollen, dann mich!", forderte sie unter Tränen.
Der Blick des Captains war völlig entrückt. Er schien im Fieber, einem Wahn verfallen zu sein. Schon packte er Julias Handgelenke mit einer Hand und drückte so fest zu, dass ihr ein Schrei über die Lippen kam.
Graham wollte schon seinen Schimmel vorwärts treiben, da der Captain zum Schlag ausholte.
„ STORM!!"
Die Schaulustigen fuhren zusammen und sahen entsetzt zum Ursprung dieses Schreis.
Wellington saß bebend im Sattel und seine ozeanblauen Augen sprühten Funken vor unterdrücktem Zorn.
Die Stimme des Generals schaffte es, den Soldaten aus seinem Wahn zu reißen!
Als erwache er aus einem Traum, blinzelte er mehrmals und röhrte wie ein angestoßener Stier, ehe er Julia regelrecht von sich stieß und mehrere

Schritte nach hinten taumelte.
Ihre Beine gaben nach und sie fiel weinend ins Gras.
Sofort schnellte Grahams Schimmel zwischen sie und den benommenen Storm.
Der Kavallerieoffizier hatte den Säbel gezogen und fixierte den Captain mit einer Mischung aus Empörung und Zorn.
Der blanke Stahl seiner Klinge blitzte und funkelte in der Sonne.
Sein weißer Hengst tanzte unruhig auf der Stelle und wieherte nervös.
„ Er ist doch nur ein Kind. Nur ein Kind.", hörte Julia sich wiederholend murmeln.
Hinter ihr stöhnte und wimmerte der arme Junge.
„ Mr. Graham!"
Der Tonfall des Herzogs war wieder gewohnt kühl. Doch am Rande nahm man noch immer die brodelnde Wut wahr.
Der Offizier sah zu ihm.
„ Euer Gnaden?!"
„ Schaffen Sie den Knaben zu einem unserer Feldärzte. Na los! Beeilung!", forderte der General und Graham kam dem sofort nach.
Aber er konnte seine Enttäuschung nicht verbergen. Lieber hätte er sich Storm vorgenommen. Doch er saß gehorsam ab, nahm den Jungen auf die Arme und setzte ihn vor den Sattel, ehe er wieder aufstieg und unter dem Knaben die Zügel aufgriff.
„ Ruhig, Kleiner. Alles wird gut!", versicherte er

ihm immer wieder und trabte eilig davon.
Nach wenigen Metern verfiel der weiße Hengst in den Kanter und entzog sich bald ihren Blicken.

Kaum waren Graham und der Junge aufgebrochen, nahm Wellington den zu sich kommenden Storm in den Fokus.
Sein dunkler Hengst trat zwei Schritte auf den Soldaten zu.
Der übrige Stab hielt sich im Hintergrund und strahlte stumm Autorität aus.
„ Was fällt Ihnen eigentlich ein, Captain?!", verlangte der Herzog eisig zu wissen.
„ Ein wehrloses Kind in aller Öffentlichkeit zu verprügeln! Noch dazu fast eine Frau, die unter *meiner* Obhut steht! Sind Sie betrunken oder schlicht wahnsinnig, Mann?"
„ Nichts dergleichen, Sir.", erwiderte Storm knapp und zog geräuschvoll die Nase hoch.
Seine harten Augen fixierten Seine Lordschaft.
Sein Blick war etwas klarer, doch das gefährliche Funkeln, was Julia solche Angst einjagte, war immer noch da.
„ Habe nur meine Pflicht getan, Sir."
„ Dann sind Sie also der Vater des Jungen?", hakte Wellington nach.
Julia erschrak darüber, wie ruhig er plötzlich klang.
Sollte Storm der Vater sein, so würde *DAS* als seine Art der Erziehung geduldet werden?!?

Obwohl sie als Historikerin ja einiges gewohnt war und auch wusste, wie die Leute dieser Epoche mit ihren Kindern umsprangen – das, was Storm getan hatte, durfte einfach nicht geduldet werden.
„ Nein, Sir. Ist nicht mein Balg, Sir.", antwortete Storm wahrheitsgemäß und richtete sich zu voller, imposanter Größe auf.
Vorher hatte Julia sich sicher gefühlt, an der Seite dieses Mannes.
Jetzt fürchtete sie ihn. Seine Größe. Seine Stärke. Seine Kraft.
„ Hat er gestohlen?", erkundigte sich Wellington weiter.
Er schien dieses Monstrum keine Spur zu fürchten. Oder er konnte es sehr gut verbergen.
„ Nein, Sir."
„ Warum in Gottes Namen schlagen Sie ihn dann, Storm? Sie haben den Jungen ja fast tot geprügelt, Sie verdammter - !"
Wellington bezähmte seine Wortwahl, indem er die geplante Beleidigung herunterschluckte und den Captain stattdessen wütend anstarrte.
Der Blick dieser ozeanblauen Augen ging allen Anwesenden durch Mark und Bein.
„ Lord Loxley?!"
Er wandte sich an einen schlanken, hageren Offizier, der seinen Falben neben Julia gelenkt hatte, um ihr Sicherheit zu vermitteln.
Nun hob er den Blick und seine grünen Augen musterten den Herzog erwartungsvoll.
„ Ja, Sir?!"

„Schaffen Sie mir den Kerl aus den Augen! Kinderschänder widern mich an.", sprach Wellington voller Abscheu und sah verächtlich von Storm fort.

„Mit Vergnügen, Sir!", antwortete der Lord mit grimmigem Lächeln und trieb sein Pferd auf den Captain zu.

Dieser spannte sich an und holte tief Atem.

Eines war sicher: Kampflos würde er nicht das Feld räumen!

„Ich habe nur Ihren Befehl befolgt, Sir!", rief er so laut, dass alle es hören konnten und ein erschrockenes Keuchen ging durch die umstehende Menge.

Wellington kniff die Augen zusammen und gebot Loxley mit einer knappen, aber sachten Geste zu warten.

Sofort zügelte der Lord seinen Falben und sah abwartend zu seinem Oberbefehlshaber.

So wie alle anderen um ihn herum.

„Ich kann mich nicht erinnern, Ihnen gestattet zu haben, Kinder und Frauen zu misshandeln, *Sir!*", knurrte der Eiserne Herzog mit besonderer Betonung auf die höfliche Anrede.

Beinahe genauso verbissen legte Storm vor allen Anwesenden seinen Befehl dar.

„Und genau das habe ich getan, Sir. Der Junge hat gestört und das Weib ... äh, die Dame von ihrer Arbeit abgehalten. Wenn ich dem Rat von dieser ... Dame gefolgt wäre, und den Bastard verschont hätte, so hätte er nichts daraus gelernt, Sir. Jetzt

ist er noch ein Kind, Sir, aber bald wird er ein Mann sein und Männer werden zu Soldaten. Ein ungehorsames Kind wird ein ungehorsamer Soldat, Sir. Und das können wir im Kampf gegen die Franzosen nicht brauchen, Sir. Je früher der Bengel lernt, was Gehorsam und Disziplin ist, umso besser, Sir."
Bei diesen Worten konnte Julia einfach nicht mehr schweigen.
„ Sie Monster! Sie Ungeheuer! Sie gottverdammter Mistkerl!", fluchte sie lautstark und scherte sich einen Dreck darum, wie die Umstehenden und die Offiziere sie geschockt, ob ihrer Wortwahl anstarrten.
„ Sie hätten den armen Jungen fast umgebracht! Dabei war er doch nur neugierig, so wie alle Kinder es eben sind."
Allein der Herzog musterte sie ruhig vom Rücken seines Pferdes aus.
„ Hat der Junge Sie belästigt, Madam?", erkundigte Seine Lordschaft sich in beinahe gelassenem Tonfall.
„ Ich -!", hob sie an.
„ Hat er oder hat er nicht, Mrs. Green?!?", unterbrach Wellington sie energisch.
Sie senkte die Lider und sammelte sich, wurde sogleich ruhiger.
„ Nein, Sir. Nein, hat er nicht.", antwortete sie ihm gefasst.
Mit vor Wut funkelnden Augen sah sie zu Storm.
„ Er ist doch nur ein Kind!"

Der Soldat grunzte und straffte seine Haltung.
„Es geht ums Prinzip, Ma'am. Wundert mich nicht, dass Sie als Frau das nicht verstehen!", grollte er verächtlich.
Lord Loxley hatte seinen Falben auf kurzen Wink des Herzogs an dessen Seite gelenkt.
Ein Fehler, wie sich jetzt zeigte.
Denn Storm marschierte vor Wut schäumend auf Julia zu!
„Man sollte Weibern wie Ihnen einbläuen, wo ihr Platz ist!", fauchte er und erschien ihr, wie der leibhaftige, große, böse Wolf.
Panik ließ ihr Herz gefrieren und schnürte ihr die Kehle zu.
Da schob sich ein großer, dunkler Pferdeleib mit lautem Schnauben zwischen sie und die Umstehenden wurden staunend Zeuge von etwas Unmöglichem. Der Herzog holte aus und schlug zu!
Die schlanke Reitgerte zischte durch die Luft und traf geräuschvoll die obere Rückenpartie des Captain.
Röhrend wich der Getroffene zurück und hob abwehrend die Arme.
Doch keine weiteren Hiebe kamen.
Stattdessen packte der Herzog ihn am Kragen und zog ihn zu sich heran.
„Ich habe Sie geschaffen, Storm. Ich kann Sie auch wieder vernichten!", warnte er eisig und stieß ihn von sich, sodass Storm mehrere Schritte taumelte und letztlich über die eigenen Füße fiel.
Mit dem Rücken voran, landete er vor den Hufen

Copenhagens im Dreck.
Und da sagte der Herzog etwas, dass den Gestürzten mehr verletzte als sämtliche Strafen es vermochten.
„ Ich bin sehr enttäuscht von Ihnen, Storm. Von jetzt an sind Sie wieder Sergeant des 95.sten!", verkündete er laut und alle Schaulustigen und der gesamte Stab waren Zeugen dieser Demütigung.
„ Und jetzt scheren Sie sich weg!"
Voller bitterer Enttäuschung sah Wellington bewusst von dem Soldaten fort, der seinerseits entgeistert zu ihm empor starrte.
„ GEHEN SIE MIR AUS DEN AUGEN! Das war ein Befehl!", blaffte der Eiserne Herzog und beobachtete, wie Storm hektisch aufsprang und davon stolperte.
Einzelnes Hohngelächter folgte ihm. Als Wellington sich im Sattel zu Julia umdrehte, herrschte augenblicklich wieder Totenstille.
„ Ihnen werden neue Bewacher zugeteilt, Madam. Sollte Mr. Graham hier eintreffen, so sagen Sie ihm bitte, dass wir ihn am Kommandozelt erwarten."
Er wartete ihr bestätigendes Nicken ab.
„ Einen guten Tag, Madam.", verabschiedete er sich und hob den Hut.
Dann stob Copenhagen im Galopp von dannen, die Reiter des Stabes folgten dem stattlichen Hengst kurz darauf durch die Gasse, welche die Menge ihnen gebildet hatte.
Lord Loxley verharrte am Längsten bei ihr, was

seinem Falben gar nicht passte.
„ Es tut mir wirklich sehr leid, Madam.", beteuerte er, ehe ein erleichtertes Lächeln seine Züge erhellte. „ Aber da scheinen wir gerade noch rechtzeitig gekommen zu sein, oder? Sie leisten gute Arbeit, Mrs. Green. Nur weiter so! Einen guten Tag, Madam."
Damit schnalzte er auffordernd und sein Hengst jagte mit fröhlichem Wiehern und fast erleichtert dem restlichen Verband nach.
Nicht lange und er hatte sie eingeholt.

Die Menge an Schaulustigen begann sich zu verflüchtigen, als Graham auf seinem Schimmel eintraf.
Suchend streifte der Offizier einen Moment umher, bis er Julias gewahr wurde.
Sie erzählte ihm, wo Seine Lordschaft zu finden sei, doch zu ihrer Überraschung brach er nicht sofort auf, wie sie vermutet hatte. „ Darf ich Sie nachhause geleiten, Mrs. Green?", erkundigte er sich hoffnungsvoll und lächelte ermutigend.
„ Das wird nicht möglich sein, Mr. Graham.", konterte sie bitter und rieb sich die Nasenwurzel.
Verwirrt zog der Offizier die Brauen zusammen.
„ Im Gegenteil, Rosys Wagen ist nicht weit fort.", warf er ein und sah beiseite.
„ Doch ich verstehe, wenn Sie meine Gesellschaft nicht wünschen ..."
Ach, die Art von Zuhause meinte er!

„ Begleiten Sie mich, Mr. Graham.", entschied sich Julia schnell und straffte ihre Haltung.
Er schenkte ihr ein strahlendes Lächeln.
„ Sehr gern, Madam! Sofort!", meinte er und stieg freudestrahlend vom Pferd, um es neben sich am Zügel zu führen.
Unterwegs berichtete Graham ihr vom Zustand des kleinen Ben.
Der Feldarzt war zu dem Schluss gekommen, dass der Knabe verdammt viel Glück gehabt hatte!
Die Schläge hatten zwar ziemlich ihre Spuren im Fleisch hinterlassen, doch sie würden ihn nicht das Leben kosten.
Alles harte Prellungen, die schlimmer aussahen als sie waren.
„ Der Captain hat ihn also nur bestrafen wollen. Wenn ein Mann wie Storm *wirklich* töten will, dann tut er das auch.", schloss Graham seinen Bericht. „ Er wird noch ein paar Tage Ruhe halten müssen, dann darf er wieder zu seiner Familie."
Ein leichtes Lächeln stahl sich auf Julias Lippen und eine unfassbare Erleichterung federte ihr Herz.
„ Das freut mich. Gott, der arme Kerl! Es sah wirklich ... nicht schön aus, wie Storm mit ihm umgegangen ist."
Graham nickte grimmig und presste die Lippen aufeinander. Sein Schimmel schnaubte und kaute auf der Kandare, dabei den Kopf werfend. Das Zaumzeug klirrte.
„ Sie haben offenbar vergessen, dass er auch Ihnen

Böses tun wollte, Madam? Bei Gott, ich hoffe, Seine Lordschaft hat sich diesen Mistkerl ordentlich vorgenommen! Ansonsten schwöre ich ...!", grollte der Offizier und ballte die freie Hand zur Faust.
Da fiel sein Blick auf Julia und er entspannte sich, ja wirkte ertappt.
„Entschuldigen Sie, Madam! Solche Worte gehören sich im Beisein einer Dame nicht. Es ist nur ..."
Sie schenkte ihm ein Lächeln und hakte sich ungefragt bei ihm unter.
Er erhob keine Einwände.
„Ist schon in Ordnung, Mr. Graham. Sie brauchen sich nicht zu entschuldigen. Wirklich nicht! Es ... tut gut zu wissen, das jemand auf mich aufpasst.", meinte sie mit einem zufriedenen Seufzen.
„Jederzeit und gerne, Madam.", versicherte ihr Begleiter und sie glaubte ihm.
Eine Weile herrschte Schweigen.
„Es heißt übrigens jetzt Sergeant Storm, Sir. Seine Lordschaft hat ihn nach diesem Fauxpas degradiert.", bemerkte Julia und brach so die Stille.
Graham neben ihr zog kurz irritiert die Brauen zusammen.
„Wirklich?! Interessant. Viele – und auch ich, wie ich gestehen muss – dachten, er sei sein Günstling, da er Seiner Lordschaft einst das Leben rettete."
Seine Bemerkung entlockte Julia ein trockenes Lachen.
„Offenbar nicht mehr, denn Lord Wellington hat ihm eines mit der Gerte übergezogen. Und zwar

mit ziemlicher Wucht!", meinte sie schmunzelnd.
„ Jetzt veralbern Sie mich aber, oder, Mrs. Green?"
Er suchte in ihren Augen ein Anzeichen dafür,
dass sie flunkerte.
Fand aber nichts.
„ Ich gebe zu, das müssen Sie mir genauer erzählen.", meinte er und setzte eine aufmerksame
Miene auf.
Sie lachte leise.
„ Ein andermal, Mr. Graham.", erwiderte sie, da sie
Rosys Wagen erreicht hatten.
Sie verabschiedeten sich freundlich von einander
und der Offizier bestieg wieder sein Pferd.
Mit des Windes Eile trug ihn der Schimmel zum
Hauptzelt, wo der Herzog und sein Militärsstab
ihn bereits ungeduldig erwarteten.

Niemand bemerkte den sandfarbenen Falken, der
auf der Spitze des Fahnenmastes hockte und das
Lager überschaute.
Ihm gefiel die Emotion nicht, die er im Herzen
Wellingtons gesehen hatte.
Nicht die Wut, nicht die Sehnsucht nach der
Heimat und den Kindern. Auch nicht die Kriegsmüdigkeit.
Sondern etwas, dass seine Gold gesprenkelten Augen viel, viel tiefer wahrgenommen hatten.
So gut verborgen, dass der Herzog sie zwar spürte,
doch noch nicht klar benennen konnte.
Es war: Zuneigung.

Zuneigung zu einer Dame in mitternachtsblauem Kleid, haselnussbraunem Haar und traumhaft sanften Augen wie die eines Rehs.
Zuneigung zu Miss Julia Green.
Und wenn Seine Lordschaft nicht aufpasste, so würde sich daraus etwas viel Schlimmeres entwickeln.
Nämlich Liebe! Ein kühler Wind zerzauste sein Gefieder und ließ den Union Jack unter ihm flattern.
Oh nein, das durfte unter keinen Umständen geschehen! Er und sein Herr mussten das unbedingt verhindern!
Sonst würde Waterloo bald nicht mehr für die Niederlage der Franzosen, sondern die der Engländer und Preußen stehen!
Mit gedehntem Ruf kehrte der Raubvogel zu seinem Herrn und Meister zurück.
Vielleicht gelang es ja dem schmucken Kavalleristen Graham, das Blatt zu wenden und alles seinen gewohnten, niedergeschriebenen Gang gehen zu lassen?!
Der sandfarbene Falke hoffte es.

„Vertraue darauf, dass du den richtigen Weg finden wirst."

Harper und Smith stellten sich als Julias neue Bewacher heraus.
Mit stolzgeschwellter Brust bezogen sie auf ihrem neuen Posten Position.
Julia begrüßte sie lachend und umarmte einen jeden von ihnen.
„ Mr. Harper! Mr. Smith! Was für eine Freude Sie zu sehen! Aber was machen Sie denn hier?"
„ Unseren Job, Miss.", brummte Harper und lächelte.
Sein junger Private war da etwas weniger zurückhaltend.
„ Ist das nicht aufregend, Madam?! Ein Spezialauftrag von Wellington!", sprach er aufgekratzt und trat von einem Bein aufs andere.
„ Man sagte uns, er zöge Leute vor, denen Sie vertrauen, Madam. Und da kam die Obrigkeit eben auf uns!"
Harper beugte sich zu Julia und flüsterte ihr etwas zu.
„ In Wahrheit haben die nur zwei Trottel gesucht, die den Job machen und entbehrlich sind, Miss. Aber sagen Sie das bloß nicht dem Kleinen!"
„ Schon verstanden, Mr. Harper.", erwiderte Julia mit einem Schmunzeln. Da tauchten zwei Offizie-

re auf ihren Pferden vor ihnen auf.
Sie gehörten beide zu Wellingtons Stab.
Es waren Lord Loxley auf seinem Falben und Graham auf seinem Schimmel.
Während der Adlige offen lächelte, bemühte sich der Kavallerist um eine strenge, ausdruckslose Miene.
„Genug geplaudert, Sergeant Harper! Rufen Sie Ihren verkommenen Private zur Ordnung und lassen Sie die Dame in Ruhe ihre Arbeit machen. Ist das klar?", blaffte Graham in für Julia ungewohnt scharfem Befehlston.
Sogleich nahmen die Männer Haltung an und Harper verkniff sich sogar das unwillige Grunzen, das er sonst immer von sich gab, wenn er sich Graham beugen musste.
„Natürlich, Sir! Sofort, Sir!", verkündete er und schlug die Hacken zusammen.
Smith auf der anderen Seite des Eingangs wurde leichenblass und gelobte zitternd Besserung.
„Wird nicht wieder vorkommen, Sir! Bitte um Entschuldigung, Sir!", stammelte er und Schweiß tropfte von seiner Nasenspitze.
„Gewährt, Private! Dieses Mal.", stellte Graham klar und sah verdrossen weg.
„Na, na, Mr. Graham.", lachte Lord Loxley in sanftem Tadel. „Wer wird denn an diesem schönen Tag gleich so verstimmt sein?! Wie wäre es, wenn Sie der Dame erstmal einen guten Morgen wünschen?"
Er ging mit gutem Beispiel voran und verneigte

sich grüßend in Julias Richtung.
„ Einen schönen, guten Morgen, Mrs. Green. Herrliches Wetter heute, nicht wahr?"
Ein charmantes Lächeln begleitete seine Worte.
Sie knickste höflich und erwiderte es gleichermaßen.
„ Ihnen ebenfalls einen guten Morgen, Euer Gnaden. Ja, da haben Sie wohl Recht. Schade, dass ich durch meine Arbeit nur wenig von der Sonne mitbekommen werde."
„ Ach, da wird sich doch bestimmt ein netter Gentleman finden, der Sie mal auf einen kleinen Spaziergang begleitet.", winkte der Lord lachend ab, ehe sein Blick auf seinen Stabskameraden fiel.
„ Wie wäre es mit Ihnen, Mr. Graham?"
Angesprochener schien regelrecht aus einem Traum hochzuschrecken.
„ Wie?"
Lord Loxley wiederholte seinen Einfall und musterte Graham abwartend.
Er stimmte zu und bot an, Julia nach Beendigungen ihrer Arbeiten im Dienste Seiner Lordschaft abzuholen.
Sie vereinbarten den ungefähren Zeitpunkt, dann verabschiedeten sich die Offiziere und trabten davon.
Aber leider sollte es zu Julias Spaziergang nicht kommen …

Einige Späher berichteten dem Herzog davon, dass französische Regimenter nahe wichtiger Handelsposten und anderer strategisch wertvoller Punkte gesehen worden seien.
Wieder andere erzählten von Aufrührern, die aus den Bergen kamen und das gemeine Volk bedrohten und ausraubten.
Da es galt, die Gunst der Spanier nicht nur zu gewinnen, sondern auch zu erhalten, entsandte Wellington einen Trupp Scharfschützen und sogar ein Batalion der legendären „Lutzower Jäger".
Sie waren wendige, leichte Bodentruppen aus dem ehemaligen Heiligen Römischen Reich Deutscher Nation. Viele kamen aus dem Schwarzwald oder anderen bewaldeten Bergregion dieses Landes. Keiner konnte so gut sich fast spurlos in den Wäldern bewegen und die Bäume nutzen, wie diese Männer.
Blitzschnell und schier lautlos brachten sie den Tod aus den Kronen der stummen Riesen oder aus den Schatten. Ihre Jacken waren pechschwarz, ihre Knöpfe mattgolden, sodass sie in der Sonne nicht verräterisch glänzten, und sie trugen allesamt rote Halstücher.
Diese markanten Farben sollten später der Fahne Deutschlands zu Diensten sein und ihr Erkennungszeichen werden.
Schwarz. Rot. Und Gold.
Die Jäger wurden ihrem Ruf gerecht und als bald war das Problem mit den Aufrührern Vergangenheit.

Aber die Franzosen erwiesen sich als hartnäckiger und waren damit schwieriger zu bewältigen.
Schweren Herzens schickte der Herzog ihnen einige Bodentruppen, sowie ein Regiment der kostbaren leichten Kavallerie entgegen.
Es handelte sich bei der Reitereinheit um Graham und seine Männer.

Julia ertrank indes in einer Flut an Berichten. Immer mehr Informationen kamen durch die spanischen Kontakte herein, sodass sie gut zu tun hatte und der Lage nur deshalb Herr wurde, weil man ihr erlaubte, Dr. Gates dazu zu rufen!
Bis spät am Abend waren die Beiden beschäftigt und ungefähr zeitgleich kehrten auch die Reiter unter Grahams Kommando ins Lager zurück.
Sie waren abgekämpft, doch sie brachten den Sieg heim.
Den Fußtruppen war es weniger gut ergangen.
Für jeden verfügbaren Mediziner würde es also eine lange Nacht werden – auch für den Doc, der sich mit einem Seufzen von Julia verabschiedete.
Nachdem Harper und Smith sie zu Rosys Wagen geleitet und ihr eine gute Nacht gewünscht hatten, warf sich Julia nach einer kurzen Mahlzeit ins Bett, darauf achtend, die alte Dame nicht zu wecken, die schon längst selig schlief.
Auch sie erhielt bald Einzug ins Reich der Träume.
Aber lange sollte ihre Nachtruhe nicht währen.

„Mrs. Green. Aufwachen, Mrs. Green!", forderte eine Stimme drängend und rüttelte an ihrer Schulter.
Rosy war ebenfalls schon wach, wie Julia blinzelnd feststellte und die alte Dame sah mit großen Augen auf die Person, die beide durch ihr Eintreffen geweckt hatte.
„Mr. Graham?! Was ist denn los?", fragte sie ihn schlaftrunken, wie verwirrt und erhob sich.
Draußen vor dem Wagen wartete bereits der Schimmel des Offiziers. Sein Fell schimmerte bläulich in den Schatten der Nacht und das Mondlicht ließ es ab und an silbern funkeln, wenn es das Tier streifte.
„Seine Lordschaft wünscht Sie zu sehen! Und zwar *augenblicklich!*", verlangte Graham und zog sich zu seinem Pferd zurück.
„Jetzt?!?", hakte sie zweifelnd nach und zog die Stirn in Falten. „Wieso?"
„Ja, JETZT! Augenblicklich, Mrs. Green.", erwiderte der Offizier streng und hielt ihrem Blick mühelos stand.
„Wir ... kriegen vielleicht Ärger, Madam. Großen Ärger! Und um das zu verhindern, wünscht der Herzog seine Übersetzerin zu sehen. *SOFORT!*"
Mit einem Schlag war Julia hellwach.
Sie sah einen Moment zu Rosy, die nur nickte.
„Beeil' dich, Kind! Es ist unhöflich, Seine Lordschaft warten zu lassen!"
„Aber du ...", wollte Julia einwerfen, doch die rüstige, alte Dame unterbrach sie.

„Ach, ich bin nur ein altes Weib! Mir wird schon nichts passieren. Diese Widerlinge wollen junges Fleisch, wie deines."

Ihr Blick fiel auf den Offizier, der bittend seine Hand nach der Jüngeren ausstreckte.

„Aber bei Mr. Graham weiß ich dich in guten Händen."

Eben jener half Julia aus dem Wagen und auf die Kruppe seines Pferdes. Er selbst schwang sich in den Sattel.

Der Schimmel wieherte leise als er das Gewicht seines Reiters spürte und dieser die Zügel kurz fasste.

„Georg!", rief Rosy noch und winkte den Offizier zu sich heran.

Der weiße Hengst trat auf Geheiß seines Reiters näher und die Alte fasste ihn an der Hand.

„Ja, Rosy?"

Der kühle Nachtwind trug den Ruf eines Falken heran.

„Pass mir gut auf das junge Fräulein auf, hörst du? Du musst sie mit deinem Leben schützen, Georg! Versprichst du mir das?"

Er begegnete ernst ihrem sorgenvollen Blick.

„Das werde ich, Rosy. Das werde ich!"

Im gleichen Moment gab er seinem Schimmel die Fersen und der Hengst sprengte mit überraschtem Keuchen vorwärts.

Julias Finger verkrallten sich an Grahams Hüfte, um nicht zu fallen.

„Du hast mein Wort!", wehte der Wind ihr sein Versprechen noch zu.
Dann verschwand der blau – silberne Hengst mit seinen beiden Reitern in der kühlen Nacht.

„Was sollte das?", fragte Julia gegen den scharfen Wind, der ihnen entgegen schlug.
Aber Graham schwieg verbissen und sah stur über die wehende Mähne und die spielenden Ohren seines Pferdes hinweg.
Allein der trommelnde Hufschlag und das Atmen des Hengstes antworteten ihr, der sich geschickt und trittsicher seinen Weg durch die Dunkelheit bahnte.
Nur ein paar Lagerfeuer erhellten die Finsternis.
Ob Sterne am Himmel waren, konnte Julia nicht sagen – so schnell flogen sie durch die Nacht.
Die natürliche Wärme, die vom bloßen Pferdeleib ausging, verhinderte dass sie fror.
Dennoch verkrampften sich ihre Finger, der Wind färbte ihre Wangen rot und das von Rosy in Eile hochgesteckte Haar löste sich und ergab sich wild flatternd den Urkräften.
Schlitternd kam der weiße Hengst scharf vor dem Hauptzelt zum Stehen, wo bereits eine Ehrengarde in feinster Parademanier Spalier stand.
Scheinbar wurden hohe Besucher erwartet.
Aber mitten in der Nacht?!

Warmes Licht drang durch den Stoff und mehrere Schatten zeichneten sich ab.
Einen davon erkannte Julia sofort als den Herzog. Die Übrigen mussten also Mitglieder seines Stabes sein, die er aus dem Bett geholt hatte.
Graham sprang ab und drückte einem der Soldaten die Zügel seines schnaubenden Pferdes in die Hand, ehe er Julia beim Absitzen behilflich war.
„Beeilung.", mahnte der Offizier leise und zerrte sie regelrecht zum Eingang, kaum das sie sich bei ihm untergehakt hatte.
Beim Eintreten ließ er ihr den Vortritt und mühte sich, als er ihr folgte, einen gelassenen Eindruck zu machen.
Als täte er das jeden Tag und mit Freuden.
Sofort schwenkten alle Blicke zu der Frau, die mit vom Wind zerzaustem, offenem Haar und geröteten Wangen vor ihnen erschien.
Sie schwiegen, aber Julia konnte ihre entrüsteten Gedanken regelrecht hören.
Ihr Blick fiel auf Wellington, der sich sogleich erhoben hatte als sie das Zelt betrat.
Trotz der späten Stunde strahlte er eine ungemeine Ruhe und Erhabenheit aus.
Mit den Fingerspitzen stützte er sich auf seinem schweren Tisch ab und lehnte sich mit dem Oberkörper etwas nach vorne, als er ihrer Aufmerksamkeit gewahr wurde.
„Entschuldigen Sie, Gentleman.", bat Julia höflich und knickste ehrerbietig.
„Man ... vergaß, mich von dieser Sache früher in

Kenntnis zu setzen. Ansonsten hätte ich wahrlich einen passableren Anblick geboten."
Wieder eine Mauer des Schweigens. Doch die Blicke der Offiziere sprachen Bände.
> *Miese Bastarde! Euch hat man doch genauso aus dem Bett gekickt.* <, dachte sie sich verärgert.
Naja , aber sie waren nun mal keine Frau.
Von einer Dame war zu erwarten, dass sie jederzeit sittsam und tugendhaft gekleidet sei! IMMER! Aber Julias Aufzug musste ihnen wohl so erscheinen, als sei sie eine Wilde aus dem australischen Busch.
Sie holte tief Luft, schluckte mühsam ihren Zorn herunter und knickste ein weiteres Mal, was die Herren diesmal mit einer synchronen Verneigung erwiderten.
„ Guten Abend, Gentlemen."
Graham führte sie bis vor Wellingtons Tisch und zog sich dann auf ein Nicken des Herzogs hin zurück. Jetzt war Seine Gnaden für Julias Wohl verantwortlich.
Sie bot ihm die Hand und er deutete sogar einen Handkuss an, was sie ehrlich erstaunte.
Eigentlich hatte sie ihn mit dieser Extrabegrüßung ärgern wollen. Scheinbar war diese Provokation gescheitert oder er nahm sie nicht als solche wahr.
„ Guten Abend, Euer Lordschaft.", sprach sie sittsam und neigte den Kopf.
„ Ich bitte, meinen ... dreisten Anblick zu entschuldigen. Das Pferd war schnell und der Wind stark."

„ Einen guten Abend, Madam. Es gibt nichts zu entschuldigen, Mrs. Green. Schließlich war ich es, der Ihren etwas eiligen Aufbruch veranlasste."
Als er sich aufrichtete genügte ein Seitenblick und einer der Offiziere rückte für Julia einen Stuhl heran.
Ein Anderer reichte ihr einen Becher Wasser.
Als sie Platz nahm, taten die Männer es ihr nach.
Schweigen erfüllte den Raum.
Wellingtons Augenmerk ruhte auf Julia und er war sogar so gnädig, zu warten bis sie einige Schlucke getrunken hatte.
Erst dann erhob er die Stimme.
„ Madam. Gentlemen.", begann er mit einem Nicken erst zu Julia, dann in die Runde.
„ Ich würde Sie alle nicht Ihrer ohnehin geringen Nachtruhe berauben, wenn es nicht seine Gründe hätte. Sehr schwer wiegende sogar! Wir bekommen ein Gast."
Er legte viel Betonung auf das letzte Wort.
„ Er ist Spanier und Herr über die Gebirgskette, die wir als bald passieren müssen, sollten wir Napoleon noch aufzuhalten wünschen. Durch den Handel mit ansässigen Bewohnern erfuhren wir einiges über diesen Mann. Viel sogar. Aber nichts davon ist erfreulich. Er hat etliche Männer dort oben in den Bergen und durch unsere Deserteure werden es Tag um Tag mehr, die sich seinem Kommando anschließen. Sie sind im Besitz französischer und englischer Waffen, sowie guter, spanischer Pferde. Aber nicht nur Zahl und Be-

waffnung sind beunruhigend. Auch die schlichte Tatsache, dass sie Ortskenntnisse über alle Maßen besitzen, könnte sich für uns als ... sehr problematisch erweisen, sollten diese Herren sich dazu entschließen, sich gegen uns zu wenden."
Einer der Offizier fragte, ob diese Freiheitskämpfer nicht schon längst von den Franzosen gekauft wurden.
Wellington hob die Augenbraue.
„ Würden sie denn sonst das Gespräch mit uns suchen, wenn dem so wäre, Major Forrest?! Nein, sie würden uns einfach töten, hätte Napoleon sich ihre Treue erkauft. Nein, zu den Franzosen gehören sie nicht. Noch nicht. Und eben das müssen wir verhindern. Deswegen treffen wir heute auch den Anführer dieser ... Gentlemen."
„ Die umliegenden Bauern haben Angst vor ihm. Viele sagen, er sei ein Mörder. Eine Bestie, schlimmer noch als Napoleon und Captain Storm zusammen!
Ein Teufel!", ereiferte sich einer der Männer in Julias Rücken.
Sogleich traf ihn der mahnende Blick des Herzogs.
„ Mäßigen Sie Ihren Ton, Sir! Wir sind in Gesellschaft einer Dame!", meinte er streng und Julia brauchte nicht hinzusehen, um zu wissen, dass der besagte Offizier betreten die Augen niederschlug und eine Entschuldigung murmelte.
Wellington nickte zur Bestätigung, dass diese angekommen und akzeptiert worden war.
Dann fuhr er fort, legte nachdenklich die Finger-

spitzen aneinander und lehnte sich im Stuhl nach vorne.

„Ja, dieser Mann gilt als ... recht unfreundlicher Zeitgenosse. Doch wer ihn zum Verbündeten hat, beherrscht gleichermaßen die Gebirgskette. Ein Vorteil, den wir uns nicht entgehen lassen dürfen, Gentlemen."

„Wie heißt dieser Kerl überhaupt?! Und warum sollen wir ihn ausgerechnet um diese Uhrzeit treffen, Euer Gnaden?", meldete sich Julia zu Wort.

Die umstehenden Offiziere unterdrückten mit aller Macht und geradeso ein entrüstetes Keuchen.

Wellington drehte ihr betont langsam das Haupt zu, verhielt sich ansonsten gelassen.

Sie musste unweigerlich an seine Worte denken.

> *Ein gewisses Maß an Dreistigkeit ...*<

Sie hatte das Ihre schon vorher ausgespielt. Ob er ihr diesmal verzeihen würde?

„Unser Gast hat einen gewissen Hang zur Dramatik, Madam. Deswegen diese ... ungewöhnlichen Umstände. Sie haben gewiss noch nie von ihm gehört, doch innerhalb der Armee ist sein Name sehr gefürchtet. Von den Spaniern schon lange, von uns erst seit kurzem."

Er legte eine Kunstpause ein und weidete sich scheinbar an den erschrockenen Gesichtern seiner Offiziere.

Vom einfachen Soldaten bis in die hohen Riegen des Militärstabs des Herzogs fürchteten die Männer diesen Einen, diesen spanischen Rädelsführer.

„ Sie nennen ihn La Scombra Diabolica. Doch meist ruft man ihn nur: La Scombra."
Ein bedeutungsschwangerer Blick traf sie und Julia schluckte.
„ Teuflischer Schatten.", übersetzte sie den vollen Namen dieses Besuchers leise.
Der Wind heulte, riss für einen Moment die Plane beiseite und kühle Luft fegte herein, löschte sämtliche Kerzen.
Julia fuhr erschrocken zusammen und sie hörte einen der Offiziere unterdrückt fluchen.
Jemand nahm sie beruhigend an den Schultern.
Draußen rief schauerlich ein Rabe.

„ Die Lichter, Mr. Parker.", hörte man Wellington genervt murren, ganz so, als würde das jede Nacht so passieren. Seine Stimme zu hören beruhigte Julia sofort. Aber machte sie andererseits auch unfassbar nervös.
Die Dunkelheit. Diese schweren Schatten, geeint mit der Berührung an ihren Schultern und dem Klang seiner Stimme so nahe bei sich.
Sie spürte, dass sie zitterte.
Doch nicht etwa vor Angst, sondern vor Erwartungen.
So etwas wie Enttäuschung machte sich in ihr breit, als die Kerzen wieder entzündet wurden und alles in warmes Licht tauchten.
Wie sie feststellte, war es Graham, der sie an den Schultern genommen und sich wachsam ver-

spannt hatte.
Mit einer gemurmelten Entschuldigung und unsicherem Räuspern nahm er wieder Abstand.
Wellington saß an seinem Tisch als sei nichts passiert.
Ein wenig genervt hatte er die Stirn in Falten gelegt, so als könne er das Geplapper eines Kindes nicht mehr ertragen.
Sofort glätteten sich die Wogen wieder und die gewohnte, kühle Maske beherrschte seine Züge.
„ Ja, der Schatten. So rufen sie ihn. Neben all den Schauergeschichten, die sie sich noch über ihn erzählen. Wir sollten unsere Aufmerksamkeit allerdings darauf richten, diesen Mann als Verbündeten zu gewinnen."
Er sah zu Julia.
„ Und deswegen, Mrs. Green, sind Sie hier. Ihre Fähigkeiten sollen dafür sorgen, dass uns das auch gelingt."
Sie ertappte sich im Stillen bei der Frage, welche Stimme wohl ausschlaggebend dafür gewesen war, das man sie – als einfache, „dumme" Frau! – einbezog.
Vielleicht Graham?! Oder gar Wellington selbst?!?
Nein, wahrscheinlich war es einfach die schlichte Tatsache, dass sie die einzige war, die am besten von den Anwesenden Spanisch konnte.

„Ein Reiter. Ein Reiter! Ein Reiter!!"
Der Ruf setzte sich immer weiter fort, wie ein Lauffeuer.
Die Wachposten mussten jemanden in der undurchdringlichen Finsternis, welche durch den aufziehenden Nebel umso geheimnisvoller und unwirtlicher war, erspäht haben und nun trugen sie die Nachricht immer weiter.
Von Mann zu Mann.
Sie schien dem Nahenden zu folgen, wie der wehende Schweif seines Pferdes.
„ Ein Reiter. Ein Reiter!"
Wellington erhob sich und Graham bot Julia seine Hand.
Als sie aufstand, taten es auch die Männer in ihren Rücken.
„ Es wird Zeit.", sprach der Herzog bedeutungsvoll.
„ Ein Reiter. Ein Reiter!"
Damit trat Seine Lordschaft hinaus zu den schwellenden Feuern aus glimmender Glut und tanzender Asche.
Der kalte Nachtwind umwehte seinen blauen Mantel und fuhr durch sein dunkles Haar.
Die Offiziere folgten ihm und Julia konnte das Zögern in ihren Bewegungen und die Furcht in ihren Augen sehen.
Sie hatte sich bei Graham untergehakt und folgte so der Gruppe nach draußen in die Kälte.
Ein Nicken des Herzogs und die Männer nahmen sie in die Mitte.

Seine Lordschaft ging voran und sogleich nahm die Garde vor dem Zelt Haltung an.
Einen Augenblick geschah nichts und erst dachte Julia, die englischen Späher könnten sich doch geirrt haben, aufgrund der Müdigkeit – da erschien er.
La Scombra. Der Schatten.
Erst hörte man nur das dumpfe Trommeln von Pferdehufen auf trockenem Boden, das gespenstisch aus dem nebeldurchwirkten Dunkel hallte.
Dann das schnaufende Atmen und röhrende Wiehern eines erregten Rosses.
Irgendwo weinte ein Kind und die Mutter versuchte, es zu beruhigen.
Als der Spanier auf seinem herrlichen Rappen aus den Schatten brach, begriff Julia, warum die einfachen Bauern ihn so fürchteten.
Er hatte in diesem Moment etwas unfassbar Gefährliches.
Wie ein Dämon, der aus dem Schlund der Hölle empor brach.
Der Hengst kam in weiten Sätzen herbei, rollte mit den Augen und warf immer wieder wiehernd den Kopf in den Nacken, ehe sein Reiter ihn scharf zum Halten brachte.
Das Tier stoppte und ging auf die Hinterläufe, sein schriller Ruf klang dabei wie ein Trompetenstoß.
Sein Herr erinnerte Julia ironischerweise an Cortez, den Entdecker und Mörder der Azteken.
Kaum verwunderlich, denn auch La Scombra trug einen spanischen Brustpanzer samt Helm, was ihn

auf bedrohliche Art wie ein Ritter wirken ließ.
Sein roter, langer Mantel lag ihm ruhigen Zustand auf der Kruppe seines prachtvollen Rappens, doch als er abstieg bauschte er beeindruckend und gab ihm etwas von der Aura eines Königs oder Herrschers.
Einer der Soldaten nahm fast dankbar die Zügel des Hengstes entgegen, wich jedoch zurück, als das wilde, stolze Geschöpf zornig nach ihm schnappte.
> *Genauso unbeugsam wie sein Land. Ob sein Herr auch so ist? Hoffentlich nicht!* <, schoss es Julia teils beeindruckt, wie befürchtend durch den Kopf.
Der Mann mit dem langen, schwarzen Haar, das unter seinem Helm hervor quoll, und den beunruhigend dunklen Augen verneigte sich knapp vor Wellington, den er ohne Frage und sofort als Anführer erkannte.
Die Worte rollten wie feurige Wogen über seine vollen Lippen und er machte sich keine Mühe, langsam zu sprechen, um den Übersetzern die Arbeit zu erleichtern.
Zum Glück hatte Julia einige Jahre in Spanien verbracht und war nicht auf das Wohlwollen des Mannes angewiesen.
Sie stellte sich auf die Zehenspitzen, um Wellington ins Ohr flüstern zu können.
Der stattliche Herzog überragte sie nämlich um Haupteslänge und stand momentan direkt vor ihr.
Die finstern Augen des Spaniers funkelten als er

die Frau in mitten der Offiziere bemerkte und ein leichtes Grinsen umspielte seine Lippen.
„ Er sagt, dass er sich freut, den edlen Herzog von Wellington kennenzulernen."
Wellington nickte langsam, indes der Schatten fortfuhr, dabei ein spöttisches Lachen ausstoßend.
„ Wobei er sich wundert, dass so viele Männer Ihren Mut loben. Denn Sie erscheinen in der Gesellschaft ... Ihrer Schoßhunde. Er fragt, ob Euer Lordschaft sich fürchten, dem großen Scombra allein gegenüber zu treten."
Wellington nickte verstehend und erwiderte den belustigten Blick des Spaniers eisig.
„ Im Gegenteil, Sir. Aber in zivilisierteren Gegenden als diesen, ist es normalerweise ein Zeichen höchster Ehrerbietung, wenn man einem Gast mit dem gesamten Befehlsstab gegenübertritt."
Er sah La Scombra direkt an und wartete bis Julia seine Worte übersetzt hatte.
So lief diese Unterhaltung weiter. Die Männer redeten und Julia übersetzte in die jeweilige Sprache.
„ Es heißt, Sie und Ihre Leute wollen unsere Berge. Was geben Sie uns dafür?", forderte der Schatten zu wissen.
„ Wir wollen Ihre Berge nicht besitzen, sondern sie lediglich gefahrlos überqueren, um den Franzosen zuvor zu kommen. Des Weiteren hoffen wir, dass Sie uns im Kampf gegen Napoleon unterstützen. Die Frage ist also nicht, was wir für Sie tun können, Sir. Sondern: Was wollen Sie?!", ant-

wortete Wellington ruhig, worauf der Schatten verärgert das Gesicht verzog und die Hand an den Griff seines gewaltigen Breitschwerts legte.
Die Offiziere wichen Schlimmes ahnend zurück.
Nur Lord Loxley zu Julias Rechten straffte sie und war sprungbereit.
Auch Graham zu ihrer Linken zog scharf die Luft ein und wirkte bereit, sein Versprechen gegenüber Rosy wahrzumachen. Die Ehrengarde war auf einen Wink des Herzogs abgezogen und in die Betten zurückgekehrt.
Der Rappe des Schattens schnappte nach Grahams Schimmel. Die Hengste wieherten streitlustig und wurden vorsichtshalber voneinander getrennt.
„ Meinen Sie, wir Spanier seien käuflich?!", verlangte Scombra zu wissen und kniff die finsteren Augen zusammen.
Julias Herz schlug bis zum Hals, doch der Wind schien Wellingtons Ruhe auf sie zu übertragen. Denn der Herzog hielt ganz still und wirkte völlig unbeeindruckt. „ Nein, Sir. Aber es gibt gewiss Dinge, die Sie und Ihre Männer benötigen. Wir werden sie Ihnen geben - im Gegenzug Ihrer Unterstützung natürlich."
Abwartend sah er den Spanier an, der sich wieder entspannte und die Hand vom Schwert nahm.
„ Doch das sind Angelegenheiten, die man besser in angenehmerer Umgebung bespricht. Folgen Sie mir, La Scombra.", meinte der Herzog und wies ins Innere seines Kommandozeltes, ehe er voraus schritt.

Alle drängten sich um den Tisch, an welchem Seine Lordschaft wieder Platz nahm.
Julia war es als Übersetzerin gestattet, an seiner Seite zu stehen. Auch ein Stuhl stand für sie bereit, falls die Unterredung länger dauern sollte. Bisher hatte der Spanier sie nur hinter Wellington erahnen können. Jetzt stand sie offen vor ihm, was sie sehr beunruhigte.
„ Ich will, dass Ihre Schoßhunde gehen!", forderte Scombra und blickte Wellington hart und unnachgiebig an.
Der Herzog gewährte ihm diese harsche Form der Bitte und schickte seinen Stab fort, zurück zu den Familien und der Nachtruhe.
Allein Graham erbat sich, vor dem Kommandozelt auf Julia warten zu dürfen, um sie später Nachhause zu geleiten.
Auch dies gewährte der Herzog.
Alle wünschten Seiner Lordschaft und der Dame eine gute Nacht, verneigten sich und gingen.
„ Haben Sie Mut, Madam!", sprach Lord Loxley noch, ehe er die Plane hinter sich senkte.
Sie wünschte, er hätte diese Worte unterlassen, denn nun schien ihr Puls ins Unermessliche zu steigen.
„ Nun denn, was wollen Sie?!", fragte Wellington. Stoisches Schweigen antwortete ihm und Julia musste die Frage mehrmals wiederholen.
Da lachte der Schatten und besah die Frau vor sich geringschätzig.
Julia erstarrte, da nur noch wenige Handbreit sie

plötzlich trennten, und diese finsteren Augen von Mordlust, Raffgier und Gnadenlosigkeit erzählten. Viel lieber hätte sie sich nun Wellingtons ozeanblauen Augen gegenüber gesehen.
In ihnen glomm ein Funke Mitgefühl und Weisheit. Man konnte sie trotz aller Härte erahnen. Ein Hauch von Leben.
Aber der Schatten war bloß eines: Dunkel. Und unfassbar böse!
Julia entging, dass sich der Herzog hinter ihr verspannte, wie ein Löwe kurz vor dem Sprung. Sein Zähneknirschen, untermalt von einem mürrischen Schnauben, wertete sie als Zeichen der Ungeduld und so wiederholte sie die Frage etwas schärfer. Dabei war es keineswegs Ungeduld, die Seine Lordschaft beherrschte – aber woher sollte Julia das schon wissen?
Der Spanier grinste und in seinen finsteren Augen funkelte Gier, sowie Abscheu.
Die Gier nach dem warmen Fleisch und den Lustschreien einer Frau. Doch auch die Abscheu davor, dass eben eine solche den Rang eines Übersetzers bekleidete.
Ihr Fleisch. *Ihre* Schreie. Kalte Schauer der Angst jagten über Julias Rücken und Scombra schien sich daran zu weiden.
„Ich rede nicht mit Weibern!", versetzte er schroff und sein anzügliches Grinsen wurde breiter.
„Außer, ich vögel sie um den Verstand."
Diesen Teil übersetzte sie besser nicht.
Ekel kam in ihr hoch, als der Mistkerl sich vor

beugte und eine Strähne ihres offenen Haares beiseite strich, um ihren Hals zu offenbaren.
„ Ich mag es, wenn sie Angst haben.", schnurrte er und sie musste sich schwer beherrschen, um dem Widerling nicht ins Gesicht zu spucken oder ihm die Nase zu brechen.
„ Kann ich mir vorstellen.", brachte sie mühsam hervor.
Da schob sich ein Arm vor ihre Brust und sie von Scombra zurück, damit der restliche Körper sich dazwischen drängen konnte.
Wellington!
Groß, furchtlos und im Moment sehr wütend.
Sein schlanker Rücken kam ihr plötzlich so breit vor wie eine Schutzmauer, die zwischen ihr und dem Spanier emporragte.
Mit der Hüfte stieß sie leicht gegen den Tisch und erstarrte.
Hinter sich das polierte, schwere Holz und seine Wärme wohltuend nah vor sich.
Alles erfüllend, ihre kalte Haut erhitzend.
Seine Präsenz prägte den kompletten Raum und doch war sie nun so stark und energisch wie niemals zuvor.
Julias Lider flatterten, ihr Kleid wurde eng um die Brust und sie rang nach Luft.
„ Wenn Sie mit der Dame reden, so reden Sie mit mir, Sir!", fauchte der Herzog und seine meeresblauen Augen drohten den Spanier zu durchbohren.
„ Also fangen Sie entweder sofort damit an, oder

Sie können sich wieder in Ihre Berge zurückziehen. Aber wehe, und Sie kommen mir dann je wieder unter die Augen! Haben wir uns verstanden?"

Einen Moment wartete er noch, ehe er fortfuhr.

„Und unterstehen Sie sich, diese Frau zu belästigen!"

Er zischte diese Worte, sodass nur Scombra sie hörte. Obgleich er sie nicht verstehen konnte, so war ihm doch augenblicklich klar, dass der Herzog ihn scharf warnte.

Kurz huschte Wellingtons Blick zu Julia, welche um ihre Besinnung zu kämpfen schien.

„Sie ..." Er wurde noch leiser, damit sie ihn auch wirklich nicht hören konnte.

„Sie gehört zu mir!"

Erleichterung erfüllte sein Herz, obgleich der Spanier die Bedeutung nicht verstand. Doch er hatte es gesagt und nur das zählte für ihn.

Damit trat er zurück und hob abwartend die Augenbraue.

Mit einem Ohr lauschte er auf die eventuelle Antwort des Spaniers und mit dem Anderen auf die Atmung Julias.

Er müsste lügen, wenn ihre raschen Atemzüge in seinem Rücken nichts in ihm auslösen würden. Doch er genoss den Ruf, Herr seiner Leidenschaften zu sein. Also musste er ihm auch diesmal gerecht werden. Wobei er sich doch eigentlich so gerne umdrehen und sie mit Küssen um den Verstand bringen würde ...

Am Rande seines Bewusstseins flossen die Worte des Spaniers an ihm vorbei.

„ Wie bitte? Was hat er gesagt?!", fragte Wellington verwirrt und zog die Brauen zusammen.

„ Er meint, dass es ihm leid tut.", erwiderte Julia dünn und schien wieder die Kontrolle über ihre Sinne zu haben. „ Er wollte Eure Lordschaft nicht verärgern. Er wird jetzt mit uns reden und seine Forderungen vortragen, Sir."

Der Herzog nickte beruhigt und verschwand wieder hinter seinem Schreibtisch.

Er bot Julia stumm den Stuhl an seiner Seite an und sie kam dankbar dem Angebot nach, da sie ihren eigenen Beinen nicht mehr traute.

Ein weiteres Mal wiederholte sie die Frage nach den Forderungen des spanischen Anführers.

Scombra brachte es rasch auf den Punkt.

„ Waffen. Viele davon. Und Geld. Mehr Geld als Waffen."

Wellington seufzte und unterdrückte ein zynisches Schmunzeln als Julia es ihm übersetzte.

„ Und was ist mit Pferden?! Will er vielleicht auch noch unsere Pferde haben, wenn er schon so dabei ist?!?"

Ein tonloses Lachen verließ seine schmalen Lippen, begleitet von einem Kopfschütteln.

„ Nein, nicht Ihre Pferde. Englische Pferde sind schlecht. Nur französische Gäule sind schlimmer. Wir haben spanische Pferde. Gute Tiere. Bestes, edelstes Blut!", antwortete Scombra stolz und lächelte breit.

„Selbstverständlich!", erwiderte Wellington lahm und rieb sich die Augen.

Die Müdigkeit war ihm nun mehr als deutlich anzusehen.

Auch Julias Körper schrie verlangend nach Schlaf, einzig der Schatten schien davon nicht betroffen zu sein.

„Wie viele Waffen und welchen Typs?", erkundigte sich der Herzog weiter.

„Baker Gewehre.", antwortete der Spanier. „50 Stück."

Seine Lordschaft räusperte sich ob der unverschämten Forderung.

Die gewünschten Gewehre zählten neben den Bewaffnung der Scharfschützen und der Jäger zu den Besten, welche die britische Armee zu bieten hatte – und jetzt wollte der freche Spanier auch noch 50 Stück davon!

Julias Blick huschte zum Herzog, der sich einen Moment lang fasste.

„Was Sie da verlangen, Sir, ist ... ohne Worte! Ich weigere mich, dieser Bitte nachzukommen.", entschied er und Scombra ...lächelte kalt.

„Dann wird keiner Ihrer Männer je einen Fuß auf meinen Stein setzen!", prophezeite er kühl.

Julia beugte sich zu Wellington rüber.

„Euer Gnaden.", raunte sie ihm drängend zu und er horchte auf. „Wir müssen auf diese Forderung eingehen, Sir, so dreist sie auch sei. Jeder andere Weg um die Berge herum würde uns viel zu viel Zeit kosten, Sir. Und ohne die Schirmherrschaft des Schattens und seiner Leute sind wir nichts weiter als Freiwild. Sie würden unsere Soldaten jagen wie die Hasen und die Frauen und Kinder wahrscheinlich erlegen, wie Vögel, die sie vom Himmel schießen!"

Wellingtons Miene wurde immer düsterer, je länger er ihr zuhörte.

„ Es ist unsere einzige Möglichkeit, Euer Gnaden! Ich bitte Sie inständig, gehen Sie darauf ein! Vielleicht bietet sich ja irgendwann die Gelegenheit, die überreichten Waffen zurückzuholen?!"

„ Sie reden davon, sie zu stehlen, oder? Diebstahl ist ein schlimmes Vergehen, Madam!", knurrte der Lord und legte die Stirn in Falten.

Sie konterte es mit einem charmanten Lächeln.

„ Es ist kein Diebstahl, sich zu holen, was einem gehört, Euer Lordschaft."

Ein Nicken sagte ihr, dass er ihrem Gedanken zustimmte.

Dann wandte er sich wieder an Scombra.

„ Gibt es denn keine Möglichkeit, Ihr Angebot an unsere Bestände anzupassen, Sir? 50 Gewehre können wir leider nicht entbehren.", begann Seine Lordschaft.

Da grinste der Schatten und es machte Julia unfassbar Angst.

Wie ein Wolf, der die Zähne fletschte.

„ Sagen wir, 25 Gewehre. Zwei Säcke voll spanischer Münzen. Und eine Nacht.", meinte der Spanier und seine finsteren Augen funkelten. Ähnlich eisigen Sternen am Nachthimmel.

„ Eine ... Nacht?!", hakte Wellington behutsam nach, da er nicht ganz verstand.
Wieder sagte der Spanier etwas, aber Julia wagte es nicht, seine Worte zu übersetzen.
Sie wurde leichenblass.
Fragend hob der Herzog eine Augenbraue und sah zu ihr.
„ Was hat er gesagt? Mrs. Green. Mrs. Green! Was hat er gesagt?!", verlangte er zu wissen.
Der Schatten wiederholte seine Worte, das dreckige Grinsen wurde breiter und er wies bedeutungsvoll auf Julia.
Sie senkte den Blick, holte mehrmals tief Luft, ehe sie dem Herzog antwortete.
„ Er will eine Nacht ... mit mir, Sir."
„ Nacht. Mit Hure.", verkündete der Spanier auf brüchigem Englisch und wies erneut auf Julia.
Ernüchtert ließ sich der Herzog in seinem Stuhl zurückfallen.
Sein Gesicht war aschfahl.
„ Gütiger Herr Gott!", entwich es ihm leise und der Schatten lachte, war sich seines Triumphes gewiss.
Ihre Blicke kreuzten sich. Julias war hilfesuchend, ja flehend. Wellington wirkte verzweifelt und ... entschuldigend.
„ Ja?", fragte der Schatten wieder auf Spanisch und grinste wölfisch, da er das Schweigen als Zustimmung auffasste. Scombra streckte die Hand nach ihr aus und fasste sie grob am Arm, sodass es schmerzte.
„ Nein. Nein, bitte.", hörte sie sich wimmern und

fühlte Tränen ihre Wangen benetzen.
Julia bebte am ganzen Körper, fühlte sich mit einem Mal wieder an Troy, ihren Ex, erinnert.
> *Er mag es, wenn sie Angst haben.* <
Doch im selben Augenblick schnellte eine Hand von links in ihr Blickfeld, packte den Spanier am Handgelenk – und riss ihn fort!
Ein rauer Schmerzensschrei entwich Scombra, als Wellington seinen Arm verdrehte und ihn rückwärts von Julia weg drängte.
Dieser Ausruf rief Graham auf den Plan, der mit gezogenem Säbel und wild funkelnden Augen ins Zelt platzte, zu allem bereit.
Scombra ließ einige wüste Flüche auf Spanisch hören, aber die Männer ignorierten es, verstanden es ohnehin nicht.
Julia saß nur da, starrte verwundert auf das Geschehen und rieb sich das Handgelenk, wo sich die Haut rot färbte aufgrund der rauen Kraft dieses Mistkerls.
„ Mr. Graham!"
„ Euer Lordschaft?!", fragte der Offizier und hob bereits den Säbel, um den Missetäter zu erschlagen, falls sein General das wünschen würde.
„ Schaffen Sie mir 25 Baker Gewehre her! Egal woher! *Sofort!* Begraben Sie diesen Spitzbuben zur Not darunter, wenn sein Hengst es nicht tragen kann.", forderte Wellington keuchend und stemmte sich gegen Scombra, der sich wehrte mit der Kraft eines wütenden Bären.
„ Jawohl, Euer Gnaden. Aber -", begann Graham

und warf einen fragenden Blick auf die beiden Männer.
„SOFORT, MR. GRAHAM!!"
Sogleich war der Offizier verschwunden.
Da fiel Julia noch eine weitere Person ein, deren Schatten sie kurz draußen hatte erahnen können.
„Lord Loxley?!", rief sie dünn.
Aber der Adlige mit den Smaragd-Augen hörte sie trotzdem und trat augenblicklich ein.
„Ihr Diener, Madam.", verkündete er und schenkte ihr ein Lächeln.
„Zwei Säcke spanischer Münzen. Für unseren Gast.", sprach sie müde und legte besondere Betonung auf das letzte Wort.
„Jawohl, Mrs. Green. Sofort!"
Damit machte der Lord kehrt und eilte davon.
„Sie kriegen meine Waffen, mein Geld, wenn Sie wollen auch meine Pferde!", hörte sie Wellington fauchen.
„Aber. Nicht. Meine. Dame! Verstanden?!"
Er musste all seine Disziplin aufbringen, um Julia nicht „meine Frau" zu nennen.
Ja, die Befürchtungen des Falken hatten sich bewahrheitet. Aus Zuneigung war in dieser einen Nacht, durch diesen einen Moment ... Liebe geworden.
Seine meerblauen Augen schnellten zu ihr.
„Sagen Sie ihm das!", verlangte er schnaufend. Es wurde für ihn immer schwieriger, den tobenden Spanier in Zaum zu halten.
„Aber ...", warf Julia verlegen ein. Irgendwie kam

ihr es falsch vor, diese Worte zu übersetzen. Sie war ja keine Dame von Stand. Keine offizielle Beraterin oder Mätresse des Herzogs. Und erst recht nicht seine Frau.
Nur … irgendeine Frau eben.
„Übersetzen Sie! *Jetzt!*", wiederholte er herrisch und sie tat, wie befohlen.
Stolz erfüllte ihre Brust dabei und gab ihr den Mut, sich vom Stuhl zu erheben und langsam auf die Männer zu zugehen.
So kühl, wie das Mondlicht. So stolz, wie eine Lady. Und das Spanisch kam wie Feuer über ihre Lippen.
Schöner und anders als alle Frauen, die er je gekannt oder geliebt hatte.
Gute Güte, er wollte sie! Nicht als Mätresse, nein. Als Frau. Nur sie! Sie sollte sein werden! *Seine* Frau! Nur ihm gehören. Nur er, der ihre Lippen kosten, ihren wunderschönen Körper des Nachts genießen durfte.
Allein bei dem Gedanken erschauderte er und sein Herz drohte seinen Brustkorb zu sprengen.
Mit dem Spanier stieß er auch seine lodernden Gedanken von sich und eine gewisse Erleichterung erfüllte ihn, als Graham und Lord Loxley erneut im Zelteingang erschienen.
„Es ist alles bereit, Euer Lordschaft!", verkündete der dunkelhaarige Kavallerieoffizier und Wellington nickte.
Mit einem gewissen Hauch von Furcht oder Respekt sah Scombra am Herzog hoch, der seinen

Männern schwer atmend einen kurzen Seitenblick zu warf.
„ Begleiten Sie den Gentleman zu seinem Pferd und anschließend hinaus, meine Herren."
„ Jawohl, Euer Gnaden!"
Beide Männer salutierten, nahmen den gebeutelten Schatten in die Mitte und geleiteten ihn nach Draußen.
Dort warteten ein von Maultieren gezogener Karren, der die gewünschten Gewehre geladen hatte, und ein Esel, der die zwei Säcke voller Münzen schleppte.
Lord Loxley auf seinem Falben und Graham auf seinem weißen Hengst, hielten sich neben dem Rappen und so verließ Scombra geschlagen, aber nicht entehrt das Lager der britischen Armee.

Der Oberbefehlshaber eben jener Armee bekam seine Atmung wieder in den Griff und wandte sich zu Julia um, die ein wenig blass um die Nase war.
„ Mrs. Green?!"
Guter Gott, wie schön sie doch war!
Nach Außen hin stark und sicher, aber innerlich behutsam und zögernd ging er auf sie zu und je näher er ihr kam, umso mehr fürchtete er um seine Selbstbeherrschung.
Abwartend stand sie da, sah ihn einfach nur an – unsicher, was sie als nächstes tun sollte, obgleich ihr Herz es schon längst wusste. „ Alles ... alles in Ordnung?", hörte er sich fragen und wunderte sich, wie rau seine Stimme plötzlich klang.

Näher, immer näher. Noch näher wollte er ihr kommen. Nicht stehen bleiben, kein Abstand mehr!
Doch er verharrte einige Schritte vor ihr.
Ihr Atem ging schnell, ihr Herz hämmerte gegen ihre Brust, als wolle es aus ihrem Körper springen und ihre Hände zitterten.
Einen Moment lang sahen sie sich einfach nur an, ertranken im Blick des jeweils Anderen.
Es war so leicht und doch so schwer, den letzten Abstand zu überwinden, der wie eine gähnende Kluft zwischen ihnen aufragte.
Dabei waren es nur wenige Schritte.
„ Ich …", begann Julia sacht, doch da überkamen sie Schwindelgefühle.
Sie hielt sich den schmerzenden Kopf, taumelte und stolperte stöhnend nach vorne.
„ Madam!"
Sofort tat er einen beherzten Schritt nach vorne und fasste sie an den Schultern, fing sie ab, sodass sie an seine Brust stieß.
Ihr Kopf ruhte nahe seines Herzens, ebenso wie ihre bebenden Hände. Sie fühlte seine Atemzüge unter ihrer Handfläche und den regelmäßigen Herzschlag an ihrem Ohr.
Er ließ es geschehen, duldete ihre Nähe – die er sich insgeheim so sehr gewünscht hatte.
Wieder hob Julia zu sprechen an, doch ihre Zunge war schwer und träge, alles drehte sich um sie herum.
Die Aufregung und die Müdigkeit des langen

Abends umschlangen ihren Körper, so wie es auch die Arme Seiner Lordschaft taten.
Sie spürte die Wärme auf ihrem Rücken, als er sie unfassbar behutsam umfing.
„Ruhig, Mrs. Green. Ganz ruhig!", hörte sie ihn raunen und fühlte, wie er sie rückwärts – wohl in Richtung eines Stuhls – dirigierte.
Wie sehr sie sich wünschte, dass es etwas anderes wäre ...!
„Kommen Sie, setzen Sie sich. Alles ist gut.", murmelte er, griff mit einer Hand nach einem Stuhl hinter ihr, ohne sie mit der Anderen loszulassen, und zog ihn heran, ehe er sie mit sanfter Strenge darauf niederdrückte.
Willig ließ sie sich führen und spürte alsbald die Lehne hart und nüchtern in ihrem Rücken.
Sie gab ihr Halt – doch seine Arme wären ihr wesentlich lieber gewesen.
Julia hörte, wie er in ihrem Rücken um sie herum ging und neben ihr, an seinem Schreibtisch, Platz nahm.
Sie legte einen Arm auf der kühlen Tischplatte ab und merkte, wie sie zitterte.
Immerzu vernahm sie die beruhigenden Worte des Herzogs, der sie sorgenvoll musterte.
Er hatte seinen Stuhl ihr zu gekehrt und beugte sich zu ihr vor und über die Tischkante, da sie auf dem Beraterstuhl saß.
Irgendwo wieherte ein Pferd. Ihm antwortete der schauerliche Ruf eines Käuzchens.
Da überrollten Julia mit einem Mal die Gefühle!

Tränen liefen ihre Wangen herab wie Sturzbäche und ihr Körper bebte, von regelrechter Hysterie geplagt.
Ein reinster Zusammenbruch kam über sie.
„ Oh Gott! Oh Gott!!", sprach sie immer wieder. Mal murmelnd, mal fast schreiend. Ihr Schluchzen verschluckte ihre Worte zumeist.
Der Herzog legte besänftigend eine Hand auf ihren Unterarm, die Andere folgte und verschränkte ihre Finger mit den Seinen.
„ Mrs. Green! Ruhig, Madam. Ganz ruhig. Atmen, Mrs. Green. Tief ein und ausatmen. Beruhigen Sie sich. Alles ist gut.", redete er auf sie ein.
Seine Miene und sein Tonfall wurden mit einem Mal ungemein sanft und er übte sachten Druck auf ihre Finger, wie ihren Unterarm aus, Beistand bekundend.
Sie schaute mit verweinten Augen zu ihm. Tränen glänzten.
Kurz stockte ihm der Atem und das Verlangen, ihr die Tränen fort und ihre bebenden Lippen zu küssen, war schier übermächtig.
Doch er war Herr über seine Leidenschaft und behielt die Kontrolle – wenn auch mühsam.
„ Ich ... ich bin hier, Madam. Sie sind nicht allein. Der Spitzbube ist fort! Niemand kann Ihnen hier weh tun. Nicht solange ich da bin." Wie von selbst kamen diese Worte über seine Lippen und wie von selbst hob er zögernd die Hand, um eine verirrte Strähne ihres herrlichen, braunen Haares aus dem hübschen Gesicht zu streichen.

Er tat es und erschauderte, als seine Fingerspitzen für einen Moment die weiche Haut an ihren Schläfen streiften.
Zufrieden bemerkte er, wie sie ruhiger wurde und scheinbar gegen diese Geste nichts einzuwenden hatte.
Ihre Akzeptanz machte ihn mutiger.
„ Ich ... werde Sie beschützen, Miss Julia. Ich werde auf Sie aufpassen."
Ohne es zu merken, kam er ihrem Gesicht, ihren wunderbaren Lippen immer näher. Und sie dem Seinem.
Sie fühlte seinen Atem warm auf ihrer Haut.
Wieder raubte es ihr die Sinne, diesmal auf angenehme Art. Ihm erging es nicht anders.
„ Versprechen Sie es?!", flüsterte sie leise und verharrte.
Ihre Lippen waren nur noch um Haaresbreite von einander entfernt.
„ Ich schwöre.", wisperte er heiser, wie inbrünstig und legte den Zeigefinger unter ihr Kinn, um es ein wenig zu heben.
Der Schrei eines Falken zerriss urplötzlich die Luft!
Nur wenige Herzschläge später wurde die Zeltplane beiseite gerissen und Graham kam herein gestolpert.
Das Gesicht rot und sein Atem ging schwer.
Sofort nahm Wellington Abstand und seine Miene gefror.
Die eiserne Maske verbarg seinen Ärger über die

Störung, sowie seine Enttäuschung.
Julia schloss betrübt die Augen und lehnte sich im Stuhl zurück.
Der Herzog hatte sich regelrecht losgerissen und das so schnell, als habe er sich an ihr verbrannt.
„ Euer Lordschaft! Euer Lordschaft!! Französische Späher, Euer Gnaden!", keuchte der Offizier und schien gar nicht zu bemerken, was sein unangemeldetes Erscheinen verursacht hatte.
„ Sie haben ... sie haben versucht, uns anzugreifen, Sir! Wir konnten sie aber zurückschlagen."
„ Wie viele?", erkundigte sich Wellington kühl.
„ Nicht mehr als 7, Sir.", antwortete Graham. „ Aber das sie mitten in der Nacht einen Angriff wagen ist untypisch, Sir. Selbst für die!"
Der Herzog erhob sich und lief um seinen Tisch herum, die Hände dabei hinter dem Rücken verschränkt.
„ Feige Diebe und Scharlatane suchen stets den Schutz der nächtlichen Schatten, Mr. Graham. Merken Sie sich das!"
„ Jawohl, Euer Lordschaft!", erwiderte der Offizier und nickte eifrig, wie ein Welpe, der ein Lob von seinem strengen Herrn ersehnt.
Der Blick Wellingtons fiel auf Julia. Ein Hauch von Bedauern glänzte in seinen ozeanblauen Augen.
„ Bringen Sie die Dame nach Hause, Mr. Graham.", forderte er den Offizier auf, ohne ihn anzusehen. „ Ihr gebührt der Rest dieser Nacht und der Schlaf, den sie noch erübrigen kann."
Graham trat zu Julia und bot ihr galant seinen

Arm. Sie nahm an und hakte sich bei ihm unter, kaum dass sie sich erhoben hatte, und mied es, Seine Lordschaft oder den Offizier anzusehen.
„Anschließend nehmen Sie sich eine Handvoll Ihrer besten Reiter und kundschaften die Gegend aus. Ich bezweifle, dass sich der Feind nochmal regen wird, doch es geht vor allem darum, ein Zeichen zu setzen. Für die, wie für uns!"
„Jawohl, Euer Gnaden!"
Graham stand mit Julia bereits im Zelteingang und wartete nur darauf, dass Wellington sie entließ.
Seine Lordschaft trat vor Julia, nahm ihre Hand und deutete einen Handkuss, so wie eine leichte Verneigung an.
„Madam."
Sie knickste wohlerzogen und schlug die Augen nieder.
„Gute Nacht, Euer Lordschaft."
Mit einem Nicken gab der Herzog seinem Offizier ein Signal und dieser verließ mit der Dame das Zelt, hob sie auf seinen Schimmel und als bald trabte der weiße Hengst mit seinen beiden Reitern davon.
Julia fühlte den ganzen Ritt über den Blick Seiner Lordschaft im Rücken.

Kurze Zeit darauf suchte ein einzelner Reiter sich seinen Weg durch die unzähligen Zelte und Wagen. Vorbei an Pferden, Hunden und Vieh.
Sein großer, brauner Hengst schritt erhaben über die trockenen Wiesen und ließ ab und an ein Schnauben hören, sodass sein Zaumzeug klirrte.
Die zarten Strahlen der aufgehenden Morgensonne wärmten dem Reiter den Rücken, ließen sein mitternachtsblaues Jackett schimmern und gaben dem Fell seines Rosses einen bronzenen Glanz.
Als er den Fahnenmast mit dem Union Jack erreichte, brachte er sein Pferd mit einem kurzen Ruck an den Doppelzügeln zum Stehen und schaute hoch.
Gedankenverloren besah er die Farben des Königs einen Augenblick.
Weiß. Blau. Und Rot.
Ganz weit oben, auf dem goldenen Knauf, der Spitze des Masts, saß der sandfarbene Falke mit den Gold gesprenkelten Augen.
Und er schaute herunter. Auf die Welt, die Menschen und die Tiere.
Aber jetzt im Besonderen auf den Blau gewandeten Reiter und sein großes, dunkelbraunes Pferd.
Mit einem Schnalzen und knappem Schenkeldruck trieb der Mann den Hengst wieder vorwärts und das Tier trottete weiter.
Seinem genügsamen Schnauben antwortete der Falke, hoch oben auf dem Mast.

Wie jeden Morgen machte der Herzog auf Copenhagen seine Runde.
Genauso wie er es jeden Abend tat.
Pünktlich wie ein Uhrwerk und egal bei welchem Wetter. Es gab seinen Männern und deren Familien, wie auch ihm selbst eine gewisse Sicherheit. Ruhe, Beständigkeit.
Etwas, das es normalerweise nicht gab in all diesen gottverdammten Jahren, die dieser verteufelte Krieg schon dauerte.
Wie bei jedem Sonnenaufgang und wie bei jeder Dämmerung erklang der Hufschlag des großen Pferdes dumpf auf dem Boden.
Und wie jeden Sonnenaufgang und wie bei jeder Dämmerung folgten die scharfen Augen des sandfarbenen Falken jedem Schritt. Und wie jeden Sonnaufgang und bei jeder Dämmerung trug der Wind den leisen Gesang von den Lippen des Herzogs in die Gemüter und Herzen der Schlafenden, wie auch ihrer Wächter.

„ Over the Hills and over the Main. Through Flanders, Portugal and Spain. King Georg commands and we obey. Over the hills and far away ..."

„Um aus tiefstem Herzen zu lieben, musst du mutig sein."

Julia erzählte niemandem von den Ereignissen an jenem Abend. Weder Rosy, noch ihrer neuen Freundin, der blonden Schönheit Mary Oak.
Und erst recht nicht Harper und Smith, obgleich der Sergeant neugierig fragte und nachbohrte. Zu ihrem Glück gab er irgendwann auf und begnügte sich mit ihrem Schweigen.
Auch Gates erzählte sie nichts, obgleich sie bei ihm das Gefühl nicht los wurde, dass er bereits bestens Bescheid wusste ...

Die Zeit verging und Julias Dienste wurden nur noch selten benötigt.
So hatte sie die Möglichkeit, sich zunehmend in das allgemeine Lagerleben einzufügen und mehr über ihre Mitmenschen in Erfahrung zu bringen.
Mary und sie waren an einem nahen See, um Heart und Soul, Rosys brave Maultiere, zu tränken, als die Blondine plötzlich in der Ferne einige Reiter ausmachte.
Der Verband sammelte sich auf einer Anhöhe, die Pferde Flanken an Flanken gedrängt, und überschaute das Land unter sich.
„Julia! Schau doch!", rief Mary aufgeregt und wies auf die schemenhaften Erscheinungen.

Angesprochene führte die weinrote Heart am Halfter und Mary den nebelgrauen Soul. Gierig senkten die braven Tiere die Mäuler zum Saufen und tranken in tiefen Zügen das klare Wasser.
Die Brünette beschattete mit einer Hand die Augen, um sie vor der Sonne zu schützen.
Sie erkannte die Reiter anhand ihrer Rösser.
Dort oben waren Graham und sein weißer Hengst.
Lord Loxley und sein Falbe konnte sie etwas weiter vorn erkennen, sowie einige ihr unbekannte Offiziere.
An der Spitze ragte Cophenhagen empor, wie ein Fels oder ein aus Ebenholz geschlagenes Standbild.
Selbst der flammende Fuchs von Wellingtons Stellvertreter, dem Earl of Uxbrigde, wirkte neben dem dunklen Hengst wie ein Teelicht im Beisein eines Osterfeuers.
„ Da ist der alte Naseweis, samt Gefloge!", meinte Mary und lächelte.
„ Ich sehe sie, Mary.", erwiderte Julia lahm und sah schnell zu Heart, um sie intensiv beim Trinken zu beobachten.
Ihre Freundin ließ plötzlich ein träumerisches Seufzen hören und legte ihr Kinn auf dem Rücken des nebelgrauen Maultiers ab, das keinen Einspruch erhob, solange niemand es beim Trinken ernsthaft störte.
„ Und da ist ja auch Mr. Graham! Ach, wie herrlich er aussieht! Findest du nicht, Julia?! He, Julia, ich rede mit dir! Hörst du überhaupt zu?!?"

„Jaja. Mr. Graham. Ganz toll."
Verärgert kreuzte die Blondine die Arme vor der Brust und musterte Julia.
„ Ich weiß ja, dass wir nicht den selben Geschmack haben, aber kannst du mir nicht wenigstens einen Rat geben oder so was?!", verlangte sie, worauf Julia bitter auflachte.
„ Den gebe ich dir schon, seit du mir erzählt hast, dass du in ihn verliebt bist. Zeig ihm, dass du ihn magst oder unternehmt irgendwas zusammen. Wer weiß, ob er morgen noch da ist?!"
Mary wollte darauf gerade etwas erwidern, wahrscheinlich und wie immer, dass sich Julias Vorschläge einfach nicht gehörten.
Da kam Bewegung in den Verband.
Sie lenkten ihre Tiere den Hang hinab und geradewegs auf den See zu, an welchem die Maultiere und die beiden Frauen standen.
Copenhagen hielt sich im leichten Kanter an ihrer Spitze, dicht daneben Uxbrigdes feuerroter Fuchs und an der anderen Flanke Lord Loxleys Falbe.
Kurz bevor sie das Wasser erreichten, zügelten sie die Pferde zum Trab und eilten von einem Ufer zum Anderen.
Das Wasser schäumte und spritzte an den Bäuchen und Hälsen der Hengste hinauf, reichte ihnen ohnehin bis zur Brust.
Die Steigbügel ihrer Reiter schwebten nur um Haaresbreite über der sonst so ruhigen, jetzt aufgewühlten Oberfläche.
Wortlos drängten die Reiter an den Damen vorbei

und alsbald trafen Copenhagens Hufe wieder auf trockenen Boden.
Sein Fell war dort, wo das Wasser ihn berührt hatte, nahezu nachtschwarz.
Mit einem kleinen Sprung erreichte der braune Hengst das Ufer und verfiel vom schnellen Trab in den Galopp.
Die übrigen Pferde folgten ihm und schlossen rasch auf.
Julia und Mary waren vom hochgeworfenen Wasser getroffen worden und fast genauso nass, wie ihre Maultiere, die sich aber im letzten Moment zurück aufs Gras gedrängt hatten.
Heart und Soul rupften unschuldig am kargen Gras und die Augen des nebelgrauen Wallachs blitzten, als würde ihn der Anblick der nassen Frauen amüsieren.
„Wehe dir, und du lachst!", zischte Julia dem Maultier mühsam beherrscht zu, indes Mary ungeniert mit den Zähnen klapperte.
Dafür erklang allzu menschliches Gelächter in ihrem Rücken!
Überrascht fuhr Julia auf dem Absatz ihrer Stiefel herum und erkannte einen schlanken Mann mit langem, blondem Haar, dass er mit einem Pferdeschwanz zähmte.
Seine goldbraunen Augen blitzten amüsiert, ähnlich dem Wasser, welches silbern in der Sonne glitzerte. „Was gibt es da zu lachen, Doc?", fragte sie ihn schnippisch, was sein Schmunzeln nur breiter werden ließ.

Lässig stützte er sich auf sein Sattelhorn und spielte mit der Mähne seines Pferdes.
Ein braver, stämmiger Wallach. Ein Schecke, der träge im Sonnenlicht döste und gelegentlich ein paar Mücken mit dem Schweif verscheuchte.
Die roten Partien seiner Fellzeichnung erinnerten Julia an den Rotweinkuchen, den ihre Tante Emma ihr immer zum Geburtstag gebacken hatte. Schlagartig überkam sie Heimweh.
„ Oh, Sie wären überrascht, Mrs. Green!", meinte der Medicus lächelnd. „ Wie mir scheint, sind die Damen wohl etwas nass geworden, oder? Sie sollten dankbar sein für diese ... überraschende Erfrischung. Es ist ein sehr warmer Tag."
Betont unauffällig sah Gates gen Himmel. Hoch droben, im Beisein der Wolken und der Weite, zog Picard, der sandfarbene Falke kreischend seine Kreise.
Mit einer leisen Bitte drückte Julia ihrer Freundin die beiden Maultiere in die Hand. Mary versprach, sie sofort zu Rosy zu bringen.
Beim Abschied warnte die Blonde sie noch, vorsichtig zu sein.
„ Gates ist anders als alle!", zischte sie und man hörte deutlich die Furcht in ihrer Stimme.
„ Ich glaube, er ist kein Gentleman, auch wenn er sich so gibt. Pass bloss auf dich auf, Julie!"
Damit zerrte sie die unwilligen Maultiere wieder in Richtung Lager.
> *Er ist wie ich.* <, schoss es Julia durch den Kopf und es brachte sie zum Lächeln.

Doch es war eines der bitteren Art.
> *Er und ich. Wir gehören beide nicht hierher. Und dennoch sind wir hier!*<

„ Was wollen Sie, Doc?! Müssen Sie nicht ... keine Ahnung, 'n Bein absägen oder so was?", fragte Julia ihn als sie ein Stück gegangen waren.
Er dachte gar nicht daran abzusteigen, sondern ließ seinen recht verschlafenen Schecken neben ihr her trotten.
„ Ich bin der Leibarzt des Generals und kein ... Feldmedicus!", erwiderte er etwas beleidigt, doch mit einem Lächeln auf den Lippen.
Picard segelte in weiten Schleifen um sie herum und das Sonnenlicht fiel tanzend durchs dichte Blätterdach der Bäume als sie ein kleines Wäldchen durchschritten.
Der ohnehin schon dumpfe Hufschlag des Wallachs wurde endgültig verschluckt.
„ Was wollen Sie dann?!", hakte Julia leicht genervt nach.
Sie wusste schon, warum sie nicht allzu oft den Kontakt mit Gates suchte.
Seine Geheimniskrämerei war kurz gesagt: einfach nur anstrengend!
„ In erster Linie: Nur nett mit Ihnen plaudern, Madam.", antwortete der Arzt und lächelte charmant.
Unweigerlich musste auch sie grinsen, was sie im Stillen ärgerte. Er wusste eben, wie man Menschen für sich einnahm.

„Und Zweitens?", wollte sie interessiert wissen und sah an seinem bunten Rotweinkuchen-Pferd zu ihm hoch.

„Wie wäre es mit, die frische Luft und den Tag genießen?!", schlug er munter vor und seine Augen blitzten mit einem Mal, begleitet von einem frechen Grinsen. „Und wie kann man das besser, als in Gesellschaft einer schönen Frau?"

Er pfiff melodisch und Picard ließ sich mit gedehntem Ruf und sehr elegant auf dem Sattelknauf nieder.

Während sein Herr ihm übers Gefieder strich, trottete der Wallach seelenruhig weiter.

Kurz kam das Tier aber aus dem Tritt und stolperte ein wenig.

Erschrocken machte Julia einen Schritt beiseite, aber das bunte Pferd fing sich sogleich wieder und schien, als habe man es aus seinen Tagträumen geholt.

„Obacht, Antarius!", mahnte sein Reiter streng.

„Du hast vier Beine, du Esel! Zwei vorne und zwei hinten! Nur falls du das vergessen hast. Oder soll ich sie dir etwa vorzählen, hm?"

Darauf antwortete der Schecke mit einem entschiedenen Kopfschütteln, sodass das Zaumzeug klirrte, und einem raschen Schnauben.

„Meine ich aber auch.", sprach der Medicus und nickte.

Picard schien das offenbar gewohnt, denn er putzte sich das Gefieder als sei nichts passiert.

Beim diesen Anblick musste Julia einfach lachen

und Gates stimmte amüsiert darin ein.
Das Sonnenlicht spielte Fangen mit den dunklen Schatten der Bäume.

Eine Weile hielt sich die Heiterkeit und sie scherzten und lachten viel miteinander.
Dann wurde die Miene des Arztes plötzlich sehr ernst, fast niedergeschlagen.
Ein Wink, und Picard erhob sich wieder in die Lüfte.
Dem Ruf des Raubvogels antwortete Antarius mit leisem Wiehern, so wie einem Nicken.
„ So sehr ich Ihre Gesellschaft auch wertschätze, Mrs. Green.", begann der Arzt und Julia war sofort klar, dass nichts Gutes diesen Worten folgen würde.
„ Ich bin außerdem hier, um Sie zu warnen!"
Verwirrt legte sie die Stirn in Falten und eine Hand an den Hals des Schecken.
„ Warnen?! Wovor denn?"
„ In gewisser Weise vor sich selbst, Madam.", meinte Gates und seufzte schwer.
Picard verabschiedete sich mit rauem Schrei und entschwand ihren Blicken, weit über die Kronen der stattlichen Bäume hinweg.
Dorthin, wo nur Wind und Gestirne herrschten.
„ Das verstehe ich nicht, Doktor.", gestand Julia. „ Wie meinen Sie das?"
Er mied es, sie anzusehen und schaute stattdessen durch die spielenden Ohren seines Wallachs.
„ Wissen Sie eigentlich, was für ein Chaos Sie an-

gerichtet haben?! Seit Ihrer Ankunft bin ich damit beschäftigt, die Fehler wiederauszubügeln, die seither entstanden sind. Manche sind leichter zu beheben, andere nicht. Doch es sind Fehler. Fehler, die *Sie* hätten vermeiden können, wenn Sie nicht so verdammt neugierig sein würden! Müssen Sie sich denn überall einmischen, Herr Gott nochmal?! Und Ihre Ratschläge. Ich verstehe es ja, dass Sie Ihrer Vertrauten, Miss Mary, helfen wollen – aber können Sie das nicht … irgendwie anders tun?! Nicht so …*modern*?!?"
Kurz entgleisten ihr die Gesichtszüge während er sprach.
„ WIE BITTE?!? Und wie soll ich das Ihrer Meinung nach anstellen, hm? Und *Sie* waren es doch, der mich hergebracht hat, oder liege ich da falsch? Was soll jetzt das Gezicke, Doc?!"
Er rang mit sich, schien im Zwist mit seinen inneren Dämonen zu sein.
„ Schon, schon. Aber hätten Sie nicht einfach nur *zusehen* können?!? Wie bei einem guten Film oder so etwas in der Art?! Sie haben ja keine Ahnung, was Sie mit Ihrem Tun im Raum-Zeit-Gefüge alles anrichten – was *ich* dann wieder geradebiegen muss!"
Ihre Fassungslosigkeit stieg ins Unmessbare.
Sie hatte nicht übel Lust, ihm eine zu scheuern! Leider saß er auf dem Rücken seines Pferdes und war damit außerhalb ihrer Reichweite.
„ Sagen Sie mal, sind Sie bescheuert, oder wie? Ich meine, wer hat mir denn den Job und all das ver-

schafft?! SIE, wenn Sie nicht gerade an akutem Gedächtnisschwund leiden. Und da Sie scheinbar so ein Problem damit haben, wieso haben Sie mir das nicht vorher gesagt? Bevor ich Freunde, wie Mary und Rosy gefunden habe. Und Harper und Smith."

„ Das ... ist nicht relevant. Das lässt sich alles revidieren.", erwiderte er eisig und schluckte hart. Julia schnappte nach Luft, wie ein Fisch auf dem Trockenen.

„ REVIDIEREN?! Sie meinen, *löschen*?! Sie wollen ... alles ..."

„ Vernichten, ja.", brachte er gnadenlos ihren Satz zu Ende und starrte auf den Weg, den sein Pferd einschlug. „ Jede Erinnerung. Jedes gesprochene Wort, jede noch so kleine Tat. All Ihr Handeln wird vergessen. Als sei nie etwas passiert. Wie eine Rolle, die aus dem Drehbuch dieser Welt gestrichen wird. So war es mit allen, die vor Ihnen diese Reise antraten und ... *unvorsichtig* wurden."

„ Und ... und was hab` ich – Ihrer Meinung nach – so Unvorsichtiges getan?", verlangte sie mit dünner Stimme zu wissen.

Er hob die Augenbraue und traute sich, sie von der Seite zu mustern.

Mühsam hielt sie mit dem Wallach mit, der im Verlauf ihres Gesprächs schneller geworden war, da er das nahe Lärmen des Lagers vernahm und damit der Heimat zustrebte.

„ Sie?! Gar nichts.", meinte Gates trocken und betrachtete wieder die Ohren seines bunten Pferdes.

Wut packte sie und entflammte ihr Herz als er seinen Wallach in einen bequemen Trab trieb.
„ Was soll der Scheiß?! Reden Sie mit mir, Doc!", forderte sie energisch.
„ Guten Tag, Madam!", erwiderte er knapp und mit einem Schnalzen ließ er den Wallach schneller laufen.
Sie beeilte sich, lief und rannte, aber blieb schließlich erschöpft und nach Atem ringend zurück.
„ SIE MIESER FEIGLING!", brüllte sie ihm hinterher, obwohl ihre Lungen brannten und ihr Herz raste. „ VERLOGENER MISTKERL!! Reden Sie endlich mit mir! Was ist los?! GATES!!"
Sie schrie aus voller Kehle nach ihm. Wut und Verzweiflung, Erklärungsnot beherrschten ihr Sein in diesem Moment.
Er riss sein Pferd abrupt auf der Hinterhand herum und Antarius wieherte teils überrascht, teils verärgert.
In der Ferne rief Picard. Beinahe genauso aufgebracht, wie sein Herr.
„ Er *mag* Sie, okay?", platzte es aus dem Mediziner hervor und seine Augen warfen Blitze. „ Sehr sogar. Und mehr als für uns alle gut ist!"
Er holte mehrmals tief Atem, dann fuhr er nahezu eisig fort. „ Ich weiß nicht, welche Rolle Sie und er spielen sollen, aber Sie sollten wissen, dass ich Sie im Auge habe, Julia! Und sollte ich feststellen, dass Sie den Ausgang der schicksalsträchtigen Schlacht bei Waterloo drastisch gefährden – so werde ich keine Sekunde zögern, den Verlauf der

Geschichte zu retten! Selbst, wenn ich dabei Ihre Existenz riskiere. Ja, *ich* habe Sie hergebracht und ich kann Sie auch genauso schnell wieder fortschaffen. Wann immer es mir beliebt, vergessen Sie das nicht!"
Sie zweifelte keine Sekunde daran, dass er ihr drohte.
Etwas unfassbar Mächtiges ging plötzlich von ihm aus, wie sie es noch nie gesehen oder gespürt hatte.
Julia kniff die Augen zusammen und konzentrierte sich ganz auf ihre Atmung.
Ein Schwindelgefühl überkam sie und es war ihr unmöglich zu sagen, ob es dem schnellen Lauf oder den Kräften dieses unheimlichen Mannes zu zuschreiben war.
„ Sind Sie Freund oder Feind?!", stieß sie gepresst hervor.
Ein dünnes Lächeln erschien auf seiner harten Miene.
Der Wallach stampfte laut schnaubend mit dem Vorderhuf.
„ Mal das eine, mal das andere.", erwiderte der Medicus kryptisch.
„ Und was sind Sie genau *für mich*?", verlangte sie zu wissen und kam langsam auf ihn zu.
Er reckte das Kinn und lachte tonlos.
„ Das liegt ganz bei Ihnen."
Damit wandte er sein Pferd, gab ihm ein Zeichen und der Schecke jagte im Galopp davon und aus dem Wald.

Als Julia wenige Augenblicke später aus dem Wäldchen stolperte, zog der sandfarbene Falke laut rufend seine Schleifen und Bahnen um sie herum.
Vor ihr tat sich das britische Lager in all seiner Größe auf.
Sie verstand die Laute des Raubvogels nicht als Tadel, sondern als Zeichen des Trosts und des Zuspruchs.
„ Danke, Picard.", murmelte sie und wischte sich die aufsteigenden Tränen weg.
Der Falke entschwand und hielt geradewegs auf einen fernen Hang zu, wo zu dessen Füßen ein Verband Reiter stand und sich scheinbar beratschlagte.
Auf der Spitze dieser Anhöhe aber thronte ein einzelner Mann auf seinem Pferd.
Das Tier war groß und so dunkelbraun, dass es aus der Ferne Schwarz erschien und wie aus Ebenholz oder Granit gemeißelt.
Wellington!
Matt kamen ihr die Worte Storms in Erinnerung.
> *Ich kann ihn sehen. Also kann er mich auch sehen ...* <
Jetzt war sie sicher. Vor den Franzosen und dem Rest der Welt.
Aber es gab zwei Dinge, vor denen selbst der Eiserne Herzog sie nicht bewahren konnte: Vor Gates, und ihrem eigenen Herzen.
Doch war der Medicus überhaupt ihr Feind?
Ein Teil von ihr stimmte dem zu.

Ein Anderer widersprach.
Wieder ein Mal würde die Zeit die nötige Antwort bringen.

Der Morgen war Nebel verhangen und ungewöhnlich trist als Julia beschloss aufzustehen. Sie hatte ohnehin nur wenig geschlafen und noch dazu verdammt schlecht.
Rosy hingegen schlummerte so fest wie ein Stein und so war die Jüngere sehr behutsam, als sie den Wagen verließ, um sie nicht zu wecken.
Die alte Dame konnte sehr unleidlich werden, wenn man sie beim Schlafen oder Essen störte.
Der arme Smith hatte ihren Zorn schon mal zu spüren bekommen – und hielt sich seitdem um die Mittagszeit von ihnen fern.
Sie achtete nicht darauf, wohin sie ihre Füße trugen und fand sich plötzlich in dem nahen Wäldchen wieder, wo sie mit dem Doc gesprochen hatte.
Eine weite Lichtung umgab sie, ebenso wie der Nebel, der gespenstisch über den Waldboden kroch und sich um die Stämme wand, wie eine weiße Schlange.
Julia fror und sie schlang die Arme um den Oberkörper.
Ihr Atem stieg im selben Weiß gen Himmel, wie die kühlen Nebelschwaden, die sich um ihre Beine schmiegten und ihr eine Gänsehaut bereiteten.
Plötzlich wusste sie, warum ihr dieser Ort so ver-

traut vorkam.
Es war die selbe Lichtung, wie in ihrem Traum! Nur hatte sie ihn seit ihrer Ankunft in diesem Zeitalter nicht mehr geträumt.
Stattdessen herrschte des Nachts entweder Dunkelheit oder Alpträume plagten sie. So wie es letzte Nacht der Fall gewesen war.
Gedankenverloren drehte sich Julia um die eigene Achse und besah den Wald, der ihr groß, stumm und geheimnisvoll entgegen sah.
> *Genau wie in meinem Traum. Jetzt fehlt nur noch ...* <
Ein überraschtes Lächeln erschien auf ihrem Gesicht und ihr Herz begann zu rasen, als Hufschlag in ihrem Rücken ertönte.
Diesen erhabenen Gang würde sie fast überall erkennen.

Und tatsächlich, als sie sich umdrehte sprang Copenhagen wie eine Sagengestalt und mit Stolz gewölbtem Hals aus dem Nebeldunst.
Der Hengst kam ihm schwebenden Trab auf sie zu und hielt wenige Schritte vor ihr, streckte den Kopf und schnaubte laut.
Sein Atem glich sich dem Nebel an und entschwand gen Himmel.
Majestätisch stand der dunkle Hengst vor ihr und sein Reiter blickte an seinem Hals vorbei und auf sie herunter.
„ Sie sind wahrlich schwer zu finden, Madam.",

meinte er und saß in einer einzigen, fließenden Bewegung ab.

Mit einer Hand hielt er die Doppelzügel, während das Pferd auf der Kandare kaute, und betrachtete Julia einen Moment.

Sie schluckte und ihr Atem ging flach als sie die Stimme erhob.

„Jetzt haben Sie mich ja gefunden."

Kurz zog er stutzig die Brauen zusammen, als würde ihn eine ferne Erinnerung überkommen.

„Ja. Ja, das habe ich in der Tat.", bestätigte er langsam und schien verwirrt.

Der dunkle Hengst schnaubte und streckte sich nach unten, um das Gras zu erreichen. Mit einem bestimmten, knappen Ruck an den Zügel unterband der Herzog diesen Versuch und das Pferd fügte sich.

Der Augenblick des Schweigens kam Julia vor wie eine gefühlte Ewigkeit, in der sie gespannt abwartete und sich nicht sicher war, ob sie nur vor Kälte zitterte.

„Was machen Sie hier draußen, Madam?! Es ist ein wenig kühl, um spazieren zu gehen, finden Sie nicht?", fragte er und ihr Herz seufzte enttäuscht.

„Ich bitte um Vergebung, Euer Gnaden, doch ich konnte nicht mehr schlafen. Also hielt ich es für das Beste, mich ein bisschen umzusehen.", antwortete sie und sah weg.

Er kam einen Schritt näher.

„Sie erscheinen mir rastlos, Mrs. Green.", sprach er lauter, ehe er die Stimme zu einem Flüstern

senkte und fragend den Kopf schief legte.
„Alpträume?"
Sie nickte und biss sich verlegen auf die Unterlippe.
Warum vertraute sie ihm das an? Wieder fielen ihr Storms Worte ein.
> *Das hat nichts mit Vertrauen zu tun. Er hat mich etwas gefragt und ich habe ihm geantwortet.* <
Er bemerkte ihr Zittern und streifte seinen Reitermantel ab. Copenhagen blieb ruhig neben ihm stehen.
„Sie frieren ja."
In einer einzigen, eleganten Bewegung legte er ihr den mitternachtsblauen Mantel um die Schultern bevor sie Einspruch erheben konnte.
„Hier, nehmen Sie den. Ich kann es mir nicht leisten, dass in diesen Landen meine Übersetzerin erfriert!"
Ein Lächeln kam über seine schmalen Lippen.
„Noch dazu, wenn Sie so begabt und wunderschön ist wie Sie."
„Vielen Dank, Euer Lordschaft.", erwiderte Julia fast sprachlos und knickste.
Sie war sich nicht sicher, ob sie sich für die ritterliche Geste oder seine Worte bedankte.
Im Zweifel für beides.
Copenhagen schnaufte und schüttelte den Kopf, sodass die Mähne nur so flog.
Also wolle er sagen: > *Dafür nicht.* <
„Wenn man fragen darf, Madam, wovon handeln diese Alpträume?!", erkundigte sich Wellington

und musterte sie, unsicher ob seine Frage angemessen war oder zu weit ging.
Sie tat eine Geste, welche die Umgebung mit einschloss. Ihre andere Hand umfasste den Kragen seines Mantels, damit der sachte Wind ihn nicht fortwehte.
„Es ist wie hier. Tiefer Wald. Dichter Nebel. Und ich mitten drin."
Ein kurzes Zögern, ehe sie ihren Mut zusammennahm und fortfuhr.
„Ich ... warte hier auf jemanden, dass weiß ich. Und ich bin mir sehr sicher, dass er kommen wird. Weil er es normalerweise immer tut. Aber nichts geschieht. Er taucht einfach nicht auf! Egal, wie sehr ich nach ihm rufe, er antwortet mir nicht. Und egal, wie lange ich warte, er kommt nicht. Schließlich gibt es nur mich, den Wald und die Nebel. Ich ... ich bin allein und ... weine, Sir. Weil ... weil er mich nicht findet. Sucht ... sucht er mich überhaupt?"
Dabei sah sie ihm direkt in die Augen.
Seine Miene war kühl. Eisern, wie immer. Sein Tonfall war es nicht.
„Selbstverständlich. Aber natürlich sucht er Sie, Mrs. Green! Sehr sogar. Aber vielleicht ..."
Er suchte einen Moment nach passenden Worten.
„Vielleicht ist der Nebel einfach nur zu dicht und er kann Sie nicht sehen?!"
„Und warum antwortet er mir dann nicht auf meine Rufe?", wollte sie verzweifelt von ihm wissen.

Copenhagen warf den Kopf hoch, schnaubte und scharrte mit dem Vorderhuf.
Wellington wand sich unter ihrem Blick.
„ Ich nehme an, er hat Angst, Madam. Er fürchtet sich davor, dass diese Rufe nicht von Ihnen, sondern irgendeinem bösen Geist sind. Einem Irrlicht oder ähnlichem. Oder ... oder einfach nur ein Traum. Ein wunderschöner, irriger Traum. Nichts weiter."
Er war immer leiser geworden und schlug die Augen nieder.
„ Und was ist an Träumen so schlimm, Euer Lordschaft?", fragte sie unbeirrt weiter und er hasste sie dafür, genauso wie er sie liebte.
„ Sie können verführen, Madam. Lügen und betrügen. Sie können ... schlimme und verwerfliche Dinge tun. Deshalb ist es gut, wenn Träume eben Träume bleiben!"
Jetzt hasste er sich selbst für diese Worte, ja er verdammte sich!
„ Und ..." Sie spielte mit einer Strähne ihres Haares und schaute zu ihm hoch.
„ ... wenn man manche von ihnen einfach *leben* würde? Sie Wirklichkeit werden ließe. Was wäre dann?"
Die Frage schwebte zwischen ihnen.
Erneut war der Drang, sie küssen, fast übermenschlich. Er wollte sie haben.
Jetzt und für immer!
Er ertappte sich dabei, wie er bereits die Hand nach ihr ausstreckte.

Im letzten Moment beschloss er, der schamhaften Feigheit den Vorzug zu geben und nahm die Hand zurück, bot ihr stattdessen seinen Arm.
„Darf ich Ihnen mein Geleit anbieten, Madam?"
Fragend legte sie die Stirn in Falten.
„Dürfen Euer Lordschaft das denn?! Als verheirateter Mann."
„Verwitwet, Madam.", korrigierte er düster.
Sie glaubte ihren Ohren nicht. Das konnte nicht sein!
In den Geschichtsbüchern ihrer Zeit stand etwas völlig anderes. Lady Catherine Pakenham *musste* noch leben, sie durfte nicht tot sein! Außer -
> *Der Doc hatte Recht! Irgendwas passiert hier. Irgendwas ist ... falsch.* <
„Das ... tut mir sehr leid, Euer Gnaden.", antwortete sie schnell und bemühte sich, ihre erschrockene Miene zu kaschieren.
Er wiederholte die bittende Geste und sie hakte sich bei ihm unter.
Ihre Gedanken überschlugen sich und er nahm Copenhagen am Zügel und machte sich auf den Rückweg zum Lager.
Der Nebel wich mehr und mehr der erstarkenden Morgensonne.
Die ersten Vögel stimmten ihre Lieder an.
„Ach, sie war ein Biest, Madam! Eine unmögliche Person.", knurrte er, doch da glättete Milde seine Zornesfalten. „Aber dennoch war und ist sie die Mutter meiner Söhne.", fügte er sanft hinzu.
Er hatte sie einmal geliebt. Sehr sogar. Vor langer

Zeit und in jungen Jahren.

Aber nachdem er 10 Jahre um sie geworben und im Laufe dessen zum Mann geworden war, war sie das leichtlebige Mädchen geblieben.

Und zu allem Übel hatte sie ihre einstige Schönheit verloren, die ihm mit 27 damals das Herz geraubt hatte.

Alles, was nun von ihr blieb, war schlechte Nachrede, eine mürrische, sture Verwandtschaft, die ihrem Witwer den letzen Nerv raubte … und ihre gemeinsamen Söhne.

Die Kinder waren das einzig Gute, was aus dieser ehemals aus Liebe entstandenen, doch in Hass geendeten Verbindung hervor gegangen war.

„ In drei Tagen ist es ein Jahr her.", hörte sie ihn sagen.

Bald war also das sogenannte Trauerjahr um, sodass Seine Lordschaft dann wieder als „Freiwild" und zu haben galt.

Aber warum erzählte er ihr das? Als Einladung?! Als … Angebot?!

Sie wagte gar nicht, darüber nachzudenken.

Seltsamerweise hatte sie ihn nie einen Ehering tragen sehen, wie es bei den meisten Witwern im Trauerjahr üblich war.

Oder war es ihr nur nicht aufgefallen?

Sie ließen das Wäldchen endgültig hinter sich und Wellington ließ entschuldigend von ihr ab.

„ Ich bitte meine rüde Art zu entschuldigen, Madam, doch es gilt einen Krieg zu führen. Guten Tag!"

Er verneigte sich, deutete einen Handkuss an und schwang sich auf den Rücken seines Pferdes. Copenhagen wieherte, als er das Gewicht seines Reiters im Sattel spürte, dann flog er im eleganten Trab davon, wechselte kurz darauf in den schwebenden Galopp und war bald ihrem Blick entschwunden.
Ross und Reiter folgten die starken, goldenen Strahlen der Sonne und das restliche Lager erhob sich aus seinem Schlummer.

Mehrere Tage verstrichen und finstere Sturmwolken ballten sich über dem Lager zusammen. Irgendwann geschah es. Donner polterte, schlohweiße Blitze zuckten und es regnete, als würde es niemals wieder aufhören!
Julia hörte Harper von draußen murren und grummeln, aber er blieb treu auf seinem Posten. Auch wenn der verdammte Regen mit dem scharfen Wind eine unheilige Allianz eingegangen war und ihm und Smith waagrecht und von links ins Gesicht klatschte.
Das Himmelswasser war so kalt wie Eis und scharf wie Dolche.
Sie konnte den Wind heulen, den Regen auf ihr Zeltdach trommeln und den jungen Smith mit den Zähnen klappern hören.
Sie selbst saß im Trockenen und widmete sich ihrer Arbeit.
Das Geräusch des Niederschlags auf der Plane empfand sie als beruhigend und sie entspannte

sich sichtlich.
Schließlich konnte sie aber den Gedanken ihrer leidenden Wächter nicht mehr ertragen und hob den Blick von den Unterlagen, an denen sie gerade arbeitete.
„ Kommen Sie doch rein, Gentlemen! Mr. Harper. Mr. Smith. Hier drin gestaltet sich das Bewachen als wesentlich angenehmer. Ich kann doch nicht zulassen, dass Sie am Ende noch weggeweht werden oder erfrieren.", rief sie den beiden Männern vor der Türe zu.
Sie brauchte nicht hinzusehen, um zu wissen, dass der junge Private verstohlen und hoffnungsvoll zu seinem Sergeant starrte.
„ Eher ersaufen wir hier draußen wie die verdammten Ratten, Miss!", fluchte der irische Hüne missmutig und schnaufte.
„ Sorry, Miss!", schob er hinter her, wohl auf einen mahnenden Blick seines Privates hin.

Julia erhob sich und trat an den Eingang.
Wind und Wasser raubten ihr fast sofort die Sicht und den Atem.
„ Na kommen Sie schon! Sonst holen Sie beide sich wirklich noch den Tod.", rief sie gegen das Lärmen der natürlichen Gewalten, die über ihnen und um sie herum tobten.
Donner brüllte, wie ein rasender Löwe und grelle Blitze fauchten wie weiße Schlangen über den nachtschwarzen Himmel.
Im selben Moment trieben Harper und Smith die

junge Frau entschlossen ins Innere des Zelts zurück.

„Sind Sie verrückt, Miss?! Gehen Sie wieder rein verflucht!", knurrte Harper und auch Smith wirkte erschrocken.

„Sie erkälten sich noch, Madam.", meinte der junge Mann.

„Das würde Seiner Lordschaft gar nicht gefallen." Der gewaltige Ire neben ihm ließ ein Grunzen hören, dass einem Lachen ähnelte.

„Seine Lordschaft", äffte er Smith mit einem Augenrollen nach. „würde uns eher umbringen, Smittie! Also los, Miss, wieder rein mit Ihnen, bevor Sie uns den Kopf kosten!"

Entschieden zog er die Zeltplane vor und Julia sah sich kopfschüttelnd dem weißen Stoff gegenüber.

„Sie sind ein sturer Esel, Harper!", meinte sie, worauf ein trockenes Lachen antwortete.

„Tue nur meine Pflicht, Miss. Ist mein Job, Miss! Vom alten Naseweis persönlich."

Sie konnte den Stolz bei seinen letzten Worten hören.

„Und wollen Sie auch, dass dieser Job Sie umbringt, Mr. Harper? Wegen 'ner Lungenentzündung oder so was?!", hakte sie nach.

„Bin Soldat, Miss. Ist mein Schicksal durch meine Pflicht zu sterben. Aber wenn ich es tue, so bin ich wenigstens unter dem Kommando des strengsten und zugleich besten Generals draufgegangen, der mir je begegnet ist. Unter der Herrschaft des Eisernen Herzogs!"

Er sprach seinen letzten Satz voller Bewunderung und Freude, ja er lachte sogar lauthals.
Den Kosenamen Wellingtons betonte er besonders, wiederholte ihn versonnen und schien sich – zu Julias Schrecken – wirklich zu freuen.
„ Hör mir zu, Kleiner!", riet er dem jungen Private, der jedes Wort von ihm aufsog, wie ein Schwamm.
„ Wenn du jetzt nicht irgendwann stirbst, dann tu es entweder nie, oder brav daheim in deinem Bett, verstanden? Alles andere ist nicht ehrenhaft, klar?"
„ Jawohl, Sir.", erwiderte der junge Mann eifrig.
„ Guter Junge, Smittie. Verdammt guter Junge!", lobte Harper und seinem Gelächter antworteten der heulende Wind und eine erneute Regensalve. Seine wüsten Flüche, die er zu unterdrücken versuchte, da er ja um Julias Anwesenheit wusste, entlockten der Dame ein ehrliches Lächeln als sie sich wieder ihren Dokumenten widmete.

Allein der sandfarbene Falke, der trotz des Unwetters auf der Spitze des Fahnenmastes hockte, bemerkte die hochgewachsene Gestalt, die sich auf das Zelt der Übersetzerin zu bewegte.
Nicht etwa vor dem Wetter flüchtend und damit willkürlich, sondern sicher und gezielt.
Ein Wink der Erscheinung genügte und die so treuen Bewacher der Dame trabten so schnell davon, als sei ihnen der Teufel auf den Fersen. Aber es riefen ja auch die warmen Lagerfeuer und für den Iren die sehnenden Arme seiner lieben Frau.
So waren Vogel und Gestalt die einzigen Lebenden, welche die alte Kraft der Natur umtoste, abgesehen von den Wachposten in der Ferne.
Regen, wie Eis. Wind, so scharf wie Messer.
Aber die Erscheinung schien all das nicht zu bemerken.
Sie stand einfach nur im Zelteingang und betrachtete das durch eine Laterne erleuchtete Innere.
Eine Weile geschah nichts, bis Donner polterte und ein gewaltiger Blitz über den Himmel fauchte.
Dann trat die Erscheinung ein ...
Und der sandfarbene Falke mit den Gold gesprenkelten Augen begann sich zu fragen, was da drinnen wohl vor sich ging.

Julia bemerkte ihn nicht. Auch nicht das plötzliche Fehlen von Harper und Smith. Erst, als ein Blitz alles taghell werden ließ – und sein langer Schatten auf ihre Unterlagen fiel!
Erschrocken schaute sie auf.
„ Euer Lordschaft! Sie haben mich erschreckt."
Ein entschuldigendes Lächeln umspielte seine Lippen und er trat behutsam ein.
Hut und Mantel waren durchnässt und aus seinem dunklen Haar perlten die Regentropfen.
Es verlieh ihm etwas Stattliches und ... etwas Wildes.
Beidem konnte sie sich nicht entziehen, wollte es eigentlich auch gar nicht.
„ Verzeihen Sie, das lag nicht in meiner Absicht, Madam. Es ist nur so, dass mich dieses ..." Er räusperte sich vernehmlich. „ *Naturphänomen* überrascht hat."
Er warf dem Unwetter in seinem Rücken einen verärgerten Blick zu, was sie lächeln ließ.
„ Ich werde Sie auch nicht behelligen.", versprach er gleich darauf. „ Doch darf ich hier abwarten, bis es etwas abgeflaut ist?! Ich werde der Letzte sein, der Sie von Ihren Pflichten abhält, Mrs. Green."
„ Gewiss, Euer Lordschaft.", erwiderte sie und er legte Hut und Mantel auf dem nahen Stuhl ab. „ Aber was ist mit *Ihren* Pflichten?!?"
Mit einem Seufzen nahm er auf dem Stuhl Platz und schlug die langen Beine übereinander, die Hände vor dem Bauch gefaltet. „ Die werden warten müssen, Madam.", antwortete er trocken.

„Zumindest für eine Weile."
Er schloss die Augen und schien dem Regen zu lauschen, der auf die Plane trommelte.
Julia nickte bedächtig und kehrte an ihren Schreibtisch zurück, um die übrigen Dokumente zu bearbeiten.
„Ganz wie Sie meinen, Euer Gnaden."

Eine gefühlte Ewigkeit lang hörte man nichts, mit Ausnahme des Tobens von Wind und Wasser außerhalb und das gelegentliche Rascheln von Unterlagen im Innern des Zeltes.
Fast hätten sie den Atemzügen des jeweils anderen lauschen können.
Julia vertiefte sich vollkommen in ihre Arbeit, die ihre volle Konzentration erforderte, da es sich um Kurierberichte handelte – leider in sehr schlechtem Französisch verfasst.
So entging ihr, dass der Herzog die Augen aufschlug und sie betrachtete.
Jeden ihrer Handgriffe, die Bewegungen ihrer Lippen, wenn sie fortwährend vor sich hin murmelte und wie das warme Licht der Laterne ihre braunen Augen zum Strahlen, und ihr Haar zum Schimmern brachte. Die Art, wie sie die Stirn in Falten legte und über ein bestimmtes Wort grübelte, oder ihre Hände, die Papiere nach „Erledigt" und „noch zu Bearbeiten" sortierten und nicht selten genervt einen Stapel beiseite schoben, sodass er fast vom Tisch fiel oder umstürzte.

Während er ihr so zusah wurden seine Gesichtszüge glatt und entspannt. Unbewusst passten sich Atmung und Herzschlag dem Ihren an, wenn auch wesentlich ruhiger.
„Was tun Sie?!"
Die Frage ließ ihn auffahren, als erwache er aus einem Traum.
Ein wunderschöner Traum, ganz ohne Zweifel.
Sie hatte in ihrer Arbeit inne gehalten und sah ihn nun direkt, wie abwartend an.
„Träumen Sie etwa?!", erkundigte sie sich leicht amüsiert und ein mildes Lächeln zierte ihre Lippen.
Er straffte seine Haltung und schaffte es, seine Eiserne Maske aufzusetzen, bevor sie seine Verlegenheit spürte.
„Nein. Ganz und gar nicht. Ich ..." Er entschied sich für die Wahrheit.
„Ich genieße lediglich die Aussicht."
Auf sein charmantes Lächeln folgte ein Stirnrunzeln ihrerseits.
„Ich weiß nicht, was an dem ganzen Papierkram so spannend sein soll?!", erwiderte sie verwirrt.
Bei Gott, diese Frau! Sie brachte ihn mehr als ein Mal fast um die Besinnung und in manchen Momenten war sie so ... so begriffsstutzig.
Er seufzte gedanklich und beschloss, es deutlicher zu machen.
Das Lächeln wurde intensiver und seine ozeanblauen Augen blitzten verwegen im Schein der Laterne.

Donner brüllte, wie ein gewaltiges Raubtier.
„Habe ich von den Papieren gesprochen?! Ich kann mich nicht erinnern.", meinte er scheinheilig und wartete ab.
Sie überging diesen Versuch, nahm eines der Dokumente und kam auf ihn zu.
Wie es seine Erziehung gebot, erhob er sich sofort von seinem Stuhl.
„Wo wir gerade davon reden, es trifft sich wirklich gut, dass dieses Unwetter Sie hierher verschlagen hat, Euer Lordschaft. Könnten Sie sich das mal ansehen?! Ich will mich nur versichern, dass es verständlich ist.", sprach sie und hielt ihm das Schriftstück unter die Nase.
„Ja, das ... trifft sich wirklich außerordentlich gut, nicht wahr?", antwortete er langsam und besah das Gereichte nur flüchtig.
Es war im Moment nicht von Belang.
Viel mehr nahm ihn der Duft ihres Haares ein, der ihm in die Nase stieg, und ihre weiche Haut, die in so greifbarer Nähe war.
„Und?!", fragte sie ihn und weckte ihn ein weiteres Mal aus seiner Gedankenlosigkeit, die eigentlich gar keine war.
„Was meinen Sie? Kann ich das so lassen?!"
„Ja. Und nein.", kam es leicht hektisch von ihm.
Er wusste nicht wirklich, was er jetzt gleich vorhatte. Aber er wusste, dass war seine einzige und vielleicht letzte Gelegenheit.
„Das ... das können Sie auf keinen Fall so lassen! Und andererseits ist es völlig in Ordnung."

Verwirrt legte sie die Stirn in Falten und schaute fragend zu ihm auf. Sein Herz schien ihm, wie ein Rennpferd, das vom Start weg geschossen war und nun um den Sieg rannte. Schneller und schneller.
„ Ich verstehe nicht ganz.", gestand sie vorsichtig. Wahrscheinlich hielt sie ihn gerade für verrückt.
„ Euer Lordschaft werden sich wohl etwas klarer ausdrücken müssen."
Er atmete schnaubend durch die Nase aus und warf die Arme plötzlich in die Luft, worauf sie überrascht einen Schritt zurück trat.
„ Klarheit?! Sie wollen KLARHEIT?!? Ganz wie Sie wünschen ...!"
Schon lagen seine Lippen auf ihren.
Erst vor Aufregung und Emotion ganz wild und überwältigend, fast harsch.
Dann erschrocken, da er sich seines Handelns bewusst wurde.
Vorsichtig und behutsam versuchte er, sich zurückzuziehen, ohne sie zu beleidigen. Aber auf halbem Wege unterließ er es, zu sehr genoss er den Geschmack ihrer weichen, warmen Lippen auf den Seinen.
Julia blieb für einen Moment das Herz stehen, ehe es im Einklang mit seinem dahin jagte.
Sie hörte von Draußen das Toben des Sturms, sie roch ihn an seiner Kleidung und in seinem Haar, fühlte ihn unter ihren Fingern, als sie seine Arme entlang fuhr und schmeckte den Regen auf seinen Lippen. Wellington zitterte. Seine Muskulatur erschauerte, während er sie in den Armen hielt.

Julia merkte es ganz deutlich, als ihre Hände an seinem Oberarm entlang zu seinem Hals fuhren, um sich dort zu verschränken.
Instinktiv vertiefte sie den Kuss, wollte ihm dadurch die Angst nehmen.
Sofern es denn Angst war, die ihn beben ließ.
Der Duft von Regen, Pferden und Sattelzeug vermischte sich mit seiner Eigennote zu etwas, das sie beinahe um die Besinnung brachte.

Verstand und klare Gedanken kehrten erst wieder, als er sich von ihr löste.
Er begegnete erschrocken, ja bestürzt ihren großen, braunen Augen, die noch leicht benommen zu ihm aufsahen.
„Ich ... es ..."
Er schloss die Augen, sammelte sich mit einem tiefen Atemzug und hob dann wieder die Stimme.
„Nein, ich kann nicht sagen, dass es mir leid tut. Denn ich bereue nichts!"
Fest und entschlossen sah er sie an, hielt sie immer noch in seinen Armen.
„Nennen Sie mich einen Scharlatan, Madam. Einen Schuft! Einen Dieb, wenn Sie wollen. Doch ich nehme keine meiner Taten zurück."
Als er gehen wollte, hielt sie ihn auf.
„Es ist kein Diebstahl, sich das zunehmen, was einem schon lange gehört.", wisperte sie und nun war sie es, die ihn küsste.
Wilder, auf gewisse Art schamloser und freier.
Doch sie ließ sich nur zu gern von ihm bezähmen

und schon bald herrschte wieder er über ihren Verstand und ihre Lippen.
Mit all seiner liebevollen Zärtlichkeit.

So verhüllten Blitz und Donner dieses süße Treiben vor den Augen aller.
Selbst vor denen des sandfarbenen Falken.
Dieser sah stattdessen zu dem großen Hengst des Herzogs, der vor lauter Regen und im Schatten des Sturms schwarz wirkte und einsam mit hängendem Kopf auf die Rückkehr seines Herrn wartete.
Dem Schnauben des durchnässten Pferdes antwortete das Getöse des herrschenden Unwetters.
Der sandfarbene Falke mit den Gold gesprenkelten Augen ließ einen sachten Ruf ertönen und machte sich dann daran, zu seinem Meister zurückzukehren.
Der stattliche Hengst aber blieb den restlichen Sturm über allein.

"Ein freundliches und ehrliches Herz macht deinen Geist edel."

Sie hatten sich immer wieder geküsst. Mehr als drei Mal, da sie einfach nicht voneinander lassen konnten.
Zu ihrem Glück hielt der Sturm lange genug an, sodass niemand ihn suchte oder sein Fernbleiben bemerkte.
Nach Atem ringend und mit bebenden Lippen lehnte Julia an seiner Brust, lauschte seinem Herzschlag, der mit jedem Kuss ruhiger geworden war.
Sie fühlte sich sicher und glücklich hier mit ihm und in seinen Armen.
Er zog sie näher zu sich und sog genießend den Duft ihres Haares ein.
Schweigen herrschte. Allein die Natur sprach über ihren Köpfen.
Und sie erzählte von Regen und seinen Gefährten, den Brüdern Donner und Blitz.

Schließlich brach Julia dieses Schweigen.
„ Was ... was war das?", wollte sie leise von ihm wissen und wunderte sich, wie rau ihre Stimme klang. Als sei sie lange nicht mehr benutzt worden.
Nun, gelogen war das nicht.
„ Ein Traum.", erwiderte er dunkel, wie sanft und dieser Klang jagte ihr einen Schauer des Verlangens über den Rücken. Sofort umschlangen ihre

Arme ihn fester, was er ihr nachtat.
„Ein wunderschöner Traum, wie ich finde.", fuhr er fort und brachte etwas Abstand zwischen sie, um Julia ansehen zu können.
Ernst, aber auch hoffend.
„Die wichtige Frage ist: Soll es einer bleiben?!"
Abwartend sah er sie an, doch die Antwort ließ nicht lange auf sich warten.
„Nein.", meinte Julia leidenschaftlich mit einem Hauch von Angst.
Sie befürchtete, er könne sie nun verlassen. Alles nur ein Spiel für ihn sein.
„Ich will nicht, dass es nur ein Traum ist!"
Seine Miene zeigte keine Regung, aber seine blauen Augen funkelten.
Sie erinnerten Julia an das Meer. An die stolzen, hohen Wellen, die vor Dublins Küste brachen.
Einen quälenden Moment lang geschah gar nichts.
„Dann soll er leben!", verkündete Wellington und führte ihre Hand an seine Lippen, um sie intensiv zu küssen.
„Denn ich will genauso wenig, dass es ein Traum bleibt."
Da fielen die ersten Sonnenstrahlen herein und erinnerten den Herzog mit sanfter Strenge an seine eigentlichen Pflichten.
„Ich muss gehen.", meinte er mit leisem Bedauern und löste sich aus ihrer Umarmung.
„Ich weiß.", erwiderte Julia ebenso leise.
„Geh. Aber komm wieder!"
Er schenkte ihr eines seiner seltenen Lächeln, ehe

er hinaus trat.
„Mit Vergnügen!"
Damit senkte sich hinter seinem Rücken die Zeltplane und Julia war wieder allein. Doch im Herzen und im Geiste würde sie es nie mehr sein.

Copenhagen spitzte aufmerksam die Ohren, als er die Schritte seines Herrn vernahm. Der große Hengst war völlig durchnässt und das Wasser troff ihm aus Mähne und Schweif. Er wirkte fast schwarz und das milde Feuer in seinen dunklen Augen brannte dadurch umso heller.
Als sein Herr ihn sanft rief, kam er mit hocherhobenem Haupt und stolzen Schritten auf ihn zu und legte das Maul mit sachtem Schnauben in seine bloße Handfläche.
Arthur betrachtete sein Pferd liebevoll und entschuldigte sich in leisem Flüsterton bei ihm und dankte ihm zugleich für seine Treue.
Zur Antwort bekam er ein brummelndes Geräusch, was einem Wiehern ähnelte und die Flanken des Rosses zittern ließ.
Als er dem Tier über den feuchten Hals und durch die Mähne fuhr, ertappte er sich bei der Frage, ob sich wohl das Haar von Mrs. Green genauso schwer zwischen seinen Fingern anfühlen würde, wenn es vom Regen durchwirkt war?! Würde ihr Körper dieselbe Hitze unter seinen Händen ausstrahlen, wie es der dampfende Leib des Hengstes tat?!

Copenhagen reckte stolz den Kopf, stampfte mehrmals mit dem Vorderhuf auf und wieherte leise.

Sein nasser Schweif peitschte gegen seine Flanken und streifte die Hand seines Herrn.

Es brannte, wie ein Peitschenhieb, doch er schien es gar nicht zu bemerken, raunte nur einige Worte der Beruhigung zu seinem Pferd.

Er fühlte die Muskeln des starken Tieres unter seinen Händen arbeiten. Wie *sie* sich wohl unter ihm bewegen würde? Wild und ungezähmt, wie ein Sturm? Oder lieblich und kosend, wie ein warmer Sommerwind?!

Seine ozeanblauen Augen trafen auf die Dunklen des Hengstes. Ob ihre Augen mit der gleichen, liebevollen Flamme für ihn leuchten würden? Oder waren sie mehr wie ein versengendes Fegefeuer, das ihn seiner Seele berauben würde?!

Oh, wie gern er das doch herausfinden wollte! Am Besten jetzt und sofort.

Doch als er gedankenverloren sein Ross betrachtete glomm ihm aus dessen Augen eine entscheidende Frage entgegen: *Weißt du eigentlich, wer sie ist? Woher sie kommt?!*

Wie ein lauter Trompetenstoß zerrissen diese Fragen seine so süße Fantasie und brannten sich in sein Bewusstsein.

„ Euer Gnaden?!" Eine Stimme drang wie aus weiter Ferne an sein Ohr.

„ Euer Gnaden!", wiederholte sie sich drängender.

„ Nein!", sprach der Herzog bedauernd und drück-

te dem Stallburschen die Zügel Copenhagens in die Hand, welcher den Hengst gehorsam wegführte.
„ Nein.", wiederholte er trauriger und mit tiefem Atemzug, ehe er dem Blick seines Stellvertreters Lord Uxbrigde begegnete.
Dieser stand in Begleitung des Stabes um ihn und alle besahen ihren Oberbefehlshaber irritiert.
„ Euer Gnaden?", fragte Uxbrigde verwundert und wirkte mehr als hilflos.
Ohne Weiteres griff der Herzog seinen umtriebigen Alltag wieder auf und keiner, außer dem sandfarbenen Falken, der an die Spitze des Fahnenmastes zurückgekehrt war, schien von seinem Gemütszustand zu wissen.
Mit seinen scharfen Augen konnte der Raubvogel die betrübte Antwort auf der Seele des Eisernen Herzogs lesen.
Nein.

In dieser Nacht fand Julia keinen Schlaf mehr. Zu sehr hatten die Erlebnisse an diesem Tag sie aufgewühlt. Ihre Gedanken kreisten immerzu um den Kuss, aber auch darum, was er bedeutete. Der Medicus hatte sie gewarnt. Überdeutlich! Sie wollte zwar darüber reden, am Liebsten mit Rosy oder Mary, aber sie durfte es nicht. Zuviel würde dadurch verändert werden. Aber was konnte denn jetzt noch Schlimmes passieren?! Jetzt hatte sie ihn ja schon geküsst, festgestellt, dass sie ihn *wirk-*

lich liebte. Wie viel könnte denn da schon verändert werden?
Vieles, wie ihr nach einigem Nachdenken klar wurde. Er könnte in Gefangenschaft geraten oder getötet werden. Und, was aus Sicht eines Historikers viel schlimmer war, er könnte bei Waterloo *verlieren*!
> *Sie gehören nicht hierher.* <, hatte Doktor Gates gesagt, und er hatte Recht.
Wie sollte sie ihm das mit der Zeitreise sagen? Oder sollte sie das überhaupt tun?! Was war, wenn sie es ihm verschwieg? Würde er es doch herausfinden?! Würde der Doc es ihm sagen?! Und was war dann?! Würde er sich von ihr trennen und sie vielleicht für eine Verrückte oder Spionin halten und sie dementsprechend hinrichten lassen?!
All diese Fragen bauten sich wie ein gewaltiger, unbezwingbarer Berg vor ihrem inneren Auge auf und Julia wurde von ihren Emotionen überrannt. Weinend und schluchzend barg sie das Gesicht in den Händen.
„ Oh Gott! Oh Gott, was hab` ich nur getan?!", klagte sie und allein die Schatten der Nacht und des Wagens, die sie umgaben, hörten ihren Kummer.
Nun, vielleicht nicht ganz.
„ Liebes?! Alles in Ordnung?", murmelte eine Stimme verschlafen. Rosy richtete sich im Halbdunkeln auf und brauchte eine Weile, bis sie die Jüngere in der Finsternis klar ausmachen konnte.

Sofort saß die alte Dame kerzengerade und setzte sich mit großmütterlicher Fürsorge neben sie.
„Was ist denn los, meine Kleine?! Warum weinst du denn?", wollte sie sanft wissen und legte die Arme um sie.
„Ach Rosy!", wimmerte Julia und vergrub das Gesicht am Kleid der rüstigen Lady. Diese wog sie sacht in ihren Armen und murmelte belanglose Worte des Trosts.
„Ich ... ich hab` was Schlimmes gemacht.", gestand die Jüngere nach einer Weile unter zahlreichen Schluchzern und nicht enden wollenden Tränen.
„Was denn, mein Kind?!", fragte Rosy einfühlsam und wartete geduldig ab.
„I-ich hab mich verliebt.", lautete die schniefende Antwort.
Die Alte lachte leise auf und hob das Kinn der Jüngeren, damit sie sich ansehen konnten.
„Aber, Kindchen! Das ist doch kein Grund für Tränen! Das ist doch etwas unglaublich Schönes. Du solltest dich freuen und nicht in Kummer und Sorgen ertrinken.", meinte sie milde und schenkte ihr ein sonniges Lächeln. Da kam ihr ein Gedanke.
„Außer, dein Erwählter teilt diese Gefühle nicht. Und wenn dem so ist, dann ist er wahrlich kein Gentleman! Außerdem hat er dich dann gar nicht verdient, mein liebes Engelchen. Na komm, es wird schon alles wieder gut!", sprach sie aufmunternd und drückte sie etwas.
„Das ist es nicht, Rosy. Er tut es ja. Es ist nur - ",

begann Julia und wurde von Schluchzern geschüttelt.

„Ich verstehe nicht, Kind. Wo liegt dann das Problem?!", hakte ihre Zuhörerin nach und legte verwirrt die Stirn in Falten.

„Naja, ich ... ich bin ...", versuchte Julia es händeringend zu erklären, aber Rosy ersparte ihr weitere Mühen.

„... genauso wie Doktor Gates. Ist es das?!"

Die Jüngere nickte beschämt und wischte sich mit den Fingern über die tränennassen Augen.

„Ach, Liebes, das ist doch nicht schlimm.", probierte Rosy sie zu beruhigen, doch vergeblich. Es versetzte sie nur in Rage.

„Nicht schlimm?! Und *ob* das schlimm ist! Was ist, wenn er es raus findet?! Oder Gates es ihm petzt?! Was soll ich ihm dann sagen? Oh sorry, Euer Gnaden, aber ich bin aus ´ner anderen Zeit?!? Um genau zu sein, exakt 200 Jahre aus der Zukunft. Ich hoffe, Sie haben damit kein Problem?"

Wieder erntete sie von Rosy nur ein leises Kichern.

„Naja, das wäre immerhin ein Anfang, oder?", meinte die Alte, ehe sie vor Erkenntnis blass um die Nase wurde.

„Eine Sekunde! *Euer Gnaden?!?* Du ... du hast dich in den Eisernen Herzog verliebt?! KIND!", entfuhr es ihr und sie schlug die Hände zusammen.

„Siehst du? Ich sag` ja, es ist schlimm!", antwortete Julia verzweifelt und warf einen Arm hilflos in

die Luft. Erstaunlicherweise blieb die Ältere ganz ruhig, Julia hatte eher angenommen, sie würde ihr die Hölle heiß machen. Aber nichts dergleichen geschah, Rosy saß einfach nur da und schaute sie lange, wie schweigend an. „Liebt er dich?! Tut er es *wirklich*?!?", hakte sie mit einem Mal und in ruhigem Tonfall nach.
„Ich ... ich glaube schon.", erwiderte Julia und strich sich eine Haarsträhne zurücke, ehe sie sich etwas aufrichtete.
„Ich meine, er hat es nicht laut gesagt, aber ..."
„Du hast es gefühlt, oder?", erkundigte sich die Alte mit fast nostalgischem Lächeln. „In der Art, wie er dich angesehen hat. Und wie er dich küsste. Das hat er doch, oder?"
Rosys Lächeln wurde ein breites, stolzes Strahlen als die Jüngere verlegen nickte und sich auf die Unterlippe biss.
Ein friedvoller Ausdruck trat auf das Gesicht der alten Dame.
„Dann ist alles gut.", meinte sie beruhigt. „Und ich muss mir keine allzu großen Sorgen um dich machen, Liebes. Wellington ... ist ein guter Mann. Ein vollendeter Gentleman. Aber das weißt du sicherlich, nicht wahr? Manchmal kommt es mir vor, als würdest du mehr über ihn wissen als er selbst. Genau wie Jonathan. Naja, zum Glück weiß ich ja, warum das so ist." Sie schenkte Julia ein liebevolles Lächeln.
„Was soll ich nur tun, Rosy?!", fragte diese und fuhr sich mit beiden Händen übers Gesicht. Die

alte Lady fasste sie an den Schultern und sah sie eindringlich an.

„ Sei ehrlich zu ihm. In deinen Worten, in deiner Liebe. Und vergiss nicht, dass du es ihm irgendwann sagen musst! Aber jetzt noch nicht. Später. Wenn du meinst, dass der Zeitpunkt da ist. Das ist alles."

Ein Gedanke kam Julia in den Kopf, während sie nickte, als Zeichen, das sie verstanden hatte.

„ Denkst du, er weiß über Gates Bescheid? Ich hab` mir darüber schon die ganze Zeit den Kopf zerbrochen.", fasste sie diesen Gedanken in Worte.

Als Erwiderung bekam sie ein undeutbares Lächeln, das so viele Fragen aufwarf, wie es beantwortete.

„ Es würde mich nicht wundern. Der Rote Löwe, mein Kind, kennt Gates schon fast sein ganzes, militärisches Leben lang ... und er sieht mehr, als man ahnt."

„ Der Rote Löwe.", murmelte Julia nachdenklich und erinnerte sich, dass die Wellesleys zwei stattliche, rote Löwen als Wappenhalter führten.

Sie musste unweigerlich schmunzeln. „ Das passt zu ihm."

Mit sanfter Gewalt brachte Rosy sie dazu, sich wieder hinzulegen. Mit mütterlicher Sorgfalt zog sie die Decke über ihren verliebten Schützling.

„ Du solltest schlafen, Liebes. Morgen wird ein langer Tag!"

Da erklang Hufschlag auf dem durchweichten Erdboden. Ein einzelner Reiter trottete durch die Nacht und sein großer Hengst suchte sich behände seinen Weg, um nicht zu rutschen.
Bevor Julia in den Schlaf hinüber glitt, hörte sie noch das Lied, welches der Reiter sang.
Es war die Geschichte von Mary und ihrem Lamm.

Mary had a little lamb
A little lamb, oh a little lamb
Mary had a little lamb
Its fleece was white as snow

And everywhere that Mary went
That Mary went, oh that Mary went
Everywhere that Mary went
That lamb was sure to go

It followed her to school one day
School one day, school one day
It followed her to school one day
Which was against the rules

It made the children laugh and play
Laugh and play, laugh and play
It made the children laugh and play
To see a lamb at school

And so the teacher turned it out
Turned it out, oh he turned it out
So the teacher turned it out
But still it lingered near

And waited patiently about,
Patiently about, patiently about
Waited patiently about
Till Mary did appear

"Why does the lamb love Mary so?"
Love Mary so? Love Mary so?
Why does the lamb love Mary so?"
The eager children cry

"Why? Mary loves the lamb, you know
Loves the lamb, you know,
She loves the lamb, you know
Mary loves the lamb, you know?"
The teacher did reply

Bei der letzten Strophe kam der Reiter bei Rosys Wagen zum Stehen und sein prächtiges Pferd spähte glänzenden Auges ins Innere, ebenso sein Herr. Der alten Dame stockte der Atem und sie wich ein wenig zurück, als sie den Mann im Sattel erkannte. Ein mildes Lächeln huschte kaum merklich über die Züge Seiner Lordschaft, ehe er seinen Hengst mit sachtem Schenkeldruck antrieb und das Tier mit einem Schnauben voran schritt und rasch in einen leichten Trab fiel.
Als bald waren Ross und Reiter wieder eins mit den blau-schwarzen Schatten der Nacht.

Krieg ist eine grausame Sache und das Führen eines gewaltigen Heeres konnte es ebenso sein. Besonders, wenn es aus den verschiedensten Nationalitäten zusammengewürfelt worden war. Dann galt es, denn Frieden innerhalb der Regimenter zu wahren, ohne die jeweiligen Befehlshoheiten und Würdenträger zu beleidigen oder zu kränken.
Eine schmale Gradwanderung, die man da von Wellington verlangte und die Unmengen an Zeit in Anspruch nahm. Nicht zu vergessen, dass es ja auch noch galt, die Franzosen unter Napoleon im Auge zu behalten. Ebenso die Preußen mit Blücher, ihre Verbündeten, die sich im Moment weiß – Gott- wo aufhalten konnten.
Insofern verhinderte der Rote Reiter nicht selten mit roher Gewalt das Wiedersehen der beiden Liebenden.
Oft sah Julia den Herzog nur aus der Ferne, als herrschaftliche Erscheinung in mitternachtsblauem Gewand und auf seinem stattlichen, großen Hengst.
Oder gar nicht, denn immer mehr Berichte verlangten ihre Aufmerksamkeit und ihre Sprachkenntnisse, sodass sie oft nächtelang nicht aus ihrem Zelt herauskam.

„ Miss Green?! Erinnern Sie sich noch an unsere Verabredung?", meinte Graham eines Morgens, als er mit seinem Schimmel an ihrem Zelt vorbei kam. Es war ein sonniger, doch milder Tag, geprägt von blauem Himmel und leichtem Wind.

„ Aber natürlich, Mr. Graham.", erwiderte Julia freundlich und lächelte.
„ Warum fragen Sie?"
„ Nun, ich dachte mir, dass Sie mich vielleicht begleiten wollen. Ein bisschen Entspannung würde Ihnen gewiss gut tun, Madam. Außerdem … habe ich Befehl, Ihnen etwas zu übergeben. Doch vorher noch eine Frage: Können Sie reiten, Mrs. Green?!"
Verwundert legte sie die Stirn in Falten und legte ihre Arbeit beiseite.
„ Äh, ja. Wieso wollen Sie das wissen?", erkundigte sie sich.
Doch der Kavallerieoffizier lächelte nur spitzbübisch und bot ihr seinen Arm.
„ Na, dann kommen Sie mal mit."
Er führte sie hinaus ins Sonnenlicht, wo sein Hengst brav wartete.
Doch er war nicht allein!
Neben ihm stand ein zweites Pferd. Eine herrliche, weiße Stute mit wunderschönen, blauen Augen. Sie erinnerten Julia an den morgendlichen Nebel über den Wiesen.
Ihr Fell schimmerte, als sei es aus Eiskristallen, und ihre Mähne schien, als habe man sie mit Diamanten durchwirkt und aus Silberfäden gewoben. Staunend trat die junge Frau näher an das schöne Tier und ließ es an ihrer Hand schnuppern.
Die Stute betrachtete sie neugierig, wie liebevoll.
„ Ein prächtiges Tier, nicht wahr?!", meinte Gra-

ham und lächelte Julia an.
Sie konnte es nur erwidern.
„Sie ... sie ist wunderschön.", hauchte sie überwältigt und streichelte den muskulösen Hals des Pferdes. Das Fell war unter ihren Fingern weich wie Seide.
„Darf ich vorstellen, Madam: Das ist Snowwhite!", erklärte der Offizier und die Stute schnaubte sanft.
„Hallo, Snowwhite.", flüsterte Julia und betrachtete es weiterhin staunend.
Ein Pferd von solcher Anmut und von so einem noblen Charakter hatte sie noch nie zuvor gesehen.
Graham beugte sich etwas zu ihr rüber, um ihr etwas zu zuraunen.
„Sie gehört Ihnen, Madam."
„*Was?!*", entfuhr es Julia und sie schnellte zu ihm herum.
„Sie ist ein Geschenk.", verkündete der Offizier nicht ohne Stolz. „Von Lord Wellington. Als Anerkennung für Ihre Dienste, hat er gesagt."
„Aber ... aber das kann ich doch unmöglich annehmen!", stotterte sie und verstand die Welt nicht mehr.
Doch Graham grinste nur und bot ihr seine Hilfe beim Aufsitzen an.
„Oh, Sie *müssen* sogar! In gewisser Art und Weise, Madam. Wissen Sie, die Stute gehörte vorher zum persönlichen Bestand des Herzogs. Aber er hat sich als Ersatz für Copenhagen lieber einen

Fuchshengst holen lassen und hatte für die Stute keine Verwendung mehr. Sie ist bester Abstammung, Madam, und unglaublich brav, Sie werden sehen! Und um sie zu verkaufen hatte Seine Lordschaft zu gern, verstehen Sie?"

„Also ... schenkt er sie mir?!", schloss Julia und stieg unsicher in den Sattel.

Es war eine Weile her, dass sie selbst geritten war. Noch dazu im Damensattel!

Sie hatte mal einen Kurs geschenkt bekommen, indem man diese Art zu reiten lernte. Aber seitdem war eine gefühlte Ewigkeit vergangen.

Graham schenkte ihr ein ermunterndes Lächeln, als ihr Blick ihn streifte, und schwang sich auf den Rücken seines Hengstes.

Snowwhite hielt ganz still und wartete, bis Julia sich einigermaßen zu recht gesetzt hatte. Währenddessen schlug die Stute ab und an mit dem Schweif oder lauschte mit den Ohren auf ihre Reiterin, ansonsten zuckte sie nicht mal.

„Du bist wirklich ein ganz liebes Mädchen, nicht wahr, Snowwhite?", flüsterte Julia ihr dankbar zu und strich über ihren seidigen Hals.

„Ganz recht, Madam! Wie gesagt, als Anerkennung für Ihre Dienste, hat Seine Lordschaft gesagt. Und das ist eine sehr große Ehre, Mrs. Green!", betonte Graham und nahm die Zügel auf.

„Ich weiß.", antwortete Julia immer noch fassungslos und machte sich ebenfalls bereit.

„Können wir?!", erkundigte sich der Offizier und warf ihr einen fragenden Seitenblick zu.

Ohne eine Antwort abzuwarten trieb er seinen Schimmel vorwärts und der Hengst schritt voran. Snowwhite war ein wahres Prachtpferd. Anstatt einfach dem anderen Pferd nachzulaufen, blieb sie weiterhin seelenruhig stehen und schüttelte ihre silber-weiße Mähne. Sie hatte gelernt, selbst dann stehen zu bleiben, wenn alle anderen Artgenossen um ihr Leben rannten.

Die Stute würde sich erst rühren, wenn ihre Reiterin den entsprechenden Befehl dazu gab.

So war Graham schon einige Meter voraus, als er seinen Hengst zügelte und ihr wieder zu wandte.

„ Sie müssen ihr schon sagen, das sie laufen soll, Mrs. Green.", rief er ihr amüsiert zu.

Julia sah sich komplett überfordert. Wie war das noch gleich?! Linkes Bein, rechtes Bein ...?! Moment, sie war ja im Damensattel. Da gab es überhaupt kein rechtes Bein!

Hilfesuchend sah sie zu Graham, der sich ein Grinsen nur schwer verkneifen konnte.

„ Ich dachte, Sie können reiten?!", zog er sie auf und trieb sein Pferd wieder in ihre Richtung.

„ Naja, grundsätzlich schon. Aber ich bin schon ewig nicht mehr im Damensattel geritten, Mr. Graham. Mein Onkel ... ließ mich im Herrensitz reiten.", gestand Julia und verfluchte sich im Stillen dafür, nicht öfter im Damensattel geübt zu haben.

„ Wirklich?!?", entfuhr es dem Offizier und er musterte sie mit einer Mischung aus Überraschung und Entsetzen.

War ja klar, für einen Typ seiner Epoche.
„Meine Familie war schon immer etwas ... unkonventionell, Sir. *Sehr unkonventionell!* Fast schon rebellisch.", versuchte sie es und lächelte gequält.
„Dem scheint wohl so.", erwiderte Graham gedehnt und musterte sie kritisch von der Seite.
Dann überwog aber sein gutes Herz die epochalen Ansichten und er hob mit einem Lächeln die Augenbraue.
„Darf ich Ihnen vielleicht helfen?!"
„Sie kennen sich mit so was aus?", wollte Julia verblüfft wissen, worauf er ihr einen langen Blick zu warf.
„Entschuldigung.", nuschelte sie verlegen und gestattete ihm mit einem schnellen Nicken, dass er seinen Hengst neben ihre Stute lenkte.
Snowwhite legte sofort die Ohren an und hob etwas den Kopf, da ihr die plötzliche Nähe ihres männlichen Artgenossen missfiel - ansonsten blieb sie aber verträglich.

Und so begann Graham sie mit unfassbarer Geduld und einer Menge Witz zu unterweisen.
Erst liefen die beiden Pferde im weit ausgreifenden, doch gemächlichen Schritt neben einander her. Dann wurde Julia immer mutiger und sie trabten schließlich sogar mehrmals um das Lager.
Graham konnte sie sogar von einem kleinen Galopp überzeugen und so flogen die Stute und der Hengst Flanke an Flanke über die weite, grüne Ebene!

„Sehr gut, Snow! Zeigen wir's denen, mein Mädchen!", feuerte Julia ihr Pferd an und die Stute mit den nebelblauen Augen wurde sogar noch schneller und ließ den Offizier und seinen Hengst weit hinter sich.
„Spitze! Du bist toll, Mädchen! Weiter!"
Graham stimmte in Julias fröhliches Lachen ein und gab sich die beste Mühe, um sie einzuholen. Aber Snowwhite schien der leibhaftige Wind zu sein, der übers Land fegte.
Nichts und niemand konnte sie einholen!
„Sehr gut, Miss Julia! Das machen Sie toll!", lobte Graham hinter ihnen und musste schreien, damit sie ihn verstand.

In der Ferne, auf einem Hang, erschienen zwei Reiter.
Es waren Wellington auf Copenhagen und Lord Uxbrigde, sein Stellvertreter, auf seinem flammendroten Fuchs.
Die scharfen Augen des Herzogs wanderten aufmerksam über das Lager und jede Bewegung weit unter ihnen.
Sein dunkler, großer Hengst stand da wie aus Stein gehauen. Den Kopf stolz erhoben und die Ohren aufmerksam gespitzt, nur gelegentlich mit dem Schweif schlagend.
Ein sanftes Wiehern entwich dem stattlichen Ross plötzlich und es wandte sein Haupt in Richtung zweier Reiter auf weißen Pferden, die in ein fröh-

liches Wettreiten vertieft waren.
Wellington folgte dem Blick seines Hengstes und beobachtete das ausgelassene Treiben mit einer tiefen Befriedigung.
Der Wind trug ihr Lachen herauf. Er wusste sogleich, dass es ihres war.
Seine Julia. Ein Schmunzeln stahl sich auf seine Züge.
Sie hatte sein Geschenk also erhalten und es bereitete ihr allem Anschein nach viel Freude.
Ein tiefes Seufzen entwich ihm.
Was hätte er nur dafür gegeben, jetzt dort unten zu sein und mit ihr und dem Wind um die Wette zu laufen!
„Alles in Ordnung, Euer Gnaden?!", erkundigte sich Uxbrigde, dem das bedauernde Seufzen seines Herrn aufgefallen war, und legte die Stirn in Falten.
„Aber ja, Uxbrigde.", antwortete Wellington, indes sein Blick der Frau im blauen Kleid und auf der weißen Stute folgte.
„Aber ja!"
Und so fügte sich der Herzog in sein Schicksal und verharrte weiterhin hoch oben auf dem Hang, alles überschauend, alles sehend – und blutenden Herzens, doch edlen Geistes.
Der Ruf eines Falken drang an ihre Ohren.

Das Ziel von ihrem Wettlauf war ein kleines Wäldchen, das wohl tuenden Schatten bot und Mensch und Tier vor der Sonne ein wenig abschirmte.
Graham führte Julia immer tiefer hinein, bis hin zu dem Ort, den er „das Herz des Waldes" nannte.
Und das war er ohne Zweifel!
Vor den beiden Reitern teilten sich die Bäume mit einem Mal und gaben den Blick auf eine Lichtung frei, in deren Zentrum ein klarer See lag, dessen Wasser im Sonnenlicht funkelte.
Weiße Seerosen tanzten auf der Oberfläche und da sie in voller Blüte standen, erfüllte ihr Duft schlummerig-süß die Luft.
Der See lag zu Füßen einer Felsformation, über deren Krone sich ein munterer Bach in Form eines kleinen, doch prächtigen Wasserfalls stürzte.
Smaragdgrünes Moos überzog hier und da die Felsen und war durch den spritzenden Bach immerzu mit silbernen Wassertropfen durchwirkt.
Ein malerischer, märchenhafter Ort.
Sie zügelten ihre Pferde und Graham half Julia galant beim Absitzen, indes sein Schimmel und Snowwhite ihre Mäuler zum Trinken in das klare Wasser tauchten.
Es war so rein, dass man mühelos bis auf den Grund sehen und die vielen Kieselsteine und die kleinen Fische darin erkennen konnte.
„Was sagen Sie, Mrs. Green?! Gefällt es Ihnen hier?", erkundigte sich der Offizier und Hoffnung lag in seinem Blick, während er sie zu einer Buche

geleitete, deren ausladendes Blätterdach großmütig Schatten spendete.

„ Es ... es ist wunderschön hier. Einfach zauberhaft, Mr. Graham!", wisperte sie überwältigt und sah sich bewundernd um.

„ Wollen wir uns nicht setzen?!", bot er an und half ihr, Platz zu nehmen, ehe er sich neben ihr niederließ.

Julia lehnte den Rücken an den breiten, starken Stamm und schloss einen Moment die Augen, lauschte einfach nur den Lauten der Natur um sich herum.

Das Wispern des Windes in den Baumkronen, das Brummen der Bienen, die von Blüte zu Blüte wanderten, und das dominierende Prasseln des niedergehenden Wasserfalls. Am Rande konnte man das Rupfen der grasenden Pferde vernehmen, sowie gelegentliches Schnauben.

Dazu federte der Gesang der Vögel ihr Herz und brachte sie zum Lächeln.

Wie lange war es her, dass sie zuletzt Vögel bewusst gehört hatte? Schon ziemlich lange. Denn in Zeiten von Krieg und Gewalt hüllten sich die Sänger von Frieden und Schönheit lieber in Schweigen. „ Sie wirken glücklich.", bemerkte Graham und brach somit die Stille zwischen ihnen.

„ Sind Sie es denn?"

„ Ja, das bin ich, Mr. Graham. Vielen, vielen Dank.", antwortete sie ehrlich und schlug die Augen auf, um ihm ein aufrichtiges Lächeln zu schenken.

„ Das freut mich sehr, Madam. Jederzeit wieder! Frauen wie Sie verdienen es, glücklich zu sein. Wir alle haben ja nur noch selten Gelegenheit dazu.", sprach der Offizier und bekam als Erwiderung ein bedächtiges Nicken.
„ Das ist nur allzu wahr. Leider.", meinte sie schwermütig, ehe sie ihn neugierig musterte.
„ Was ist mit Ihnen, Sir? Sind Sie glücklich?!", fragte sie interessiert und strich sich eine Haarsträhne zurück.
„ Immer. Sofern ich die Ehre habe, in Ihrer Gesellschaft zu sein, Madam.", erwiderte der Offizier charmant.
Eine Zeit lang sahen sie sich einfach nur an. Dann lachte Julia auf und brach so den Augenkontakt ab.
„ Sie sind lieb, Mr. Graham. Ein wahrer Gentleman! Ich mag Sie."
Ihre braunen Augen funkelten fröhlich und glitzerten wie das Wasser, auf dem die Seerosen sich wiegten.
Ihr Gegenüber räusperte sich und wirkte beinahe verlegen. Intensiv betrachtete er die grasenden Pferde und das Lichterspiel im tosenden Wasserfall.
„ Ich ... muss gestehen, Madam, ich bin Ihnen auch sehr ... zu getan. Außerordentlich sogar! Ich - "
Doch er wurde unterbrochen, da ein weiterer Reiter plötzlich auf die Lichtung trat und sein Pferd kaum merklich zügelte.

Snowwhite und Grahams Schimmel hoben die Köpfe und trabten etwas vom Wasser fort und zu ihren Reitern, indes das Ross des Neuankömmlings ein Wiehern von sich gab, das wie ein heiteres Lachen klang.
Es waren Lord Loxley und sein Falbe.
„ Ah, Mr. Graham, hier sind Sie!", rief der Lord munter aus und strahlte mit der Sonne um die Wette. „ Wie ich sehe haben Sie Ihr Versprechen gehalten. Guter Mann! Aber jetzt muss ich Sie wohl von Ihrer Dame fortholen und Sie an ein weiteres Versprechen erinnern. Nämlich an jenes, welches Sie gegenüber der Krone und Ihrem Land gegeben haben.", fuhr er fort und seine Miene wurde im Verlauf seiner Worte ungewohnt ernst.
„ Der Herzog erwartet Sie, Mr. Graham! Und er schien mir äußerst ungehalten, sofern man das bei ihm überhaupt sagen kann. Aber Sie wissen ja selbst, wie er ist. Nun denn" Da stahl sich wieder das traute Lächeln auf seine Züge.
„ Ich an Ihrer Stelle würde ihn nicht noch länger warten lassen! Es ist *sehr* unklug, den Eisernen Herzog zu reizen, Sir, das wissen Sie. Also beeilen Sie sich besser, junger Mann!"
Graham war beim Anblick des Lords aufgesprungen und hatte Haltung angenommen, nun hob er die Stimme für Widerworte.
Doch Loxley unterbrach ihn mit einem Lachen.
„ Keine Sorge, ich kümmere mich schon um Mrs. Green. Darum hat Lord Wellington mich ja hergeschickt. Reiten Sie lieber ordentlich zu, wenn Sie

Ihren Kopf behalten wollen!"
Mit einem beiläufigen Nicken verabschiedete sich Graham von Julia und schwang sich hastig auf den Rücken seines Hengstes.
„ Woher ...? Woher weiß Seine Lordschaft eigentlich...?!",wollte er verwirrt wissen, indes er sein Pferd wendete, doch Loxley winkte schnell ab.
„Der General sieht eben mehr, als wir alle glauben, Sir. Und jetzt ab mit Ihnen! Los!", forderte er und schon preschte der Kavallerieoffizier davon.
Der Adlige mit den Smaragd grünen Augen sah ihm eine Weile nach und kaum, dass er sich jeglichem Blick und Gehör entzogen hatte, wandte sich der Lord mit fast schon spitzbübischem Lächeln an Julia.
„ Wie mir scheint, führt mich stets das Glück zu Ihnen, nicht wahr, Madam?"
Verwirrt zog Julia die Brauen zusammen, während Lord Loxley schwungvoll absaß, jedoch neben seinem Pferd blieb, welches sofort zu grasen begann.„ Ich verstehe nicht, Euer Lordschaft. Wie meinen Euer Gnaden das?", erkundigte sie sich wohlerzogen und richtete sich etwas auf.
Wieder erklang sein fröhliches Lachen. Diesmal etwas spöttisch.
„ Oh, ich bitte Sie! Sagen Sie bloß, Ihnen sind die Blicke nicht aufgefallen, mit welchen er Sie bedacht?!"
Er wartete eine Weile, dann zeichnete sich ehrliche Verblüffung in seiner Miene.
„ Es ist Ihnen *wirklich* nicht aufgefallen.", meinte

er erstaunt und grinste anschließend.
Mit eleganten Bewegungen kam er auf sie zu. Ihr fiel auf, dass sie ihn noch nie lange am Boden gesehen hatte.
Sein Gang war geschmeidig und seine ganze Art erinnerte sie an einen edlen Hirschen. Aber mit der Schläue des Fuchses.
„ *Was* sollte mir auffallen, Lord Loxley?!", hakte Julia nach, als er sie erreichte und ihr seine Hand bot.
„ Darf ich Ihnen helfen, Madam?", erkundigte er sich mit einer galanten Verneigung und half ihr auf, kaum das sie ihre Hand in seine legte.
„ Nun, eigentlich steht es mir nicht zu, Ihnen das zu sagen. Aber andererseits gebietet es meine Erziehung, Ihnen unnötigen Ärger zu ersparen – und vielleicht bewahre ich dadurch die Ehre des armen Jungen.", antwortete er auf ihre Frage, indes sie sich bei ihm unterhakte und sie gemeinsam zu den Pferden gingen.
„ Was wollen Sie mir sagen, Euer Gnaden?!", forderte Julia mit wachsender Ungeduld.
Das diese Kerle aber auch nie geradeheraus etwas formulieren konnten!
„ Es geht um Mr. Graham, Madam. Er ... er ist in Sie verliebt, Mrs. Green, so scheint es. Und wenn mich meine Menschenkenntnis nicht trügt, würde ich sagen, er hegt die Absicht, um Sie zu werben, Madam.", rückte Lord Loxley mit sichtlichem Unbehagen mit der Sprache heraus und half Julia ritterlich in den Sattel.

„Woher ... woher wollen Sie das wissen?!"
Sie musterte den Adligen unsicher von der Seite, während sie die Zügel aufnahm.
Dieser schwang sich elegant und in einer einzigen Bewegung in den Sattel und sein Falbe war augenblicklich hellwach und vergaß das Fressen.
„Ich habe es gesehen, Madam.", antwortete er ebenso schlicht, wie geheimnisvoll.
Sie beschloss seinem Gefühl zu trauen, besonders, weil es ihrem glich.
Beide wendeten ihre Pferde und verließen im Schritt das Herz des Waldes.
„Sie sehen ziemlich viel, Euer Gnaden. Wer hat es Sie gelehrt, Lord Loxley?", erkundigte Julia sich interessiert.
Er besah sie aus dem Augenwinkel und lächelte kryptisch.
„Der selbe Mann, dem *Sie* solche Blicke zu werfen."
Ohne ein weiteres Wort spornte er sein Pferd zum Trab und eilte ihr voraus.

Nicht lange, und sie erreichten Rosy, die in Gesellschaft der liebenswerten Mary war.
Lord Loxley verabschiedete sich heiter, aber nicht ohne Julia einen bedeutungsvollen Blick zu zuwerfen, dann waren er und sein Falbe im flinken Trab wieder verschwunden.
Mit gemischten Gefühlen blieb sie zurück.

„Manchmal hilft dir der, von dem du es am Wenigsten erwartest"

In den folgenden Tagen wurde sie von großer Unruhe heimgesucht.
Harper und Smith bemerkten ihre Zerstreutheit und hakten zwar behutsam nach, doch Julia hüllte sich dann in Schweigen und schüttelte die lieb gemeinten Fragen ab.
Auch Rosy und Mary bemerkten eine Veränderung, aber so sehr sie sich auch bemühten, Julia sagte kein einziges Wort. Sie blieb lieber allein mit ihren Befürchtungen.
Zumindest solange, bis Rosy ihr eines Tages eine Moralpredigt vom aller Feinsten hielt und sie von Harper und Smith zu Doktor Gates bringen ließ – ohne jede Widerrede!
„ Wird schon wieder werden, Miss.", brummte der Sergeant noch und stampfte anschließend davon.
„ Na komm schon, Smittie!", rief er über die Schulter und der schlanke Private nickte ihr aufmunternd und mit dünnem Lächeln zu, ehe er ihm leichtfüßig hinterher trabte.

Als Julia das Zelt betrat, hatte sie das Gefühl, dass der Medicus schon über alles – und noch mehr – Bescheid wusste. Denn er strich Picard, der auf seiner Stange saß, übers Federkleid und musterte sie beim Eintreten so ungemein wissend, dass sie es schauderte.

Am Liebsten wäre sie sofort wieder umgekehrt. Doch Rosy hatte Recht gehabt, sie konnte mit niemandem sonst darüber reden, was sie quälte. Also holte sie tief Luft und fing an.

„ Hey Doc. Wie geht es Ihnen?!"

Er nahm den Blick keine Sekunde von ihr und wies einladend auf die freie Pritsche neben sich, auf der sie schon bei ihrer „Ankunft" damals Platz genommen hatte.

Dankbar ließ sie sich auch diesmal darauf nieder.

„ Das ist nicht von Belang, Mrs. Green. Wie geht es *Ihnen*?! Wieder die Kopfschmerzen?", erkundigte er sich und verschränkte die Arme vor der Brust.

„ Nein, Sir. Und … irgendwie doch. Wissen Sie, ich mache mir große Sorgen, Sir.", gestand Julia und es kostete sie ungemein viel Überwindung.

„ Dem muss wohl so sein, wenn Sie sich ausgerechnet an mich wenden, Madam.", antwortete Gates reichlich kühl, doch sein Blick wurde mit einem Mal weicher. Picard, der sandfarbene Falke, ließ einen sanften Laut hören und musterte Julia aus seinen Gold gesprenkelten Augen.

„ Dir auch einen guten Tag, Picard.", rief Julia ihm mit leichtem Schmunzeln zu und der hübsche

Vogel machte sich, scheinbar zufrieden, daran, sein Gefieder zu putzen.
„Also, worum geht es?!", wollte der Medicus wissen und betrachtete sie forschend. Erneut holte Julia tief Luft, ehe sie ihm antwortete.

Und sie erzählte ihm alles.
Davon, wie sie Snow erhalten hatte und den Ereignissen beim Herz des Waldes.
Aber besonders von Lord Loxleys Worten, die sie so beunruhigt hatten.
Als sie geendet hatte, herrschte einen Augenblick Schweigen.
Dann brach der Arzt in schallendes Gelächter aus! Verwundert und ein bisschen gekränkt zog Julia die Brauen zusammen.
„Was ist so lustig, Doc?", fragte sie leicht ärgerlich nach, woraufhin er sich etwas in Zaum nahm. „Oh, es tut mir leid, Mrs. Green! Es ist nur: von allen Dingen, die Sie mir nun hätten erzählen können, ist DAS nun wirklich das Harmloseste und – um ehrlich zu sein- Lächerlichste, das es gibt!", antwortete der Medicus sichtlich erleichtert und räusperte sich.
„Was natürlich nicht heißt, dass ich Ihnen nicht helfen werde oder Sie nicht verstehe. Im Gegenteil, Ihre Angst ist nur allzu nachvollziehbar."
„Ich begreife nicht, wie Sie das so locker sehen können, Doc! Ich meine, was Lord Loxley gesagt hat ..."
„... beweist *gar nichts*, Mrs. Green. Wirklich

nicht!", beruhigte sie Gates schmunzelnd. „Nur, weil er mitbekommen hat, wie Sie den Herzog *anschmachten,* bedeutet das noch lange nicht das Ende der Welt, glauben Sie mir. Das, was Sie tun, machen hunderte andere Frauen auch in dieser Zeit. In London und sonst wo auf der weiten Welt. Auch hier im Lager! Nur eben ... weniger offensichtlich, Madam.", sprach er mit einem Augenzwinkern.

„Dann muss ich mir keine Sorgen machen?!", erkundigte sich Julia vorsichtshalber und Hoffnung entbrannte in ihrer Brust.

„Nein, Madam. Müssen Sie nicht, das versichere ich Ihnen.", beteuerte Gates zuversichtlich und nahm aufmunternd ihre Hände in seine.

„Und danke, Mrs. Green."

„Wofür?", wollte sie verwirrt wissen.

Er schmunzelte und sah sie direkt an.

„Für das Vertrauen."

Sie lächelte und erhob sich. Als sie am Eingang war, blieb sie nochmal stehen.

„Und ich danke Ihnen. Fürs Zuhören.", meinte sie und wollte gehen. „Es ist doch nichts vorgefallen, oder? Zwischen Wellington und Ihnen."

Diese Frage ließ sie erstarren!

Angestrengt sah sie geradeaus und auf das Treiben des Lagers.

„Nein, Sir. Gar nichts, Sir.", antwortete sie und hoffte, dass er es ihr abkaufen würde.

Aber so, wie sich sein Blick in ihren Rücken bohrte, war das eher nicht der Fall.

Dennoch ließ er sie gehen.
„ Ganz wie Sie meinen, Mrs. Green. Grüßen Sie Rosy und Miss Mary von mir!", meinte er mit bedächtigem Nicken.
Damit war sie entlassen und Julia beeilte sich, wieder zu Rosy zu kommen.

Er sah ihr nach und dann beugte er sich zu Picard.
„ Was meinst du, mein Junge?"
Der Falke ließ einen gedehnten Ruf erklingen und schlug kurz mit den Flügeln.
Der Medicus nickte verstehend und sein Blick fiel wieder auf den Eingang, wo Julia verschwunden war.
„ Das glaube ich auch.", meinte er lauernd und richtete sich wieder zur vollen Größe auf.
Rasch war er an der Plane und bog sie mit langem Arm zurück.
„ Geh! Und hab` ein Auge auf sie.", befahl er und der sandfarbene Falke schoss mit langgezogenem Schrei ins Freie.
Sogleich tanzte er wieder hoch oben auf den Winden, indes Gates die Plane fallen ließ.
„ Bevor sie noch irgendwelche Dummheiten macht.", murmelte er zu sich selbst und ging wieder an die Arbeit.

In den nächsten Tagen wurden Julias Handlungen noch vorsichtiger.
Sie tat ihr möglichstes, um Graham nicht zu begegnen und wenn sie nicht gerade an ihrer Arbeit saß, so suchte sie die Gesellschaft von Harper, Smith und dem 33.sten.
Diese sahen sie schon längst als eine der Ihren, blieben aber weitgehend anständig – da sie es sonst mit ihrem Sergeant zu tun bekamen.
Hoch oben, auf der Spitze des Fahnenmastes, hockte Picard und hielt mit nimmer müden, scharfen Augen über das Lagergeschehen Wache.
Ebenso wie Wellington, der auf seinem großen Pferd und auf einem Hang thronend alles überschaute, wenn seine Pflichten ihn nicht – wie so oft – hinter den Schreibtisch zwangen.
Jeden Morgen und jede Nacht hörte man ein einzelnes Ross durch die Reihen streifen und der beruhigende Gesang eines Mannes tanzte durch die Luft.
So blieben die Herzen der Mütter und Kinder ruhig, aber auch so mancher Soldat schlief ein wenig tiefer, in dem Wissen, dass der Herzog nach dem Rechten sah.
Mochte er auch ungemein streng sein und manchen erschien er hart wie Stahl, doch er passte auf sie auf. Bei ihm fühlte man sich sicher. Die Verwundeten konnten ohne Druck genesen und besonders die Kinder bekamen ausreichend zu Essen. Selbst die ärmste Hure bekam eine Unterkunft, sofern sie den entsprechenden Betrag für

den Unterhalt verdienen konnte – aber dafür sorgten die sehnsüchtigen Soldaten schon allein. Wellington verheizte seine Männer nicht, gab auf sie Acht und sorgte für die Verletzten und deren Familien. Im Gegenzug verlangte er aber Entsprechendes und führte ein recht hartes Regime. Wer stahl, wurde gehängt. Wen man beim Glücksspiel oder ähnlichem erwischte, wurde ausgepeitscht – was nur die wirklich Harten überstanden. Und wer gar bei einem Duell ertappt wurde, dem drohte fristlos der Galgen oder das Erschießungskommando. Letzteres rief man auch im Falle von Vergewaltigung oder unerwünschter Plünderung auf den Plan. Wellington hatte nichts dagegen, wenn die Männer sich von Besiegten oder aus verlassenen Dörfern nahmen, was sie brauchten. Sobald es aber bloß um die eigene Bereicherung ging oder man Bauern ihre Habe nahm, wurde der Iron Duke ziemlich unleidlich, ja gnadenlos.
Und seine gefürchtete Militärpolizei hatte in solchen Fällen jede nur mögliche Befugnis, um die Täter rasch zu fangen und sie ihrer Strafe zu zuführen. England sandte ihm Diebe, Mörder und Vergewaltiger und nannte sie „Soldaten".
Wellington formte sie mit aller nötigen Disziplin zu harten Kämpfer, zu echten Männern – und schimpfte über sie bloß als „den Abschaum der Menschheit", aus dem er eben jene Soldaten machen sollte. Und daheim, in England, rief man sie „ Helden".

Einer dieser Helden war auch Georg Graham, der wackere Kavallerieoffizier, der Julia an diesem Morgen abfing.
„ Mrs. Green. Auf ein Wort, bitte. Es ist wichtig!", meinte er und geleitete sie etwas ins Abseits, seinen Hengst neben sich führend.
Leise mit den Zähnen knirschend leistete Julia seiner Bitte folge.
„ Ich ... ich wollte mich nochmal bei Ihnen entschuldigen, Miss Julia! Mein Verhalten bei unserem ... Treffen war mehr als ungebührlich. Ich hätte Sie nicht einfach so verlassen dürfen!", sprach er und sah sie flehend an.
„ Sie hatten Ihre Pflichten gegenüber der Krone und Seiner Lordschaft, Mr. Graham. Ich nehme es Ihnen nicht übel.", erwiderte Julia, worauf ihrem Gegenüber sichtbar ein Stein vom Herzen fiel.
„ Bei Gott, Sie sind ein Engel, Julia!", entfuhr es ihm und er strahlte glücklich.
Sein Anblick versetzte ihr einen Stich.
Und als er sie auch noch vor lauter Euphorie auf die Wange küsste, wich sie weinend vor ihm zurück.
„ Es ... es tut mir leid, Mr. Graham. Ich ... ich kann das nicht.", wimmerte sie hilflos, eine Hand am Kinn. Immer wieder schüttelte sie bedauernd den Kopf.
Er hielt sie an den Schultern und eine unschuldige Verwirrung beherrschte seine Miene.
„ Sie können *was* nicht?!", wollte er wissen, indes sein Schimmel am zarten Gras rupfte.

Picard erhob sich kreischend vom Fahnenmast und segelte davon.
Schnell trat Julia einen Schritt zurück und löste sich so aus seiner Berührung.
„ Es … gibt Gerüchte, Mr. Graham. Das … das Sie Gefühle für mich hegen. Stimmt das?", hakte sie unter Tränen nach.
Er nickte und schien sogar erfreut darüber, es ihr nicht mehr gestehen zu müssen.
Doch kein Lächeln erschien auf ihrem Gesicht, stattdessen wurden die Tränen zahlreicher.
„ … Julia?!"
Es lag soviel Zuneigung allein in diesem einen Wort, das ihr Name war, dass es ihr fast das Herz zerriss, als sie zu sprechen begann.
„ Ich … ich muss Ihnen leider mitteilen, dass ich Ihre Absichten nicht teile."
Sie bemühte sich um einen festen Tonfall, kam sich aber schwach und dünn vor. Ernüchtert prallte er zurück und für einen Moment entgleisten ihm die Gesichtszüge, ehe er sich mit bewundernswerter Selbstdisziplin wieder fing.
Vielleicht galt es auch nur, seine Würde zu beschützen.
„ Dann ist das also Ihre Meinung?!"
Sie nickte zitternd und fühlte sich unfassbar elend.
„ Gut, ich verstehe.", meinte der Offizier und straffte sich mit einem tiefen Atemzug. „ Wenn Sie mich nun entschuldigen würden, Madam? Mich ruft die Pflicht. Einen guten Tag!"

Damit schwang er sich auf seinen Schimmel, warf ihn grob herum und trabte davon.

Julia sah ihm nach und wischte sich mit beiden Händen die Tränen weg.

„Es tut mir leid.", wisperte sie, während das bunte Lagerleben den Reiter rasch verschluckt hatte. „Es tut mir so leid!"

Da nahm auf einem nahen Baum der sandfarbene Falke Platz. Seine Gold gesprenkelten Augen ruhten sanft auf ihr, als wolle er nach ihrem Befinden fragen.

„Ach, Picard!", hauchte sie gequält und streckte die Hand nach ihm aus. Der schöne Vogel kam noch etwas näher und ließ zu, dass sie ihm mit bebenden Fingern über das Gefieder strich. Ein sachter Laut entfuhr ihm, als wolle er sie trösten und Mut zu sprechen.

„So was ist nie leicht. Haben Sie gut gemacht, Ma'am.", erklang im selben Moment eine vertraute Stimme hinter ihr und Julia drehte sich überrascht um.

„Storm!"

Offenbar hatte Picard den ehemaligen Captain zu ihr geleitet. Seltsamerweise fühlte Julia sich in diesem Moment mit ihm auf eine gewisse Art verbunden. Sie hatten beide Fehler begangen, ob aus der Sicht anderer oder der eigenen, und sie waren nun dafür bestraft worden.

Er ließ ihr keine Chance für weitere Worte, sondern drehte sich einfach um und lief los, scheinbar erwartend, dass sie ihm folgte.

„ Kommen Sie, Ma´am.", meinte er über die Schulter und winkte fordernd. „ Leute wie Sie sollten für Ihre Tapferkeit belohnt werden und es scheint, als könnten Sie ´nen kleinen Muntermacher gebrauchen."
Picard stieß einen Laut aus, den man getrost der Zufriedenheit zuordnen konnte, ehe er an seinen Platz, hoch oben auf der Spitze des Fahnenmastes zurückkehrte.

Julia konnte nicht genau benennen warum, aber sie ließ sich von Storm weg und zu seinen Männern führen.
Eine kleine, ausgesuchte Truppe Grünjacken, die ihre Dienstpause damit verbrachten, Karten zu spielen, zu trinken und zu raufen.
Sie ließen sich von dem Auftauchen ihres Sergeants nicht stören. Auch nicht von der Anwesenheit einer Frau. Wahrscheinlich eine dieser Edelhuren, dachten sie sich schulterzuckend. Sollte Storm doch machen, was er wollte.
Sie taten es genauso.
„ Hey, John!", knurrte Storm unwirsch und einer seiner Männer, der auf einer Fiedel spielte, zuckte zusammen. Sofort legte er den Bogen beiseite und betrachtete seinen Sergeant aufmerksam.
„ Ja, Sir?"
„ Spiel` mal was Gescheites für die Lady hier!", ordnete Storm an und wies Julia einen Platz neben sich in der Runde zu.

Nun rückten alle Grünjacken näher heran und musterten die Frau neugierig.
„Was führt denn so ein nettes Vögelchen zu uns?!", erkundigte einer zu Julias Rechten und musterte sie mit einem Glanz in den Augen, der nicht mehr vieler Worte bedurfte.
Kaum merklich rückte sie näher an Storm, der den Kerl böse anfunkelte, woraufhin dieser sich zurückzog, wie ein geprügelter Hund.
„Sie wird nicht angefasst, klar?", grollte der Sergeant und seine Leute nickten einstimmig.
„Ist sie Ihr Eigentum, Sir?", wollte ein Anderer wissen und trug ein dreckiges Grinsen auf.
„Nein. Aber Wellingtons!", stellte Storm klar und besah einen Jeden eindringlich, dabei eine Hand auf dem Griff seines schweren Säbels.
„Also wenn ihr nicht wollt, dass ich euch eigenhändig die räudigen Griffel und Eier abschlage, so lasst ihr sie besser in Frieden!"
„Schon verstanden, Sir.", murmelten einige und senkten ergeben die Köpfe.
„Und schafft was zu trinken bei, ihr Saufhunde! Die Dame braucht was zur Aufmunterung."
Kurz darauf reichte man Julia einen irdenen Becher, der mit etwas gefüllt war, das wie schlecht gebrannter Sherry aussah. Es konnte sich aber auch um Rum handeln. Oder weiß-Gott-was.
„Nun spiel schon, Nachtigall!", verlangte Storm und der schlanke Mann mit der Fiedel legte wieder den Bogen an die Seiten.
Während er die ersten, flotten Töne anstimmte,

sah sein Sergeant schmunzelnd zu Julia, die ihr Getränk misstrauisch und mit gerümpfter Nase musterte.
Der Duft war aber auch extrem und sehr scharf.
„Einfach runter damit, Ma´am.", munterte er sie auf und ließ sich seinerseits einen Becher mit dem selben Zeug reichen.
„Sehen Sie? Einfach *so!*"
Und er stürzte den Becher in einem Zug herunter. Seine Männer klatschten und grölten. Die, die ihm am Nächsten saßen, klopften ihm lobend auf die breite Schulter, indes er mit einem zischenden Schmatzen das Gefäß senkte und es wieder füllen ließ.
Julia beobachtete mit einer gewissen Faszination, wie er den Zweiten trank und dann sogar noch einen Dritten!
Jedes Mal wurde die Zustimmung in der Runde lauter.
„Einfach runter?!", fragte sie zurückhaltend und sah zu Storm, der sie schmunzelnd aus dem Augenwinkel betrachtete.
„Genau, Ma´am. Einfach runter und weg das Zeug!", sprach er und lachte.
Also fasste Julia sich ein Herz und setzte den Becher an die Lippen.
Was auch immer das für ein Gebräu war, es brannte auf jeden Fall wie Feuer!
Tapfer trank sie weiter, obwohl ihr Tränen in die Augen traten und ihr Instinkt ihr sagte, sie solle es wieder ausspucken, und die umsitzenden Soldaten

feuerten sie lachend und johlend an.
„ Sehr gut, Ma´am! Immer weiter. Gut so!", lobte Storm und nickte anerkennend als Julia den Becher schnaufend absetze.
„ Meine Güte, die Lady hält was aus!", meinte einer der Männer staunend und erntete allgemeines Gelächter, sowie zustimmendes Murmeln.
„ Brot her, ihr Ratten! Bevor die Dame sich noch die Stimme wegen uns versaut!", forderte Storm und einer seiner Jungs brachte einen Leib, von dem er mit einem groben Messer ein gutes Stück abschnitt und es an seinen Sergeant reichte.
Dieser hielt es Julia hin.
„ Hier, Ma´am."
Eilig riss sie es ihm aus den Händen und schlang es regelrecht herunter.
Die Männer lachten nur und schienen mehr und mehr begeistert von ihrem Gast zu sein.
„ Noch eine Runde!", forderten sie und die Becher fühlten sich ein weiteres Mal.
Julia wollte ablehnen, aber Storm stieß sie kameradschaftlich mit dem Ellenbogen an.
„ Sie können jetzt nicht aufhören, Ma´am. Jetzt wird es doch erst richtig interessant!", meinte er mit einem Grinsen.
„ Der Zweite und die Folgenden brennen auch nicht mehr so, Lady.", versicherte ihr einer ihrer Sitznachbarn und hob anbietend den Krug zum Nachfüllen.
Julia überlegte einen Augenblick und sah in die vielen, abwartenden und freudigen Gesichter.

„Ach, was soll´s!", antwortete sie abwinkend und ließ sich nachschenken, was die Runde zu rasendem Beifall veranlasste.
„Lass das Brot gleich hier, Sam.", verlangte Storm und grinste füchsisch.
„Sie wird´s noch brauchen."
Allgemeines Gelächter erklang.

Dann richteten sich alle Augen auf den Mann mit der Fiedel.
„Sing` John, du elender Hund!", befahlen sie ausgelassen.
„Ja, genau, John."
Doch der Musiker schien sich zu zieren.
„Sing schon, du alter Räuber!", rief Storm und stieß seinen Becher in die Höhe, sodass ein wenig seines Inhalts über seine Hand schwappte.
„Sing, Nachtigall! Sing für die Lady."
Ein ganzer, fordernder Chorus schwang sich auf und schließlich ergab sich der Künstler den Wünschen der Menge.
Er verneigte sich mit charmantem Lächeln in die Runde und setzte den Bogen erneut an die Seiten.
„Für die Lady.", sprach er noch, dann stimmte er ein fröhliches Lied zu einer heiteren Melodie an, die an das Motto der britischen Grenadiere erinnerte. Julia kannte es aus zahlreichen Abschriften. Es hieß „The Gentleman Soldier".
Und Johns schöne Stimme machte bald klar, warum er seinen Spitznamen „die Nachtigall" verliehen bekommen hatte.

It is of a gentleman soldier as a sentry he did stand.
He kindly saluted to a fair maid by the waving of his hand.
So boldy then he kissed her and he passed off as a joke
And he drilled her into his sentry box wrapped up in a soldier´s cloak.

For the drums did go with a ratter-tat-tat and the fifes so loudly play.
Fair thee well, Polly my dear, for I must be going away.

Kaum war das Lied verhallt, setzte die Nachtigall zum insgesamt dritten Mal den Bogen an und grinste seinen Sergeant und Julia frech an.
„Jetzt müssen Sie aber auch mit der Dame tanzen, Sir.", forderte er und ein johlender Chorus der Umsitzenden unterstützte ihn dabei.
Wieder erklang eine schöne Melodie und John stieß einen seiner Kumpanen an, der sogleich in seinen Gesang einstimmte.
Es war ein altes Soldatenlied, das die Beiden aber so heiter und munter vortrugen, dass man die Lust bekam, zu tanzen.
Die übrigen Männer fingen an im Takt zu klatschen oder mit dem Fuß zu stampfen, einige Wenige hatten den Mut, schief mitzusingen. Es war ein Lied, dass sich „The Rambling Soldier" nannte.

Und schließlich übermannte die fröhliche Stimmung sowohl Julia, als auch den grimmigen Storm, denn beide erhoben sich und tanzten ohne bestimmte Form oder Regelwerk zu der Musik, begleitet vom Johlen und ausgelassenen Pfeifen ihrer Zuschauer.

I am a soldier and I shall say that rambles for promotion.
I´ve laid the French and the Spaniard low some mails across the ocean.
But now, my jolly boys, I bid your all adieu.
No more to wars will I go with you.
But I´ll ramble this country through and through and
I´ll be a rambling soldier.

The King, he has commanded me to range this country over.
From Woolwhich up to Liverpool, from Plymouth back to Dover.
A-courting all the girls bot old and young,
with me ramrod in me (my) hand and me (my) flattery tongue
to court them all, but marry one.
And I´ll be the rambling soldier.

And when these wars are at an end
I am not afraid to mention
The King will give me my discharge, a guinea and a pension.

No doubt some lasses will me blame
But none of them will know my name
And if you want to know the same
It´s ....

„ ... The rambling Soldier!", sangen alle aus vollem Halse und brachen anschließend in schallendes Gelächter aus.
Wobei Julia etwas taumelte und gegen Storm stieß, welcher mühelos stand hielt und aus Instinkt die Arme um sie legte.
Keiner der ausgelassenen Soldaten hörten den langsamen Hufschlag, der immer näher kam...

Plötzlich fiel einem der Männer vor Schreck der Krug aus der Hand, welcher klirrend in tausend Scherben zerbarst, und leichenblass sah er hinter Julia und Storm.
„ Lord Wellington!", entfuhr es ihm und seine Kameraden rotteten sich panisch zu einer Formation zusammen, standen mit soviel Haltung, wie in ihrem Zustand möglich war, stramm.
Julias Blick fiel in die gleiche Richtung und sie sprang erschrocken zurück.
Wie ein mythisches Wesen ragten der Herzog und sein dunkler Hengst vor ihnen auf.
Riesig, gewaltig und ehrfurchtgebietend.
Er führte die Zügel mit einer Hand und hatte die andere in die Hüfte gestemmt.
Sein mächtiges Pferd rührte sich nicht, Vorder-

und Hinterhufe eng bei einander, dabei ruhig wie ein Denkmal, und ließ nur ein lautes Schnauben hören.

Es hatte etwas Drohendes.

Hinter dem General war in gebührendem Abstand Lord Loxley auf seinem Falben zu sehen. Er hielt eine reiterlose Stute am Zügel neben sich.

Julia erkannte Snow.

„ Sir!", murmelte Storm und salutierte sofort. Aber Wellington schenkte ihm keinerlei Beachtung. Sein Blick ruhte streng und eisig allein auf Julia, deren Knie weich wurden.

Sie hatte das Gefühl, einem Gottesgericht gegenüber zu stehen.

Und es sah gar nicht gut für sie aus!

„ Mrs. Green.", begann er gedehnt und sein Tonfall ließ in ihr den Wunsch aufkommen, einfach um ihr Leben zu laufen.

„ Halten Sie es für richtig, Ihren Pflichten nicht nachzukommen, Madam?!"

Oh, verdammt! Sie hatte sich durch die Sache mit Graham und nun auch noch das Gelage mit Storm ablenken lassen. Ihre Arbeit hatte sie vollkommen vergessen!

„ N-nein, Euer Gnaden.", antwortete sie zaghaft und wand sich unter seinem stechenden Blick. Schnell entschied sie sich dafür, auf den Boden zu schauen.

„ Das war ein Fehler, Madam.", grollte Wellington und alle Anwesenden schienen zu zittern. Julia tat es jedenfalls.

Seine ozeanblauen Augen starrten unerbittlich auf sie nieder und sie hatte das Bedürfnis, auf die Knie zu fallen und einfach alles zu tun, nur damit er sie nicht mehr so an sah. So voller Wut und flammendem Zorn, der sich hinter einer Mauer aus Strenge verbarg.
„ Euer Lordschaft, ich ...", versuchte Storm mutig sie zu verteidigen und trat einen Schritt vor.
„ Ruhe!", fauchte der Herzog mit einem raschen Blick auf den Störenfried und sogleich wich der sonst so streitlustige Storm folgsam zurück.
„ Euer Gnaden.", rief Lord Loxley von hinten.
„ Sie werden erwartet, Sir."
Das war Julias Rettung.
Mit einem tiefen, verärgerten Knurren wandte Wellington seinen dunklen Hengst herum und warf Julia einen letzten Blick zu.
„ Wir sprechen uns noch, Mrs. Green!", prophezeite er finster und es klang mehr denn je wie eine Drohung.
Als der Herzog mit Loxley auf eine Höhe kam, hielt er nochmal an.
„ Lord Loxley! Sorgen Sie dafür, dass die Dame nachhause kommt und das sie bestraft wird.", verlangte er und Julia wurde bei diesen Worten kreideweiß.
Verblüfft hob Loxley eine Augenbraue. Er hatte seinen Oberbefehlshaber so etwas *noch nie* im Bezug auf eine Frau sagen hören!
„ Bestrafen?! Euer Gnaden, denken Sie nicht, das ist ein bisschen ...", versuchte er es, doch der Iron

Duke unterbrach ihn knapp, aber energisch.
" Fehlverhalten muss bestraft werden, Sir. Ob bei Mann oder Frau! Also, sorgen Sie gefälligst dafür!"
" Jawohl, Euer Gnaden.", hörten alle den Lord bedauernd sagen und er senkte betreten den Kopf.
Ohne ein weiteres Wort gab Wellington seinem Hengst die Fersen in die Flanken und Copenhagen preschte mit überraschtem Wiehern und in weiten Sätzen davon.

Eilig half Storm einer zitternden, blassen Julia in den Sattel und Lord Loxley reichte ihr mit mitleidiger Miene die Zügel.
" Kommen Sie, Mrs. Green. Ich bringe Sie zu Rosy. Keine Angst, alles wird gut!", versicherte der Adlige und tätschelte ihr aufmunternd die Hand, ehe sie aufbrachen.
Storm und seine Leute blieben in Chaos und Verwirrung zurück.
" Bei Gott! Was war DAS denn?!", fragte einer der Männer in die Runde und starrte verblüfft auf die Stelle, wo Seine Lordschaft gestanden hatte.
" Keine Ahnung.", gestand Storm und kratzte sich am Kinn.
John, der Sänger, hatte bis dahin geschwiegen, aber jetzt hob er die Stimme.
" Eines ist sicher: Ich habe Wellington noch nie so gesehen. *Noch nie!* Und mein Vater und mein Großvater dienten ihm schon seit seiner Zeit damals in Indien. Ich bin unter seinem Kommando aufgewachsen und Soldat geworden. Aber SO war

er noch nie. In meinem ganzen Leben nicht. Ich sage Ihnen, Sir, da stimmt was nicht!"
Alle stimmten ihm leise und mit einem Nicken zu.
„ Der alte Lord Langnase würde doch niemals einer Dame was tun, oder, Sir? Das macht der doch nicht.", sprach einer.
„ Ach was, red` keinen Unfug! Dafür ist die Lady doch viel zu hübsch und wir wissen ja, dass er einem schönen Gesicht nicht widerstehen kann. Der Lady passiert schon nichts. Stimmt´s, Serg?", meinte ein Anderer.
„ Ich weiß es nicht, Jungs.", erwiderte Storm und diese Erkenntnis machte ihm mehr Angst als alles andere. „ Ich weiß es wirklich nicht!"

Wieder bei Rosy eingetroffen, machte sich Besorgnis breit.
Lord Loxley ließ eine völlig verängstigte Julia zurück und die alte Dame tat ihr Bestes, um sie wieder zu beruhigen, konnte es aber selbst nicht wirklich begreifen.
„ Ich verstehe das nicht, Kindchen. Ich verstehe es einfach nicht!", murmelte sie immer wieder, während Julia sich schon ausmalte, welche Art der Strafe sie erwarten würde.
Es gab ja nicht gerade wenige in dieser Zeit! Auspeitschen war da die Beliebteste und Julia entsann sich der grausamen Berichte, die sie während ihres Studiums mal darüber gelesen hatte.
Kurz nach dem Verschwinden von Lord Loxley tauchten Harper und Smith auf.

Beide hatten schon davon erfahren, denn die Rede von Wellingtons seltsamem Verhalten ging im Lager um, wie ein Lauffeuer.

„ Hat Seine Lordschaft was im Tee gehabt, oder was? Ich schwöre, Miss, wenn auch nur irgendeiner kommt, um Sie anzurühren, den werde ich...!", schwor der Sergeant des 33.sten grollend und ballte die Hände zu Fäusten.

„ Genau, Sir! Dem zeigen wir´s.", pflichtete Smith ihm eifrig bei und baute sich so imposant auf, wie es ihm mit seiner schlaksigen Erscheinung eben möglich war.

„ Gar nichts werdet ihr! Alle beide.", herrschte Rosy sie entschieden an. „ Wenn Lord Wellington so entschieden hat, dann haben wir uns dem zu beugen. Egal, was es ist!"

„ Aber, Rosy, das ist doch kompletter Wahnsinn!", warf Harper missmutig ein.

„ Natürlich ist es das, Patrick. Aber er ist nun mal Lord Wellington. Da kann man nichts machen.", erwiderte die alte Dame und hob resignierend die Schultern.

Da straffte sich Smith plötzlich, wie ein Reh, das ein Geräusch wahrnahm.

„ Ein Reiter, Sir.", meldete er pflichtschuldig und wies in die entsprechende Richtung.

Es war Lord Loxley auf seinem Falben. Aber mit Grabesmiene.

Beistand bekundend legte Rosy ihrem Schützling eine Hand auf die Schulter.

„ Sei tapfer, Liebes.", raunte sie ihr noch zu, da

kam der Falbe auch schon vor ihnen zum Stehen.
„ Es wird Zeit, Mrs. Green!", verkündete der Adlige mit den Smaragd- Augen ebenso bedrückt, wie unheilvoll.
Smith hielt ihre weiße Stute bereit und Harper half Julia beim Aufsitzen.
Beide sahen sie mitleidig an, ehe Lord Loxley dem Private die Zügel aus der Hand nahm und aufbrach.
Snow trottete seinem Hengst nervös hinterher, spürte sie doch die Angst ihrer Reiterin.
Einige Schaulustige reckten die Hälse und Getuschel drang an Julias Ohren.
Aber es interessierte sie nicht weiter.
„ Wo bringen Sie mich hin?!", fragte sie den Lord und machte sich nicht die Mühe, ihre Angst zu verbergen.
„ Das werden Sie schon sehen, Madam.", erwiderte er düster.
Und da ... ganz plötzlich, schenkte er ihr ein sanftes Lächeln.
„ Haben Sie keine Angst, Mrs. Green. Ich lasse nicht zu, dass Ihnen was passiert.", versicherte er ruhig und aus seinen Augen strahlte eine Zuversicht, die sie seine Worte glauben ließ.
„ Aber... der Herzog...", warf sie zögernd ein.
Doch Loxley legte kurz die Zügel über den Hals seines Hengstes, der gemächlich weiter trottete, und gebot ihr mit einer Geste, zu schweigen.
„ Ruhig, ganz ruhig, Madam. Überlassen Sie Wellington nur mir. Alles kommt wieder in Ord-

nung, darauf gebe ich Ihnen mein Wort!"
Dabei wies er beiläufig nach oben, in den weiten, blauen Himmel.
Picard zog kreischend über ihnen seine Bahnen. Mit einem Mal überkam Julia so etwas wie Hoffnung und ihr Herzschlag wurde ruhiger.
„ Warum... warum machen Sie das, Sir?!", wollte sie wissen und musterte ihn von der Seite.
Lord Loxley lachte leise und auf seine gewohnte Art, was Julia mehr beruhigte als alle Versprechen der Welt.
„ Weil ich ein Gefangener meiner Erziehung und meiner Werte bin, Madam. Und beide sagen mir, dass es mehr als unrecht ist, einer Dame ein Leid zu wollen! Besonders, wenn sie nichts allzu Verwerfliches begangen hat. Gut, Sie haben sich vergnügt, ja. Und gut, es war mit ein paar Soldaten, die als ... recht verrufen gelten. Aber Ihnen ist kein Unheil widerfahren, richtig? Außerdem kenne ich Storm. Er wird immer noch an seinem Versprechen, Sie mit seinem Leben zu schützen, festhalten und das bis zu seinem Tod – außer Lord Wellington befiehlt ihm etwas anderes."
Er lachte munter und sein Pferd ließ ein Wiehern hören, das gleichfalls wie heiteres Gelächter klang.
„ Und vorher geht die Welt unter, bevor Seine Lordschaft *so etwas* veranlasst!"
„ Da bin ich mir nicht so sicher.", murmelte Julia und senkte die Schultern.

Vor dem Zelt des Medicus kamen sie zum Halten. Dieser erwartete sie bereits, sein gesatteltes Pferd neben sich.

„ Ah, Doktor. Sie sind schon fertig!", bemerkte Lord Loxley und schien gerade so, als wären sie alle auf dem Weg zu einem netten Sonntagsausflug, anstelle zu einem Strafgericht.

„Gewiss, Euer Gnaden, gewiss.", erwiderte Gates und schwang sich in den Sattel.

Während sein bunter Wallach brav neben Snow daher ging, fiel der Blick seines Reiters prüfend auf Julia.

„Sind Sie unversehrt, Mrs. Green?!", erkundigte er sich und musterte sie mit dem schnellen, aber fachmännischen Blick des Mediziners.

„Bisher ja.", antwortete sie und schluckte den Kloß im Hals herunter.

„Dann sollten wir beten, dass dem so bleibt!", sprach der Medicus grimmig und seine Miene wurde hart.

Diese Worte ließen in Julia erneut die Angst hochsteigen. Wenn selbst *ER* das sagte, so konnte es ihr gleich nur schlecht ergehen!

Vor dem großen Hauptzelt erwartete die Drei bereits Picard auf der Spitze des Fahnenmastes. Der Union Jack flatterte im leichten Wind.

Die Pferde kamen zum Stehen und ein paar Männer nahmen sich der Tiere an, indes Gates Julia beim Absitzen half und Lord Loxley schon eintrat, um sie anzukündigen.

Der Herzog besah desinteressiert einige Listen, die vor ihm auf dem Tisch lagen, hob aber keineswegs den Blick, als Julia neben Loxley erschien. Gates hielt sich - wie üblich - im Hintergrund, wirkte aber äußerst angespannt.
Julia hatte noch nie in ihrem ganzen Leben soviel Angst gehabt, wie in diesem Moment, da Seine Lordschaft endlich die Stimme erhob.
„ Ist sie bestraft worden, Loxley?!", lautete seine einzige Frage.
Es klang gleichgültig. Fast, als sei ihm die Angelegenheit lästig.
Und Lord Loxley tat etwas, wofür Julia ihn diesem Augenblick hätte küssen können:
„ Nein, Euer Gnaden.", widersprach er und seine Stimme bebte etwas.
Aber er blieb standhaft.
„ Wie bitte?", kam es lauernd von Wellington und seine scharfen, alles sehenden, blauen Augen blickten betont langsam von den Listen auf.
„ Ich sagte: Nein, Euer Gnaden.", wiederholte Lord Loxley sich ein wenig gefasster. „ Und ich werde keineswegs zulassen, dass einer Dame in meinem Beisein ein Unrecht geschieht! Wenn Sie jemanden auspeitschen lassen oder bestrafen wollen, Sir, dann *mich* – aber nicht Mrs. Green, Sir. Nicht Mrs.Green!"
Dräuendes Schweigen.
Wellingtons Augen wurden schmal und er erhob sich äußerst langsam von seinem Stuhl.

Die Fingerspitzen ruhten jeweils an einer Ecke seines Tisches.
Loxley schluckte hart und Julia fiel auf, dass er zitterte – aber er wich nicht *einen* Schritt.
„Nicht Mrs. Green, Sir.", wiederholte er flüsternd. „Bitte!"
Der Herzog sagte etwas. Aber keiner verstand es.
„Euer Gnaden?!", hakte Loxley deswegen tapfer nach.
„Raus.", sprach sein Oberbefehlshaber etwas lauter und klang dabei wie ein knurrender Hund an einer Kette, kurz davor, sich loszureißen.
„Raus, Loxley! *Sofort!*"
Augenblicklich kam der Lord diesem Befehl nach und floh ohne ein weiteres Wort aus dem Zelt.
Für einen Moment senkte Wellington den Blick und schien Atem oder Geduld zu schöpfen, dann sah er wieder auf und geradewegs zu Gates.
„Haben Sie die Dame untersucht, Doktor?"
„Jawohl, Euer Gnaden.", bestätigte der Medicus und kam behutsam etwas näher.
„Und?", hakte der Herzog nach.
„Nichts, Euer Gnaden. Mrs. Green ist wohlauf und vollkommen unversehrt, Sir.", gab der Arzt seine Schnelldiagnose preis.
Eine gefühlte Ewigkeit geschah gar nichts.
Dann nahm Wellington wieder in seinem Stuhl Platz und wies auch seine Gegenüber dazu an.
Gates rückte Julia den Stuhl zurecht und holte sich einen Weiteren vom Rande des Raumes heran.

Er beeilte sich, wieder an die Seite der jungen Frau zu kommen.

„ Ich wusste doch, dass man auf Loxleys weiches Herz zählen kann.", sprach der Herzog plötzlich und das mit einer Sanftmut, die alle verblüffte - einschließlich dem Medicus.

„ Wie meinen, Euer Gnaden?!", erkundigte er sich, indes Julia ihn einfach nur mit offenem Mund fassungslos anstarrte.

Da fiel das Augenmerk des Herzogs wieder auf seinen Leibarzt.

„ Einen guten Tag, Doktor!"

Gates begriff, öffnete den Mund für Widerworte – besann sich aber schnell eines Besseren und zog sich gehorsam zurück.

„ Mrs. Green. Euer Lordschaft. Einen guten Tag wünsche ich!", meinte er zur Verabschiedung, verbeugte sich vor Wellington und ging dann hocherhobenen Hauptes hinaus.

Nun waren Julia und der Herzog wieder allein.
Das erste Mal nach langer Zeit.
Und das erste Mal seit dem Kuss.

„ Es tut mir leid, Madam. Ich ... wollte Ihnen keine Angst machen! Glauben Sie mir, das lag weit von meinen Absichten entfernt. Aber ... aber es durfte niemand davon erfahren."

„ *Wovon?!*", erkundigte sie sich scharf. Anstelle von Fassungslosigkeit, regierte sie nun die Wut.

Ein Seufzen entwich ihm und man konnte hören, dass es von Herzen kam.

„ Das ich Sie vermisse. Und das an jedem Tag, den ich Sie nicht in meiner Nähe weiß. Seit ... seit dem Unwetter ist die Vorstellung, Sie bei einem anderen Mann zu wissen, unerträglich. Dann habe ich Sie mit Storm tanzen sehen ... und ..."
Er brach ab und ballte die Hände auf dem Tisch zu Fäusten.
„ ... und Sie wurden eifersüchtig.", schloss Julia seinen Satz erkennend ab.
„ Manch einer möchte das vielleicht so nennen, ja.", antwortete er und senkte fast beschämt den Kopf, da er Schwäche bekennen musste.
„ Aber ich *hatte* Angst! Sehr große sogar.", erwiderte sie und beugte sich etwas vor.
„ Ich weiß. Ich weiß, Madam!"
Man konnte ihm ansehen, wie sehr ihn seine Worte und Taten quälten.
„ Glauben Sie, ich würde zulassen, dass Ihnen einen Leid geschieht?!", erkundigte er sich und sah sie fragend an.
„ In diesem Moment *habe* ich es geglaubt.", flüsterte sie betreten und schlug die Augen nieder.
„ Gott bewahre, nein! Lieber würde ich mich noch heute den Franzosen ausliefern!", entfuhr es ihm leidenschaftlich und mit wenigen Schritten war er um den Tisch herum und neben sie getreten. Behutsam fasste er sie an den Händen, als habe er Angst, sie könne sich dagegen wehren oder vor ihm fliehen. „ Ich *musste* das tun, verstehen Sie? Wahrscheinlich nicht, ich begreife es ja selbst manchmal kaum."

Dieses Geständnis entlockte ihr den Hauch eines Lächelns. Ihm entging das nicht. „ Aber genau *deswegen* habe ich auch Lord Loxley an meine Seite gerufen!", versuchte er das Geschehene zu erklären. „ Ich wusste, dass seine edle Gesinnung überhand nehmen und er – Gottlob! – den Befehl verweigern würde. Jeder andere Offizier hätte ohne großes Zögern Folge geleistet und Ihnen Schlimmes angetan. Aber Loxley nicht. Nein, Robin of Loxley ist die Art Mann, die sich eher ein Bein abschlagen, als ihre Ideale zu verraten."
„ Er steht für seine Werte ein.", bemerkte Julia leise und schlang unbewusst die Arme um seine Hüfte. Er legte seine Hände auf ihren Rücken und streichelte sie gedankenverloren.
Als könne er nicht fassen, wie nah sie sich in diesem Moment waren.
„ Ganz recht. Ich schwöre Ihnen, Madam, wäre ich mir dessen nicht absolut sicher gewesen, hätte ich diese Worte nie gewählt!"
Er zog sich den Stuhl heran, den Gates zuvor benutzt hatte, und Julia ließ die Arme sinken. Ihre Hände ruhten leer, doch warm auf ihrem Schoß.
„ Offenbar haben wir beide Fehler begangen.", bemerkte er ruhig.
Es war keine Anschuldigung, sondern einfach Tatsache.
„ Darf ich Sie etwas fragen?", wollte Julia wissen und bekam ein Nicken zur Antwort.
„ Ist es ... Ihnen jemals wichtig gewesen?!"
„ Was meinen Sie?" Verwundert zog er die Brauen

zusammen und musterte sie abwartend.

„Das ... bei dem Unwetter. Und auch ... so allgemein. Ist es Ihnen wichtig?", hakte sie nach.

„Sie zweifeln an meiner Aufrichtigkeit?", erwiderte er und streckte sich etwas.

„Nein.", entfuhr es Julia prompt. Sofort schoss ihr die Röte in die Wangen, aber er lächelte nur charmant. „Es ist nur ... das Sie gar nichts über mich wissen. Und trotzdem sagen Sie, Sie würden mich kennen."

„Weil ich das bereits tue, Madam, und ich denke, Sie wissen auch warum.", bekam sie geheimnisvoll zur Antwort.

„Aber wenn Sie meinen, so wollen wir uns erst kennenlernen. Ganz nach den Regeln der alten Kunst.", schlug er sanft vor und lehnte sich ein wenig nach vorne.

„Ich weiß nicht, wie es bei Ihnen ist, aber mich lehrte mein Vater, dass man der Dame die Bedingungen überlassen sollte. Ich höre?"

Ein Teil von ihr nannte ihn gerade völlig verrückt. Der Andere empfand ihn dagegen als ungemein romantisch.

Sie beschloss, dem anderen Teil den Vorzug zu geben, da die komplette Situation ohnehin schon verrückt war.

Allein ihr Hiersein im Jahre 1815 bewies das.

„Kennen Sie das Waldstück nahe des Lagers mit dem Wasserfall?!", fragte sie und er überlegte einen Moment.

„Sie meinen, das Herz des Waldes? Natürlich."

Sie schwieg, aber er verstand sie trotzdem.
„ Wann?", wollte er wissen und die unterschwellige Ungeduld in seiner Frage brachte sie zum Schmunzeln.
„ Ich denke, da muss ich mich diesmal ganz nach den Wünschen Euer Lordschaft richten, Sir.", erwiderte sie mit frechem Lächeln, das seine Augen zum Leuchten brachte.
„ Wie wäre es in zwei Tagen? Kurz nach der Dämmerung. Meine Pflichten lassen mich leider nicht früher fort.", bot er mit leisem Bedauern an.
„ Ich könnte zwar ein paar Dinge an meinen Stellvertreter abgeben. Aber bei seinem Glück haben wir am nächsten Morgen nur noch das halbe Heer im Sold stehen und der Rest ist entweder desertiert oder auf dem Marsch verloren gegangen."
Beide lachten befreit, ehe er ernst ihrem Blick begegnete. „ Dann in zwei Tagen?", hakte er hoffnungsvoll nach.
Sie nickte und erhob sich gleichzeitig mit ihm. „ In zwei Tagen, Sir.", bestätigte sie.
„ Ach, Euer Gnaden...", fing sie an und er drehte sich nochmal zu ihr um, da er eigentlich wieder auf dem Weg hinter seinen Schreibtisch war. Im selben Moment küsste sie ihn.
Zwar nur auf die Wange, aber ein Kuss blieb ein Kuss.
„ Warum?", war alles, was er verwundert hervor brachte. Er hielt sie am Arm fest und wollte sie wieder zu sich ziehen, aber sie wand sich geschickt und mit hellem Lachen aus seinem Griff.

„ Für Snow.", erwiderte sie und knickste artig. „ Einen schönen Tag, Euer Lordschaft!"
„ Ihnen auch, Madam.", antwortete er und neigte ein wenig das Kinn. Damit verließ Julia das Kommandozelt und ließ sich von dem Stalljungen, der Snow betreut hatte, in den Sattel helfen.
Dieser staunte nicht schlecht, während er die Lady auf dem herrlichen Pferd weg reiten sah. Noch nie hatte jemand so fröhlich den Herzog nach einer bitteren Bestrafung verlassen. Wobei der Junge sich eingestehen musste, dass die Dame wirklich ganz nett anzusehen war, besonders wenn sie so lächelte...

Vielleicht hatte der Iron Duke ja *doch* Gnade vor Recht ergehen lassen?!
Bei einer so reizenden Täterin würde es ihm kein Mann übelnehmen.

„Lasse dich von deinen Werten leiten, wenn du neue Dinge entdeckst."

Die zwei Tage vergingen für Julia quälend langsam.
Aber dann fand sie sich am vereinbarten Tag am Herz des Waldes ein.
Nur leider viel zu früh.
Es dämmerte noch nicht einmal im Ansatz, aber die Aufregung hatte Julia nicht mehr an ihrem Platz gehalten und so hatte sie ihre liebe Snow gesattelt und sich von Rosy beim Aufsteigen helfen lassen. Inzwischen graste die Stute etwas abseits der Eiche, unter der Julia auch schon mit Graham gesessen hatte.
Ihre Herrin hatte es sich unter eben jenem Baum wieder bequem gemacht und lauschte.
Auf den Wind in den Ästen, das Flüstern der Blätter, das Singen der Vögel und das prasselnde Tosen des Wasserfalls.
Gelegentlich mengte sich das Schnaufen und Stampfen der Stute dazu.
Mit den Melodien der Natur und sich selbst allein, wurde Julias aufgewühltes Gemüt immer ruhiger – bis sie schließlich eingeschlafen war.

Als sie erwachte, war ihre Stute nicht mehr allein. Ein großes Pferd stand neben ihr. Ein Hengst, so dunkel, dass er mit den Schatten nahezu Eins wurde.
Sie grasten in friedlicher Eintracht nahe des Sees, an dessen Ufern eine Gestalt empor ragte und sich vom Sternenhimmel abhob.
Als er ihre Bewegung registrierte, drehte er sich langsam auf dem Absatz seiner Stiefel um.
„Euer Lordschaft!", entfuhr es Julia überrascht und sie blinzelte mehrmals.
Verdammt! Wie lange hatte sie denn geschlafen?!? Offensichtlich lang und tief, wenn sie sein Kommen nicht bemerkt hatte.
„Sie hätten mich wecken können.", murrte sie ein wenig beleidigt und setze sich auf.
„Hätte ich das?!", fragte er rhetorisch und in den kühlen Schatten der Nacht wirkten seine blauen Augen fast schwarz.
Das Licht der Sterne spiegelte sich ebenso darin, wie in dem See, an dem die Pferde tranken und auf dessen Oberfläche die Seerosen tanzten. „Nun ... *ja!*", erwiderte sie und hörte ihn darauf leise auflachen.
„Nein.", widersprach er mit sanfter Strenge. „Hätte ich nicht. Und das *habe* ich auch nicht, wie Sie mitbekommen haben dürften. So etwas geziemt sich für einen Gentleman nicht!"
„Aber eine Dame im Schlaf zu beobachten schon?!", erkundigte sie sich im Scherz, was er leider sehr ernst auffasste.

Sie erkannte es daran, dass sich seine ohnehin stolze Haltung pikiert straffte, dabei legte er beide Hände an den Kragen seines Jacketts.
„ Ich habe Sie nicht *beobachtet*, sondern über Sie *gewacht*, Madam. Sie beschützt. Das ist etwas völlig anderes! Wie können Sie überhaupt so von mir denken?! Nach …"
Er stockte tatsächlich verlegen, als entsinne er sich wieder dem Grund dieses Treffens.
„ … *alle dem*.", schloss er und räusperte sich stark.

„ Ich bitte um Verzeihung, Euer Lordschaft.", brach Julia behutsam das Schweigen, welches einen Augenblick zwischen ihnen geherrscht hatte.
„ Ich war mir meiner Worte nicht bewusst!"
Wellington nickte zum Zeichen, dass er akzeptierte, und entspannte sich etwas, sofern sie das bei dieser Dunkelheit sagen konnte.
Seinen Orden hatte er abgelegt, wie ihr auffiel. Er war also nicht als General hier und auch nicht als Ritter Seiner Majestät des Königs.
Sondern einfach nur als Mann.
Sein Augenmerk fiel auf Snow, welche eng bei Copenhagen stand.
Die beiden Rösser kraulten sich gegenseitig die Mähnen und der dunkle Hengst schlug mit dem Schweif, während die silber-weiße Stute kurz mit dem Hinterbein aufstampfte.
„ Gefällt sie Ihnen?!", fragte er Julia über die Schulter und sah wieder auf die Stute.
„ Sie ist wunderbar.", antwortete sie aufrichtig.

Wellington ging auf die zwei Tiere zu, trennte sie mit bestimmter Sanftmut und fasste Snow am Zaum, ihren Kopf hoch in das einfallende Mondlicht haltend.
Die Stute erhob keinen Einspruch.
„Wissen Sie, was das Besondere an solchen Tieren ist?!", hakte er nach und ihr fielen sofort die blauen Augen ihres Pferdes wieder ein.
„Die Augen, nicht wahr?", vermutete sie und er nickte mit der Andeutung eines Lächelns, dabei fuhr er Snow unfassbar zärtlich über die Nüstern.
„Ja, aber nicht nur. Auch ihr Name ist so einzigartig, wie sie selbst. Wissen Sie, wie Schimmel geboren werden? Mit welcher Farbe?"
Verwundert zog Julia die Brauen zusammen, ließ sich aber auf sein Spiel ein.
„Rot oder schwarz. Dann werden sie zunehmend weiß je älter sie werden.", antwortete sie und verstand nicht ganz, was er ihr damit sagen wollte.
„Genau. Die Pferde der Helden und Herrscher werden im Feuer – oder Aschekleid geboren, ehe sie im Laufe der Jahre ihre so gepriesene und begehrte Reinheit erlangen. Aber ihre Augen? Die bleiben dunkel, wie das Holz der standhaften Eiche. Manchmal auch schwarz wie der Edelstein Onyx."
Da fiel es Julia wie Schuppen von den Augen! Jetzt wusste sie, was er damit bezwecken wollte.
Auf seine ganz eigene Art ließ er sie gerade hinter seine Fassade schauen, offenbarte ihr hiermit seine poetische, träumerische Seite!

Mit völlig neuer Faszination lauschte sie weiter seinen Worten und legte das Kinn in die Handflächen, dabei den Oberkörper leicht vorgebeugt.
„ Nicht so wie bei dieser Stute! Man erzählt sich, wenn der Mond zum Zeitpunkt der Niederkunft in das Lager der Mutterstute fällt, so fangen die Augen ihres Fohlens sein Licht ein und behalten ein Leben lang dieses besonderen Leuchten inne. Deswegen sagt man auch >Mondaugen< dazu. Doch nicht allein die Augen unterscheiden diese Pferde von gewöhnlichen Schimmeln, sondern auch ihr Fell. Andere kleiden sich in Feuer und Asche, in Kohle und Glut.
Aber du, meine Schöne, ..."
Er strich Snow bewundernd über Stirn und Hals, dabei dicht neben ihr stehend.
„ ... du kleidest dich im Licht der Sterne."
Als wollte sie ihm antworten, schnaubte die Stute und der Vollmond trat hinter den Wolken hervor, als sei dies sein Signal gewesen.
See und Stute strahlten mit den Gestirnen um die Wette.
Julia war ganz gefangen von diesem Anblick und der Art, wie Wellington erzählte.
„ Was ... was bedeutet das?!", fragte sie im Flüsterton, um den Moment nicht zu zerstören.
Wellington lächelte und spielte mit einer Strähne von Snows langer Mähne.
„ Sie ist eine Weißgeborene. Sie kommt schon mit der Farbe auf die Welt, in der wir sie jetzt vor uns sehen. Viele sagen, solche Pferde seien auserwählt.

Man spricht ihnen Heilkräfte und andere Dinge zu, die sich eigentlich nur in Fabeln finden lassen."

Kurz lachte er auf, da er sich an ein bestimmtes Ereignis erinnert fühlte.

„Der Mann, dem ich sie damals abkaufte, behauptete sogar, es handele sich bei ihr um ein echtes Einhorn!"

Sie lachten gemeinsam. Ein gutes Gefühl machte sich in Julia breit.

Da wurde seine Miene wieder ernst und er führte die Stute ein wenig näher an die Eiche heran.

„Wissen Sie, welche all dieser vielen Legenden meine Liebste ist?"

Sie schüttelte den Kopf und sah ihn gespannt, wie abwartend an.

Er wies fragend auf den Platz neben ihr und als sie ihm es mit einem Nicken gestattete, ließ er Snow wieder laufen und setzte sich mit einem Seufzen neben sie.

„Das sie von den Sternen kommen.", vertraute er ihr an. „Das man sie vom Himmel herab geschickt hat."

„Wie Engel?", versuchte Julia es und er nickte leicht.

„In gewisser Weise.", erwiderte er ruhig und betrachtete die Pferde, welche wieder die Gesellschaft des Anderen suchten.

Plötzlich wurde sich Julia seiner unmittelbaren Nähe bewusst. Sein Körper war so warm ... und ihr war so schrecklich kalt.

Sie versuchte unauffällig näher an ihn heran zu rücken.
Wenn er es bemerkt hatte, so gab er ihr keinerlei Signale dafür.
„ Und wieso haben Sie sie mir dann geschenkt?!", wollte Julia wissen und nahm all ihren Mut zusammen, um ihre Wange an seine Schulter zu lehnen.
Er erhob keinerlei Einwände. Saß einfach nur da, den Blick auf die Pferde gerichtet und das eine Bein ausgestreckt, während das Zweite angewickelt war und seinen freien Arm stützte.
Ein Schmunzeln erweichte seine Züge.
„ Sie passt zu Ihnen. Ein besonderes Pferd für eine besondere Frau. Eine Stute der Sterne für die Dame, von der meine Soldaten im ersten Augenblick glaubten, sie sei aus dem Himmel gefallen."
„ Ernsthaft?!?", platzte es aus ihr heraus und ihre Blicke trafen sich.
Er nickte ernst, doch seine Augen funkelten amüsiert.
„ Aber wir beide wissen ja, dass dem nicht so ist. Immerhin sind Sie aus London, nicht wahr?", meinte er und schien bester Laune.
„ Ganz recht."
Sein Blick wurde forschender und er faltete beide Hände um sein Knie.
„ Was ist mit Ihren Eltern?"
Ein Anflug von Panik dämmte ihre Glücksgefühle ein und schnürte sich eng um Julias Brust.
Jetzt war absolute Vorsicht oberstes Gebot!

„ Da ... da gibt es nicht viel zu erzählen. Mein Vater ist ... Mein Vater *war* Soldat, Sir.", begann sie vorsichtig.
Das war einer der seltenen Augenblicke, in denen sie sich Gates als Unterstützung herbeiwünschte.
„ Ach wirklich? Welcher Rang? Welches Regiment?!", fragte Wellington sofort interessiert.
„ I-ich ... ich weiß nicht.", log sie ihm ins Gesicht. „ Er war... bei der Navy. Einfach ... nur bei der Navy."
Da fiel ihr glücklicherweise etwas ein, dass in diesem Zeitalter üblich war und ihr jetzt wahrscheinlich den Hals retten würde.
„ Er hat Zuhause nie über seine Arbeit gesprochen. Es gab ja nur mich und meine Mutter."
Das zog, denn seine Neugierde flaute augenblicklich ab.
„ Mein Vater ... ist auch nicht mehr hier, Sir.", erzählte Julia. „ Ebenso meine Mutter."
Und das war noch nicht mal gelogen!
„ Das tut mir leid, Madam.", versicherte Wellington ruhig.
Einen Moment unterhielten sie sich so und sie erzählte ihm so viel, wie es ihr möglich war ohne sich zu verraten.
Sie suchte Ausflüchte und umschrieb sehr viel, passte es so gut sie konnte an die Ansprüche und Ansichten des 19. Jahrhunderts an.
Was gar keine leichte Aufgabe war!
Doch während des Erzählens ergriff eine Welle von Heimweh Julia und riss sie mit sich fort.

Urplötzlich saß sie weinend und schluchzend neben ihm und war kaum mehr in der Lage, sich zu beruhigen.
Sie vermisste Professor Baker, ihre Freundin Lucy und deren Lebengefährten James. Sie vermisste die Arbeit im Museum, ja sogar den bescheuerten Feierabendverkehr. Und London. Diese wunderbare, bunte, pulsierende Stadt, die immer in Bewegung war und zwischen ehrwürdiger Vergangenheit und abenteuerlicher Zukunft, zwischen Tradition und Moderne ein Vakuum bildete. Ihr Zuhause.
Er ließ sie einen Augenblick weinen und betrachtete sie von der Seite.
Dann drehte er ihr Gesicht in seine Richtung ... und küsste behutsam ihre Wangen, schmeckte das Salz auf ihrer weichen Haut.
Sie schloss die Augen und zitterte bei jeder Berührung unter wohligen Schauern.
„ Nicht weinen, mein Stern.", hörte sie ihn flüstern, während er ihre Tränen trank und sie an den Schultern fasste.
„ Wenn man sich anschickt einen Traum zu leben, sollte man nicht weinen. Keine Tränen, meine Sternschnuppe, sonst quälst du nur das Herz eines ohnehin gequälten Mannes."
Sie schlang die Arme um seinen Nacken und vergrub das Gesicht an seinem Hals.
In diesem Moment begriffen beide, dass ein Kennenlernen eigentlich gar nicht nötig war, denn es herrschte eine Vertrautheit zwischen ihnen, in

ihren Berührungen und seinen Küssen, als würden sie sich schon seit Jahren kennen.
Seine Worte lenkten sie vom Gedanken an die ferne Heimat ab.
„Gequält? Warum?!", fragte sie schluchzend, wie schniefend und beruhigte sich etwas.
„Weil er der Frau, die ihm etwas bedeutet, nicht so nahe sein kann, wie er gern möchte. Weil er ihr Lachen und ihre Tränen nicht teilen, sondern nur aus der Ferne sehen kann. Ein Umstand, der ihm das Herz zerfrisst!"
Seine Umarmung wurde fester und sie spürte, wie seine Lippen ihre Stirn benetzten.
„Und weil dieser verfluchte Krieg ihm seine Seele raubt!", hörte sie ihn bitter knurren.
Sie schob ihn etwas von sich, um ihn ansehen zu können.
„Aber diese Zeit lässt sich bestimmt finden.", sprach sie und legte ihm zuversichtlich eine Hand an die Brust, dort, wo sein Herz schlug.
„Und deine Seele ..." Sie schwieg verlegen und biss sich auf die Unterlippe.
Dann beschloss sie, alles auf eine Karte zu setzen.
„Lass mich sie erneuern.", hauchte sie und überbrückte den letzten Abstand zwischen ihnen.
Ihr Kuss war sanft, doch eindringlich und seine Erwiderung machte sie mutiger.
Plötzlich riss er sich von ihr los, nach Luft ringend und mit bebenden Lippen.
„Ich ... ich habe meine Prinzipien, Madam.", versuchte er es mit einem letzten, fast lächerlichen

Widerstand, der allein der Form halber seine Ehre retten sollte.

„Die habe ich auch. Aber das ist egal.", erwiderte sie mit leuchtenden Augen und strahlte über das ganze Gesicht.

„Ich weiß nur, dass ... ich weiß nur ...."

Sie rang vor Begeisterung nach Luft und suchte nach den passenden Worten, versuchte ihren Gefühlen irgendeinen Ausdruck zu verleihen.

„*Was* weißt du?!", hakte er nach und musterte sie gespannt, wie abwartend.

Er lehnte inzwischen mit dem Rücken am Stamm der großen Eiche und hatte sie vor sich, nahezu auf seinem Schoß.

Gerade hob Julia zu einer Antwort an, da zerriss ein scharfes Wiehern die Luft!

Copenhagen stampfte wiederholt mit dem Vorderhuf auf und rief immer wieder nach seinem Herrn, als wolle er ihn an etwas erinnern oder vor etwas warnen.

Wellington erhob sich und ging auf seinen großen Hengst zu, der nervös umher tänzelte und zur Eile drängte.

Ruhig fasste er das Tier an den Doppelzügeln und fuhr ihm mit besänftigenden Worten über den Hals.

Die Steigbügel schlugen durch die Bewegungen des Pferdes gegen seine Flanken und klimperten.

„Was ist los?", fragte Julia, obgleich sie es schon längst wusste.

Sie kannte das aus ihren Träumen.

Er musste gehen.
„ Ich werde Sie jetzt Nachhause begleiten, Madam.", verkündete er langsam über die Schulter und Julia ergab sich mit einem Seufzen.
Schweigend ließ sie sich in den Sattel helfen und ihre Pferde trugen sie mit eben diesem Schweigen fort von diesem zauberhaften Ort.
Raus aus dem Herz des Waldes.

Kurz vor Julias Unterkunft brachte der Herzog seinen Hengst zum Stehen.
Julia war noch ein paar Schritte weiter geritten, blieb nun ebenfalls stehen und drehte sich im Sattel um.
„ Gute Nacht, Madam.", verabschiedete er sich mit knappem Nicken.
„ Gute Nacht, Euer Lordschaft.", erwiderte sie sacht.
Er ließ Copenhagen ein paar Schritte zurücktreten, dann machte er kehrt und ritt davon.
Im raschen Trab war er alsbald in der Finsternis verschwunden.

Treffen dieser Art häuften sich zwischen ihnen.
Stets nach Einbruch der Dämmerung und wann immer es seine Pflichten oder er selbst es ermöglichte, fanden sie beim Herz des Waldes zusammen.
Denn der Herzog war ein richtiges Arbeitstier. Ein Workaholic.

Er brauchte – oder gestattete- sich nie mehr als drei Stunden Schlaf, war ständig unterwegs, immer in Bewegung.
Geistig, wie körperlich.
Wenn er nicht am Schreibtisch saß oder mit seinem Stab diskutierte, Depeschen an Verbündete oder nach London an die Krone schrieb und sich mit dem Beschaffen von Vorräten, dem Wohlergehen seines Heers, der Ausbildung seiner Männer oder den Landkarten und dem aktuellen Stand des Feindes befasste, so war er im Sattel zu finden. Seine all morgendlichen und all abendlichen Runden gehörten zu seinem Freizeitvergnügen, wie Julia erschrocken feststellte.
Ansonsten beschäftigte sich Wellington mit dem Inspizieren der Regimenter, den Grenzen des Lagers und überzeugte sich von deren Sicherheit und behielt die Bewegungen von Freund und Feind im Auge.
Doch auch bei diesen Ritten waren immerzu seine Generäle und Stabsoffiziere um ihn herum und ständig stießen Botenreiter hinzu, nur um genauso schnell wieder mit einer Antwort zu verschwinden.
Er war der Fels in der Brandung, aber in seiner unmittelbaren Nähe ging es zu wie in einem Bienenstock.
Julia musste ihn immer mehrmals bitten, ja fast zu den Treffen zwingen – aber *wenn* er sie mal erhörte und die Arbeit beiseite legte, so galt ihr sein ganzes Herz und seine volle Aufmerksamkeit.

Oft waren ihre Gespräche lang und intensiv, nicht selten untermalt von zärtlichen, intimen Gesten.
Sie war fasziniert und beeindruckt von seiner Weisheit, seiner Sanftmut und seiner träumerisch-künstlerischen Ader, die wohl niemand außer ihr zusehen bekam und sich gut verborgen hinter seiner gewohnt kühlen Zurückhaltung verbarg.
Nicht umsonst hielten viele, die den Herzog zum ersten Mal trafen, ihn für kalt wie einen Fisch.
Aber das war er keineswegs, wie er ihr jedes Mal aufs Neue bewies.
Er handelte stets vorsichtig und wohlüberlegt, überstürzte nie etwas.
Was er tat, tat er mit Bedacht und einem Plan in der Hinterhand.
Jedoch hieß das nicht, dass er nicht mutig war. Im Gegenteil, von ihm ging eine Art stiller Löwenmut aus.
Wellington selbst entbrannte hingegen für Julias Eifer, ihren Witz und ihren Wissensreichtum.
Allerdings und selbstverständlich teilte er nur sehr selten ihre Weltanschauungen, was kaum verwunderlich war, trennten sie doch immer noch fast zwei Jahrhunderte!
Auch wenn Julia die mahnenden Worte von Gates stetig im Hinterkopf hatte und sie ihr ohne Milderung weiterhin Angst machten, so verlor sie im Beisein von Wellington jeglichen Zweifel und jedwede Furcht.
Ein schlimmer Fehler, wie sie bald feststellen sollte!

Eines Nachts fand Julia einfach keinen Schlaf. Irgendetwas Unbestimmtes hielt sie wach, indes Rosy schlummerte wie ein Stein.
Nach etlichen Versuchen gab die junge Frau es seufzend auf und beschloss, ein wenig spazieren zu gehen.
Leise, um Rosy nicht zu wecken, schlich sie davon und ließ sich ziellos von ihren Füßen durch das Lager tragen.
Die Luft war angenehm warm und ein leichter Wind verlieh allem etwas Heiteres.
Einige Lagerfeuer erhellten die Dunkelheit und um sie herum scharten sich die Männer, welche man heute als Nachtwachen bestimmt hatte.
Plötzlich fiel ihr auf, dass sie sich auf dem Weg zum „Herz des Waldes" befand.
Aber kaum war ihr das richtig bewusst geworden, da war sie auch schon da – und sah sich einem überraschten Copenhagen gegenüber, der bei ihrem Eintreffen wachsam den Kopf hochriss und eine Mischung aus erschrockenem Quietschen und ärgerlichem Wiehern von sich gab.
„ Oh, hallo, mein Junge!", begrüßte sie ihn und war genauso davon überrumpelt wie das Pferd.
„ Was machst du denn hier, hm?"
Sie ging auf ihn zu, ließ ihn an ihrer Hand schnuppern und nahm ihn an den Zügeln.
Ein leises Brummeln entwich dem Hengst und er wirkte beruhigt.

Sanft strich sie ihm über Stirn und Hals.
„Wo ist denn dein ---?!"
Der Rest blieb ihr im Hals stecken.
Denn sie bemerkte aus dem Augenwinkel eine Bewegung und als sie dieser folgte, entdeckte sie ihn.
Wie er gerade das Seeufer hinter sich ließ, um unter der Eiche Platz zu nehmen.
Offenbar hatte er ein Bad im Mondschein genommen, denn sein Haar war nass und durcheinander – und er selbst splitterfasernackt.
Es war nicht so, dass Julia noch nie einen nackten Mann gesehen hätte. Eigentlich war ihr das durch Troy sogar relativ oft passiert.
Aber bei *ihm* war das etwas völlig anderes.
Er war immerhin Sir Arthur Wellesley, verdammt!
Und bei Gott, er sah *gut* aus!
Das Wasser perlte silbern über seinen Rücken, den Po und weiter über die langen Beine, dabei im Mondlicht Diamanten gleich.
Aus seinem dunklen Haar fielen die Tropfen wie Engelstränen und als er sich nach oben und etwas zur Seite streckte, dehnten und spannten sich die entsprechenden Muskelpartien.
Julia stockte fast der Atem und folgte dem Wasser mit den Augen, welches herrliche Gemälde auf seine bloße Haut malte, passend zu seinen Bewegungen.
Die Wärme des nahen Pferdeleibes wurde mit einem Mal zu schier unerträglicher Hitze.
Ihr Schoß zog sich zusammen, die Hände wurden

feucht und die Lippen trocken.
Schnell leckte sie mit der Zunge darüber, doch es half nichts.
Ihr Herz schlug bis zum Hals, der Atem ging stoßweise und sie merkte, das ihre Finger krampfhaft die Zügel umklammerten – aber trotzdem zitterten.
Copenhagen schüttelte sich, sodass seine Mähne nur so flog, und schnaubte.
Seine dunklen Augen lagen mit beinahe schelmischem Funkeln auf ihr.
Na, gefällt er dir?!, schien er sie fragen zu wollen.
„ Dreh dich um. Komm schon, dreh dich endlich um! Nein, mach's nicht. Bitte, bleib so.", flehte Julia den Mann an, als könne sie ihn damit beeinflussen.
„ Oder doch, tu's! Dreh` dich um, zum Teufel!"
Er war sich ihrer nicht im Geringsten bewusst, bis er ihre Gebete erhörte ... und sich umdrehte.
„Jesus!", entfuhr es ihm erschrocken. „Mrs. Green!!"
Hastig griff er seinen Mantel vom Boden auf und schlang ihn sich um die Hüften.
Aber der kurze Einblick, den er ihr damit gewährt hatte, genügte Julia.
Sie *wollte* ihn! Und sie liebte ihn.
Hier. Jetzt. Und für immer.
„ Guten Abend, Euer Lordschaft.", erwiderte sie um irgendetwas zu sagen.
Er nickte und starrte sie unentwegt an, dabei starr und regungslos.

Jeder Muskel an ihm war angespannt. Jederzeit bereit für Flucht oder Verteidigung.
„ Ich bitte um Entschuldigung, ich ... wollte Sie nicht stören.", fuhr Julia fort und kam einen kleinen Schritt auf ihn zu, dabei ließ sie Copenhagens Zügel fallen.
Der Hengst schnaufte, scharrte und stampfte erst mit dem Vorderhuf, ehe seine Aufmerksamkeit wieder dem Gras galt.
Sein Herr beobachte indes jede ihrer Bewegungen und schien sie sich einprägen zu wollen.
Seine Nasenflügel bebten und sein Brustkorb hob und senkte sich in immer tieferen Atemzügen, je näher sie ihm kam.
Eine Gänsehaut überzog seinen Körper, wie sie feststellte.
„ Ist Ihnen nicht kalt?!", erkundigte sie sich betont beiläufig mit schwingenden Hüften und federndem Gang.
Geschmeidig hielt sie auf ihn zu und blieb vor ihm Stehen.
Nur wenige Handbreit trennten sie.
Wasser tropfte von seinem Kinn und seinen Haaren auf ihre Wangen, als sie das Gesicht etwas in den Nacken legte, um ihm in die Augen schauen zu können.
„ Du erkältest dich noch, wenn du dich nicht aufwärmst.", wisperte sie und begann damit, Küsse auf seine bloße Brust zu hauchen.
Eine Mischung aus Seufzen und Grunzen entwich ihm und sie fühlte ihn unter ihren Lippen er-

schauern, schmeckte das kühle Wasser und sein warmes Fleisch.
Es entfachte eine übermächtige Gier.
„ Lass mich dir dabei helfen.", bot sie mit alles sagendem Lächeln und blitzenden Augen an.
Sofort wurden ihre Kosungen fordernder.
Sie leckte, biss ihn zärtlich und ihre Hände strichen über jeden Millimeter seines Körpers.
Er begann unter ihr zu kochen, was ihr ein Lächeln entlockte, und er unterdrückte mit aller Macht ein lustvolles Keuchen.
> *Komm schon, lass nicht mich die ganze Arbeit machen!* <, schoss es ihr durch den Kopf.
Da rissen seine Dämme ein!
Alles, was sie noch hörte, war ein gieriges, fast verärgertes Grollen, das aus seiner Kehle rollte – dann war jeder klare Gedanke weggefegt.
Er packte sie und riss sie an sich, verschlang sie regelrecht mit seinen Lippen.
Kurz erstarrte sie in seinen Armen, überwältigt von seinem Tatendrang und berauscht von seiner Lust.
Aber er ließ ihr keine Zeit.
Wild fuhren seine Hände über ihren Körper, durch ihr Haar, zerwühlten es, nur um dann ihren Rücken hinab zu gleiten und an den Verschlüssen ihres Kleides zu zerren.
Ein ungeduldiges Brummen entfuhr ihm, da es sich als zäh erwies.
Doch seine Lippen beschäftigten sie ausreichend, hielten sie spielerisch bei Laune.

Er war zweifacher Vater. Er wusste *genau* wie man es anstellte.
Und das bewies er ihr ebenso meisterhaft, wie mühelos.
Mit unverhohlener Zufriedenheit riss er ihr das Kleid vom Leib und es gesellte sich zu seinem Mantel ins kühle Gras. Plötzlich trat er zurück und betrachtete eingehend ihren bloßen Körper, von den freigelegten Brüsten, über die Hüften und die nun mehr offenbarte Scham, bis hin zu ihren Beinen.
Der Wind ließ sie frösteln. Mit einem Schnurren und glitzernden, dunklen Augen registrierte er ihre natürliche Reaktion darauf.
„Wag es *ja nicht* jetzt aufzuhören!", warnte sie ihn scharf, was ihm nur ein überlegenes Lächeln entlockte.
„Oh keine Sorge, mein Liebling. Ich beende immer, was ich angefangen habe. Besonders Angelegenheiten wie diese!"
Dieses Lächeln und die funkelnden Augen brachten sie fast um die Besinnung.
Da sah er sie plötzlich direkt an und sein Blick war voller ehrlicher, tiefer Liebe zu ihr.
„Du bist so wunderschön, mein Stern! Weißt du das? Einfach ... so unfassbar schön."
Er kam dabei auf sie zu und sah sie voller Staunen und Bewunderung an.
Mit einer gewissen Ehrfurcht streckte er die Hand nach ihr aus und fuhr über ihre Schultern, die weiche, sensible Unterseite ihrer Arme – was ihr

ein Kribbeln bescherte – und dann ihre Brüste entlang, bis hinunter zu ihren Hüften.
Es hatte etwas Demütiges.
Er versenkte sein Gesicht in ihrer Halsbeuge, übersäte das Schlüsselbein und ihren Busen mit intensiven Küssen, dabei sie an der Hüfte an sich ziehend.
Sie lege die Arme um seinen Nacken, warf den Kopf zurück und schloss genießend die Augen.
„ Strahl` für mich, mein Stern.", bat er heiser und hob den Blick, richtete sich wieder zu voller, imposanter Größe auf.
Julia war einmal mehr beeindruckt von ihm und dem Gedanken, dass dieser stattliche Mann sie gleich lieben würde. Sie umschlang ihn auf Bauchhöhe, schmiegte sich an ihn und kostete seinen Leib unter Freudentränen.
„ Strahl` für mich heut` Nacht. Sei mein Licht!", beschwor er sie liebevoll und dirigierte sie in Richtung der Eiche.
Er küsste und streichelte sie dabei ohne Unterlass und mit einer Zärtlichkeit, einem Respekt, welche Julia für unmöglich gehalten hatte.
„ Wirst du mein Wächter sein, mein Löwe?", fragte sie ihn und lehnte sich etwas zurück.
Das Licht der Sterne brach sich in ihren braunen Augen und sie lächelte glücklich.
In all den späteren Momenten des Krieges und des Grauens würde er sich immer dieses Anblicks erinnern und sogleich zu neuem Mut, sowie Frieden finden.

„Natürlich! Ich werde dich immer beschützen, Julia. Immer bei dir sein, selbst wenn uns Meilen trennen.", versprach er ihr.
Es war das erste Mal, das er ihren Namen aussprach – und er hörte sich von seinen Lippen so ungemein schön an.
„Warum?", hörte sie sich fragen und war der Auffassung, dass sie wie ein schüchternes Kind dabei klang.
Aber sie wollte es von ihm hören, es ihn seinen Augen sehen!
Das, was bei Troy so falsch, nur Schein gewesen war, sollte bei ihm rein sein – oder gar nicht.
Er hob die Stimme ... und sprach es aus.
„Weil ich dich liebe."
„Ich liebe dich, Julia Green.", bestärkte er seine Worte und sie hörte keinen Zweifel, las keine Falschheit in seinen herrlichen, ozeanblauen Augen.
Er meinte es wirklich so.
„Ich liebe dich. Mehr als du dir je vorstellen oder ich dir zeigen kann!"
Tränen liefen ihre Wangen herab als sie ihn küsste.
Voller Liebe. Voller Antworten.
Sie lehnte sich in seine Arme und ließ sich vertrauend von ihm aufs Moos gleiten.
Er folgte ihr nahtlos und während er sie fortwährend küsste und koste, hörte sie immer wieder seine Stimme warm und weich an ihrem Ohr.
„Sei mein Licht heut' Nacht. Strahl' für mich,

mein Stern. Und ich schwöre, dir wird kein Leid in meiner Nähe geschehen, solange mein Leben währt! Hab keine Angst, meine Wunderschöne! Alles ist gut. Ich tue dir nicht weh. Heute passiert nur das, was du willst."
„ Ich hab` keine Angst. Ich vertraue dir. Mein tapferer Löwe!", flüsterte sie ihm zwischen den Küssen zu mit denen sie seine Haut bedeckte.
Immer wieder fanden ihre Lippen einander.
Julia glaubte, vor Sehnsucht zu verbrennen.
Einladend bog sie sich ihm entgegen und er erlöste sie von ihrer beider Verlangen.

Copenhagen hob schnaubend den Kopf und warf einen kurzen Blick auf das Paar, das sich in tiefer Liebe verband. Sofort wurde der Hengst wachsam und witterte und lauschte nach allen Seiten und auf jedes andere Geräusch.
Denn er wusste, dass er seinen Herrn nun beschützen musste.
Aber das treue Pferd war nicht der einzige Zeuge an diesem Abend!
Hoch droben, in den Ästen einer nahen Tanne, hockte ein sandfarbener Falke und in seinen Gold gesprenkelten Augen flackerten die kalten Feuer des Zorns.

Als Julia die Augen aufschlug fand sie sich in Arthurs Armen wieder.
Sicherheit und Geborgenheit erfüllten sie und sie getraute sich fast nicht, sich zu bewegen, aus Angst ihn zu wecken.
Da verrieten ihr zarte Küsse auf ihrem Rücken, dass er ebenfalls nicht mehr schlief.
Der Himmel über ihnen klarte auf.
„ Gut geschlafen?!", erkundigte er sich und seine Lippen verzogen sich auf ihrer Haut zu einem Lächeln, als er sie lachen fühlte.
„ Ja. Sehr sogar.", antwortete sie und genoss seine Zärtlichkeit einen Augenblick, ehe sie sich ihm zudrehte ohne die Umarmung zu lösen.
Behutsam, wie neckisch benetzte sie seinen Hals mit kleinen, leichten Küssen und freute sich über seine leise Heiterkeit, die seinen Brustkorb zittern ließ.
„ Das freut mich, mo leannan.", meinte er und Julia zog verwirrt die Brauen zusammen.
Sie wusste zwar, dass er Ire war, aber sie hatte ihn noch nie in der Sprache seines Volkes reden hören.
Eigentlich hatte sie immer die Auffassung ihrer Kollegen geteilt, dass er seine Ursprünge verachten würde. Offenbar nicht gänzlich.
Leider war ihr Gälisch nicht gerade ausgeprägt und bezog sich zumeist auf Personennamen.
„ Was heißt das?", fragte sie daher neugierig.
Er strich ihr liebevoll eine vorstürzende Haarsträhne zurück und schmunzelte.

„ Meine Liebste.", erklärte er sanft, legte eine Hand in ihren Nacken und zog sie etwas zu sich, um sie mit aller Zärtlichkeit zu küssen.
Eine Weile geschah nichts. Sie lag einfach nur in seinen Armen und beide lauschten dem Herzschlag und den Atemzügen des jeweils Anderen. Hin und wieder überzog er ihren Körper mit kleinen, liebevollen Küssen und seine Hände umschmeichelten ihre Schultern oder ihre Hüfte.
„ Du bist so wunderschön, mein Stern.", hörte sie ihn versonnen murmeln.
„ So unglaublich schön. Mein Stern, mein Licht."
Bei jedem Wort drückte er ihr einen Kuss auf die Haut, bis er bei ihren Lippen ankam.
Sie ließ sich nur zu gerne darin gehen und schlang die Arme um seinen Oberkörper.
„ Ich wusste es.", meinte er unvermittelt, als sie sich lösten.
„ Ich wusste, dass du es bist. Die ganze Zeit!"
„ Das ich *was* bin?!", hakte sie leicht verwundert nach.
„ Die Frau aus meinen Träumen.", erwiderte er. „ Seit dem Tod meiner Ehefrau hatte ich wiederholt den selben Traum und immer tauchte darin eine schöne Fremde auf, von der ich aber wusste, dass sie die Frau meines Lebens ist. Schon damals. Die ich kannte, die ich liebte."
Ein Lächeln huschte über sein Gesicht.
„ Und die jetzt bei mir ist – aus Gründen die nur der Himmel allein weiß – aber ich werde sie gewiss nie wieder gehen lassen!"

Damit küsste er sie und beide lächelten.
„Soll das heißen, du hast mich damals erkannt?! Als ich in dein Zelt kam.", wollte sie wissen und legte den Kopf schief.
„Ich habe angenommen, du seiest eine Erscheinung. Ein Geist. Oder eine vom Volk der Feen! Du konntest doch unmöglich aus meinen Träumen und in meine Welt gesprungen sein?! Verzeih, wenn ich deswegen etwas forsch auftrat.", entschuldigte er sich und senkte den Blick, aber sie schenkte ihm einen sanften Kuss und schmiegte sich an seine Brust.
„Wovon handelten diese Träume, mein Liebster?", fragte Julia und lauschte seiner Schilderung. Überrascht stellten beide fest, dass ihre Träume absolut identisch waren.
Der Nebel, der Wald und seine Suche nach ihr, sowie ihr stetiges Aufeinandertreffen, das in einen Abschied ‚durch Fanfarenklang herbeigeführt, mündete. Die ersten Strahlen der Morgensonne krochen durch den Wald und ließen den See schimmern.
Aber mitten in dieser wunderbaren Entdeckung und zartem Morgenrot, zog Copenhagen mit einem Mal die Aufmerksamkeit auf sich.
Der Hengst hatte bis dato ruhig und bis zu den Fesseln im Wasser des Sees gestanden und seinen Durst gestillt.
Aber plötzlich kam er mit hellem Wiehern ans Ufer getrabt, Augen und Nüstern geweitet, den Schweif aufgestellt.

Irgendetwas schien ihn erschreckt zu haben.
Sein Toben war nicht sein übliches Drängen, sondern ein Ausdruck wahrer Panik.
Wild bockend nahm er den Kopf zwischen die Vorderläufe, wieherte und schnickte sein Haupt hin und her.
„ Was ist denn los, Junge?!", fragte Arthur verwundert, da er weder etwas sah, noch hörte, dass die Aufregung seines Pferdes erklärte.
Doch der Hengst gab nicht nach.
Mit wirbelnden Hufen tanzte er umher, ging sogar mehrmals auf die Hinterläufe, dabei mit den Augen rollend.
Im gleichen Moment schoss ein Geschöpf aus dem Baum, schnell wie ein Pfeil!
„ Arthur!", kreischte Julia entsetzt und wies auf den Falken, der mit lautem Schrei und blitzenden Augen über sie hinweg fegte.
Copenhagen hob mit röhrendem Wiehern seinen Oberkörper in die Luft und schlug dabei mit den Vorderläufen aus.
> *Ich hab´s euch doch gesagt!* <, schien er damit ausdrücken zu wollen.
Doch seinem Herrn fiel lediglich das rasche Voranschreiten der Sonne auf.
Sofort war Arthur mit leisem Fluchen aufgesprungen und streifte sich hastig im Laufen die Kleider über, indes sein dunkler Hengst wie toll auf der Stelle tänzelte und bockte.
Schnell und hart griff sein Herr ihm in die Zügel, wodurch das Tier schnaufend den Kopf hoch riss

und sich vor Nervosität um die eigene Achse zu drehen begann.
„Jetzt halt schon still! Ruhig, Junge. Ho!", sprach Arthur, im verzweifelten Unterfangen, seinen Fuß in den Steigbügel zu kriegen.
Kaum geschafft, tat der Hengst einen Satz, drückte sich kraftvoll von der Hinterhand ab und stob davon!
Seinem Reiter gelang es gerade noch mit knapper Not sein Bein über die Kruppe zu schwingen.
Im halsbrecherischen Galopp jagte der dunkle, große Hengst dahin und sie ließen den Wald und Julia so schnell hinter sich, als habe der Wind ihnen seine Schwingen verliehen.

Copenhagen strebte mit solcher Leidenschaft vorwärts, dass er – kaum aus dem Wald – auf dem Boden ausglitt und zu stürzen drohte.
Mit überraschtem Wiehern rutschten dem Hengst die Hinterläufe weg und er taumelte.
Aber Wellington reagierte entsprechend und gab dem Tier durch energische Hilfen sein Gleichgewicht zurück.
„Komm schon, Junge!", forderte er schnalzend, entlastete seinen Rücken im leichten Sitz und gab seinem Pferd den Kopf frei.
Mit hellem Wiehern und lautem Schnauben drängte der Hengst wieder nach vorn und erlag dem Rausch des Laufens.
„VORSICHT, JUNGS!", konnte Harper seinen

Männern gerade noch zu rufen und das 33.Regiment wich hastig zur Seite aus – sonst wären die Männer von dem rasanten Reiter überrannt worden.

„ Seine Lordschaft scheint in ziemlicher Eile zu sein.", bemerkte Smith und schaute dem Herzog misstrauisch hinterher, der sich tief über den Hals seines Pferdes beugte und ein Tempo an den Tag legte, als seien ihm sämtliche Teufel auf den Fersen.

„ Das ist er doch immer, Smittie.", brummte Harper schulterzuckend und die übrigen Soldaten hinter ihm schmunzelten vereinzelt als sei ihr General ein zerstreuter Professor oder alter Freund.

„ Weiter, Jungs! Sie muss hier irgendwo sein. Haltet die Augen offen!"

Der Sergeant tat einen Wink mit dem Arm und das 33.ste setzte sich wieder in Bewegung.

Rosy hatte sie darum gebeten, nach Julia zu suchen, als sie kurz aufgewacht und das Bett der jungen Frau verlassen vorgefunden hatte.

Nun marschierten sie schon eine ganze Weile durch das Lager ohne eine Spur der Vermissten entdeckt zu haben. Ganz so, als sei sie vom Erdboden verschluckt worden.

Smith sah sich ein wenig gelangweilt um – da blieb sein Blick an einer Bewegung am Waldrand hängen.

„ Sir, da. Schauen Sie!"

Er stieß seinen Sergeant aufgeregt an und wies in die entsprechende Richtung.

Mit einem widerwilligen Brummen folgte Harper diesem Fingerzeig, worauf sich seine Miene aufhellte.
Eine Frau trat aus dem Wäldchen und die Männer erkannten ihren selbsternannten Schützling schon aus der Ferne.
„Gut gemacht, Smittie! Guter Junge!", lobte der irische Hüne und klopfte seinem Private überschwänglich auf die Schulter, worauf dieser zwei Schritte nach vorn stolperte.
Sogleich eilte das 33.ste unter der Führung ihres Sergeants auf die Vermisste zu.
„Da sind Sie ja, Miss! Ist alles in Ordnung?! Rosy hätte uns zum Frühstück verspeist, wenn wir Sie nicht gefunden hätten.", rief Harper schon im Näherkommen.
Überrascht fuhr Julia auf dem Absatz herum.
„Oh, guten Morgen, Mr. Harper. Gentlemen.", grüßte sie mit einem leichten Nicken. „Warum sollte denn nichts in Ordnung sein? Ich konnte nicht schlafen und war nur ein wenig spazieren."
„Die ganze Nacht?!", hakte Harper misstrauisch nach und kniff die Augen zusammen.
„Rosy ist fast umgekommen vor Sorge, Madam.", meldete sich Smith in anklagendem Tonfall zu Wort.
Ein Seitenblick seines Sergeants brachte ihn zum Schweigen.
„Ich muss wohl eingenickt sein und die Zeit vergessen haben, Sir.", erwiderte Julia und mühte sich um ein unschuldiges Gesicht.

„ Sie? Die Zeit vergessen?! Hm. Na, wenn Sie das sagen. Hätte Sie nie für eine Träumerin gehalten, Miss.", sprach Harper scherzend und ihr fiel ein Stein vom Herzen.

„ Unsere Talente sind zahlreich und verschieden, Mr. Harper. Wie die Sterne.", meinte sie bedeutungsvoll und ein Lächeln huschte über ihre Lippen.

Wo Harper nur schnaubend grunzte und mit den Augen rollte, schien der junge Smith ganz begeistert zu sein.

Er himmelte Julia auf dem Rückweg regelrecht an, wich ihr nicht von der Seite und plauderte unablässig mit ihr, indes sein Sergeant immer schneller wurde und das 33.ste irgendwann im Laufschritt Rosy erreichte.

Nach der ellenlangen Strafpredigt, wobei Julia ihr dasselbe gesagt hatte, wie den Soldaten, beruhigte sich die alte Dame wieder und der Alltag herrschte erneut über die Zeltstadt der Briten.

Zumindest bis zum nächsten Morgen.

„Habe den Mut, das Richtige zu tun, egal wie schwer es zu sein scheint."

Denn noch vor der Runde Wellingtons und den ersten Sonnenstrahlen setzten sich die Quartiermeister mit Wagen und Gefolge vom übrigen Heer ab, ständig umschwirrt von Meldereitern, die ihre flinken Pferde hektisch von einem Ort zum anderen trieben.
Julia bekam ihre Abreise mit, da einer der Karren an Rosys Wagen vorbeirumpelte und die Zugpferde laut prustend ihren Atem gen Himmel bliesen.
„Rosy. Rosy, wach auf!", wisperte Julia und rüttelte die alte Dame an der Schulter.
„Hm? Was ist denn los, Liebes?!", erkundigte diese sich verschlafen und blinzelte.
„Schau doch!"
Die Jüngere hob etwas die Plane des Wagens und wies nach draußen, wo sich die seltsame Prozession eilig und geheimnisvoll durch den schwachen Morgennebel schob.
„Was hat das zu bedeuten?", fragte Julia im Flüsterton und nahm ihre Augen keine Sekunde von dem Geschehen, dass sich vor ihr abspielte.
„Das sind die Quartiermeister des Generals, Kind.", erklärte Rosy ruhig, zog aber dennoch verwundert die Brauen zusammen.

„Lord Wellington will offenbar bald aufbrechen. In den nächsten Wochen werden wir weiterziehen."
Das Verschwinden der Quartiermeister kündigte immer einen verhältnismäßig raschen Aufbruch des übrigen Heeres an.
Kaum verwunderlich, denn die Aufgabe dieser Männer bestand darin, mit dem nötigen Material und Vorräten, der Armee voraus zu gehen und eine gute Position für das nächste Lager zu finden, sowie eben jenes Lager zu errichten – und selbstverständlich Seiner Lordschaft den besten Platz zu sichern, wenn es um Schatten, Komfort oder Wasser ging.
„Siehst du den Mann dort?! Der im grauen Mantel und auf dem schwarzen Pferd.", meinte Rosy und wies auf den Reiter, der scheinbar das Aufbrechen der Meister und ihrer Männer beobachtete und überwachte.
„Ja. Wer ist das?", wollte Julia wissen, da er wichtig zu sein schien.
„Das ist einer von Wellingtons Erkundungsoffizieren, Liebes.", raunte Rosy voller Ehrfurcht.
Und auch in Julia wallte Respekt gegenüber dem Reiter auf, denn der Rang eines Erkundungsoffiziers war mit hoher Tapferkeit und unvergleichlichem Können verbunden.
Diese Männer ritten tief in unbekanntes Terrain oder weit hinter die Linien des Feindes, um Informationen zu beschaffen - stets mit der Gewissheit, dabei getötet zu werden.

Ihre Pferde waren die schnellsten und besten Tiere der gesamten Armee - denn sie waren das Einzige, was zwischen den Offizieren und dem Tod stand - und ihre Reiter genossen in allen Rängen tiefen Respekt und Bewunderung.

Auch in diesem Falle waren die Erkundungsoffiziere zuvor den Quartiermeister voraus geritten, um die Gegend nach feindlichen Bewegungen oder eventuellen Aufrührern oder anderen Schwierigkeiten auszukundschaften.

Da sich die Vortruppe aber nun in Bewegung setzte und abzog, schien wohl alles in Ordnung zu sein und sie waren ohne nennenswerte Erkenntnisse zurückgekehrt.

Plötzlich ließ der Offizier seinen Rappen vorwärts trotten, schnell in den Trab wechseln und schloss zu einem Reiter auf, der nur wenige Schritte von Rosys Wagen entfernt stand.

„Wellington. Schon so früh?", wisperte Rosy überrascht und sah zu Julia.

„Irgendetwas geht davor, Kind. Und ich weiß nicht, ob das gut ist."

Sie sahen, wie der Mann im grauen Mantel dem Herzog etwas zuflüsterte, denn Wellington neigte leicht den Kopf, um ihn verstehen zu können.

Mit einem kaum merklichen Nicken galt der Erkundungsoffizier als entlassen und der Mann wandte sein Pferd und entfernte sich rasch.

Der Herzog selbst verharrte und besah die Abreise der Quartiermeister noch eine Weile. Stolz und regungslos saß er im Sattel.

Feine Nebelschwaden umspielten die Fesseln seines Hengstes und als Copenhagen auf der Kandare kauend schnaubte, stiegen weiße Atemwolken von seinen Nüstern in den Himmel auf.
Genießend entsann sich Julia ihrer gemeinsamen Nacht und wünschte sich in seine Arme, in diesen Moment zurück.
Indes gab der Herzog seinem Hengst sacht die Fersen und er trat gehorsam voran.
An langen Zügeln, doch im fleißigen Schritt bahnte sich Copenhagen seinen Weg.
Ihm nach folgte die Sonne.

Was die Quartiermeister mit ihrem Verschwinden angekündigt hatten, traf einige Wochen später ein.
Eines Morgens herrschte allgemeine Aufregung in dem Teil des Lagers, den ausdrücklich die Frauen und Kinder bewohnten.
Denn ein dicker, aufgedunsener Offizier erschien in Begleitung eines Fähnrichs und ließ von seinen Begleitern sämtliche Frauen zusammen rufen.
Nein, eher wurden sie von den Männern grob zusammen getrieben, wie Mastvieh. Nur die Frauen der Offiziere und Generäle wurden mit Respekt behandelt.
Die Anderen – auch Julia, Mary und Rosy- wurden aus den Betten geworfen und lautstark dazu aufgefordert, sich in einer Reihe aufzustellen, mitten auf dem Sammelplatz, wo man sich des Nachts ab

und an zum gemeinsamen Essen traf.
Nun fanden die Frauen dort den Offizier vor. Sein schwarzes Pferd mit der kurz geschorenen Mähne schlief regelrecht unter ihm ein, während der Mann selbst sich aufführte und gebärdete als sei er der König von England.
Sein schlanker Fähnrich ertrug es mit stoischer Miene und mühte sich um einen hochnäsigen Gesichtsausdruck, wenn der Blick des Offiziers auf ihn fiel.
Aus dem restlichen Lager klangen die Stimmen der Sergeants und Captains, die ihren Leuten Befehle, wie Flüche zu bellten und zur Eile drängten. Reiter hetzen umher, Pferde wurden hektisch weggeführt und Kanonen in Bewegung gebracht. Man baute die Zelte ab und verlud sämtliches Material auf Karren und Lasttiere.
„ Auf Befehl des Generals, Seiner Lordschaft dem Herzog von Wellington, sollen die Damen unverzüglich die Stellungen räumen! Nur das Nötigste soll mitgenommen werden. Madam, muss das denn sein?!", wandte er sich brüskiert an eine füllige Frau mit verwaschenem, blondem Haar zu Julias Linken.
Sie hielt ihren Säugling auf dem Arm und hatte eine ihrer prallen Brüste entblößt, an welcher der Kleine unablässig saugte.
Aufgrund ihrer Kleidung und der Art ihrer Frisur, schätzte Julia sie auf eine Dame aus der Mittelschicht, wenn nicht gar der Unterklasse.
Das Liebchen eines Soldaten.

„ Er hat eben Hunger, Sir. Is` wie sein Vater. Der kann auch nie genug von meinen Brüsten kriegen.", meinte sie lachend und mit einem Schulterzucken.

Es entlockte vielen Frauen ein Schmunzeln oder Kichern.

„ Madam, ich muss darauf bestehen, dass Sie sich bedecken.", forderte der Offizier, der spürte, wie man zusehends seine ohnehin geringe Autorität untergrub.

Die Blonde neben Julia grinste und zeigte dabei ihre schlechten Zähne.

„ Sagen Sie bloß, Sie ham noch nie Brüste gesehen?! Na, dann haben Sie aber Glück. Hier gibt´s ja jede Menge. Zeigt´s ihm, Mädels! Zeigt dem Gentleman mal, was gute Möpse sind."

Unter johlendem Kreischen und wildem Gelächter rissen einige der Frauen ihre Kleider nach unten und offenbarten so ihre blanken Busen.

Das Pferd des Offiziers scheute aufgrund des Geschreis und der raschen Bewegungen, indes sein Reiter purpurrot anlief und um seine Beherrschung rang.

Sein Fähnrich hingegen, sowie die begleitenden, Wache haltenden Soldaten konnten sich an diesem Anblick nicht satt sehen.

Julia senkte den Blick und wäre am Liebsten im Erdboden versunken.

Rosy, die zu ihrer Rechten stand, seufzte bloß und schüttelte den Kopf.

Mary war über das doch sehr eigenwillige Verhalten ihrer Geschlechtsgenossinnen mehr als entsetzt. Ihre Augen wurden groß und ihre Nase blass.

„Sie Hexen! Sie barbarischen Huren!! Wie können Sie es wagen?! Ich bin Gesandter des Generals und ich befehle Ihnen auf der Stelle, Ihre Blöße zu bedecken! Sofort!", kreischte der dicke Offizier regelrecht und trabte die Reihen der Frauen entlang. Lediglich höhnisches Gelächter und nackte Haut, sowie deftige Schmähungen schollen ihm als Erwiderung entgegen.

„Sie sollten es mal mit Höflichkeit versuchen, Mr. Rover.", rief da eine Stimme.

Ein Wiehern erklang. Es glich einem heiteren Lachen.

Julia schmunzelte, kaum das sie es hörte.

Und schon erreichten Lord Loxley und sein Falbe mit blitzenden, fröhlichen Augen den Platz. Hinter ihnen hielt sich Graham ernst auf seinem Schimmel.

Beim Anblick des Adligen begannen die Frauen zu tuscheln und viele hoben ein wenig beschämt ihre Kleider wieder an.

Mit einem breiten Grinsen hob Lord Loxley grüßend die Hand in Richtung des Offiziers und verneigte sich dann ehrerbietig gegenüber den versammelten Frauen.

„Meine Damen.", meinte er höflich und seine grünen Augen funkelten, während er seinen Hengst zum Stehen brachte.

„Auch wenn ich sagen muss, dass mir diese Aus-

sicht mehr als zusagt"
Er sprach es heiter und ohne frivolen Unterton aus. Lockeres Gelächter erklang.
„So muss ich Sie leider doch darum ersuchen, diesen Zustand augenblicklich zu ändern und der Bitte von Mr. Rover Folge zu leisten. Obgleich er an seinen Manieren natürlich arbeiten muss. Vielleicht hat seine Mutter das versäumt, wer weiß? Ach, jetzt schauen Sie nicht wie ein Sauertopf, Mr. Rover! Ich will Ihnen lediglich behilflich sein. Oder soll ich dem Herzog etwa sagen, dass Sie es nicht geschafft haben, diese reizenden Damen marschbereit zu kriegen?!"
Loxleys Blick fiel unverhohlen auf die Leistengegend des dicken Offiziers.
Er grinste füchsisch.
„Wobei *Sie* ja mehr als marschbereit scheinen, Sir."
Wutschnaubend warf Mr. Rover sein Pferd herum und spornte es zur Eile, während sein Fähnrich und die umstehenden Soldaten sich ihr Lachen nicht länger verkneifen konnten.
„Unerhört, Sir! Einfach unerhört! Der Herzog wird davon erfahren!", brüllte Rover, vor Scham und Wut krebsrot.
„Hören Sie, Sir?! Ich werde Lord Wellington davon berichten!"
Aber Loxley sah ihm nur lachend hinterher. Die Drohung fand bei ihm keinerlei Anstoß.
„Wo wollen Sie denn hin, Mr. Rover? Hey, ich kann Sie verstehen, Sir. Absolut. Bei all diesen

Schönheiten würde es mir auch die Luft abschnüren.", rief er ihm nach und tat eine ausladende Geste auf die Frauen, welche lachten, johlten und pfiffen.
„ Doch ich kann mich beherrschen. Aber wie Sie wünschen, reden Sie ruhig mit Seiner Lordschaft. Sagen Sie ihm, dass Sie als alter Hengst Probleme machen. Vielleicht lässt er Sie dann ja kastrieren?! Wobei ich mir denke, dass es da nicht viel zum Abschneiden geben wird."
In Loxleys munteres Lachen mischten sich die Hohn - und Spottrufe der Frauen.
Sie begleiteten den zutiefst beschämten Mr.Rover, der seinen grinsenden Fähnrich wütend zu sich rief.
„ Sanders! Hierher! SOFORT! Auf der Stelle!", bellte er und der Fahnenträger erwachte plötzlich, entsann sich seiner leidigen Pflicht und jagte dem Offizier hinterher.
„ Das war nicht sehr nett, Euer Gnaden.", tadelte Graham den Lord mit finsterer Miene.
Da bezähmte Loxley sein Gelächter und tilgte es mit einem Räuspern, dabei die Augen geschlossen. Als er den Blick hob und den Kavalleristen ansah, erkannte dieser puren Ernst in den sonst so fröhlichen, grünen Augen.
„ Dieser grausame Menschen hat mehr der hier anwesenden Frauen vergewaltigt, als Sie sich vorstellen können, Mr. Graham. Und öfter, als wir es uns in unseren widerlichsten Alpträumen auszumalen vermögen.", erklärte der Lord schneidend,

aber mit gesenkter Stimme, sodass nur Graham ihn hören konnte.

„Oh.", machte der Offizier mit großen Augen.

„Wo ist Ihr Mitleid jetzt, Mr. Graham?!", erkundigte sich Loxley rhetorisch.

„Sie sehen? Monster kann man nicht nur in den unteren Rängen finden. Um genau zu sein, tummeln sie sich äußerst gern in unseren Riegen, Sir. Verdeckt von blitzenden Orden und hohen Namen."

Ein letztes Mal sah er voller Wut und Grimm in die Richtung, in welche der Offizier sich geflüchtet hatte.

„Wellington hätte ihn sofort seiner Männlichkeit berauben sollen! Nein, noch besser: Er hätte ihn umbringen lassen sollen, als er die Chance hatte. Damals, bei Badajoz – das war die perfekte Gelegenheit! Aber dieser verdammte Spitzbube hat sich ja verkrochen und sich vor dem Dienst an der Front gedrückt! Erschießen sollte man ihn. Einfach nur erschießen!"

„Und jetzt spielt er den Moralapostel.", knurrte Graham, der sich von Loxleys Edelmut schon immer hatte inspirieren lassen, ebenso wie von seiner eigentlichen Heiterkeit.

Der Lord klopfte ihm beinahe kameradschaftlich auf die Schulter.

„Ruhig Blut, Mr. Graham! Lassen wir ihn doch zu Seiner Lordschaft laufen. Er wird sich am Eisernen Herzog die Zähne ausbeißen – besonders jetzt, wo alles im Aufbruch ist."

Schon bei der Vorstellung fand Loxley wieder zur alten Heiterkeit zurück.
Er wandte sich mit strahlenden Augen und entwaffnendem Lächeln wieder an die Frauen.
„Meine Damen, ich hoffe aber, dass Sie sich die Worte von Mr. Rover dennoch zu Herzen nehmen. Denn mag er selbst kein Gentleman sein, so hat er Ihnen doch die Botschaft eines wahren Gentlemans überbracht! Seine Lordschaft, der Herzog von Wellington wünscht so schnell wie möglich Spanien über die Berge zu verlassen und gen Belgien, nach Brüssel zu ziehen."
Ächzen und Murren wurde laut, doch er überging es mit dem gewitzten Charme eines Schuljungen.
„Ein weiter und anstrengender Weg, meine Damen, in der Tat, ich weiß. Aber genau deswegen wünscht der General, dass Sie sich beeilen! Wo wären denn unsere tapferen Soldaten, wenn sie nicht ihre Liebsten an ihrer Seite wüssten?! Sollen sie etwa in den finsteren Tagen und Nächten ihrer beschwerlichen Wanderschaft über die schroffen Klippen..."
Sein Blick fiel auf Julia und seine Augen blitzten.
„... ohne ihre Sterne sein?!"
Julia spürte, wie es ihr die Kehle zuschnürte. Wahrscheinlich waren seine Worte nur Zufall, versuchte sie sich zu beruhigen. Aber der Kloß im Hals blieb.
Geeint mit einer Sehnsucht, die sie fortzuspülen drohte.
„Also vorwärts, meine Damen, die Zeit drängt!

Seine Lordschaft wird Ihnen zu Dank verpflichtet sein.", feuerte Loxley mit flammenden Gesten die Frauen an und sie ließen sich von seinem Charme und seiner Begeisterung anstecken.

„ Wir werden ihm sogleich von Ihrem unvergleichlichen Einsatz berichten.", rief der Lord und trieb sein Pferd schon vorwärts, als er es mit schelmischem Grinsen noch einmal um die Hand wenden ließ.

Sein Blick ruhte betont unschuldig auf Graham.

„ Einen Augenblick! Mr. Graham, hatten Sie nicht noch ein Anliegen?!"

Der Kavallerist schien, als habe er eigentlich gehofft, ja gebetet, dass Loxley es vergessen würde. Nun ergab er sich zähneknirschend dem grinsenden Stabsmitglied.

„ Nun ... ja, Sir, genau. Danke, dass ... dass Sie mich daran erinnert haben.", murmelte Graham und wirkte plötzlich ungemein verlegen.

Lord Loxley nahm dies zwar zur Kenntnis, schien sich aber keinen Deut darum zu scheren.

„ Wer von Ihnen ist Miss Mary? Miss Mary Oak?!", rief er in die Runde der Versammelten und stellte sich in die Steigbügel, um besser die Menge an Frauen überschauen zu können.

Gerufene wurde von Julia und Rosy gleichermaßen nach vorne gestoßen. „ I-ich bin hier, Euer Gnaden.", stotterte sie und Loxley lenkte seinen Falben auf sie zu. Unsicher sah Mary zu Boden und wagte es nicht aufzusehen.

Trotz ihres schlichten Kleides war sie ohne Zweifel

die schönste Frau im ganzen Lager. Der Adlige beugte sich im Sattel vor und ein wenig zu ihr herunter, um sie besser betrachten zu können.
„Meine Güte, was für eine hübsche, zarte Blume!", sprach er liebevoll und alles an ihm drückte eine Art der väterlichen Zärtlichkeit aus.
„Was ... was wünschen Euer Lordschaft von mir, Sir?!", fragte Mary und wagte es aufzuschauen. Lord Loxley begegneten die wunderbarsten, kornblumenblauen Augen, die man sich vorstellen konnte.
Sein Lächeln wurde nur noch breiter.
„Oh, keine Sorge, meine Liebe. *Ich* möchte gar nichts von Ihnen, mein Kind. Aber ich denke, Mr. Graham will sich ganz gerne mal mit Ihnen unterhalten. Ist es nicht so, Mr. Graham? Deswegen sind Sie doch gekommen, oder?"
Damit drehte er sich dem Kavallerieoffizier zu, der Mary nur mit großen Augen anstarrte.
„Na, kommen Sie schon her, Junge.", forderte Loxley grinsend und winkte den jungen Mann zu sich heran.
„Ist das ein Befehl, Euer Gnaden?", hakte Graham förmlich nach und man konnte seine Wangen problemlos glühen sehen.
„Herr Gott nochmal, wenn Sie das brauchen, um mit der schönen Dame zu reden? Dann *JA, es ist* ein Befehl. Herkommen, Graham. *Jetzt!*"
Gehorsam lenkte Graham seinen Schimmel neben Loxleys Falben.
Der Lord rollte nur mit den Augen und musterte

die Beiden abwartend.
„ Guten Morgen, Miss Mary.", grüßte Graham freundlich und lächelte sie an.
„ Guten Morgen, Mr. Graham.", erwiderte Mary mit ebensolchem Lächeln und knickste.
Stille folgte. Eine Stille, in der die Beiden sich einfach nur ansahen und lächelten, unsicher darüber, was der jeweils andere jetzt wohl als Nächstes tun und sie selbst dann darauf erwidern würden.
„ Na los! Jetzt fragen Sie sie schon! Sie wird sie schon nicht beißen, Mann!", drängte Loxley übermütig und lachte.
„ Naja ... also Miss Mary, ich hab` mich gefragt, ob Sie vielleicht ... also, ich meine...", begann Graham stotternd und seine Stimme überschlug sich mehrmals.
„ Ruhig, mein Junge. Immer langsam.", hörte Julia den Lord beruhigend murmeln.
Der Kavallerieoffizier beherzigte den Rat und holte tief Luft, ehe er klar und deutlich fort fuhr.
„ Ich wollte fragen, ob Sie mich mal auf einen Ausritt begleiten würden?! Nicht jetzt, natürlich. Aber sobald Lord Wellington uns in das nächste, befestigte Lager geführt hat."
Gespannt sah er sie an und Mary sah verlegen auf ihre Hände.
„ Das würde ich wirklich sehr gern, Mr. Graham, aber ..."
Julia und Rosy wechselten rasch einen Blick.
Warum ein *Aber?!* Sie war haushoch in den Kerl verschossen und jetzt, wo er sie um eine Verabre-

dung bat, wollte sie ihm absagen?!?
„ ... Aber ich kann leider nicht reiten, Sir.", gestand Mary und trat betreten einen kleinen Schritt zurück.
Da erklang Loxleys Lachen von der Seite.
„ Dann gehen Sie eben spazieren, Madam. Außerdem kann ich mir vorstellen, dass Mr. Graham Ihnen gerne das Ein oder Andere beibringt, oder?" Seine grünen Augen funkelten vielsagend, wie heiter.
Graham war im Moment zu aufgeregt, um die Doppeldeutigkeit dahinter zu verstehen – aber er nickte eifrig.
„ Natürlich. Es wäre mir ein Vergnügen."
„ *Das* kann ich mir vorstellen.", erwiderte Loxley grinsend und zwinkerte dem jungen Mann zu, worauf dieser nur verwirrt die Brauen zusammen zog.
„ Also? Was sagen Sie, Miss Mary?!", wandte sich der Lord wieder an die Dame.
„ Es wäre mir eine Freude, Mr. Graham.", antwortete Mary freudestrahlend und Graham zeigte sich überglücklich.
Lord Loxley lachte ausgelassen und schlug sich mit der flachen Hand auf den Oberschenkel.
Sein Falbe schnaubte und flehmte kurz darauf, was aussah, als würde er grinsen.
„ Gut gemacht, mein Junge, gut gemacht! Meinen Glückwunsch, Miss Mary! Jetzt aber schnell, Mr. Graham, der Herzog erwartet uns.", erinnerte Lord Loxley und wandte sein Pferd.

Rasch gab er ihm die Fersen und der Falbe tat mit heiterem Wiehern einen Satz nach vorn und sprengte davon.
„ Vielleicht ist er uns ja gnädig, wenn Sie ihm von Ihrem Blümchen erzählen?!", rief der Lord lachend über die Schulter.
„ Aber ich würde nicht drauf wetten!"
Hastig tippte Graham sich an den Helm, warf seinen Schimmel herum und jagte Loxley hinterher. Den Zorn des Herzogs konnte niemand gebrauchen – und er heute am Allerwenigsten.

Indes hielt Gates mit strammen Schritten auf das Lager der Frauen zu.

Sein Blick war fest auf Rosys Wagen geheftet, hinter dem die weiße Stute mit den blauen Augen angebunden war, und eine unwahrscheinliche Wut beherrschte ihn.

Picard hielt sich kreischend mit seinem Herrn auf einer Höhe und seine Gold gesprenkelten Augen blitzen voller Rachedurst, so schien es.

Nun war Julia Green zu weit gegangen! Es galt den bekannten Verlauf der Welt zu retten – und genau das würde er jetzt tun, schwor sich Gates.

Er würde sie verschwinden lassen, sie wieder in ihr Zeitalter verfrachten und alles wieder in Ordnung bringen.

Er hatte sie gewarnt. Sie wollte nicht hören, als musste sie jetzt fühlen, was es hieß, sich gegen ihn zu stellen!

Der Medicus konnte sehen, wie Julia ihrer Freundin, Miss Mary Oak, in Rosys Wagen half.

Fest entschlossen straffte er sich, ein grimmiges Lächeln auf den Lippen.

„ Na warte, Mädchen!", wisperte er.

Da drängten zwei Reiter von links auf ihn ein und preschten im eiligen Galopp nur haarscharf an ihm vorbei.

Ein Falbe und ein Schimmel.

Zornig sah Gates ihnen kurz nach, wollte dann wieder ausschreiten – aber da erscholl im gleichen Moment der trompetende Sammelbefehl, der den Aufbruch des Heers und damit die Eingliederung aller in die Marschkolonne befahl.

„Nein, nein. Nein!", entfuhr es Gates entgeistert, doch zu spät.

Alles und jeder um ihn herum kam in Bewegung! Ein Gedränge aus Menschen, Tieren und Wagen raubte ihm die Sicht.

„Wellington. Verdammt!", fluchte der Medicus leise, wie hustend und Picard schwang sich mit ärgerlichem Kreischen hoch in die Luft, um dem aufgewirbelten Staub zu entgehen.

Als sich die Aufruhe wieder legte, war Rosys Wagen samt der Stute schon nicht mehr zu sehen.

Fort. Einfach verschwunden in der Menge, untergetaucht in der gewaltigen Kolonne, die sich zusehends bildete.

Und damit fürs Erste außerhalb seiner Reichweite. Mit einem unterdrückten, zornigen Fluchen machte Gates kehrt und suchte sich seinen Weg zu Antarius, seinem braven Schecken.

Denn der Marschbefehl galt auch ihm.

Der rasende Wutschrei des sandfarbenen Falken mit den Gold gesprenkelten Augen hörten allein Sonne und Wind.

Das Hinderlichste an einer Armee war ihre Größe. Wellingtons Hauptstreitmacht bezog sich auf 67 000 Mann und 180 Kanonen. Um eine Maße von solchem Umfang zu mobilisieren bedurfte es im schlimmsten Fall mehrere Tage.
Aber dank des fast schon wahnsinnigen Eifers der befehlshabenden Männer, welche wiederum von Wellington selbst unerbittlich angetrieben wurden, war das Heer gegen frühem Nachmittag abmarschbereit.
Die Verwundeten blieben mit den Versorgungswagen und einigen Bataillonen zur Wache zurück. Sie sollten erst folgen, wenn ihre Wunden vollständig geheilt waren.
Der Rest aber, vom kleinen Säugling, über den alten Krüppel und die einfache Hure, bis hin zum edlen Stabsoffizier setzte sich in Bewegung als Wellington seinen Hut schwang und damit das Signal zum Marschieren gab.
Die Trommler und Musiker begannen muntere Melodien zu spielen und einige Soldaten sangen „Over the hills and far away".
Das alte Truppenlied.
Andere unterhielten sich, lachten und scherzten mit den Frauen, sofern es ihnen möglich war und sie nah genug an deren Wagen liefen.
An der Spitze des Zuges ritt Wellington, neben sich Uxbrigde, seinen persönlichen Adjutanten Alexander Gordon und einige Fähnriche.
Die übrigen Stabsoffiziere fanden sich an verschiedenen Stellen im Zug verteilt, um auf Geheiß

des Herzogs den Überblick zu behalten.
Seinem Stellvertreter und ihm folgten mehrere Truppen Infanterie, allesamt Schotten. Die eindrucksvollen, riesigen Highlander, um die sich viele Legenden unter den Soldaten rankten.
Hinter ihnen wälzten sich die übrigen Einheiten, ein Gemisch aus Kavallerie, Infanterie und Geschützen, welche von Pferden oder Ochsen gezogen wurden, über das Land.

Der Boden bebte und ächzte unter den unzähligen Stiefeln, Hufen und Wagenrädern und als schien sich der Himmel dafür rächen zu wollen, brannte den Männern unerbittlich die Sonne auf die Häupter, obgleich die heißen Mittagsstunden ja schon vorüber waren.
Mehrere Tage war das Heer nun schon unterwegs. Sie kamen nur langsam voran und doch, oder gerade deswegen zwang die brütende, spanische Hitze ab und an Mensch, wie Tier in die Knie.
Männer brachen einfach zusammen, fielen um wie Bäume und Pferden knickten unter jaulendem Schreien die Vorderbeine ein, ehe sie ächzend zur Seite stürzten und ihre Reiter, sowie die Nachfolgenden fast unter sich begruben.
Viele, vereinzelte Schüsse hallten durch die Luft.
Am Anfang hatte Julia sich noch davor erschreckt und einen Angriff gefürchtet.
Aber inzwischen wusste sie, dass diese Geräusche nur hießen, dass man ein Maultier, Pferd oder

einen Ochsen von seinem Leid erlöst hatte.
Das 33.ste unter Harper hatte das Vergnügen, sich auf Geheiß des Herzogs unter den Frauen und deren Wagen bewegen zu dürfen.
Oft konnte Julia die Männer lachen und scherzen hören, worauf häufig das Kichern von einigen Damen antwortete.
Sie hatten offenbar ihren Spaß.
Schmunzelnd saß Julia hinter Rosy, welche auf dem Bock hockte und Heart und Soul dem Tross nach dirigierte.
Mary hatte sich neben die alte Dame gesetzt und genoss die Sonne. Überhaupt war Mary überglücklich und durch nichts aus ihrer Heiterkeit zu reißen, seit Graham sie um eine Verabredung gebeten hatte.
„ Ich … ich muss euch was sagen.", begann Julia vorsichtig, da eine ziemlich verrückte Idee sie befiel.
„ Was denn?", fragte Mary neugierig und drehte sich ihr zu, dabei einen Arm über der Sitzlehne.
Jetzt gab es kein Zurück mehr.
„ Wisst ihr noch als ich … als ich abgehauen bin? Vor mehreren Tagen.", erkundigte sich Julia und Rosy ließ ein entrüstetes Schnaufen hören.
„ Pff! *Ob ich das noch weiß?!?* Kind, ich dachte schon, dass dich irgendwelche Schweinehunde mir gestohlen hätten!"
„ Psst, Rosy! Nicht so laut, bitte.", flehte Julia hinter zusammengebissenen Zähnen und sofort wurden ihre Begleiterinnen hellhörig.

„ Was ist in dieser Nacht geschehen, Liebes?", hakte Rosy lauernd nach.
„ Ja, erzähl` uns davon, Julie.", bat Mary und bettete gespannt ihr Kinn auf den Unterarm.
Sie holte noch einmal tief Luft, ehe sie dieser Bitte nachkam.
„ Also: Ich konnte nicht mehr schlafen und bin deswegen ein bisschen spazieren gegangen. Plötzlich war ich beim Herz des Waldes rausgekommen und ... naja, sagen wir es so, ich war nicht die einzige Person, die in dieser Nacht die Abgeschiedenheit gesucht hat."
„ Wieso? Wer war denn noch da?!", fragte Mary und lehnte sich etwas vor.
„ Arthur.", antwortete Julia knapp.
„ Arthur?! Welcher Arthur?", wunderte sich ihre Freundin, ehe sie breit lächelte.
„ Meine Güte, hast du etwa einen Liebhaber, Julie?! Einen Verehrer?! Erzähl´ mir *alles*!"
„ Besser nicht.", meinte Rosy, die schon ahnte, wen ihr Schützling damit meinte.
„ Wieso nicht? Was meinst du Rosy?", wollte Mary verwirrt wissen und zog die Brauen zusammen.
„ Unsere Julia spricht von einem ganz bestimmten Arthur, mein Blümchen. Ist es nicht so, Liebes?!"
Julia brachte nur ein verlegenes Nicken zustande. Die alte Dame nahm es aus dem Augenwinkel wahr und presste die Lippen aufeinander.
„ Ich verstehe.", meinte sie ungewohnt hart und richtete ihren Blick auf ihre beiden Maultiere.
„ Aber ich nicht.", maulte Mary und verschränkte

die Arme vor der Brust.
„Könnet ihr mir also bitte sagen, wovon ihr hier redet?!"
„Von *Sir* Arthur, Kind.", erwiderte Rosy ruhig und warf der Blonden einen eindringlichen Blick zu.
„Sir Arthur?!" Die Erkenntnis traf Mary mit der Wucht und dem Tempo eines Blitzschlags.
„Oh mein Gott, *Sir Arthur!*"
Sofort schwenkte sie zu Julia herum, ihre Augen groß und ihre Nase blass.
„Du und Wellington ... ihr ... ihr habt ...", begann sie fassungslos und Julia nickte ergeben.
„Am ... am Herz des Waldes?!"
Wieder ein Nicken, diesmal mit einem leichten Schmunzeln, ob der schönen Erinnerung, versehen.
„Er hatte gerade ein Bad genommen als ich eintraf und ... naja ..."
Sie ließ den Satz in ein verliebtes Lächeln übergehen, dass ihren Zuhörern alle Antworten gab.
Mehr als Worte es vermochten.
„Also ... seit ihr jetzt ...?", fragte Mary behutsam, wie um sicher zu gehen.
„Er nennt mich seinen Stern.", erwiderte Julia versonnen und lehnte sich mit glücklichem Seufzen zurück, da die süßen Erinnerungen auf sie einströmten.
Snow, welche hinter dem Wagen hertrottete, schimmerte silbern im Sonnenlicht und ließ ein leises Wiehern hören.
Die Stute der Sterne...

„ Ha! *Ich wusste es!* Smittie, du schuldest mir 2 Pence! Und du auch, Perkins.", erklang Harpers Stimme unvermittelt neben dem Wagen, begleitet von einem polterndem Lachen.
Einige Soldaten murrten und Julia hörte das Klimpern von Münzen.
„ Zahltag, Jungs! Immer her mit eurem Sold. So ist es brav!"
Harper ließ sich hinter den Wagen und neben Snow fallen, sodass die entsetzte Julia ihn grinsen sehen konnte.
Sein Hut war voller Münzen.
„ Wenn Sie ihn das nächste Mal sehen, Miss, sagen Sie ihm einen schönen Gruß von mir. Dank ihnen beiden werde ich reich!"
Er lachte nochmals und ließ das Geld in seinen Tornister wandern.
Das komplette 33.ste hatte Rosys Wagen in ihre Mitte genommen und somit vor den übrigen, eventuell unerwünschten Zuhörern abgeschirmt. Das die Männer eigentlich genauso unerwünscht waren, schien sie nicht im Geringsten zu stören. Wobei Julia bezweifelte, ob es ihnen überhaupt auffiel.
„ Mr. Harper, ich flehe Sie an: Sie *müssen* darüber absolutes Stillschweigen bewahren!", beschwor sie den Sergeant, worauf dieser sie ein bisschen beleidigt ansah.
„ Natürlich, Miss! Wir sind doch Freunde, oder? Und die können ein Geheimnis bewahren."
„ Schwören Sie es mir! Und Ihre Männer auch.",

forderte Julia und schaute ihn eindringlich an. Mühelos, fast unschuldig hielt er ihrem Blick stand.
„Meine Männer und ich werden es mit ins Grab nehmen, Miss. Das schwöre ich Ihnen! Das tun wir alle. Nicht wahr, Jungs?", rief er etwas lauter zu seinen Soldaten.
„Ja, Sir.", antworteten diese einstimmig und ihr Sergeant grinste stolz.
„*Das* sind meine Jungs.", meinte er gerührt.
Sein Blick wanderte zu Snow, die genügsam neben ihm hertrottete und deren Zügel am hinteren Ende des Wagens verzurrt waren.
„Ein schönes Tier, Miss.", lobte Harper und tätschelte der Stute anerkennend den Hals.
„Und viel zu gut für Sie, Mr. Harper.", meinte ein Reiter, der sein Pferd ebenso beiläufig, wie plötzlich hinter Rosys Wagen lenkte.
Es war Wellington auf Copenhagen.
Julias Stute wieherte fröhlich und der dunkle Hengst antwortete mit tiefem Brummen.
„Euer Gnaden.", verabschiedete sich Harper, der den Wink sofort verstanden hatte und eilte wieder nach vorne zu den beiden Maultieren.
„Vorwärts, Jungs! Bewegt eure lahmen Ärsche!", blaffte er und seine Männer beschleunigten ihre Schritte, sodass Julia und der Herzog praktisch allein waren.
Mary und Rosy sahen angestrengt auf den Weg, der sich vor ihnen auftat.
Die Jungs des 33.sten stimmten mit einem Mal

lautstark „Over the hills and far away" an. Offenbar, um die Worte des Generals für die Übrigen zu übertönen, der nun seinen großen Hengst zum Wagen aufschließen ließ.

„Hallo, mein Stern.", wisperte er liebevoll und lächelte warm.

Sie rutschte weg vom Bock und näher zu ihm, sodass sie sich aus dem Wagen lehnen konnte. Sanft streichelte sie Copenhagens Stirn und der Hengst schnaubte.

„Hallo, ihr Zwei.", grüßte sie sanft und schenkte ihrem Liebsten ein strahlendes Lächeln.

Als sie ihre Hand zurückzog, hielt er sie fest und führte sie an seine Lippen, was ihr eine Gänsehaut bescherte. Dann zog er sie mit einem Mal zu sich und lehnte sich im Sattel soweit wie möglich vor, um sie innig zu küssen.

„So gefällt mir das schon besser. Dir nicht auch?", erkundigte er sich dunkel und mit einem frechen Grinsen.

„Hm, ja. Nicht zu verachten.", antwortete sie lächelnd.

Da zog er sie nochmal an sich, diesmal wesentlich leidenschaftlicher und auch sein Kuss fiel um einiges fordernder aus.

Ein Seufzen entwich ihr und er ließ die Zügel seines Pferdes fallen, um seine andere Hand besitzergreifend um ihre Taille zu schlingen.

Copenhagen lief genügsam neben Snow her und ließ sich nicht aus der Ruhe bringen.

„Und was ist *jetzt*?", erkundigte Arthur sich leise,

als sie sich lösten.
Er dachte gar nicht daran, sie aus seinen Armen zu entlassen und Julia hatte auch nicht vor, sich von ihm zu entfernen.
Liebevoll strich sie ihm eine Strähne seines graumelierten Haares zurück.
„ Gar nicht mal schlecht. Wirklich, gar nicht mal schlecht.", feixte sie und ihre Augen blitzen fröhlich.
„ Fordern Sie mich etwa heraus, Madam?", hakte er dicht neben ihrem Ohr nach und sein Atem strich warm über ihre weiche Haut.
Sie bebte wohlig und drückte ihn kurz, aber fest an sich.
„ Wenn Euer Lordschaft das wünschen."
Er brauchte ihr glückliches Lächeln nicht sehen, er hörte es.
„ Mit dem größten Vergnügen.", erwiderte er und gab ihr einen Kuss auf den Hals.
Sie fuhr überrascht zusammen und unterdrückte einen Aufschrei, als er sie zärtlich biss.
Rosy warf kurz einen Blick über die Schulter. Doch die anfängliche Schärfe verschwand und wich einer gewissen Milde.
„ Arthur, nicht! Bitte, Liebster."
Beinahe direkt, nachdem diese Worte Julias Lippen verlassen hatten, ließ er von ihr ab.
Sie konnte in seinen Augen lesen, dass er ein wenig schmollte.
Es amüsierte sie und sie schenkte ihm ein versöhnliches Lächeln.

Er hatte die Zügel wieder aufgenommen und Copenhagen kaute schnaubend auf der Kandare.
„ Nicht böse sein, Geliebter. Aber was ist, wenn die Leute uns sehen?", gab Julia zu Bedenken und er fügte sich.
„ Nun gut. Aber ich werde diese Herausforderung dennoch bestreiten *und* ich werde sie gewinnen! Du wirst schon sehen, mein Stern.", antwortete er und reckte selbstbewusst das Kinn.
Da fingen Harper und einige seiner Leute plötzlich an zu husten und sich lautstark zu räuspern. Der Grund war ein Erkundungsoffizier, der sich am Rande der Kolonne auf der Suche nach dem Herzog befand, und nun rasch näher kam.
„ Entschuldige.", sprach Wellington knapp, sowie eilig.
Er ließ Copenhagen ausscheren und der große, dunkle Hengst flog wieder nach vorne und dem Offizier entgegen.

Immer wieder sah man den Herzog in den folgenden Tagen umher reiten.
Vom Anfang der Kolonne zu ihrem Ende und wieder zurück.
Aber die Leute scherte es nicht, was der alte Naseweis so trieb. Sie würden es mitkriegen, wenn es sich um etwas Besonderes oder Ungewöhnliches handelte.

Nicht lange und die Hufe Copenhagens und der anderen Hengste trafen auf harten Stein.
Alsbald kämpfte sich die Kolonne die steilen Berghänge empor und der Hufschlag der Pferde der Kavallerie und der Zugtiere hallte von den Felswänden wieder.
Für die Erkundungsoffiziere wurde es von Mal zu Mal schwieriger, eine sichere Passage für die Armee zu finden. Mit all ihren Geschützen und Wagen war das Vorankommen in dieser Gegend kein leichtes Unterfangen.
Die Offiziere selbst hatten des Öfteren Mühe, in diesem unwegsamen Gelände einen geeigneten Weg für sich und ihre Pferde zu finden.
Dennoch sandte Wellington sie unermüdlich voraus und sei es auch nur, um ihnen und den Nachfolgenden Bewegung vorzugaukeln.
Sorge grub sich in das Gemüt des Herzogs.
Eine Truppe von dieser Größe, plus Frauen und Kinder war ohnehin schwer zu versorgen. Aber ein Heer in Bewegung zu verpflegen war nahezu unmöglich!
Nicht, wenn die Versorgungswagen soweit hinter ihnen lagen.
Sie mussten wohl oder übel aus dem Land leben, das sie um sich herum und unter den Hufen ihrer Last- und Reittiere fanden.
Aber da war nichts. Nur ein paar ausgedörrte Sträucher, von der Sonne schon lange versengt, und einige Kräuter, die den Meisten unbekannt waren.

Sie mussten mit dem auskommen, dass die Frauen in ihren Wagen und die Männer an Rationen in ihren Tornistern und Satteltaschen hatten – und dieser Vorrat neigte sich dem Ende.
Es gab nur einen Weg: Nach vorn. Immer weiter!
Nur selten ließ der Herzog seine Untergebenen rasten, aber wenn, dann ausgiebig.
Bei Nacht hielt er nicht selten sogar persönlich Wache, außer sie marschierten durch.
Was allerdings nur selten vorkam, da die Kräfte der Männer und Tiere zusehends nachließen.
Nicht zu vergessen, die Frauen und Kinder. Sie litten im Besonderen unter den Strapazen dieser Wanderung.
Die einzige Sorge, die Wellington neben der Nahrungsbeschaffung quälte, galt den Franzosen und ihrem Vormarsch.
Er hätte sich besser um die Vergangenheit, als um die Zukunft sorgen sollen.
Denn ein angeblich gebrochenes Wort, ein ehrloses Versprechen sollte ihm und seinen Schutzbefohlenen zu Verhängnis werden...

Es war Mittag und die Sonne stand hoch, als die Artillerie sich mühsam über einen der Anstiege quälte.
Kleinere Steine lösten sich unter den Hufen der schweren Zugpferde, die vor Schweiß schäumten und sich mit aller Macht in die Geschirre warfen, indes die nachfolgenden Soldaten sich gegen das Geschütz stemmten und schoben wie die Teufel, um den Tieren ihre Last zu erleichtern.
Ächzen und Stöhnen war zu hören. Von Mensch, wie Tier.
„ Na kommt schon! Vorwärts! Nicht so langsam!", brüllten die Offiziere jedes Mal, wenn sich eine der Kanonen an diesen Stellen abkämpfte.
„ Schiebt!", hörte man gleichfalls die Sergeants der Regimenter gedehnt rufen, welche die Rösser bei ihrer Aufgabe unterstützten.
„ Schiebt, ihr gottlosen Bastarde! Na, macht schon!"
Derweil wurde der Adjutant des Herzogs, ein junger Mann namens Alexander Gordon auf eine Bewegung weiter vorne aufmerksam.
Er befand sich mit Wellington und Uxbrigde wie üblich an der Spitze der Kolonne.
„ Sir, sehen Sie!", meinte er und sein Herr sah sofort alarmiert in die gewiesene Richtung.
Ein Erkundungsoffizier jagte mit kreideweißem Gesicht auf sie zu und hetzte sein Pferd im halsbrecherischem Tempo über den gefährlichen, schmalen Pfad.
Das Tier stolperte mehrmals und rappelte sich nur

mühsam wieder auf.
Verdacht schöpfend kniff Wellington die Augen zusammen und zügelte Copenhagen etwas. Seine Begleiter taten es ihm nach.
„Stimmt etwas nicht, Euer Gnaden?!", erkundigte sich Uxbrigde gerade.
Da brach der Tumult los!
Von irgendwo löste sich ein Schuss und traf den nahenden Offizier direkt in der Brust.
Der Druck riss ihn nach hinten und sein Pferd kam mit überraschtem Wiehern ins Straucheln, verlor seinen sterbenden Reiter und hetzte mit leerem Sattel und blutverschmierter Mähne an Wellington vorbei.
Zugleich ertönten Gewehrsalven oberhalb des Zuges und an dessen hinterem Ende.
„Partisanen!"
Wellington hatte gerade noch Zeit, sich in Richtung der Gefahr zu wenden, da erreichten ihn auch schon einige seiner Offiziere.
Die Spanier! Sie waren hier und fielen nun über die Wagen mit den Frauen und Kindern her. Chaos übernahm die Führung.
Jeder Mann, besonders die Kavallerie, drängte in wilder Hast zurück.
Sie wollten ihre Liebsten und Familien beschützen.
Doch der Pfad war zu schmal für die Reiterei und machte zudem einen schnellen Vorstoß dieser unmöglich, außerdem versperrten die Geschütze zusätzlich den Weg.

Schreie, Schüsse. Hektik.
Nun war rasches Handeln gefragt, um die Kontrolle nicht völlig zu verlieren.
Wobei Wellingtons Herz beim Klang der Salven nur einen bestürzten Gedanken kannte: *Julia!*
„Alexander!", wandte er sich energisch an seinen Adjutanten, welcher ihn sofort aufmerksam ansah.
„Sagen Sie Storm und seinen Männern, sie sollen die Wagen und Frauen verteidigen."
„Jawohl, Euer Gnaden!", antwortete der junge Mann mit großen Augen und preschte, tief über den Hals seines Pferdes gebeugt und sich unter den Salven der Spanier duckend, zum Ende der umkämpften Kolonne.
„Uxbrigde! Wer ist noch dort?", verlangte der Herzog zu wissen.
„Nur das 33.ste, Sir.", erwiderte sein Stellvertreter.
Copenhagen wandte sich mit einem Wiehern und unter dem Schenkeldruck seines Herrn den Schotten zu.
„Sie! Ab mit Ihnen! Sofort!", fauchte Wellington und die Highlander stürmten davon.
Es war unnötig, ihnen zu sagen, was sie ihre Aufgabe war. „Der Rest: Folgt mir!", forderte der Herzog und schon preschte sein dunkler Hengst mit Windes Eile voran.
Denn es gab nur einen grausamen Weg: die Flucht nach vorne!
Die Trompeter und Trommler gaben seinen Befehl in entsprechenden Rhythmen weiter.
Und der Drill der britischen Ausbilder machte

sich in diesem Moment mehr als verdient, denn als das gesamte Heer ihren General fort preschen sah und das Signal hörte – folgte es ihm!
 Hunderte und aber hunderte Pferde wurden in beinahe totaler Kopflosigkeit zum Galopp gespornt, flogen dem großen, dunklen Hengst an ihrer Spitze hinterdrein. Der Lärm ihrer trommelnden, eisenbewehrten Hufe auf dem harten Fels war ohrenbetäubend und schrill.
Dazu mischten sich die anfeuernden Rufe ihrer Reiter und das Krachen und Pfeifen der spanischen Schützen und ihrer Gewehre, deren Salven über die Köpfe der Fliehenden pfiffen.
Die Zugtiere gaben ihr Äußerstes und in blanker Panik wurden die schweren Geschütze über die Erhöhung gezerrt, nur um dann wieder gebremst zu werden, damit sie den Pferden und Ochsen, wie auch den Vorwegeilenden nicht hinten aufliefen und sie unter ihren Tonnen an Eigengewicht zermalmten.
Manche Kanone kam ins Schlingern oder gar ins Rutschen und die Männer hatten Mühe, sie aufzuhalten.
Ein ganzes Heer war auf der Flucht, im Versuch den Salven der verdammten Spanier zu entkommen. ... Und sie ließen dafür ihre Liebsten zurück.
Die Schreie der Frauen und Kinder fraßen sich, geeint mit dem Echo der Schüsse, tief in die Seelen der Männer.
Aber es galt zu retten, was zu retten war.

Wenn sie bleiben würden, hieße das vermutlich den Tod für alle, denn sie waren in dem Engpass der Berge ein leichtes Ziel für die ortskundigen Angreifer, die sich im Hinterhalt verschanzten.
Und zurückgehen war keine Option, der Pfad war zu schmal und würde nur die Zahlen der Verluste in die Höhe treiben.
Der Schaden war gemacht, nun galt es ihn zu begrenzen.
Eine harte Entscheidung, die es zu treffen galt ... und der Eiserne Herzog hatte sie in kaum einer Sekunde gefällt.
Eine Entscheidung, zu der nur jemand wie er in der Lage war.
Der Mann, von dem es hieß, er habe kein Herz.
Der scharfe Gegenwind stahl ihm die Tränen von den Wangen und seine Brust verkrampfte sich schmerzhaft.
Denn die Hilferufe und das Kreischen der Frauen drangen an sein Ohr...
Er gab Copenhagen noch mehr die Fersen und der Hengst griff weiter aus.

„ RUNTER!", hörten sie Harper gerade noch rufen, da schlugen auch schon die ersten Kugeln die Seitenwand des Wagens.
Heart und Soul gingen durch, suchten blind vor Furcht ihr Heil in der Flucht.
Der Wagen polterte unkontrolliert den schmalen Pfad entlang, walzte alles nieder, was ihm in die Quere kam.

Ähnlich erging es auch den übrigen Kutschen und Karren, sofern sie nicht von den Partisanen gestellt wurden.
Diese kamen nämlich aus ihrer Deckung und fielen über die in die Enge getriebenen Frauen und Kinder her.
Julia, welche sich gemeinsam mit Mary flach auf den Boden des Wagens presste, hörte ihre Schreie und das Weinen der Kinder.
Doch bald darauf antworteten die Schüsse des 33.Regiments, welches sich mit unvergleichlichem Löwenmut den Spaniern in den Weg stellte.
Mit aufgepflanzten Bajonetten und wilder Entschlossenheit setzen sich die Männer um Harper zur Wehr, indes sie versuchten, in der Nähe von Rosys Wagen zu bleiben, der rasant dem flüchtenden Heer nachsetzte.
Julia spürte, wie ihre Seite und ihre Bauchgegend schmerzten. Das würde einige Prellungen geben. Aber bisher hatte keine der Gewehrkugeln sie getroffen.
„Julie?!", hörte sie Mary neben sich wimmern. Schnell fasste sie ihre Freundin an der Hand und drückte sie.
Beide Frauen zitterten und waren schweißnass vor Angst.
„Ich bin hier, Mary.", flüsterte sie unter Tränen. „Keine Sorge, ich bin hier."
Sie erkannte anhand des Geräuschpegels der Schüsse, dass es sich bei den Waffen der Angreifer um Bakergewehre handelte.

Aber spanische Partisanen hatten keine englischen Waffen, außer … Scombra!
Das mussten seine Leute sein, die da Wellingtons Armee zur Flucht zwangen und nun die Frauen so hinterhältig angriffen.
Der Schatten hatte Gold und Waffen erhalten.
Aber er hatte auch Julia verlangt und sie nicht bekommen – und genau *das* wollte er jetzt offenbar ändern.
Der Abstand von Harpers Leuten zum Wagen wurde immer größer.
Bald waren sie hinter einer Biegung verschwunden und die Frauen hörten nur noch den hektischen Hufschlag ihrer panischen, keuchenden Maultiere.
Doch da gesellte sich ein neuer Takt hinein.
Schnell, frisch und drohend.
Das schrille, trompetende Wiehern eines aggressiven Hengstes fraß sich mit dem Echo der Schüsse und der Schreie der Kämpfer in Julias Ohren und sofort flammte ein Bild in ihren Erinnerungen auf.
Aber da war er auch schon da!
Sein schwarzes Pferd jagte scheinbar mühelos und mit wehender Mähne und blitzenden Augen dem Gefährt hinterher.
Das Tier atmete tief und laut und der Brustharnisch seines Reiters funkelte dräuend in der Sonne und mit solcher Intensität, dass es Julia blendete.
Das dunkle Haar des Spaniers wurde vom Wind nach hinten gerissen, ebenso sein blutroter Mantel und sein Gesicht beherrschte ein hämisches, böses Grinsen.

La Scombra, der Schatten!
Er streckte die Hand aus, packte Julia am Haar und zog sie halb daran aus dem Wagen.
„Julie!", kreischte Mary schrill. Der Rappe antwortete darauf mit scharfem Wiehern, sprang fliegend um und riss den Kopf hoch.
„ Ich sagte doch, ich komm` dich holen, du miese Hure! Du gehörst mir!", zischte Scombra Julia zu und sein Spanisch leckte mit schwarzen Flammen an ihren Ohren.
Da sprang etwas von Rechts auf ihn zu und landete hinter ihm auf der Kruppe seines Pferdes! Sofort ließ Scombra sie los, um mit dem Kerl zu ringen und Mary konnte Julia schnell wieder zu sich ins Innere des Wagens ziehen. Während die beiden Männer erbittert miteinander rangen, bockte der Hengst unter ihnen und versuchte, den Störenfried abzuwerfen.
Sein Wiehern glich zornigem Schreien und er warf sich wiederholt gegen die Felswand zu seiner Linken.
Es krachte jedes Mal und man hörte die Kämpfer ächzen, aber sie gaben nicht nach.
Durch dieses leidenschaftliche Handgemenge aus der Balance gebracht, taumelte der Rappe immer wieder zur Seite und kam dabei dem gähnenden Abgrund zu seiner Rechten oft gefährlich nahe.
Die Frauen, welche sich fest in den Armen hielten, beobachteten dieses groteske und zugleich atemberaubende Schauspiel mit einer Mischung aus Furcht und Faszination.

Indes brachten die eintreffenden Highlander den Wagen zum Stehen und strömten dann an dem Gefährt vorbei, um die übrigen Spanier zu vertreiben.

Im selben Moment gelang es dem Unbekannten Scombra mit dessen eigenem Säbel die Kehle durchzuschneiden.

Mit einem wilden Aufschrei stieß er den Sterbenden aus dem Sattel, während der Blutschwall des Spaniers Mähne und Fell seines Pferdes verklebte. Der Schatten schlug kurz auf dem harten Pfad auf, ehe er über den Rand verschwand und in die Tiefe stürzte.

Das Ross begann zu toben, kaum das ihm der Geruch von Tod in die Nüstern stieg und es ging kreischend auf die Hinterläufe, dabei mit den Vorderbeinen auskeilend und mit den Augen rollend.

Fast hätte es die Frauen erwischt und ernsthaft verletzt, wenn der Fremde es nicht grob an den Zügel gepackt und es mit einem harten Ruck wieder auf den Boden gezwungen hätte.

Schnaufend kam der Rappe wieder auf allen Vieren auf und zitterte. Schaum flockte von seinem Maul und seine Flanken bebten.

Da erkannte Julia ihren Retter.

„Mieser Bastard!", fluchte er in Richtung Abgrund und meinte damit den Schatten. Er spuckte geräuschvoll in die Tiefe und sah dann zu Julia und Mary, den blutverschmierten Säbel fest in der einen Hand, die Zügel des Rappen in der Anderen.

Seine sonst so harten Augen schimmerten einen Moment vor ehrlicher Sorge.
„Alles gut bei Ihnen, Ma'am?!"
Sie brachte nur ein Nicken zustande. Julia war leichenblass und ihr wurde schlecht.
Aber das genügte Storm.
Mit einem Nicken warf er den Hengst herum und rammte ihm hart die Fersen in die Seite.
„Na los, du Biest! Mach schon, beweg` dich!", feuerte er das Pferd grimmig an und das Tier beugte sich mit grollendem Wiehern seinem Willen.
Schneller als der Wind stürmte es mit ihm davon und war rasch hinter der nächsten Biegung verschwunden.
Es konnte sich ohne Zweifel in Sachen Kraft und Schnelligkeit mit den Rössern der Erkundungsoffiziere messen.

Kurz darauf verstummten die schrecklichen Schüsse über ihren Köpfen.
Storms Männer hatten wohl die Spanier überrascht und niedergerungen.
Fast sofort kam Smith um die Ecke gekeucht und fand die Frauen weinend und dicht beieinander gedrängt vor.
Rosy war zitternd vom Bock geklettert und nun lagen sich alle Drei in den Armen.
„Hier sind sie, Sir!", rief der Private und Harper stolperte herbei.
„Alles gut bei Ihnen, Miss? Ihnen allen ist doch nichts passiert, oder?", fragte der Sergeant besorgt

und kam behutsam näher.
Einige Schrammen zierten ihn und Blut floss aus dünnen Wunden und das des Feindes bedeckte seine Uniform.
„ Uns ist nichts passiert, Patrick. Gott sei Dank!", antwortete Rosy und bekam sich relativ schnell wieder unter Kontrolle.
Sie war die Witwe eines Offiziers und folgte schon lange dem Heer, sie hatte schon oft in ihrem langen Leben solches Leid erdulden müssen.
„ Da sagst du was, Rosy.", brummte der Hüne und bekreuzigte sich. Smith tat es ihm nach und sein Atem ging flach.
Auch Mary fand wieder zu ihrer Fassung zurück. Julia hingegen war komplett am Ende. Mit ihren Nerven und ihrer Kraft.
„ Ruhig, Julie. Ist doch gut! Ich weiß, Süße, ich weiß. Es wird alles wieder gut, versprochen. So beruhige dich doch. Pscht- ssccht!", murmelte ihre blonde Freundin und nahm sie erneut in die Arme, wog die Hysterische hin und her als sei sie ein kleines Kind.
Während die Umstehenden beruhigend auf Julia einredeten, kam das 33. Regiment auf der Suche nach ihrem Sergeant und seinem Schatten herbei. Die übrigen Männer scharten sich um den jungen Alexander Gordon, welcher dieses Chaos wie durch ein Wunder unverletzt überstanden hatte, und halfen unter seiner Aufsicht, die Ordnung in dieser Zerstörung wiederherzustellen.
Nicht selten trugen die Soldaten Frauen und Kin-

der, sogar Säuglinge mit leeren Blicken weg. Ihre Augen hatten jegliches Feuer im Zorn der Spanier eingebüßt.

Unterdessen beobachtete Wellington von einer Anhöhe aus - und damit aus einiger Entfernung - wie sich seine übrige Armee zu Füßen der Berge ins weite Tal ergoss.
Mensch und Tier waren erschöpft, aber sie hatten es geschafft!
Der Großteil ihrer Streitmacht war in Sicherheit und große Müdigkeit war ihnen allemal lieber als große Verluste.
Der Herzog hatte seine Pflicht getan und jene gerettet, auf die es in Kriegszeiten ankam.
Soldaten, Pferde und Geschütze.
Eisernes Schweigen herrschte und er konnte die Blicke seiner Männer auf sich fühlen.
Bohrend und grimmig, nicht selten auch feindselig.
Eigentlich hatte Wellington gehofft, dass ihn nun eine tiefe Ruhe einnehmen würde, wie jedes Mal, wenn er seine Leute in Sicherheit gebracht und eine Vielzahl von ihnen vor dem Tod bewahrt hatte.
Aber es gab keine Ruhe. Nicht heute und wahrscheinlich nie wieder.
Zumindest nicht für ihn.
Denn mochte er auch aus den Augen des fernen Londons gesehen, sich nicht falsch verhalten ha-

ben. So besaßen die hohen Lords in der Heimat nicht sein Herz.
Und dieses schrie.
Es schrie und weinte, brüllte ihn an, beschimpfte ihn und wünschte ihn zur Hölle!
Auf das er in allen Fegefeuern und im tiefsten Sündenring auf ewig brenne und selbst am Tag der Offenbarung keine Gnade fände!
Denn wenn es nach seinem Herzen ging, so hatte er mehr als falsch gehandelt.
Er hatte die wehrlosen Frauen und Kinder zurückgelassen.
Nur wenige Regimenter der Infanterie zu ihrem Schutz gegen rachsüchtige, gottlose, spanische Partisanen.
Und zu allem Übel: Er hatte die Frau verlassen, die er liebte. Der er versprochen hatte, er würde sie immer beschützen und über sie wachen.
„ Wirst du mein Wächter sein, mein Löwe?!"
„ Julia.", wimmerte er und Tränen quollen unter seinen bebenden Augenlidern hervor.
Er war froh, dass ihn in diesem Moment niemand sah oder hörte.
Allein Copenhagen klappte lauschend ein Ohr nach hinten und ließ ein brummelndes Schnauben hören.
Der Hengst zog fordernd am Zügel und stampfte mit dem Vorderhuf auf.
Er wiederholte das wieder und wieder, jedes Mal ein wenig drängender.
Dabei wurde sein Wiehern immer lauter und er

warf den Kopf hoch.
Der Ruf eines Falken antwortete ihm und hoch oben am Himmel, weit über ihren Köpfen, zog Picard seine Kreise.
Im selben Augenblick reckte sich in Wellingtons Innern stolz ein Entschluss auf, wie ein brüllender Löwe!
Er wandte Copenhagen eilig um die Hand und ohne zu Zögern stieß er ihm energisch die Fersen in die Flanken.
„Lauf, Junge!", rief er ihm dabei anfeuernd zu und gab ihm sofort den Kopf frei.
Der Hengst verlagerte wiehernd sein Gewicht auf die Hinterbeine, zog die Vorderläufe an den Bauch und schnellte vorwärts, gleich einem Pfeil, den man endlich von der Sehne ließ.
Sein rascher Hufschlag echote kühl von den schroffen Felsen wieder und sein Atem entwich hörbar seinen geweiteten Nüstern.
„Komm schon, Junge, weiter! Weiter! Na komm!", spornte Wellington ihn an und spürte, wie das Pferd sich unter ihm noch weiter streckte, einfach alles gab.
Um es ihm leichter zu machen und zu ermöglichen, noch schneller zu laufen, beugte der Herzog sich tiefer über den schweißnassen Hals des Hengstes und gab ihm so den Rücken frei.
Sein Reitermantel peitschte wie ein Banner hinter ihm und blähte sich stattlich auf.
Der Wind schien Copenhagen auf seinen Schwingen zu tragen, denn es dauerte nicht lange und

der große, dunkle Hengst kam in Sichtweite der ersten Wagen.

Er entdeckte die Maultiere von Rosy und das 33. Regiment hatte sich, wie Wellington an ihren Uniformen erkannte, um das Gefährt geschart.
Schnell brachte er sein Pferd auf einer Erhöhung zum Stehen und Copenhagen gehorchte augenblicklich, wie schnaubend.
Beiläufig fuhr er dem Hengst sanft über den Mähnenkamm.
Wenn er näher heranginge, so wusste er, würde nicht mehr Herr über sich Selbst sein – ganz gleich, was ihn da unten exakt erwartete.
Schwach trug der Wind das Weinen von verwundeten Frauen und einsamen Kindern an seine Ohren.
Mit dem Seufzen eines kriegsmüden, erschöpften Mannes ließ er das Kinn auf die Brust sinken.
Ein Schreckensbild lauerte also da unten. Wie immer.
Sein Verstand fragte: *Wie viele?! Wie schlimm?!*
Aber für sein Herz waren das nicht die entscheidenden Fragen, viel wichtiger war ihm Folgende:
War Julia unter ihnen?!?

„Da, Sir!", rief Smith plötzlich aus und wies auf einen Reiter, der sein Pferd auf einer Anhöhe zum Stehen brachte. Neben Harper kamen auch Alexander Gordon und Richard Storm herbei.
Die beiden Letzteren hoch zu Ross. „Lord Wellington.", entwich es dem Adjutanten mit fast kindlicher Freude, als habe der Sohn endlich seinen Vater in der Menge ausgemacht.
„Sie begleiten mich, Storm.", verlangte er in einem Tonfall, der verriet von wem er das Befehlen gelernt hatte.
„Ja, Sir.", grummelte Angesprochner mürrisch und gemeinsam ritten sie zu Seiner Lordschaft hinauf.
„Hast du gehört, Liebes? Sir Arthur ist da. Dein Liebster ist hier.", flüsterte Rosy Julia ermutigend zu und strich ihr unermüdlich liebevoll übers Haar.
„Jetzt wird alles wieder gut, mein Kind. Alles wird wieder gut."
Das 33.ste um Harper wechselte zweifelnde Blicke und stützte sich auf seine Musketen.
Indes gesellten sich auch Storms tapfere Grünjacken dazu.
„Wenn's doch nur so wäre, Rosy. Wenn's doch nur so wäre.", murmelte John, genannt „die Nachtigall" mit bedrücktem Seufzen und sah zur Anhöhe, wo sich die drei Reiter trafen.

Wellington erkannte mühelos den Rappen wieder, der da auf ihn zu preschte.
Sein zorniges Wiehern, ob seines neuen Herrn, hörte man schon meilenweit gegen den Wind. Ebenso leicht erkannte er den grimmigen Soldaten in der abgerissenen, grünen Uniform.
„Ist das Ihr Pferd, Storm?", fragte er ihn bei seinem Eintreffen dennoch.
„Jetzt schon, Sir.", erwiderte Storm und ein zufriedenes Grinsen erhellte seine sonst so düsteren Züge.
„Gewiss nicht, Sergeant Storm!", widersprach der junge Adjutant leidenschaftlich, wie empört, wobei Storm bloß darüber lächelte.
„Nur Männern von Stand ist das Reiten gestattet. *Echten Gentlemen*, Sir. Und Sie, Sergeant, sind gewiss weder vermögend, noch ein wahrer Gentleman, sondern ein Räuber und ein gewiefter Spitzbube! Damit ist dieses Tier Kriegsbeute und gebührt der Krone.", ereiferte sich Alexander weiter.
„Ruhig Blut, Mr. Gordon.", unterbrach Wellington seine aufgeheizte Rede und hob beschwichtigend und mit müder Miene die Hand.
„Das Pferd gehört ihm, wenn er es will. Er hat es sich ..."
Er wählte seine folgenden Worte mit Bedacht und sah Storm dabei an.
Der Soldat konnte einen Hauch von Anerkennung in den sonst so kühlen Augen seines Generals ausmachen.

Und etwas, das man als Dankbarkeit bezeichnen konnte.

„ ... redlich verdient und ehrlich gewonnen, wie mir scheint. Ist es nicht so, *Captain* Storm?!"

Ein Grinsen stahl sich auf das grimmige Gesicht des Herrn der Grünjacken.

„ Jawohl, Sir. Vielen Dank, Sir."

Damit war die Sache für Wellington erledigt und sein Blick fiel wie beiläufig auf die karge Landschaft unter ihnen.

„ Bringen Sie das in Ordnung, Alexander.", murrte er, als habe ein Kind das Zimmer nicht zu seiner Zufriedenheit aufgeräumt.

„ Und Storm? Sorgen Sie dafür, dass die Wagen wieder zur restlichen Kolonne finden. Wir haben schon genug Zeit eingebüßt. Nun ist Eile oberstes Gebot, verstanden?"

Er sah die beiden Männer forsch an.

„ Jawohl, Euer Gnaden!", erwiderte sein Adjutant artig und salutierte.

„ Sir.", antwortete Storm knapp, aber respektvoll. Mit diesen Aufgaben ließ Wellington sie allein und trabte wieder zu seiner übrigen Streitmacht im Tal zurück.

Er hatte sie gesehen, seine Julia, und sie schien, sofern man das auf die Entfernung sicher sagen konnte, unverletzt. Natürlich sehr verängstigt, aber nicht verwundet. Und sein Herz seufzte so tief, wie der Wind, welcher über die schroffe Gebirgskette säuselte. Aber wo der Wind heulte und klagte, summte sein Herz vor Erleichterung.

„Durch Liebe wird aus einem einfachen Geschenk ein Schatz."

Im Schutz des Tals hatten die Männer erneut ein Lager aufgeschlagen und alle kamen wieder einigermaßen zur Ruhe.
Nun, nicht alle. Denn jene, deren Frauen und Kinder tot oder verletzt aus den Bergen herab kamen, wurden von tiefem Groll vergiftet und von einer Trauer so schwer niedergedrückt, das es sich nicht beschreiben lässt.
Der Herzog hatte es nicht leicht mit seinem Heer in den nächsten Tagen, denn die Verzweifelten suchten ihr Heil darin, ihm die Schuld dafür anzuhängen.
Es war nicht direkt falsch, aber auch nicht völlig richtig.
Doch es war das Einzige, was ihrer tiefen Wut ein wenig Linderung verschaffte.
Also ließ Wellington mit scheinbar stoischer Gelassenheit zu, dass sie ihn hassten.
Er hörte sie in seinem Rücken fluchen und schimpfen, spürte die bösen, bitteren Blicke und die ungesagten Anklagen.
Andere hielten sich weit weniger zurück.
Sie schrien und brüllten ihn an, mussten von ihren Kameraden gebremst werden, damit sie sich nicht auf den vorbei reitenden Herzog und seinen Stab stürzten.
All das ertrug Wellington mit gewohnt eisiger Miene. Er hatte das verdient, denn in gewissem

Sinne *war* dieses Unglück seine Schuld.
Aber für die Frage nach der Schuld war eigentlich keine Zeit.
Mit der trauten Betriebsamkeit und der altvertrauten Strenge kümmerte sich Wellington um die Belange der Armee, hielt alles in Bewegung, damit die Trauer und Bestürzung seine Soldaten nicht erstarren ließ.
Und so herrschte alsbald wieder das rege Treiben und auch die Heiterkeit erhielt erstaunlicherweise nach mehreren Wochen wieder Einzug.
Einen großen Anteil daran hatte Lord Loxley, der mit seinem Falben beinahe jeden Tag die Trauernden besuchte und sich mühte, ihnen wieder ein Lachen aufs Gesicht zu zaubern.
Zuerst gelang ihm das bei den Kindern, schließlich auch bei deren Eltern.

Eines Morgens, Rosy, Mary und Julia saßen gerade beim Frühstück zusammen, erreichte sie Storm.
Voller Stolz zügelte er vor ihnen seinen Rappen.
Man hatte dem Tier das Blut aus Fell und Mähne gewaschen, sodass es wieder glänzte und schimmerte.
Inzwischen schien es sich auch an seinen neuen Herrn gewöhnt zu haben, denn es protestierte nicht mehr gegen dessen Befehle.
„ Morgen.", grüßte er knapp in die Runde und nickte den Frauen zu, welche ihn ihrerseits grüßten.

„Was gibt es denn, Richard?", wollte Rosy wissen.
„Haben Sie vielleicht Hunger? Wir haben genug, Sie können gerne mitessen.", bot Mary lächelnd an und hob ihm einen Teller mit duftendem Rührei entgegen.
„Nein danke, Ma'am.", wehrte der Soldat mit dem Hauch eines Lächelns ab.
„Aber das ist sehr freundlich von Ihnen. Ich bin wegen Ihnen hier, Ma'am."
Dabei fiel sein Blick auf Julia.
„Ach ja?! Um was geht es?", hakte sie verwundert nach und ließ den Becher sinken, aus dem sie gerade getrunken hatte.
„Wellington will Sie sehen, Ma'am. Sofort und augenblicklich."
Nur mühsam unterdrückte Julia ihr glückliches Lächeln und Rosy und Mary warfen sich wissende, wie amüsierte Blicke zu.
„Geben Sie mir einen Moment, Captain Storm, ja?", bat Julia, da fiel ihr der Soldat ins Wort.
„Meine Pflicht ist woanders, Ma'am. Sie werden wohl *allein* gehen müssen.", brummte er und betrachtete sie eindringlich.
Sie verstand den Wink und nickte.
„Und wo ist er im Augenblick?!", fragte sie, erntete aber nur ein leises Lachen seinerseits.
„Sie werden ihn schon finden, Ma'am.", meinte Storm amüsiert und schon trabte er nach einem knappen Nicken wieder davon.

Tatsächlich brauchte Julia nicht lange, um dem Eisernen Herzog zu begegnen.
Sie fand ihn und sein Pferd auf einer weiten Lichtung, jenseits des Wäldchens in dem sich ihr Lager verbarg.
Er wartete bis sie kurz vor ihm war, dann kam er ihr entgegen und schloss sie in die Arme.
Julia entfuhr ein scharfes Zischen und sie verzog unter Schmerzen das Gesicht, als er unbewusst an ihre Prellungen kam.
Arthur bemerkte es und zog erschrocken die Hände zurück.
„ Was hast du, mein Stern? Bist du verletzt?!", fragte er bestürzt und musterte sie eingehend, suchte sie nach Wunden ab.
„ Ach, das ist nichts. Nur ... nur ein paar Prellungen. Die gehen wieder weg.", spielte sie es herunter, doch als sie wieder in seine Augen sah, erkannte sie Sorge und gedämmten Zorn.
„ Hat dich einer der Soldaten angefasst?! Etwa Rover? Hat dieser räudige Köter dich geschlagen, Julia?", hakte er grollend nach.
Ohne Zweifel schien er bereit, dem Schuldigen eigenhändig den Hals umzudrehen. Wenn nicht sogar Schlimmeres.
Ein Teil von ihr erschreckte sich, der Andere fand es unfassbar anziehend.
„ Nein, Arthur. Beruhige dich, Liebster! Keiner hat mich angerührt. Wirklich nicht! Das ist nur während ... der Flucht passiert. Ich habe einfach nicht aufgepasst und der Wagen hat so gepoltert. Das

ist alles. Keine Sorge, mein Liebling, das geht vorbei.", redete sie besänftigend auf ihn ein und ihre Hände fuhren unablässig über seine Brust und seine Schultern, ehe sie die Arme um ihn schlang und ihn an sich zog.
„ Und jetzt komm her, mein mürrischer Löwe."
Sie lächelte in den Kuss hinein und zerging und erblühte gleichermaßen seufzend in seiner Zuwendung, wobei er bemüht war, ihre Hüftpartie zu meiden und sich mehr auf ihre Schultern konzentrierte.
Eine Weile standen sie so da und Copenhagen graste ungerührt weiter.
Snow war bei Rosy und Mary geblieben, da das Reiten für Julia im Moment noch zu große Schmerzen bedeutete.
Arthur entschuldigte sich mehrmals bei seiner Liebsten, beteuerte, wie sehr er sich dafür schäme, sie zurückgelassen zu haben.
„ Ich habe mein Wort gebrochen!"
Er sagte das mit einer solch abgrundtiefen Bitterkeit und einem Selbsthass, dass es Julia schauderte.
„ Doch ich schwöre bei Gott und meine Ehre, dass das nie mehr vorkommen wird! Nie wieder!", leistete er voller Entschlossenheit einen Eid.
„ Ich hatte solche Angst um dich, mo leannan.", wisperte er leise und nahm ihr Gesicht in seine Hände, um jeden Zentimeter ihrer Haut mit weichen Küssen zu bedecken.
„ Du bist zurückgekommen. Und nur das zählt für

mich! Du hast getan, was ein Heerführer tun musste, auch wenn es grausam wirken mag. Aber du bist zu mir zurückgekommen, Arthur.", flüsterte Julia gerührt und ihr Herz begann zu rasen, als sie ihn liebevoll lächeln sah.

„ Ich habe meine Herde verlassen, um nach meinem verlorenen Lämmchen zu suchen. Ganz, wie es sich gehört."

Er küsste sie wieder, ehe er mit großem Ernst von ihr zurücktrat und nach Copenhagen rief.

Der große, dunkle Hengst hob sogleich aufmerksam den Kopf und kam schnaubend an die Seite seines Herrn.

„ Wenn dir etwas zugestoßen wäre, Julia ... ich hätte mir das nie verzeihen können! Glaube mir, wenn ich dir sage, dass ich mich lieber von meinem Adjutanten hätte erschießen oder aufknüpfen lassen, als dich in diesem Moment allein zu lassen. Doch ich habe es getan, da ich der Pflicht in diesem Augenblick den Vorzug gab. Ich weiß, dass es unverzeihlich ist und ich hege keinen Groll, wenn du mich ab heute nie wiedersehen willst. Aber bevor du mich zur Hölle jagst ..."

Er wandte sich seinem Pferd zu und holte aus der Satteltasche einen kleinen, dunkelblauen Lederbeutel hervor.

Ein großes $\mathcal{W}$ war golden darin eingestickt.

„ ... will ich noch, dass du etwas bekommst. Egal, wie du dich entscheidest, es gehört dir!"

Neugierig beobachtete Julia, wie Arthur den Beutel aufzog und etwas daraus hervorholte.

Zum Vorschein kam eine herrliche Kette, die in der Sonne blitzte.
Sie war aus roten Gliedern geschlagen und ihr Anhänger war ein großer, roter Löwe, der sich brüllend und mit erhobener Vorderpranke präsentierte.
Seine Augen bestanden aus wertvollen Rubinen, die stolz zu funkeln schienen.
Er hielt sie ihr hin und Julia betrachtete das Schmuckstück staunend, wog den prächtigen Löwen bewundernd in den Fingern.
„ Oh Arthur! Die ist wunderschön!", hauchte sie ergriffen. „ Mein Vater hat sie meiner Mutter am Tag ihrer Hochzeit geschenkt. Er starb sehr früh und alles, was mir von ihm blieb, war eben diese Kette, welche Mutter mir bei seiner Beerdigung überreichte.", erklärte er und im Laufe seiner Rede kamen mehr und mehr die Gefühle in ihm hoch.

Es ist ein kalter Tag in Dublin als man den Earl of Mornington zu Grabe trägt.
Vereinzelt bricht die Sonne durch die dichte Wolkendecke, der erwartete Regen bleibt zum Glück aus.
Nur Wenige sind gekommen. Die Familie Wellesley war zwar bekannt, aber genoss nicht gerade große Beliebtheit unter den übrigen Adligen.
Alle Gäste halten sich fern von der verschleierten Frau in Schwarz, die mit ihren Söhnen nahe des gähnenden Lochs steht in welchem ihr verstorbener

Gemahl die letzte Ruhe finden soll.
Ein mächtiges, keltisches Kreuz ragt am Kopfende in den Himmel.
Noch ist es frei von Moos, unberührt von Wind und Wetter. Aber bald wird es die Spuren der Natur tragen, verwittern und doch die Jahrzehnte, wenn nicht sogar Jahrhunderte überdauern. Genauso wie die übrigen Kreuze um sie herum.
Der älteste Sohn des Earls und damit sein Nachfolger in Rang und Namen, trägt den Verlust des Vaters mit der gebührenden Fassung.
Er ist 21 Jahre alt, der Stolz der Familie und gleicht dem 1.Earl bis aufs Haar.
Neben ihm steht seine junge, hübsche Ehefrau. Sie zeigt die vertrauten Signale einer baldigen Geburt. Die Nachfolge ist also sicher.
Der Jüngere, Arthur, ist erst 12. Zitternd steht der hagere Junge mit der Adlernase neben seiner Mutter, umarmt sie fest und seine ozeanblauen Augen schwimmen in Tränen.
Raben rufen düstere Prophezeiungen aus, so scheint es, indes die Wellen sich an den scharfen Klippen brechen, auf denen der Friedhof thront.
Die zwei großen, schwarzen Pferde, welche den Leichenwagen des Vaters gezogen haben, schnauben und stampfen mit den Vorderhufen.
Eines der Tiere wiehert und sieht den kleinen Sohn des Toten für einen Moment direkt an.
Dieser vergräbt so gleich das Gesicht in den Röcken seiner Mutter und weint bitterlich.
Die Gäste empfinden dieses Verhalten als unge-

bührlich, sehen lieber auf Richard, den Älteren, der ja so stark und tapfer und außerdem schon verheiratet und bald Vater ist.

Allein die Mutter streicht ihrem weinenden Kleinen liebevoll über den Rücken.

„Ich bin hier, Arthur, mein Liebling. Es ist in Ordnung, Schatz. Alles wird wieder gut.", hört der Junge sie flüstern und erkennt an ihrer Stimme, dass auch sie Tränen vergießt.

Die Gäste entfernen sich und auch Richard führt seine Frau weg vom Grab, hin zur Kutsche, um sie nachhause zu fahren.

Nur die Witwe und ihr kleiner Sohn bleiben.

Doch auch sie machen sich nach einer Weile auf den Rückweg.

„Arthur. Du musst mir etwas versprechen, mein Sohn.", bittet die Mutter ihren Jüngsten plötzlich und hält ihn auf.

Der einzige Schmuck, den die Witwe des 1. Earls of Mornington trägt, ist die rote Löwenhalskette.

Die Rubinaugen des Anhängers funkeln in der Sonne als sie die Kette abnimmt und sie ihrem Sohn gibt.

Erst will Arthur sie entsetzt zurückgeben, doch seine Mutter schließt entschieden seine Finger darum. Der rote Löwe ruht kühl und schwer auf seiner Haut, scheint ihm Kraft zu verleihen.

„Ich will, dass du ihn behältst, mein Junge. Und solltest du eines Tages eine Frau heiraten, die du wirklich liebst, so schenke ihr dies. Auf das dein Vater und ich auf deine künftige Familie aufpassen

können, wenn wir schon lange nicht mehr bei dir und deinem Bruder sind."
„ Aber Mutter -!", fängt der Junge mit großen Augen an.
„ Versprich es mir, Arthur! Bitte, du musst es mir versprechen, ja?", fleht seine Mutter ihn an und nimmt ihn dabei an den Schultern.
Ihre rot geweinten, blauen Augen füllen sich erneut mit Tränen.
Er kann trotz des Schleiers sehen, wie sie ihre Wangen herunter laufen.
„ Ich verspreche es, Mutter. Nein, ich schwöre es dir!", spricht der Kleine feierlich und umfasst das Schmuckstück fester.
Das erleichterte Lachen seiner Mutter wärmt sein junges Herz und sie umarmt ihren jüngeren Sohn, küsst ihn auf die Stirn.
„ Guter Junge, ach mein lieber Junge!", lobt sie ihn zärtlich.
„ Ich hab dich lieb, Arthur.", spricht sie noch und streichelt ihm liebevoll über die Wange, ehe sie sich zur wartenden Kutsche aufmacht.
Ihr Blick ist so voller Liebe, dass der Junge es gar nicht zu fassen vermag.
Die dunkelblaue Kutsche der Familie ziert ein goldenes W und die beiden vorgespannten Pferde harren geduldig der Ankunft ihrer Herrin und ihrem Kind.
„ Wo ist Vater jetzt, Mutter?", fragt Arthur beim Einsteigen.
„ Bei Gott und den Sternen, mein Schatz.", erwidert

seine Mutter und schaut dabei aus dem Fenster. Wo Raben krächzen, Möwen schreien und die Wellen an schroffen Klippen brechen.
„ Bei Gott und den Sternen."
Der Kutscher lässt die Peitsche knallen und die Schimmel ziehen an. Schnell bringen sie die Familie weit fort von diesem Ort und zurück zum Herrenhaus. Aber der kleine Arthur Wellesley, der junge Herr, nimmt dennoch etwas mit sich, tief in seinem Herzen.
Ein Versprechen.

„ Und ich habe es versucht, Julia. Bei Gott, ich habe es versucht! Als ich ... als ich Kitty, ich meine Lady Catherine heiratete, da wollte ich ihr das Erbe meiner Familie überreichen."
Arthurs Blick und Stimme wirkten entrückt, ganz in Erinnerungen versunken.
Niemals zuvor hatte soviel Emotion das Gesicht des Herzogs beherrscht. Und würde es auch nie wieder.
„ Ich hatte es fest vor. So fest vor. Ich trug die Kette in der Brusttasche bei mir. Aber ... aber als sie da vor mir stand ... ganz in Weiß und Silber ..."
Er schüttelte den Kopf, immer noch verwirrt oder unschlüssig ob der damaligen Situation.
„ Da konnte ich es nicht. Ich hatte das Schmuckstück schon in Händen, war willens, es ihr zu überreichen. Aber ... ich konnte es einfach nicht."
Sein Tonfall hatte etwas Endgültiges. Doch es lag

keinerlei Reue darin, nur Unverständnis, da er sich sein Verhalten nicht erklären konnte.

„Als schien mein Herz gewusst zu haben, dass sie nicht die Richtige ist.", murmelte er nachdenklich und sein Augenmerk lag auf Julia, die ihn gerührt betrachtete.

„Doch jetzt sagt es mir, dass es Zeit ist. Wobei ..." Seine Augen funkelten und ein Hauch von Furcht lag in ihnen.

„Vielleicht ist es auch schon zu spät?!"

Zur Antwort legte sie die Arme um seinen Hals, gab ihm ihr glücklichstes Lächeln und hauchte einen Kuss auf seine Wangen, dann auf seine Lippen.

„Dein Herz hat Recht. Du solltest ihm vertrauen.", riet sie ihm leise und schmiegte sich an ihn.

Copenhagen ließ ein Wiehern hören, dass wie ein überraschtes, freudiges Lachen klang.

„Du vergibst mir? Nach all dem?!", fragte er verblüfft und hob die Augenbraue.

„Wieso?"

Wieder ein Lächeln.

„Weil ich dich liebe, du charmanter Tor.", lautete ihre Antwort und sie küsste seine Nasenspitze.

Julia drehte sich um und nahm ihr Haar mit einer Hand zurück, damit er ihr das Kleinod umlegen konnte.

Ein Schauer fuhr über ihren Rücken, kaum das der Anhänger beruhigend kühl auf ihrer warmen Haut lag und die feinen, roten Glieder des Schmuckstücks ihren Hals umfassten.

>*Sei ohne Furcht.*<, schien es zu flüstern und in Julias Vorstellung besaß es die Stimmen von Arthurs Eltern.
> *Habe das Herz einer Löwin.* <
Freudestrahlend drehte sie sich wieder Arthur zu und ließ dabei ihr langes Haar über den Rücken fallen.
Die Rubinaugen des Löwen funkelten im Sonnenlicht.
Sie las den Stolz in Arthurs Blick und fiel ihm um den Hals, was er mit gleicher Intensität erwiderte.
Es bedurfte keiner Worte in diesem Moment.
„ Nun können es alle sehen. Meine Liebe.", murmelte er nach einer Weile gegen ihr Haar, berauscht von ihrem Duft.
„ Aber ist das nicht gefährlich, Arthur?", fragte Julia mit einer plötzlichen Angst befallen.
„ Möglicherweise. Jedoch nicht, wenn es alle erfahren.", erwiderte er.
„ Du willst es ihnen sagen? Allen?!"
Sie erinnerte sich an Gates. Seine Drohung. Sein Zorn würde schrecklich sein!
„ Keine Heimlichkeit mehr. Kein Verbergen. Kein Verstecken. Keine Angst. Wir könnten zusammen sein. Ganz offiziell.", redete er sanft auf sie ein und wog sie in seinen Armen, als könne er sie damit von ihren Bedenken befreien.
„ Natürlich wird es Gegenstimmen geben. Neider und andere widerliche Menschen. Aber ich fürchte sie nicht, mein Stern. Keinen von ihnen! Sie sind es eher, die *mich* zu fürchten haben."

Julias Finger spielten mit dem Löwenanhänger und plötzlich überkam sie neuer Mut.
„ Dann sei es, mein Löwe. Wenn du tapfer bist, dann bin ich es auch.", meinte sie entschieden und sah zu ihm auf.
In seinen Armen kannte sie keine Furcht. Bei ihm war sie sicher – sogar vor Napoleon persönlich! Und gemeinsam würden sie auch diese Hürde schaffen, dessen war sie sicher. Auch wenn es gewiss nicht einfach werden würde.
Besonders, wenn sie an Gates dachte.
Aber ihr Entschluss war gefallen und für Arthur würde sie dieses Risiko eingehen.

Hufschlag erklang und ein Reiter brach im pfeilschnellen Trab aus dem Unterholz.
„ Euer Lordschaft! Euer Lordschaft.", rief der Kurier und schwenkte ein mit Wachs versiegeltes Schreiben.
Zuerst wollte Julia vor Arthur zurückweichen, Abstand schaffen, doch er hielt sie an den Handgelenken auf.
„ Nicht! Lass` es ihn sehen. Lass` es ihn sehen!", raunte er ihr mit milder Strenge zu und hob den Blick.
Der Bote brachte sein Pferd rasch vor ihm zum Stehen, reichte die Nachricht und nickte Julia beiläufig zu.
Für die Dauer eines Herzschlags blieben seine Augen überrascht an dem roten Löwen hängen.

Dann entließ Wellington ihn mit einem Nicken und der Botenreiter preschte wieder genauso schnell fort, wie er gekommen war.
Kurz zuckten die stechenden, blauen Augen des Herzogs über das Schreiben, ehe er es mit einem zornigen Laut zerriss.
„Was ist los?", fragte Julia, obwohl ihr unbewusst klar war, dass er es ihr nicht sagen würde.
„Gar nichts, mein Stern. Gar nichts.", winkte er ab, schwang sich aber auf Copenhagens Rücken.
Der große, dunkle Hengst hörte auf zu grasen und lauschte auf die Stimme seines Herrn.
„Bald wird ein Stabstreffen einberufen. Ich werde dich holen lassen.", meinte er knapp und gab seinem Pferd die Fersen.
Sogleich galoppierte der Hengst mit einem Wiehern davon.
Das Trommeln seiner Hufe wurde immer leiser und der Wald verschluckte Ross und Reiter schnell.
Julia machte sich wohl oder übel allein auf den Weg zurück zu Rosy.

„Stelle dich deiner Angst. So kannst du sie überwinden."

Man ließ ihr keine Zeit zum Schreien. Mit einem Mal wurde Julia von hinten gepackt und in eines der Zelte gezerrt!
Dort stieß der Angreifer sie von sich, sodass sie gegen eine Pritsche taumelte, und kam dräuend auf sie zu.
„Was haben Sie getan?!?", fauchte Gates aufgebracht und seine Stimme wurde gegen Ende immer lauter.
Picard hockte auf seiner Stange und seine schrillen Rufe fraßen sich beißend in Julias Ohren.
Der Falke schien genauso erzürnt, wie sein Herr.
Hektisch wich Julia immer weiter vor dem Medicus zurück, der mit jedem Schritt einen Deut gefährlicher wirkte. Als könne er sie jeden Moment in Stück reißen – und *so* unwahrscheinlich war das gar nicht.
„Ich hatte Sie gewarnt, Mrs. Green! Ich hatte Ihnen gesagt, was Ihr Handeln alles verändern würde. Nun, Sie hatten bisher Glück, verdammtes Glück. Aber damit ist jetzt Schluss!"
Eine Aura der Macht umgab ihn und ließ das Ende der Welt dagegen erscheinen wie eine Karnevalsveranstaltung.

„Nein, Doktor. Bitte! ... Ich ...", stammelte Julia und spürte, wie eine gewaltige Macht ihr die Kehle zu schnürte.
Die Zeit.
Sie wollte schreien, um Hilfe rufen. Aber ihr entwich nur ein Röcheln und heiseres Krächzen.
„Genug!", knurrte der Medicus und der sandfarbene Falke nahm auf seiner Schulter Platz. Er kraulte den Vogel unter dem Schnabel.
„Genug all der Lügen. Genug all der Fehler!"
Sein vernichtender Blick traf sie und kalter Angstschweiß bedeckte ihren Körper.
„Ich gab Ihnen eine Chance. Die Erste seit über Hunderten von Jahren – doch Sie haben mich enttäuscht, Mrs. Green. Sie haben sich nicht an die Regeln gehalten."
Seine Bernstein-Augen verengten sich zu Schlitzen und er legte den Kopf schief.
Julia blieb fast das Herz stehen, da sie fühlte, wie gewaltige Urkräfte an ihr rissen.
Die selben Kräfte, die sie auch ins 19. Jahrhundert befördert hatten.
Nur waren sie *jetzt* hier, um sie wieder fort zu holen!
„Aber jetzt wird diese Scharte wieder ausgewetzt, die Schuld beglichen und das Kapitel neu geschrieben! Sie werden gehen, Mrs. Julia Green.", zischte Gates finster und trat einen Schritt von ihr zurück.
„Und wenn Sie Glück haben, werden Sie das hier überleben. Wenn nicht ..."

Er ließ den Satz unheilvoll ausklingen und grinste dünn.
Aber bevor Julia endgültig die Sinne entglitten, fasste er sie nochmal an den Schulter, rüttelte sie etwas und sie hob flatternd die Augenlider.
„ Sie bedrohen die Geschichte, Mrs. Green. Das kann ich nicht zulassen! Denn ich bewache die Vergangenheit, um die Zukunft zu beschützen."
Picards scharfer Ruf erklang und der Falke stieß sich ab, wollte Julia mit seiner übermächtigen Präsenz den letzten Stoß versetzen.
Da flammte in ihrer beider Geist das gleiche Bild auf:
Ein großer, roter Löwe. Er brüllt, spannt die Muskeln – und springt!
Julia hörte Gates vor Wut, wie körperlichem Schmerz schreien.
Als sie erschrocken die Augen aufriss, fand sie sich immer noch im Zelt des Arztes.
Den Medicus selbst hatte es nach hinten gerissen und von den Füßen geholt.
Auch Picard prallte mit geplagtem Schrei von ihr zurück und floh gar ins Freie!
Entgeistert ruhte der Blick des Herrn der Zeit auf Julia, mehr auf der Kette, die sie um den Hals trug.
„ Arthur! ... Wie? Wie ist das möglich?!", hörte sie ihn flüstern.
Julia sah ihre Chance und ergriff sie ohne Zögern. Tränenblind und zitternd stürzte sie aus dem Zelt, hinaus in den Sonnenschein.
Gates blieb verständnislos und besiegt zurück.

Draußen lief sie Harper und Smith geradewegs in die Arme.

„Ah, hier sind Sie, Madam! Wir haben Sie überall gesucht. Storm wälzt schon das halbe Lager nach Ihnen um. Kein schöner Anblick, Madam, das können Sie mir glauben.", rief der junge Private fröhlich und lachte.

„Wow, wow, wow. Alles gut, Miss?", fragte sein Sergeant besorgt, dem Julias gehetzte Miene auffiel.

„Wie? Jaja, alles gut, Mr. Harper. Ich bin nur etwas ... aufgewühlt, sonst nichts.", antwortete sie halbherzig und betete, dass er diese halbe Lüge schluckte. Da bemerkte Smith die Kette um ihren Hals. „Die ist ja prachtvoll, Madam! Bestimmt ein Vermögen wert. Oder, Sir?", wandte er sich an den hünenhaften Iren, der ihn tadelnd anstieß.

„Klappe, Smittie. Und hör` auf, der Dame so auf die Brust zu starren! Das tut ein Gentleman nicht.", murrte Harper und Smith zog reuend den Kopf ein.

„Tut mir leid, Sir."

„Entschuldige dich nicht bei mir, sondern bei der Lady – und zwar *anständig!* Aber zackig.", forderte der Sergeant und der Soldat kam dem sofort nach.

„Bitte um Verzeihung, Madam. Das war äußerst ungehörig von mir."

Doch Julia bekam seine Worte nicht mit, zu sehr hingen ihre Gedanken bei Gates. Eilig versuchte sie soviel Abstand wie möglich zwischen sich und das Zelt des Medicus zu bringen.

Ihre beiden Beschützer trabten ihr hinterher.

„ Ist wirklich alles gut, Miss?", erkundigte sich Harper erneut und musterte sie eindringlich von der Seite.

Sie überging die Frage und beschleunigte stattdessen ihre Schritte.

„ Ist ein Geschenk von Lord Langnase, oder?", lenkte der Ire sacht wieder das Thema auf die Kette.

Julia nickte nur und lief, ohne recht zu wissen, wohin eigentlich.

„ Ist sehr hübsch. Sehr wertvoll. Meint es wohl ernst mit Ihnen, hm, Miss?"

„ Männer wie der Herzog schenken Damen nur so außergewöhnliche Dinge, wenn sie ehrbare und ernste Absichten verfolgen, Madam.", fügte Smith erklärend hinzu.

„ Oder sie haben es dringend nötig, dass sie mal wieder ein Mädel flachlegen.", brummte Harper achselzuckend.

Nun war er es, der den Ellenbogen seines Privates in die Rippen bekam.

„ Was selbstverständlich nicht auf den General zutrifft.", beeilte der Hüne sich zu versichern und räusperte sich.

„ Schließlich ist Lord Wellington Herr seiner Leidenschaften."

„ Und genau wegen diesem verdammten Herrn der Leidenschaften reite ich mir schon seit ′ner Stunde den Arsch blutig!", murrte da eine vertraute, grimmige Stimme.

Storm erschien auf seinem Rappen und behielt das Tier mühelos mit einer Hand unter Kontrolle.
„Wo, zur Hölle, sind Sie gewesen, Frau?!", blaffte er und rieb sich das schmerzende Gesäß.
Er war Infanterist. Lange Märsche machten ihm nichts aus, aber längere Zeit im Sattel war offenbar seine persönliche Hölle.
„Das geht Sie einen Scheiß an, Storm.", fauchte Julia erregt, da immer noch Furcht durch ihre Adern pumpte, die sich jetzt als Wut entlud.
Seine harten Augen wurden schmal und er presste die Lippen aufeinander.
Harper und Smith tasteten vorsichtshalber nach ihren Gewehren.
„Bei Gott, Sie können froh sein, dass Wellington so einen Narren an Ihnen gefressen hat, sonst würde ich Ihnen mal Manieren einbläuen, Sie Hexe!"
„Tz, wie damals bei Ben? Dem Jungen, den Sie beinahe vor meinen Augen totgeschlagen hätten?!", rief Julia ihm das Geschehene in Erinnerung, doch ehe der Captain vor Wut platzen konnte, fuhr sie schnippisch fort.
„Was wollen Sie hier überhaupt, Storm?!"
„Der alte Naseweis hat den Stab einberufen. Er hat mich geschickt, damit ich Ihnen sage, dass Sie gefälligst dort auftauchen sollen. Also schwingen Sie Ihren hübschen Hintern da hin! Guten Tag, Ma´am."
Damit riss der Captain sein Pferd herum und spornte das Tier zur Eile.

„ Na los, Biest, beweg´ dich! Mach schon, Biest!",
sprach er zu dem Hengst und schnalzte.
Scheinbar hatte er beschlossen, sein Reittier
„Biest" zu taufen.
Der Rappe gehorchte widerspruchslos und trabte
mit seinem wutschäumenden Herrn davon.
Alsbald hatte das rege Lagerleben Ross und Reiter
verschluckt.
Julia spürte die bewundernden, anerkennenden
Seitenblicke ihrer zwei Begleiter.
„ Was?", fauchte sie und sah sie forschend an, dabei die Hände an den Hüften.
„ Gar nichts, Miss. Es ist nur das … naja, Sie haben gerade *den Sturm* überlebt.", erwiderte Harper mit großen Augen.
Auch Smith war voller Respekt für sie.
„ Wie haben Sie das gemacht, Madam?", wollte er wissen und musterte sie erwartungsvoll.
Julias Finger spielten mit dem kühlen Anhänger und sie betrachtete die blitzenden, roten Edelsteinaugen darin.
„ Mit einem Löwenherz.", antwortete sie leise und ein Lächeln erhellte ihre Züge. Die Angst wich nun zusehends dem Mut.
„ Kommen Sie, Gentlemen. Ich hörte, es sei unklug, den General warten zu lassen."
Sie lachte befreit und lief den Beiden voraus.

Im Kommandozelt scharten sich bereits die Offiziere und Adjutanten um den Tisch des Herzogs. Auf dessen Fläche breitete sich eine große Landkarte aus, welche mit vielen Strichen, Farben und kleinen Fähnchen die Positionen und Bewegungen von Freund, wie Feind dokumentierte.
Es war Alexander Gordon, der junge, blonde Adjutant Seiner Lordschaft, der Julia am Eingang empfing und nun mit einem Räuspern ankündigte.
Die Männer sahen auf. In vielen Gesichtern las man Überraschung.
Nur bei Loxley und Uxbrigde war sie freundlicher Natur.
Wellingtons blaue Augen blieben ausdruckslos und der Rest wirkte verärgert bis irritiert.
Georg Graham war nirgends zu sehen.
Offenbar nutzte er die Zeit, um in Marys Gesellschaft zu sein.
„ Wir sind vollzählig. Gut.", bemerkte der Herzog ruhig und wollte sich wieder der Karte zu wenden, indes Julia in Begleitung von Gordon an den Tisch trat.
Aber einer der Offiziere, Major Bucket, begehrte auf.
Er war ein Mann mittleren Alters, dessen Gesicht schnell rot wurde, wenn er in Zorn geriet. Nun konnte man fast die Befürchtung haben, ihm würde der Kopf platzen.
„ Ich bitte untertänigst um Verzeihung und bei allem nötigsten Respekt, Sir, aber ich muss Ihnen widersprechen. Sie sagten, wir würden ein neues

Stabsmitglied empfangen. Keine Dirne!", ereiferte er sich und wies dabei auf Julia. Bevor irgendjemand etwas sagen oder tun konnte, sprang Alexander Gordon vor. Der junge Mann zitterte und konnte sich nur schwer beherrschen, obwohl Julia ihm ansah, dass er sich bemühte, Wellington in Haltung und Gestik nachzuahmen.
„ Sie *ist* das neue Stabsmitglied, Sir. Und ich muss Sie nun darum ersuchen, sich bei der Dame zu entschuldigen. *Sofort!*"
„ Dieses Frauenzimmer?! Ein *offizielles Stabsmitglied?!*"
Major Bucket stieß ein prustendes Hohngelächter aus und warf die Arme in die Luft.
„ Auf wessen Befehl?", wollte er hochmütig wissen.
„ Lord Wellingtons, Sir. Höchstpersönlich.", erwiderte Gordon kühl und ballte die Hände zu Fäusten. „ Also: Entschuldigen Sie sich, Sir."
Der Adjutant schien bereit zu sein, sich mit allen Anwesenden zu prügeln, nur um den Standpunkt und die Ansichten seines Idols zu verteidigen.
Da fühlte er eine Hand beruhigend auf seiner Schulter. Die feine, schlanke Hand einer Frau.
„ Ist schon in Ordnung, Mr. Gordon. Major Bucket vertritt bloß seine Ansichten. Das kann ihm niemand übel nehmen. Nicht wahr, Major?", wandte Julia sich in sanftem Tonfall an den krebsroten Mann.
Gordon und auch einige andere Männer waren in diesem Moment völlig befangen von ihr.
Sie strahlte eine Ruhe und stille Würde aus, als sei

sie eine Königin.
Sie glich in ihrem Auftreten dem Herzog, nur weniger schroff und abweisend.
Nicht kühl, sondern mild. Gnädig und tugendhaft.
Dem Major versagte vor Empörung einen Moment die Sprache und Gordon nickte ergeben.
„ Ganz wie Sie wünschen, Mylady.", sprach er und Julia zog, ob der hohen Anrede, verwundert die Brauen zusammen.
„ Mylady?"
„ Nun, Sie … S-Sie sind doch …", begann der Adjutant stammelnd, da er fürchtete, ihm sei im Beisein seines Helden ein Fehler unterlaufen.
Julia verstand und schenkte dem jungen Mann ein Lächeln.
„ Oh! Da muss ich Sie enttäuschen, Mr. Gordon. Das bin ich nicht. Mrs. Green genügt völlig. Oder Julia, wenn Sie wollen."
Nun war Gordon endgültig hilflos.
„ A-aber… der rote Löwe! Ich … ich dachte …", stammelte er und wies auf das Schmuckstück.
Julia lächelte ungerührt weiter. Irgendwie fand sie Gefallen an dem jungen Mann, er war ihr sympathisch.
Auch den übrigen Männern schien nun das Kleinod an ihrem Hals aufzufallen.
Lord Loxley lächelte sie freudig an und als ihre Blicke sich trafen nickte er anerkennend oder lobend, Julia konnte es schwer sagen.
Der Rest brach in protestierendes, verwirrtes Gemurmel aus.

„ Sir?!", wandte sich Uxbrigde gedehnt und hinter zusammen gebissenen Zähnen an Wellington, als wollte er es nur von ihm glauben – und betete wahrscheinlich darum, dass der Herzog es abstritt.
Dieser blieb ruhig, bewegte sich kein Stück und machte auch keinerlei Anstalten, in das Treiben einzugreifen.
Von seiner Miene ließ sich wie üblich nichts ablesen.
Mit einem kaum merklichen Nicken bat er Gordon darum, Julia neben ihn zu führen.
Der Adjutant gehorchte sogleich und ergeben, wie ein Schosshund.
„ Ich hatte Gerüchte gehört ...", fing einer der Offiziere gerade an, als Wellington die Stimme erhob und damit alle zum Schweigen brachte.
„ Meine Herren, Sie reden über Gerüchte, die gar keine sind. Können wir nun also mit unserem eigentlichen Anliegen fortfahren?"
Es war keine wirkliche Frage. War es bei ihm nie.
Uxbrigdes entgeisterter Blick traf ihn beinahe sofort, Lord Loxley lachte laut, wie vergnügt und die übrigen Offiziere schienen am Rande der Bewusstlosigkeit zu sein, wenn man sich ihre fassungslosen Gesichter so ansah.
Dennoch gewann der Gehorsam und sie widmeten sich dem Thema der Truppenbewegungen und der bevorstehenden Schlacht.
„ Die Preußen wurden von Blücher in Marsch gesetzt, jetzt ist es an uns, es ihnen nachzutun.", meinte Wellington und ergriff das Fähnchen mit

dem preußischen Doppelkopf-Adler, um es auf die neue Position der Verbündeten zu schieben. Dabei beschrieb sein Handgriff den Weg der Armee.
Leise erläuterte Gordon Julia den Plan, was eigentlich unnötig war, da sie ihn ja schon aus den Geschichtsbüchern kannte. Aber sie wollte nicht unhöflich sein und hörte ihm deswegen zu.
Der Herzog und der Feldmarschall wussten, dass sie im Einzelfall Napoléon unterlegen waren. Ihre Stärke und einzige Hoffnung lag also im Zusammenhalt.
Deswegen hatten die Heerführer etwas veranlasst, dass für ihre Zeit etwas vollkommen Neues war:
Sie ließen ihre Armeen Seite an Seite marschieren. In so großem Gleichklang, wie es ihnen nur möglich war.
Wenn der Eine rastete, tat der Andere es auch. Wenn der Erste vorwärts ging, folgte ihm der Zweite auf dem Fuße.
Es galt, immer in der Nähe des Anderen zu bleiben, damit Blücher und Wellington sich ihm Ernstfall jederzeit und schnell zu Hilfe eilen konnten.
Wobei Blücher selbst dann dem Herzog zur Rettung eilen würde, wenn er nur zwei Bataillone zur Verfügung hätte, da war Julia sich sicher.
Sie hatte über den Feldmarschall fast genauso viel gelesen, wie über Wellington.
„ Aber, Sir, die Männer sind doch erst seit wenigen Wochen angekommen.", wagte Major Bucket einzuwerfen.

„ Sie können sie nicht sofort wieder losschicken."
„ Da haben Sie recht, Major. Ich *kann* nicht, sondern ich *muss*. Also bringen Sie die Männer auf Trab, Gentlemen!", erwiderte der Herzog und sah mit stechenden Augen unnachgiebig in die Runde. Einzig Uxbrigde hatte den Mut, seinem Oberbefehlshaber zu antworten.
„ Jawohl, Euer Gnaden."
Und allein diese drei Worte retteten die Situation, da Männer wie Bucket schon kurz davor waren eine Szene zu provozieren.
„ Unser Ziel wird Brüssel sein, meine Herren.", fuhr Wellington fort und markierte die Stadt auf der Landkarte mit einer Stecknadel.
„ Dort werden wir unsere Versorgungslinien postierten, unsere Ränge neu bestallen und von dort, sollte es soweit kommen, unseren Rückzug organisieren."
„ Oder unsere Heimkehr, Sir.", versuchte Lord Loxley sie alle zu ermutigen.
Der Herzog nickte leicht.
„ Oder unsere Heimkehr, Lord Loxley.", bekräftigte er und alle im Raum schienen ihm zu glauben.
Er strahlte eine Ruhe und Zuversicht aus, die ihn unwiderstehlich für alle machte und sie dazu brachte, zu ihm zu drängen, sich um ihn zu scharen.
Und ihm selbst die größte Lüge zu glauben: Die Chance, ja Gewissheit auf den Sieg.
Diese Aura war es, die ihm im Augenblick des Gefechts, wenn alles in Chaos und Grauen versank,

das Auftreten eines Helden verlieh.
Ein Fels in der Brandung. Solange er nicht wankte oder wich, konnten die Briten alles gewinnen, jede Schlacht meistern – ganz gleich, wie verfahren oder ausweglos es auch wirkte!
So zumindest, war die Überzeugung vieler, wenn sie ihren General betrachteten und er pflegte diesen Ruf mit aller Sorgfalt.
Und mehr als ihm selbst gut tat, fand Julia.
Es wurde noch mehr besprochen und geplant, aber sie hörte nicht hin.
Zu sehr war sie gebannt von seiner Ausstrahlung und seinen Bewegungen.
„Ich werde mich dort mit Feldmarschall Blücher bezüglich unseres weiteren Vorgehens beratschlagen. Das war alles, meine Herren. Guten Tag!", sprach Wellington gerade und holte sie damit aus ihren Gedanken.
Die Sitzung war beendet und die Offiziere beeilten sich, das Zelt zu verlassen und den Befehlen des Herzogs nachzukommen.
Mit mehr oder weniger großem Eifer und Zustimmung.
Alle verabschiedeten sich mit einem Nicken von Julia und Wellington, allein Loxley kam zu ihr und reichte ihr die Hand.
„ Madam.", meinte er mit einem angedeuteten Handkuss und sah dann zu seinem Oberbefehlshaber.
„ Meinen Glückwunsch, Sir. Sie ist ein seltenes Juwel."

Dem Lord antwortete ein stolzes, hoheitsvolles Nicken.
Er verneigte sich nochmal in Richtung des Herzogs, dann schritt er würdevoll aus dem Zelt.

„Was ist passiert?", fragte er ohne Umschweife, kaum das sie allein waren.
„Ich habe keine Ahnung, wovon Sie sprechen, Euer Lordschaft.", erwiderte Julia.
Doch sein Blick sagte ihr, dass er nicht mehr die Geduld für solche Dinge besaß.
„*Sie* magst du täuschen können." Er meinte die Offiziere und übrigen Mitmenschen. „Aber *mich* nicht. Wer hat dir solche Angst gemacht, Julia?!"
„Angst?! Was redest du denn da, Arthur? Mir geht es gut. Nichts ist passiert.", versuchte sie es und betete, dass er es hinnehmen würde.
Seine ozeanblauen Augen erzählten ihr leider etwas anderes.
„Du lügst.", stellte er fest und nahm hinter seinem Schreibtisch Platz.
Das Heer war im Aufbruch und das bedeutete viel Arbeit für ihn.
Je eher er damit begann, umso besser.
Trotzig verschränkte sie indes die Arme vor der Brust und hüllte sich in verbissenes Schweigen.
Er hatte keine Zeit und im Augenblick auch nicht die Nerven, um mit ihr zu diskutieren, also akzeptierte er ihre Sturheit.
Auch wenn seine Instinkte ihm sagten, dass da eindeutig etwas vorging.

„Wollte man dir etwas antun?", hakte er nach, schaute dabei keine Sekunde von seinen Unterlagen auf.

„Ja.", erwiderte sie knapp und sein Blick schnellte von den Materiallisten hoch.

„Bist du verletzt?!", fragte er mit ehrlicher Sorge und seine blauen Augen überflogen sie bestürzt, suchten nach äußerlichen Wunden.

Fanden aber nichts.

„Nein. Sie ..." Julia fröstelte bei dem Gedanken. „Sie kamen nicht dazu."

„Da bin ich froh. Mr. Gordon!", rief er nach seinem Adjutanten und der junge Mann stürzte so schnell herein, dass er fast über seine eigenen Füße stolperte.

„Euer Lordschaft?!"

„Geleiten Sie Mrs. Green zu ihrem Quartier, Alexander. Danach kommen Sie ohne Umwege zurück, verstanden? Es gibt viel zu tun.", befahl ihm Wellington und der blonde Jüngling nickte eifrig.

„Natürlich, Euer Lordschaft. Zu Ihrem Zelt, nehme ich an, Euer Gnaden?", vergewisserte er sich und bot Julia seinen Arm.

Der Herzog hob zu einer Antwort an, aber Julia war schneller.

„Nein, Mr. Gordon. Bitte bringen Sie mich zu Rosy. Dort bevorzuge ich, die Nächte zu verbringen. Zumindest, bis Seine Lordschaft sich von seinen Pflichten loseisen kann!", fauchte sie spitz und schritt erhobenen Hauptes hinaus. Es war unfair, das wusste sie. Sie war beleidigt und wütend.

Sie wollte, dass Arthur sie in die Arme schloss, sie küsste und koste, ihr versprach, dass ihr nichts passieren und alles wieder gut werden würde – und das er zum Teufel ging!
Die Angst vor Gates und seinem Überfall saß ihr im Nacken, hatte sich tief in ihre Knochen gefressen und brachte sie nun dazu, so zu reagieren.
Sie wollte Schutz, Geborgenheit. Aber der Krieg verwehrte es ihr hämisch, indem er ihren Liebsten voll und ganz für sich beanspruchte.
Und das für die nächsten Tage und Wochen, denn die Armee setzte sich alsbald wieder in Bewegung und machte sich auf den langen Weg nach Brüssel.

Die Zeit heilt alle Wunden und so verging auch Julias aus Angst geborener Zorn, wich der Scham und der Schuld.
Sie wollte sich bei Arthur entschuldigen, doch der Herzog war seit ihrem Aufbruch und ihrer späteren Ankunft in Brüssel so sehr in seine Pflichten verstrickt – oder hatte sich bewusst selbst damit beladen – dass ihm keine Zeit blieb, um seine Geliebte zu empfangen.
Man schrieb inzwischen den 12.Juni 1815.
Und es war eine warme Sommernacht, die jeden Abgrund zwischen ihnen überwinden sollte.

Eines Abends plagten Julia schlimme Träume. Sie fieberte und schrie, aber egal wie sehr Rosy sich auch mühte, es gelang ihr nicht, ihren Schützling zu wecken.
Als würde etwas unfassbar Böses sie in ihren finsteren Klauen halten.

Ein großer, roter Löwe präsentiert sich vor ihr. Er ist leibhaftige Stärke, ungebrochener Stolz und sein muskulöser Körper entfaltet bei jeder Bewegung königliche Würde.
Der Herr der Tiere ist bei ihr sanft wie ein Kätzchen, lässt sich streicheln und legt sich schnurrend neben sie nieder, damit sie an seinen Flanken liegen und schlafen kann.
Zwei Löwenbabys kommen hinter ihm hervor. Eines ist orange, das Andere rot-gold.
Sie spielt und schmust mit ihnen, indes der stattliche Löwe allem aufmerksam und mit schlagendem Schweif beiwohnt.
Plötzlich erhebt sich der Vater mit grollendem Knurren und seine Kinder suchen maunzend ihr Heil in der Flucht!
Eine Sturmböe umfegt sie und raubt ihr die Sicht.
Er weht Ascheflocken, Brandgeruch und Schlachtenlärm herbei.
Schützend stellt der große Löwe sich vor sie und schirmt sie ab.
Seine warmen, blauen Augen begegnen ihr voller Liebe, bevor er sich mit lautem Brüllen dem eisigen

Wind entgegen stemmt.
Alles geht schnell.
Der zornige Ruf eines Adlers antwortet dem mächtigen Löwengebrüll, dann fährt ein goldener, riesiger Schnabel aus dem nachtschwarzen Himmel!
Der Löwe geht mit einem ächzenden Laut getroffen zu Boden, Blut strömt aus einer klaffenden Wunde an seiner Flanke und tropft von dem Adlerschnabel, welcher sich wieder in den Aschehimmel zurückzieht.
„ NEIN!", hört Julia sich hysterisch schreien und sie stürzt weinend an die Seite des verwundeten Löwen. Sein brechender Blick ruht teils liebevoll, teils verzweifelt auf ihr. Angst flackert in seinen blauen Augen, indes ein Meer aus Flammen sie umschließt.
Goldenes Feuer!
Graue Wölfe formen sich aus der Asche, welche der Wind herbei trägt, und sie fallen über die wehrlosen Jungen her. Silberne Raben laben sich am auskühlenden Fleisch der kleinen Löwen und über allem thront der Goldene Adler triumphierend auf dem Kadaver seines schwarzen Bruders mit den zwei gekrönten Häuptern.
Er breitet seine gewaltigen Schwingen aus und als sein Siegesruf erklingt, zucken goldene Blitze über das pechschwarze Firmament.
Unter dem Jaulen der Wölfe und dem Kreischen der Raben, erhebt sich der Goldene Adler in die kalte Luft – unter seinen mächtigen Flügeln herrschen Feuer, Zerstörung und Tod!

Rosy war mit ihrem Wissen am Ende. Irgendetwas stimmte hier ganz und gar nicht! Sie wusste keinen Rat mehr, hörte nur, wie ihre Kleine immer wieder nach dem Herzog schrie.
„Arthur! Arthur, nein! NEIN!"
Julia schrie, als ginge es um ihr Überleben.
Harper und Smith stießen alarmiert hinzu und wirkten zu allem bereit.
„Holt den General.", verlangte Rosy sofort.
„Aber ...", hob Smith an, doch ihr scharfer Blick schnürte ihm die Kehle zu.
„Holt Wellington! *Jetzt!*", fauchte sie.
Derweil die beiden Soldaten rannten, als sei ihnen die komplette Hölle mit allen neun Ringen auf den Fersen, wurden die Bilder in Julias Träumen wesentlich direkter.

Niederländische Kavallerie und Infanterie. Sie laufen, nein sie rennen. Und zwar ums pure Überleben!
Hinter ihnen jagen französische Dragoner in schierer Überzahl her.
Die Säbel blitzen und funkeln, bis sie die hinteren, niederländischen Männer erwischen und kalter Stahl auf warmes Fleisch trifft.
„Nein, Sir! ZURÜCK!", hört man einen Offizier rufen, aber Wellington ist nicht mehr zu halten.
Im raschen Galopp eilt er den Fliehenden entgegen, bietet auf Copenhagen ein prächtiges und entschlossenes Bild, will sie dadurch zum Kampf überreden, sie dazu bringen, standzuhalten.
Aber bloße Angst regiert in den Herzen der Män-

ner. Blind stürmen sie am Herzog vorbei, rempeln ihn rücksichtslos an und scheinen nur einen Weg zu kennen: Weg von den Dragonern.
Der Herzog wird urplötzlich sich der unmittelbaren Gefahr für sein eigenes Leben bewusst, wirft Copenhagen herum und spornt ihn zur Eile.
Nur knapp entgeht er einem in Rage ausgeführten Säbelstreich eines Franzosen.
Der Feind erkennt ihn, weiß, wen er da vor sich hat – und setzt ihm johlend hinterher!
Sämtliche Dragoner schwenken von den Niederländern ab und nehmen Wellington in den Fokus.
Im halsbrecherischen Tempo fliegt Copenhagen dahin, gehetzt von den dampfenden Rössern der Franzosen.
Aber schon bald stellt sich der große, dunkle Hengst des Herzogs als das bessere Tier heraus.
Fast spielerisch hängt er die französischen Pferde ab und gelangt in den Schatten eines kleinen Wäldchens.
Doch dort, auf einer schmalen Straßenkreuzung, hat sich die schottische Infanterie formiert.
Ihre Bajonette blitzen silbern in der Sonne und sind zum Kampf erhoben, da sie die feindlichen Reiter erwartet hatten – nicht aber ihren eigenen Herrn.
Wellington sitzen die Dragoner im Nacken, es gibt für ihn keinen Ausweg mehr.
Kein Halten, kein Ausweichen.
Er und sein Hengst preschen unaufhaltsam auf die Barriere aus Leibern und Stahl zu.
Copenhagens Atem geht tief und seine Augen wei-

ten sich wie vor Entsetzen, beim Anblick des silbernen Walls.
„Runter! Runter!", brüllt der Herzog energisch - aber die Schotten weichen nicht.
Das grausame Geräusch, wenn scharfer Stahl sich durch weiches Fleisch bohrt.
Das gellende, qualvolle Kreischen eines sterbenden Hengstes.
Gefolgt von dem raschen Zischen eines niederfahrenden Säbels, vermengt mit dem Trommeln hunderter Hufe und den ersten Takten der Siegeshymne der Franzosen.

„ARTHUR!"
Sie schreckte hoch und fand sich in einem großen Bett mit Baldachin wieder.
Die Sonne fiel schwach durch das staubige Fenster.
„Ruhig, Liebes, ganz ruhig. Alles ist gut!", sprach Rosy neben ihr und nahm sie an der Hand, drückte sie mit sanfter Gewalt in die Kissen zurück.
„Du bist in seinem Quartier. Er hat dich herbringen lassen. Alles gut, Liebes. Ssscht. Alles gut, mein Kind.", murmelte sie beruhigend, wie erklärend.
Da fiel Julias Blick auf das Fußende ihres Bettes. Dort stand niemand anderes als Gates! Seine Bernstein-Augen ruhten kühl und hart auf ihr, beide Hände umfassten einen Gehstock, als könne

er ohne ihn nicht aus eigener Kraft stehen. Picard saß am Rand des Bettes und musterte sie mit sachtem Ruf aus Gold gesprenkelten Augen. Panisch wich Julia vor dem Medicus und seinem Falken zurück, drängte zur Wand und Gates verengte die Augen zu schmalen Schlitzen.
Seine Finger umfassten den Stock fester und seine Nasenflügel bebten.
„ Was hast du denn, Liebes? Alles gut. Jonathan hat dir geholfen.", versuchte es Rosy, die sich die erneute Panik ihres Schützlings nicht erklären konnte.
„ Gates hat dir das Leben gerettet, Kind! Ohne ihn wärst du jetzt tot!"
Sofort wurde Julia ruhiger, doch sie nahm den Blick nicht von dem Medicus.
Verwirrt legte sie die Stirn in Falten und musterte den Arzt, indes Rosy sich erhob.
„ Ich bringe dir mal was zu essen, mein Liebes. Keine Sorge, ich bin gleich zurück. Doktor.", meinte sie verabschiedend und verließ das Zimmer.

„ Warum haben Sie das gemacht?", wollte sie verblüfft von ihm wissen, kaum das sie allein waren. Picard flog kreischend auf und schloss ganz behutsam seine Fänge um die Schulter seines Herrn. Dieser sah sie hart und unverwandt an, strich seinem Vogel aber liebevoll über die sandfarbenen Federn.
„ Es geschah auf *seinen* Befehl.", antwortete er

frostig und Julia hatte immer gemeint, es gäbe keinen Mann, der Arthur in Sachen Gefühlskälte übertreffen konnte.
„Trotzdem danke.", erwiderte sie warm. Seine Miene blieb eisig.
„Ich schuldete dem Herzog Gehorsam, Madam. Das war alles.", knurrte er gerade, als Rosy zurückkehrte.
In Händen hielt sie ein Tablett mit so vielen Speisen, dass es einem König zur Ehre gereicht hätte.
„So, da bin ich wieder. Schau dir das an, Liebes! Erst wollten mich diese ungehobelten Kerle verjagen und nannten mich eine alte, diebische Schachtel. Aber als ich ihnen sagte, dass es für dich ist …"
Sie ließ den Satz unvollendet und nickte bloß strahlend auf ihre reiche Beute, die sie mütterlich vor Julia abstellte.
Es gab Hammelbraten, die Leibspeise des Herzogs, und Hähnchen. Dazu Salat und einige Oliven, die man aus Spanien hatte bergen und zum Glück noch ausreichend frisch halten können.
In feinem Kristallglas servierte man ihr klares, kühles Wasser und daneben blühten in einer kleinen Vase einige Feldblumen.
„Wo ist Arthur?", fragte Julia in die Runde, während sie Gabel und Messer an den Braten ansetzte.
„Bei Quatre Bra.", erwiderte Gates düster und sein Blick wanderte aus dem Fenster, wo in der Ferne die französischen Kanonen donnerten.

Der Herzog schien überall zugleich zu sein. Auf seinem großen, dunklen Pferd trabte er mitten durchs Gefecht und hinter den Linien seiner Männer entlang, dabei ab und an ein Lob oder eine Ermutigung rufend.
Knapp und distanziert, wie immer.
Aber seine Nähe und seine kühle, stählerne Gelassenheit machte den Soldaten Mut.
„ Lieber sehe ich seine lange Nase in einer Schlacht, als 10.000 Mann Verstärkung.", murmelte einer der Männer und um ihn herum erhob sich zustimmendes Brummen und Nicken.
Zumindest bis zur nächsten Salve der gottverdammten, feindlichen Artillerie.

Die Pferde der Stabsoffiziere wurden wild durch das Donnern und Fauchen der Kanonen, da deren Geschosse nicht selten nur knapp an ihnen vorbei zischten.
Copenhagen zuckte nicht mal mit den Ohren, sondern entlastete dösend ein Hinterbein und wedelte mit dem Schweif ein paar Fliegen weg. Aber der träge Eindruck des Pferdes täuschte, wie Uxbrigde und die Mitglieder von Wellingtons Stab wussten. Der Hengst konnte augenblicklich hellwach sein und schneller laufen als der Wind.
Inzwischen hatte sich der Herzog mit seinen Anhängern im Schatten einer kleinen Baumgruppe versammelt und beobachtete das Geschehen mit schmalen Augen. Neben ihm hatte sich arrogant der junge Prinz von Oranien aufgebaut.

Sein Name war Wilhelm, aber da er so dünn und hässlich war und außerdem einfach nur schrecklich eingebildet, nannten ihn seine Befürworter liebevoll „den Dünnen Wilhelm".
Arthur persönlich gefiel insgeheim die Bezeichnung lieber, welche er mal bei seinen Soldaten gehört hatte.
„ Der Junge Frosch".
Denn der Prinz war ein dürrer, pockennarbiger Jüngling, der nichts als Unfug redete und – zum Leidwesen aller – an purer Selbstüberschätzung litt.
Am Liebsten hätte Wellington ihn einfach wieder heim an den könglich-niederländischen Hof geschickt. Aber das Königspaar der Niederlande hatte ihn damals nur durch ihr Land ziehen lassen, unter der Bedingung, dass er, der Herzog von Wellington, ihren Sohn und mehrere Regimenter ihrer Armee mitnahm.
Um der Diplomatie und des Friedens willen – und weil er endlich hatte weiterkommen wollen – hatte Wellington den Jungen aufgenommen.
Inzwischen konnte er sich vorstellen, warum seine Eltern ihn hatten loswerden wollen.
Arthur erlag selbst manchmal der Versuchung, sich zu überlegen, wie er sich am Geschicktesten von diesem Dreikäsehoch befreien konnte.
Aber dann gewann immer sein Verantwortungsgefühl und er ließ die Ideen fallen.
Der junge Frosch hatte seinen Schimmel so dicht neben Wellington gelenkt, dass sich die Waden

der beiden Männer stets berührten, was dem Herzog in keiner Weise zusagte.
Doch er musste sich um eine Schlacht kümmern und nicht um sein persönliches Wohlbefinden. Wenn es darum gegangen wäre, so hätte er den Tag an der Seite seiner Julia verbracht.
Er war fast froh über die nächste Salve der Franzosen, denn der Schimmel des Prinzen brach mit erschrockenem Kreischen und rollenden Augen nach rechts aus und warf seinen Reiter beinahe ab.
Leider nur beinahe.
„ Die haben Kanonen. Und die schießen auf uns!", bemerkte der junge Frosch mit echter Überraschung in der Stimme und Angst in seinen Augen.
Uxbrigde hörte den Herzog mit den Zähnen knirschen und wandte sich an den Prinzen, bevor es noch zu einem Unglück kam.
„ Sie hatten schon immer Kanonen, Euer Hoheit.", meinte er versöhnlich und in einem Tonfall, als müsse er es einem kleinen Kind erklären.
„ Was Sie nicht immer hatten, waren Sie als Ziel.", sprang Wellington darauf an und seine blauen Augen blitzten in plötzlichem Schalk, begleitet von einem hämischen Schmunzeln.
Doch dem Prinz entging dieser Seitenhieb. Er war zu sehr damit beschäftigt, sein Pferd wieder neben den Hengst des Herzogs zu lenken.
Alles es ihm endlich gelungen war, drehte sich Wellington ihm im Sattel zu.
„ Wo sind Ihre Männer, Hoheit?"

„Sie halten die Straße, Sir. Sie verteidigen sie mit ihren Leben. Ganz, wie *ich* es sie gelehrt habe!", antwortete der junge Frosch stolz und warf sich in die Brust.
Da erregten Truppenbewegungen plötzlich die Aufmerksamkeit aller.
Mehrere Regimenter der Kavallerie und der Infanterie kamen von der Kreuzung her – in panischer Flucht!
Eine schiere Übermacht an französischen Dragoner trieb die Männer vor sich her und veranstaltete unter jenen, die zurückfielen, ein Gemetzel. Die armen Teufel trugen die Farben der Niederlande.
„Halten die Straße, wie?", schnaubte Wellington verächtlich in Richtung des Prinzen und spornte seinen Hengst zum Galopp, während der junge Frosch lamentierte und über die Unfähigkeit seiner Männer schimpfte, sowie seine Unschuld beteuerte.
Sofort drückte Copenhagen sich kraftvoll mit der Hinterhand ab und preschte den Fliehenden entgegen.
„Nein, Sir! ZURÜCK!!", hörte man Uxbrigde brüllen, aber der General hörte nicht.
Wellingtons Reitermantel peitschte im Wind und der Herzog kannte kein Halten mehr.
Wie er so auf seinem dunklen, großen Pferd geradewegs auf die Niederländer zu ritt, bot er ein herrliches, kraftvolles Bild.
Ganz, wie es seine Absicht war. Sie sollten ihn sehen, erkennen, dass er ihnen zu Hilfe kam und

dass sie sich nicht zu fürchten brauchten.
Mag der Prinz euch im Stich gelassen haben, ICH werde das nicht tun! Seht ihr mich?! Ich bin bei euch, ich habe keine Angst. Also habt sie auch nicht. Dreht euch um - und KÄMPFT!
Aber nichts als Furcht und blanker Überlebenswille trieb diese Männer an, beherrschte ihre Herzen. Blind, wie rücksichtslos drängten sie am Herzog vorbei, rempelten ihn an, stießen ihn weg.
Sie kannten nur einen Weg: Fort! Außerhalb der Reichweite der Dragoner und ihrer singenden Säbel.
Stahl blitzte in der Sonne und Wellington gelang es gerade noch, sich unter einer dieser singenden Klingen wegzuducken.
Plötzlich strömten nicht nur panische Niederländer, sondern auch blutdurstige Franzosen um ihn herum.
Mit einem Schlag war Wellington sich seiner Lage bewusst!
Rasch warf er Copenhagen herum und gab ihm die Fersen.
Der Hengst flog dahin, wie der leibhaftige Wind und schien genau zu wissen, dass nun das Leben seines Herrn von seiner Schnelligkeit abhing.
Die Dragoner erkannten mit einem Mal, wenn sie da in ihrer Mitte hatten und gingen johlend zum Angriff über – doch das große, dunkle Pferd des Herzogs trug seinen Reiter rasch aus diesem Herz der Klingen.
Aber damit war er keineswegs gerettet, denn die

übrigen französischen Reiter ließen von den Niederländern ab und schwenkten auf den flüchtenden Herzog zu.
Wellington beugte sich tief über den Hals seines Pferdes, dessen Hufe hektisch auf den Boden trommelten.
Schweiß bedeckte Hals und Brust des Hengstes, Schaum flockte von seinem Maul.
Arthur konnte seinen treuen Copenhagen atmen hören und sein Herz zwischen seinen Schenkeln rasen fühlen.
„Jetzt ist es ganz an dir, mein Junge!", flüsterte er ihm zu, während Wind und Mähne seine Worte fast verschluckten.
„Lass` mich nicht im Stich!"
Und als habe der Hengst ihn gehört, wurde er noch schneller. Gab noch etwas mehr, streckte sich noch ein Stück weiter.
Hinter ihnen jagten die Dragoner und ihre Säbel kreischten wild über ihren Köpfen.

„SIR!", schrie Alexander Gordon entsetzt auf, als er der Lage seines Generals gewahr wurde und wollte schon zu ihm stoßen.
Doch Uxbrigde vereitelte diesen Akt der verzweifelten Zuneigung, indem er dem jungen Adjutanten energisch in die Zügel griff.
„Nein, Sie dummer Junge! Sind Sie verrückt?!", wollte er aufgebracht von dem Jüngling wissen.
„Aber der Herzog!" Alexander sprach es aus, als

sei das Erklärung genug.

„Das ist seine Sache, nicht unsere. Kommen Sie!", verlangte der Stellvertreter und führte damit den Stab in Sicherheit.

Den leidenschaftlichen Adjutanten behielt er die ganze Zeit neben sich am Zügel.

Da entfuhr diesem ein heller Schrei und er wies auf den Waldrand.

Sofort drehten sich die Offiziere alarmiert um und Uxbrigde wollte den Jüngling erst wütend rügen – da erkannte er, was die Begeisterung des Adjutanten ausgelöst hatte.

Im Wettlauf mit den französischen Pferden, erwies sich Copenhagen nun als das bessere Tier. Mit weiten Sprüngen und aus der Ferne mochte man meinen, fast spielerisch ließ der große, dunkle Hengst seine Verfolger hinter sich und tauchte mit seinem Reiter in den Wald ein.

„Oh Gott!", entfuhr es einem der Offiziere plötzlich. „Die Highlander!"

Man hatte die großen, kräftigen Schotten darüber informiert, dass ein Schwadron halbwahnsinniger Dragoner womöglich versuchen würde, durch ihre Linien zu kommen.

Und der Herzog von Wellington hatte ihnen höchstpersönlich befohlen, um jeden Preis diese Stellung zu halten.

Die Schotten dachten gar nicht daran, ihren General zu enttäuschen und hatten sich deswegen ent-

sprechend vorbereitet.
Schon erklang rascher Hufschlag und die Männer hoben ihre Bajonette.
Ein Wall aus silbernem, kaltem Stahl tat sich vor Copenhagen auf, der auf der schmalen Straße erschien!
Es gab keine Zeit zum Halten, kein Ausweichen.
Der Hengst würde geradewegs in die schottischen Bajonette laufen und sein warmes Blut würde den kalten Stahl benetzen und selbst wenn nicht, wenn wie durch ein Wunder es dem Herzog noch gelang, ihn zu bremsen – es gab immer noch die Dragoner, die wild schreiend ihm im Nacken saßen.
Heute war der Tag, an dem Wellington sterben würde.
„Runter! Runter!", brüllte er den Schotten aus vollem Halse zu.
Diese ... warfen sich zu Boden.
Der Herzog presste seinem Pferd die Beine an die Flanken.
Es wurde noch schneller. Die blauen Augen des Herzogs fixierten einen Punkt hinter den Schotten. Er gab das Signal und betete.
Lass mich nicht im Stich.
Der Hengst zog sich zusammen, drückte sich ab – und sprang!
Niemals!
Krachend, aber sicher und mit einem Grunzen kam er wieder auf.
Während die verblüfften Schotten sich wieder

erhoben und sich dem nahenden Feind mit allem Mut entgegen stellten, preschte der Herzog weiter.
Und küsste seinem großen, dunklen Pferd den schweißnassen Hals.

Aber die Rettung des Herzogs konnte nicht verhindern, dass Quatre Bra an diesem Tag den Franzosen zufiel.
Für die Briten und Niederländer hieß es an diesem Nachmittag also Rückzug.
Wobei der junge Frosch *selbstverständlich* daran nicht die geringste Schuld hatte!
Doch schon am nächsten Morgen holten es sich die alliierten Truppen mit aller Macht zurück und behaupteten ihre Stellung.
Unter der Führung ihres Generals. Der Prinz war nirgends zu sehen.
Später erfuhr man, er verschlief die Schlacht in den Armen einer englischen Edelhure.

Inzwischen flohen die Preußen bei Ligny und sahen der Vernichtung ins Auge.
Man hoffte auf Wellington und betete um seinen Beistand.
Doch der Herzog kam nicht.
Eine Wunde entstand, die tiefer ging, als es jede Waffe fertig bringen konnte.
Zumindest im Herzen des stolzen, wie verzweifelten Graf von Gneisenau.

„Komm zur Ruhe und entscheide dann was du als nächstes tun wirst."

Die Herzogin von Richmond lud in Brüssel zum Ball und alles, was Rang und Namen hatte - egal ob Niederländer, Engländer, Schotte oder Ire – sie alle kamen.
Die Männer präsentierten sich in ihren herrlichsten Uniformen und die Damen in ihren schönsten, nicht selten auch gewagtesten Kleidern.
Die spektakuläre Rettung des Herzogs durch den gewagten Sprung seines Pferdes über die Köpfe der eigenen Truppen war *das* Gesprächsthema an diesem Abend, neben der Befürchtung, ob die Franzosen bald wieder zum Angriff rufen würden.
Es war ein rauschendes Fest, angefüllt von Gelächter und Tanz, umrankt von so manch zarten Liebesschwüren und den Versprechen junger Herzen. So vergaß man den Krieg und seine Schrecken, der sonst so allgegenwärtig war.
Gerade fingen die Gäste an sich zu fragen, ob der General denn auch erscheinen würde – da betrat er den Saal.
Er sah prächtig aus in seiner roten Uniform mit den goldenen Tressen an Schultern und Ärmeln. Taktvoll trug er an der Generalsschärpe das orangene Kommandoabzeichen der Niederlande, daneben ruhten die Anhänger, welche seine oberste Befehlsgewalt über die englischen, irisch-

schottischen und deutschen Truppen bezeugten.
Er war zwar kein Adonis, aber seine Selbstsicherheit und sein Ruf gaben ihm ein sehr beeindruckendes, fast königliches Auftreten.
Alle im Saal applaudierten höflich und wanden sich ihm zu, er nahm das mit einer leichten Verneigung zur Kenntnis und führte seine Begleiterin dann weiter.
Respektvoll wichen die Gäste ihnen aus und wünschten einen schönen Abend.
„ Gut sieht er aus, oder?"
„ Mein Gott, was ich nur alles dafür geben würde …"
„ Wer ist denn die Frau bei ihm?!"
Solches und ähnliches Getuschel wallte hinter Julias Rücken auf, während sie neben Arthur daher schritt.
Aber es war ihr egal. Im Moment war sie einfach nur glücklich!
Der Kerzenschein brachte ihr edles, schwarzes Kleid zum Funkeln und der rote Löwe an ihrem Hals glitzerte mit ihren leuchtenden Augen um die Wette.
Immer wieder kam Arthur kurz zum Stehen, um sich einen Moment mit irgendwelchen, militärischen Würdenträgern zu unterhalten, dann liefen sie weiter. Er drückte sanft ihre Hand und besah sie von der Seite.
„ Bist du glücklich, mein Stern?", erkundigte er sich im Flüsterton und beugte sich etwas zu ihr rüber.

„Ja.", erwiderte sie schlicht, aber aus tiefstem Herzen und sah voller zärtlichem Stolz an ihm hinauf.
„Mein roter Löwe.", wisperte sie ergriffen, was ihm ein sanftes Lächeln entlockte und die Brust recken ließ.
Liebevoll vergrub sie das Gesicht an seinem Oberarm und er legte seine andere Hand auf ihren Arm, dabei den Druck auf ihre Finger sacht verstärkend.
Walzermusik erklang und lud die Paare sanft ein.
„Darf ich um diesen Tanz bitten?", erkundigte er sich und hob fragend die Augenbraue.
„Aber natürlich, Euer Gnaden.", antwortete Julia lächelnd und ließ sich von ihm auf das glänzende Parkett führen.

Ein Tanz folgte dem anderen und alle waren voller Bewunderung oder Neid für das schöne Paar.
Julia war ganz leicht ums Herz und unter Arthurs sanfter, doch konsequenter Führung schwebte sie durch den großen Saal.
Ihr war, als berührten ihre Füße den Boden nicht und es gab nur ihn und sie.
Im Schein der mächtigen Kronleuchter und umwoben von der Musik des Orchesters.
Kein Verstecken, keine Scham mehr. Nicht mehr seit dem Treffen des Stabs.
Jetzt gab es sie. Sie beide, ihre Liebe.
Natürlich gab es Stimmen, die schimpften und

fluchten, die wetterten und den Herzog verunglimpften.
Aber Arthur sorgte dafür, dass seine Liebste es nicht mitbekam. Jeden Kritiker innerhalb seines Stabes hatte er sich nach Quatre Bra zur Brust genommen, als manche Einspruch dagegen erhoben, das Julia im Quartier Seiner Lordschaft Einzug erhielt.
Schnell war die Gegenwehr eingeknickt, denn niemand wagte den offenen Kampf mit dem Eisernen Herzog.
Jetzt hatten sie nicht nur den Tag, sondern auch die Nacht zusammen – und das genossen sie in vollen Zügen.
Ein Lächeln stahl sich auf Julias Gesicht und sie nahm wahr, dass er es erwiderte.
Offenbar hatte er sich des Selben entsonnen.
Die Musik verstummte klangvoll und gönnte den Tänzern und ihren Damen eine Atempause.

Im Laufe des Abends nahm eine tiefe Ruhe den Herzog ein, eine Zufriedenheit, die von Herzen kam.
Und diese Aura übertrug sich auf alle in seiner Nähe.
Ehrliche Heiterkeit keimte auf und die Gäste glaubten seinen Beteuerungen, wenn er besorgten Damen und misstrauischen Herren versicherte, dass sie weder heute Abend noch in den nächsten

Tagen einen Angriff der Franzosen zu befürchten hatten.
Aber Julia konnte tiefer sehen und in seiner Seele las sie, dass er sich große Sorgen machte.
Kein Wunder, denn sie wussten nicht, wo die Preußen waren und wie lange sie brauchen würden.
Es war, als habe sich ein schwerer Nebel erst leise und vorsichtig, dann blitzschnell um Blücher und sein Heer gelegt.
Doch das reichhaltige Essen betäubte die Ängste und zum ersten Mal seit Langem erlebten die übrigen Gäste den Eisernen Herzog entspannt.
Sie schrieben es dem Abend, dem guten Wein und seiner Geliebten zu.
Ganz unrecht hatten sie damit nicht.

Es war kurz vor Mitternacht und der Ball neigte sich seinem Ende, als der Frieden jäh gestört wurde!
Ein Mann mit Backenbart und in der Schlamm bespritzen Tracht eines Kurierreiters erstürmte das Fest.
Hinter ihm folgen Blitz, Donner und eisiger Regen, da gegen halb Zwölf ein Gewitter zu toben begonnen hatte.
Julia und Arthur waren gerade mitten in einen Tanz vertieft und malten sich schon den restli-

chen Verlauf der Nacht aus, da drangen die verzweifelten Rufe des Boten an ihre Ohren.
„Euer Lordschaft?! Euer Lordschaft?! Wo ist der General? Wo ist Lord Wellington?!", verlangte er keuchend zu wissen und schleppte sich durch die Menge, welche aufgebracht und nervös vor ihm zurückwich.
Mit einem entschuldigenden Blick zu Julia unterbrach Wellington den Tanz und drehte sich dem suchenden Boten zu.
„Was ist?", fragte er knapp und der durchnässte, erschöpfte Kerl flüsterte ihm eilig eine Nachricht ins Ohr.
Kurz flammte Überraschung in den blauen Augen des Herzogs auf, dann legte sich die eiserne Maske über seine Miene.
„Uxbrigde!", rief er befehlend in die Menge und sofort drängte sich sein Stellvertreter zu ihm durch.
„Euer Gnaden?!" Julia las tiefe Sorge in den Zügen des Earls. Aller Augen ruhten beunruhigt auf den beiden Männern.
„Rufen Sie den Stab zusammen."
Sein Tonfall ersparte Uxbrigde weitere Fragen nach dem Zeitpunkt.
„Lord Richmond?"
Der Gemahl der Gastgeberin trat pflichtschuldig herbei.
„Wie kann ich dienen, Euer Gnaden?!", wollte er wissen, doch seine freundlichen Augen waren von Nervosität umwölkt.

„Haben Sie eine Landkarte der Gegend?!"
Der Lord nickte heftig. „Ja, Euer Gnaden. Oben, in meinem Arbeitszimmer. Es ... es gibt einen Hintereingang. Eine schmale Treppe, Sir."
„Gut.", antwortete der Herzog wie im Selbstgespräch und sein Blick schnellte zu seinem Stellvertreter, welcher verstehend nickte.
„Sofort, Euer Gnaden."
Damit verschwand Uxbrigde in der Menge, um die Offiziere zusammen zu rufen.
Wellington hob den Arm und Julia hakte sich folgsam bei ihm unter.
Sie musste fast rennen, um mit ihm Schritt zu halten, so rasch folgte er Lord Richmond aus dem Saal und die geheime Treppe hinauf, in das Arbeitszimmer, wo die Karte ausgebreitet auf einem großen Tisch in der Mitte lag.
Eines war klar: Mit der Ruhe war es nun vorbei!

Noch nie hatten die Stabsmitglieder so schnell zusammen gefunden, wie an diesem Abend.
Vielen wohnte der Zorn inne, da sie ihre hübschen Damen hatten verlassen müssen und so um eine süße Nacht kamen.
Andere beherrschte die Nervosität. Was konnte so wichtiges oder schlimmes passiert sein, dass der Herzog die Feierlichkeiten unterbrach?!
Und wieder andere waren froh, dem bunten, dichten Treiben und dem langweiligen Geplänkel entkommen zu sein.

Aber was auch immer sie umtrieb, in dem Moment, als sie Wellingtons ansichtig wurden, war es nicht mehr von Bedeutung.

„Was ist passiert, Euer Gnaden?", sprach Lord Loxley die Frage aus, welche alle beschäftigte.

„Die Preußen haben bei Ligny ordentlich Prügel bezogen und jetzt hat mich die Nachricht erreicht, das Napoleon über Charleroi einmarschiert.", erwiderte der Herzog und zeigte den neuen Pfad, den der Kaiser eingeschlagen hatte.

Da fiel es ihm wie Schuppen von den Augen.

„Gott. Er hat mich reingelegt!", entfuhr es ihm.

Erst überrascht, dann wiederholte er sich verärgert.

„Dieser Schuft hat mich *reingelegt!*"

Die Offiziere musterten ihn verwirrt und warteten geduldig seine Erklärung ab.

Mit dem langen Zeigefinger schrieb Wellington den hypothetischen, weiteren Weg der Franzosen nach.

„Er wird sich zwischen uns schieben, Gentlemen. Er will einen Keil zwischen uns und die Preußen treiben!"

Erschrockenes Gemurmel keimte auf.

„Oh, er ist gut.", knurrte der Herzog wütend, wie anerkennend und mehr zu sich selbst. „Sehr gut."

„Was hast du jetzt vor, Arthur?!", fragte Julia leise und mit rasendem Herzen, denn sie kannte die Antwort bereits.

Niemand scherte sich daran, dass sie auf die höfliche Anrede in der Öffentlichkeit verzichtete. Es

gab wichtigere Probleme. Sehr viel Wichtigere.
„Er will uns trennen, hm? Oh, aber ganz gewiss nicht mit mir!", murmelte Wellington grimmig und nahm sich einen roten Stift, der nahe der Karte lag.
„Dann stelle ich ihn eben *hier!*"
Schnell und kraftvoll zog er einen Kreis um einen Namen auf der Karte.
Er war den Offizieren völlig unbekannt. Doch der Herzog war vor einem Jahr bereits dort gewesen und war mit dem Gelände mehr als vertraut.
Julia hielt die Kerzenflamme etwas näher, um den Namen besser lesen zu können.

Waterloo

Ihr stockte der Atem und Arthur neben ihr lächelte wieder. Wenn auch bitter.
„Glauben Sie mir, Gentlemen, wenn es einen Ort auf der Welt gibt, an dem über unser Schicksal entschieden werden kann – so ist es dort! Setzen Sie die Männer in Marsch, meine Herren. Jetzt ist Schnelligkeit entscheidend.", verkündete er und damit waren die Stabsmitglieder entlassen.

Mochte der Abend mit Lachen und Glück begonnen haben, er endete mit Tränen und Abschied.
Die Offiziere schwangen sich auf ihre Pferde und bellten nach ihren Regimentern. Soldaten verließen die warmen Arme ihrer Mädchen, Väter ihre Töchter und Söhne, und Gatten ihre Frauen.
Trommeln schlugen, Hufeisen klapperten, Stiefel stampften und Trompeten erklangen.
Sie alle riefen zum Kampf. Streng und unerbittlich.
Und so marschierten die Soldaten zu Tausenden, mit ihren Offizieren hoch zu Pferd an der Spitze, in das Unwetter hinaus.
Der Sturm ließ den Union Jack tanzen und trieb das alte Marschlied vor sich her. Wie bei jedem Aufbruch war es mit einer traurigen Note versehen.

„ Over the Hills and over the Maine. Through Flanders, Portugal and Spain. King Georg commands and we obey ..."

Das Gewitter tobte und brüllte über ihren Köpfen und das tat es immer noch, als sie in tiefster Dunkelheit das kleine Dorf erreicht, welches der Herzog für sie auserwählt hatte.
Eilig bezogen die Offiziere Quartier in den engen Bauernhütten. Die Kavalleristen zogen sogar in Erwägung, ihre Pferde in Hundehütten unterzubringen, weil die Ställe als bald überquollen vor nassen, dampfenden Rössern und Last- wie Zugtieren.
Der Großteil des Heeres, Soldaten und ihre wenigen Angehörigen, die den Mut gehabt hatten, sie trotzdem zu begleiten, nächtige draußen unter freiem Himmel.
Allein und den Urgewalten ausgesetzt, drängten sich die Männer eng beisammen und verbrannten alles, was ihren Lagerfeuern als Nahrung dienen konnte.
Stühle, Tische und Bücher, welche sie aus den Häusern der Bewohner raubten, oder Stroh.
Die Belgier hatten schon lange die Flucht ergriffen, als sie vom Kommen der Franzosen und ihres Kaisers gehört hatten.
Nun standen ihre Häuser leer und dienten den hohen Herren und Damen, aber nicht selten und heimlich einigen Regimentern als Schutz vor dem scharfen Wind und dem eisigen Himmelswasser.
An den Türen, die Offiziersquartiere bargen, hatte man mit Kreide die Namen der Bewohner angeschrieben.
Bei „ Seiner Lordschaft, Duke of Wellington" fand

auch Julia ein Obdach, ebenso wie Snow dem großen Copenhagen im nahen Stall Gesellschaft leistete.
Die Stute fürchtete den Sturm, das laute Donnern und die grellen Blitze.
Der dunkle Hengst aber ließ sich davon in keiner Weise stören und an seiner warmen Flanke fand die Weißgeborene Sicherheit und Zuneigung.
Auch Julia hätte diese Nacht nur allzu gern in Arthurs Gesellschaft verbracht.
Aber der Herzog blieb den ganzen Morgen und den folgenden Abend seinem Quartier fern.
Die Pflicht riss ihn an sich, jetzt mehr denn je. Truppen wurden inspiziert und Schlachtpläne besprochen. Mehrmals traf der Stab zusammen, auch der Prinz und sein Gefolge wurden involviert – wenn auch mehr der Form halber.
Julia jedoch wurde von diesen Treffen ausgeschlossen.
Arthur hatte sie zwar an seiner Seite wissen wollen, aber der junge Frosch hatte aufs Ärgste protestiert und um das Heer nicht in sich zu spalten, hatte Wellington sich diesem königlichen Wunsch zähneknirschend gebeugt.

Es war die Nacht des 17. Juni 1815, als sie im Zimmer eine Bewegung wahrnahm und sich jemand unter die Decke und an ihre Seite gesellte.
Genießend sog sie seinen Duft ein.
„ Mein Liebster …", murmelte sie schläfrig, da sie einen Moment weggedämmert war, obwohl sie auf

ihn hatte warten wollen.
Sein Körper war eiskalt und er roch nach Sturm und Wasser. Sie bemerkte es, als er die Arme um sie schlang und seine Lippen leicht ihren Nacken benetzten.
Der Regen trommelte unablässig gegen das Fenster. Gelegentlich erhellte ein Blitz kreischend die Nacht.
„ Du bist noch wach?!", fragte er verwundert und sie hörte, wie erschöpft er war.
„ Ich hab` auf dich gewartet.", murmelte sie und kuschelte sich näher an ihn, dabei seine Arme fester um sich legend.
„ Entschuldige, leannan.", erwiderte er leise und einen Moment herrschte Schweigen.
Julia befürchte schon, er sei eingeschlafen. Aber seine Atemzüge verrieten ihr etwas anderes.
„ Dir ist kalt." Sie ließ es als Frage klingen.
Ein zustimmendes Murren antwortete ihr und seine Augenlider flatterten, da sie sich ihm zukehrte.
Das grelle Licht eines Blitzes tauchte ihren nackten Körper in reines Weiß.
„ Du musst dich aufwärmen, Liebster. Lass mich dir dabei helfen...", raunte sie und beugte sich vor, mit feurigen Küssen seinen kühlen Leib bedeckend.
Sie liebten sich wie noch nie zuvor in dieser Nacht, denn sie wussten nicht, ob es ein nächstes Mal für sie geben würde.
Schließlich sank sie friedlich in seinen Armen nie-

der und sein regelmäßiger Herzschlag und zufriedenes Seufzen geleitete sie in den Schlaf.
Doch ihre Träume waren im Gegenzug wild und teuflisch.
Voller Löwen, Adler und goldenem Feuer.
Wieder und wieder. Es riss sie in eine Spirale aus Angst und Verzweiflung.

Als sie aus den Laken hoch schreckte war ihr Körper von kaltem Angstschweiß bedeckt und draußen war die Dämmerung noch nichts weiter als eine weit entfernte Ahnung.
Ihr Blick fiel mit rasendem Pulsschlag neben sich.
Der Platz war leer!
Entsetzt sprang sie aus dem Bett, warf sich hastig ein dünnes Nachthemd über und stürzte aus dem Haus.

„Es stimmt nichts melancholischer als eine verlorene Schlacht – mit Ausnahme einer Gewonnenen."
- Sir Arthur Wellesley, 1st Duke of Wellington -

„Nein, Arthur, bitte!", flehte Julia und ergriff seinen Arm. Wellington war schon bei Copenhagen und wollte aufsitzen.
„Du darfst nicht kämpfen, bitte! Er wird dich töten!"
„Wenn ich den Tod eines Soldaten sterben soll, Julia, dann sei es so. Aber ich lasse meine Männer am heutigen Tage nicht im Stich!"
Mit diesen Worten schwang er sich in den Sattel, beruhigte seinen nervösen Hengst.
Der Regen hatte endlich nachgelassen. Der Boden war völlig durchweicht, überall standen die Pfützen und Soldaten versanken knöcheltief im Schlamm. Die Geschütze waren bewegungsunfähig und den Pferden ging der Matsch bis zu den Fesselgelenken.
Mensch und Tier waren vollkommen durchnässt und müde.
Es war noch nicht mal Tag, da hatte der Herzog schon die Aufstellung befohlen.

Das kleine Schloss Hougoumont und das Bauerngut La Haysante waren Stützpfeiler dieser Aufstellung, die Wellenbrecher.

Zwischen ihnen zog sich eine lange Hügelkette, hinter der sich die Hauptstreitmacht formiert hatte, und nun eine Vorhut sie bewachte - unter anderem das 33. Regiment mit Harper und Smith. Angeführt wurde die gesamte Infanterie dort oben von Mr. Maitland.

Einige Meter hinter dieser Vorhut, den so genannten Plänklern, hatte sich die restliche Infanterie, nebst Geschützen Stellung bezogen. Die Kavallerie stärkte den Bodentruppen den Rücken, war die letzte Linie – nebst einigen Geschützen und Korps – zwischen dem Feind und dem Lager der Briten. Etwa einen Kilometer südöstlich des Lagers, auf einem Hang, hatte die Reserve ihre Position eingenommen, bestehend aus drei Bataloinen Kavallerie, vier Bataloinen Infanterie und einigen Geschützen.

Dort war auch Georg Graham mit seinen Reitern anzutreffen.

An der linken Flanke der Briten lauerte außerdem die Geheimwaffe Wellingtons. Eine Reitereinheit. Allesamt tapfere Männer in roten Waffenröcken, mit schwarzen Hüten, langen Säbeln und auf grauen bis weißen Pferden. Von der Farbe ihrer Rösser hatte diese Einheit auch ihren Namen.

„ Royal Scots Greys".

Die Königlich Schottischen Grauschimmel und ihre Reiter.

Es waren tränenreiche Abschiede an diesem nebligen Morgen, als die Männer sich in Stellung begaben und sich von ihren Familien und Liebsten trennten – viele von ihnen ohne Wiederkehr.
Nun, als Letzter, bezog der Herzog samt Stab, seinen Posten.
„ Versprich mir, dass du wiederkommst. Mehr will ich nicht.", bat Julia ihn unter Tränen und nahm seine Hand.
Er mied es, sie anzusehen und entzog sich ihrem Griff.
„ Das kann ich nicht."
Es war kurz vor Tagesanbruch.
Arthur griff die Zügel auf.
Irgendetwas lag in der Luft, das konnte jeder spüren.
„ *Warum nicht?!*", schrie Julia ihn verzweifelt an und packte ihn erneut am Arm, zwang ihn dadurch, sie anzusehen.
Kummer flackerte in seinem Blick auf.
„ Weil ich nicht weiß, ob ich es halten kann."
Wie betäubt trat sie zurück und ihre Finger glitten von seinem Arm.
Zitternd, fassungslos, ängstlich.
Wie alles an ihr und wie alle Zurückgebliebenen an diesem Morgen.
Ohne ein weiteres Wort warf Wellington sein Pferd auf der Hinterhand herum und schloss zu seinem wartenden Stab auf.

Sogleich preschten die hohen Herren unter der Führung des Herzogs an der Aufstellung der Soldaten vorbei, inspizierten sie kurz – wobei Hochrufe, wie Jubel beim Anblick des Generals unter den Männern laut wurden.
Wellingtons Versuche, diese mit beschwichtigenden Gesten einzudämmen erwiesen sich als erfolglos. Im Gegenteil, seine Bescheidenheit stachelte seine Untergebenen nur noch mehr an.
Er ließ Copenhagen schneller traben und stieß dann zu der Reserve auf dem Hang unter einer einzelnen Ulme.
„ Wer sichert die westliche Flanke, Uxbrigde?", wollte Arthur wissen, um sich abzulenken.
Sein Stellvertreter dachte nach, blätterte kurz in einem vollgeschriebenen, kleinen Notizbuch.
„ Lord Hill mit seinem Korp, Sir.", antwortete er.
Während sich der Herzog weiter erkundigte, sah er stur geradeaus und durch die Ohren Copenhagens. Seine Miene war nahezu regungslos.
„ Wo sind die Truppen des Prinzen?!"
„ *Welches* Prinzen, Mylord?!", versuchte Uxbrigde einen Scherz.
Aber sein General reagierte nicht darauf.
„ Des Prinzen Bernhard von Sachsen- Weimar."
„ Sie sind zwischen Papelotte und La Haysante postiert, Euer Gnaden. Dahinter stehen die Hannoveraner."
„ Und wer hält die Straße?"
„ General Thomas Picton mit der 5. Division, Mylord.", gab Uxbrigde gehorsam Auskunft.

„Der Westen?", fragte der Herzog mit erhobener Augenbraue.
Kurz das Geräusch von Seiten, die rasch umgeblättert wurden.
„Die Division von Generalleutnant Charles Alten, Sir."
„La Hay Sante?!"
Das wusste der Stellvertreter ohne weiter nachlesen zu müssen.
„KGL, Sir."
Damit war die King´s German Legion gemeint.
Die „Deutsche Legion".
Eine flinke, schlagkräftige Truppe. Besonders ihre „Lützower Jäger".
Ja, sie waren geschickt, sofern sie Platz hatten.
Jetzt mussten sie bald auf engem Raum beweisen, ob sie auch standhalten konnten.
Dabei würde ihnen keine andere Wahl bleiben, denn dieses Gehöft war ein Schlüsselpunkt.
„Wer ist weiter im Westen?", fragte Wellington weiter.
„Äh ... Moment, Sir.", erwiderte Uxbrigde verlegen und begann hektisch in seinem Notizbuch nach der entsprechenden Stelle zu suchen.
Mit sichtlicher Erleichterung blieb sein Zeigefinger plötzlich auf ein paar Zeilen liegen.
„... Ah ja! Die Bataillone des Grafen ..."
Er zog die Brauen zusammen, ob des wunderlichen Namens. „... äh ... Kielmannsegg oder so ähnlich, Mylord."
Arthur nickte langsam und besah die Weite, die

sich vor ihm und seinem treuen Copenhagen erstreckte.

„Haben Sie schon etwas von Blücher gehört, Sir?", fragte Uxbrigde hoffnungsvoll, während er das Notizbuch wegsteckte.

„Nein.", lautete die knappe, düstere Antwort.

„Und der Graf von Gneisenau, Sir?! Haben Sie Nachricht von ihm?", hakte der Lord nach, wie ein neugieriges Kind, das seinen Vater bedrängt.

„Nein."

Daraufhin schwieg der Stellvertreter und ließ etwas die Schultern hängen.

Wellington spürte das Unbehagen seiner Männer, ihre Angst und er konnte sie nur zu gut verstehen. Alles, was sie tun konnten, war Zeit schinden. Ohne Blücher, Gneisenau und die Preußen waren sie chancenlos und verloren!

Die Sonne ging auf, aber ihr Licht war schwach und ohne Wärme.

„Genießen Sie den Sonnenaufgang, Gentlemen.", sprach der Herzog und Copenhagen unter ihm schnaubte.

>*Für die Meisten wird es der Letzte sein.*<, fügte er gedanklich hinzu.

Es dauerte mehrere Stunden bis sich die Franzosen endlich in Bewegung setzten, um sich zu formieren.

Um 10:30 Uhr waren auch die letzten Nachzügler auf ihrem Posten.

Das Heer, unter Napoleons Oberbefehl, hatte sich in mehreren Linien, die versetzt hintereinander lagen, den Briten entgegen gestellt.
Die Führung über die Kavallerie hatte Marschall Michael Ney. Die Infanterie wurde von den Marschällen Grochy und d`Erlon angeführt und die vom Kaiser so geliebte Artillerie befehligte General Lobau.
Jérome Bonapart, der Bruder des Kaisers, saß auf seinem Rappen, an der Seite seines berühmten und gefürchteten Bruders.
Napoleon tätschelte seinem Schimmel Marengo liebevoll den Hals.
Um ihn herum hatten die Junge, Mittlere und die Alte Garde Stellung bezogen.
Ein Wall aus Leibern, Schießpulver, Willen und Stahl.
Im Westen der Garden ruhte ein Schwadron der Kavallerie als Rückendeckung und Schildbrecher.

 Vor den Garden, am Rande der Straße entlang, hatte Napoleon drei Einheiten der Kavallerie, zwei der Infanterie und ein Korp aufmarschieren lassen.
Links und rechts dieser Aufstellung hatten sich noch weitere Bataillone der Kavallerie, sowie einige Geschütze der Artillerie postiert.
An vorderster Front, nahe des befestigten Guts Hogoumont - an der linken Flanke der Briten – sowie La Haysante, der rechten Flanke Wellingtons, und damit direkt vor der Hügelkette, befand

sich die gesamte Artillerie, gedeckt durch die übrige Infanterie.

„Willst du nicht angreifen, lieber Bruder?!", fragte Jérome so beiläufig wie möglich.

„Nein, noch nicht. Dieser Boden ist die reinste Hölle!", knurrte der Kaiser und hielt sich den Magen. Er war krank, schwer krank. Und doch schlug er diese Schlacht.

Entweder war das sehr mutig oder sehr dumm. Doch es ob lag niemandem, über den Kaiser zu urteilen. Nicht mal seiner Familie.

„Und für Wellington ein Vorteil, nicht wahr?"

„Ganz genau. Aber den werde ich ihm nicht gönnen! Wir warten, Bruder.", knurrte der Kaiser missmutig und schaute sich um.

„Und worauf, Bruder?! Besseres Wetter?!?", scherzte Jérome.

Der Kaiser nickte schweigend und das Lächeln des Bruders starb augenblicklich.

„Aber während wir warten, können wir denen ruhig schon einen kleinen Vorgeschmack geben!"

Auf einen Wink des Kaisers hin, schlugen die Trommler an und die Soldaten ließen mehrstimmig ihren Schlachtruf im Takt der Schläge ertönen, jedoch ohne sich zu rühren.

„Vive la France! Vive la France!" , scholl es zu den Briten herüber.

Napoleon grinste hämisch.

„Siehst du sie, Bruder?! Siehst du, wie sie zittern?!? Ja, sie wissen, dass dies ihren Tod verheißt!"

Er sog genießend die Luft ein und lachte.
„Oh ja! Ich kann ihre Angst fast schon riechen!"
Die dunklen Augen des Kaisers funkelten und diesmal lag es nicht am Fieber.
Wobei, vielleicht doch. Nur eben ein Fieber anderer Art.
„Was du so alles siehst und riechst, Bruder. Ich bin immer wieder aufs Neue erstaunt.", erwiderte Jérome trocken, konnte jedoch das mulmige Gefühl nicht leugnen, welches ihn beschlich – und das, obwohl er auf *dieser* Seite nichts zu befürchten hatte!
Um sich abzulenken zückte er sein Fernrohr und ließ den Blick über die Gegner schweifen.
„Ich will dir ja nicht die gute Laune verderben, Bruderherz, aber ich glaube, dass Wellington das ziemlich egal ist. Und was dem Eisernen Herzog egal ist, das ist auch seinen Leuten völlig gleich."
Schon bekam er das Fernrohr aus der Hand gerissen.
„WAS?! Gib her!"
Napoleon setzte hustend das Fernrohr an und hielt Ausschau nach seinem Widersacher.
„Wo bist du, du miese, kleine, englische Ratte? Wo bist du?!", murmelte er dabei.
„Gerüchten zufolge, ist er gar kein Engländer, sondern Ire.", bemerkte Jérome.
„Es ist mir egal, was er ist!", fauchte Napoleon, das Fernrohr nicht senkend.
„Und wenn das stimmt, dann um so schlimmer! Aber für mich ist er einfach ein Bastard! Ein arro-

ganter Bastard, klar?"

„ Ja, Bruder.", erwiderte Jérome mit gelangweiltem Unterton.

Plötzlich hielt der suchende Blick des Kaisers inne. Anscheinend hatte er den Herzog gefunden.

„ Sieh ihn dir an, Jérome, wie er da sitzt auf seinem großen Gaul! So stolz, so arrogant und überheblich. Hält sich für was Besseres, glaubt, er könne mich schlagen. Oh, es wird mir ein Vergnügen sein, ihn und seine Leute unter meinem Stiefel zu zerquetschen!"

Jérome gelangte wieder in Besitz seines Fernrohrs und hielt es nun seinerseits auf den Herzog gerichtet, indes sein Bruder schwer hustete.

„ Weißt du, Bruder, irgendwie erinnert er mich an einen König. An einen dieser sagenhaften Könige, verstehst du? So erhaben, doch schlicht. So präsent und doch im Hintergrund. So -"

„ Schluss mit der Schwärmerei! Wer bist du – ein verliebtes, junges Gör?! Bei Gott, für wen bist du eigentlich, hm?", fauchte der Kaiser zornig.

Rasch schob der Bruder sein Fernrohr zusammen und steckte es weg.

„ Selbstredend für dich, mein Bruder und Herrscher.", versicherte er schnell.

„ Es lebe der Kaiser! Es lebe Frankreich! Es lebe der Kaiser!"

„Sir?!", drang es leise flüsternd von links an das Ohr des Sergeants.
Fragend besah er den Soldaten von der Seite.
„Ja, Smittie?!"
„Was hat Ihre Frau gesagt, Sir?", wollte der junge Mann wissen.
Er war kreideweiß und zitterte so sehr, dass seine Patronentasche klapperte.
Harper setzte eine Miene auf, als befänden sie sich bei einem Tee, anstelle auf einem baldigen Schlachtfeld.
„Meine Rachel, meinst du?"
„Ja, Sir."
Mit großen Augen sah der junge Mann auf das weite Feld, den Acker, der sich mehrere Meter unter ihnen erstreckte.
„Sie hat gesagt, sie würde auf mich warten.", sprach der hünenhafte Ire versonnen und sogleich verzog sich sein Herz in beißendem Schmerz.
„Wo ist sie jetzt, Sir?", fragte Smith weiter.
Hauptsache reden, denn schweigen tun nur die Toten – und das lange genug.
„Wahrscheinlich in London und weiter auf dem Weg nach Dublin. Bei meinem kleinen Samuel. In Sicherheit.", vermutete Harper und schickte im Stillen ein Gebet gen Himmel, dass es auch wirklich so war.
„Sie haben einen Sohn, Sir?", erkundigte sich Smith überrascht und sah zu ihm.
„Ja.", erwiderte der Ire mit leichtem, doch unfassbar stolzem Lächeln.

„ Er ist jetzt Vier."
Nun musterte Harper den jungen Mann neben sich eingehend.
„ Und du, Smittie?! Hast du Familie? Eine Frau? Ein Kind?"
Verlegen sah sein Gegenüber geradeaus.
„ Nein, Sir."
Harper klopfte seinem Private ermutigend auf die Schulter, sodass dieser fast ein paar Schritte vorwärts stolperte.
„ Weißt du, was wir machen, Junge, wenn all das hier vorbei ist?!"
„ Was denn, Sir?", fragte Smith neugierig und schien froh, schon über den Frieden nachdenken zu dürfen.
„ Wir suchen dir ein nettes, junges Mädel. Na, wär` das was?"
Der Private strahlte bis über beide Ohren und sein Sergeant grinste väterlich.
„ *DAS* würden Sie tun, Sir? Eine Dame für mich suchen, Sir?! Eine richtige, englische Dame?!?"
Der hünenhafte Ire schmunzelte.
„ Ja, Smittie. Eine richtige Dame.", bestätigte er und fügte mit einem Augenzwinkern hinzu. „ Von mir aus auch eine Englische."
Der Schlachtruf und das Getrommel der Franzosen wurden vom Wind zur Infanterie hoch getragen.
Maitland schritt die Linien der Soldaten ab und kam bei Harper zum Stehen.
„ Nerven Sie diese Schweinehunde mit ihrem

ständigen >*Vive la France*< schon genauso sehr wie mich?", fragte er mit leichtem Lächeln.

„ Ja, Sir. Wann zeigen wir's diesen Froschfressern endlich, Sir?!", brummte der Sergeant grimmig.

„ Wenn Seine Lordschaft, der Herzog, es uns befiehlt, Mr. Harper.", mahnte Maitland mit leichtem Tadel, doch seine Augen blitzten amüsiert.

„ Aber gut zu wissen, dass ich nicht der Einzige bin, der diesen Bastarden da unten gerne den Hals umdrehen will. Kann ich auf Sie und Ihre Männer zählen, Sergeant?!"

„ Jawohl, Sir! Sieg oder Tod für Seine Lordschaft, Sir!"

Maitland nickte zufrieden und korrigierte ihn auch nicht, dass es eigentlich >*für den König*< heißen musste.

Unzählige Männer hatten ihm ähnliches gesagt. Der König von England war viel zu weit weg, der alte Naseweis hingegen umso näher und seit Jahren ihr Anführer.

Also war es kaum verwunderlich, dass sie *ihn* und nicht den König an diesem Tag ehrten.

„ Gott schütze Irland, Mr. Harper!", sagte Maitland noch und ging weiter.

„ Gott schütze Irland, Sir!", erwiderte Harper inbrünstig.

„ Gott schütze uns alle.", meinte Smith leise.

Die Stimmung im Lager war von Angst und Ungewissheit eingenommen worden.
Sämtliche Frauen und Kinder blieben in ihren Zelten oder den Hütten, die man ihnen zugewiesen hatte.
Sie bangten und hofften auf die Rückkehr ihrer Liebsten.
Der Wind trug die Trommelschläge und das Rufen der Franzosen auch ins Lager hinein.
Einige Kinder, besonders die Kleinsten, begannen vor lauter Furcht zu weinen.
Manch junge Frau und Mutter tat es den Kleinen aus reiner Verzweiflung nach.
Der Geistliche machte seine Runde, nahm die Beichte ab, betete mit den Harrenden und segnete sie.
Julia sah aus dem Fenster des Quartiers Seiner Lordschaft und beobachtete den Pfarrer.
Dem Diener Gottes stand die Todesangst ins Gesicht geschrieben, obwohl er alles tat, um sie zu verbergen.
Rosy, welche Julia Gesellschaft leisten durfte, hatte sich in einer Ecke zusammengekauert und starrte schweigend die Wand an.
Julia setzte sich neben die alte Dame und blickte in dieselbe Richtung.
Aus Gründen, die ihr unklar waren, faltete sie die Hände und begann leise zu beten.

Der Union Jack am Hauptmast des stillen Lagers wehte sacht im Wind, genauso wie die übrigen Fahnen, welche die jeweiligen Fähnriche bei sich und bald in die Schlacht tragen würden.
Die Farben der Niederlande und des später Mal als Deutschland bekannten Reichs leuchteten im schwachen Licht der Sonne. Aber über allem strahlte das Banner Seiner Majestät, des Königs von England. Der Union Jack.
Dem entgegen stemmten sich die Fahnen der Franzosen und die goldenen Adler mit Donnerkeil und gespreizten Schwingen auf den Spitzen der Fähnrichsspeere.
Aber auch auf dem Hauptmast im britischen Lager thronte ein Vogel.
Ein hübscher, sandfarbener Falke mit Gold gesprenkelten Augen.
Sein Name lautete Picard.
Jonathan Gates trat aus seinem Lazarettzelt und ließ seinen Blick über das Lager schweifen.
Niemand, bis auf den umherziehenden Pfarrer, war zu sehen. Höchstens zu hören.
Das Weinen und Schluchzen von Frauen und Kindern erfüllte die Luft – und es würde bald schlimmer werden, wusste der Medicus.
Er schaute hoch zu Picard, seinem treuen Falken.
„Siehst du, alter Freund?! Es entsteht von Neuem. Aber diesmal ist alles offen. Die Schlacht bei Waterloo hat begonnen!"
Seinen Worten folgten im selben Moment das Donnern und Tosen der ersten Kanonenschüsse.

Es hatte begonnen. An diesem Tag, wie vor exakt 200 Jahren.
Aber heute war der Ausgang ungewiss!
Jonathan drehte sich seufzend um und kehrte in sein Zelt zurück.

„Feldmarschall! Feldmarschall Blücher!!"
„Keine Zeit, mein lieber Junge, keine Zeit! Wir müssen weiter, mein Lieber, immer weiter! Oder wollen Sie den Briten etwa den ganzen Spaß überlassen, hm?"
Blücher lachte. Sein gebrochenes Bein schmerzte, doch er trieb seine schwarze Stute dennoch geschickt weiter.
Wo ein Wille war, da war auch stets ein Weg. Oder man machte ihn sich eben.
Der Preuße wurde deswegen auch liebevoll „Marschall Vorwärts" genannt.
Feldmarschall und General Gebhardt Leberecht von Blücher war fast in allem das genaue Gegenteil von seinem Verbündeten Sir Arthur Wellesley. Sir Arthur schmal, hochgewachsen, rasiert, höflich und Nerven, wie Drahtseile.
Blücher hingegen war breitschultrig, groß, stämmig und mit einem Backenbart, der in einen Schnauzer nahtlos überging, außerdem ein richtiger Hitzkopf.
Wellesley schwor dem Alkohol ab, Blücher war ein notorischer Trinker.
Wo der Engländer ernst blieb, riss Blücher seine Scherze. Wellesley hatte schwarzes Haar mit grau

melierten Schläfen; das Haar des Feldmarschalls war weiß wie jungfräulicher Schnee.

Die Augen des Herzogs so blau, wie das tiefe, weite Meer. Die des Feldmarschalls so braun, wie das Fell eines herrlichen Rothirschs in der Morgendämmerung.

Aber in einer Sache waren sich die beiden Schlachtenlenker einig: Wenn sie jemandem ihr Wort gaben, so hielten sie es. Komme, was da wolle!

Blücher hatte Wellington versprochen, ja geschworen, ihn im Kampf gegen Napoleon zu unterstützen und nun trieb er also seine Männer unermüdlich und unerbittlich vorwärts.

Bei Ligny hatte dieser französische Teufel es geschafft, ihn und seine Männer empfindlich zu treffen und zu schlagen – aber nur, weil Wellington nicht in der Lage gewesen war, den Preußen zur Hilfe zu eilen.

Doch der Brite war selbst von Marschall Ney und seinen Leuten aufs Ärgste bedrängt worden, ansonsten – und daran zweifelte Blücher keine Sekunde – wäre der Herzog zu ihrer Rettung geeilt.

Der Graf von Gneisenau, ein mürrischer, doch tapferer Mann, ritt neben dem Feldmarschall auf seinem aschefarbenen Wallach her.

Der Graf war dies bezüglich geteilter Meinung, da er Wellington nicht leiden konnte, ja man konnte fast sagen, er hasste ihn.

Aber Gneisenau kam eigentlich mit niemandem gut aus, selbst mit den eigenen Leuten nicht.

Trotzdem folgte er Blücher ins Gefecht, um diesem verdammten Engländer gegen diesen verrückten Franzosen beizustehen.
Ganz getreu des alten Spruchs: Der Feind meines Feindes sei mein Freund.
„ Nein, Feldmarschall, aber sehen Sie!", rief einer der Soldaten und wies auf einen Reiter, der sein müdes Pferd im Galopp auf das marschierende Heer zu trieb.
„ Da! Ein Bote, Feldmarschall!"
Es schien wirklich ein Bote zu sein, da keine weiteren Einheiten oder dergleichen folgten und die entsandten Späher ihn ohne weiteres durchgelassen hatten.
„ Franzosen?!", fragte der Graf von Gneisenau an Blüchers Rechten misstrauisch.
Der Feldmarschall kniff die Augen zusammen.
„ Nein, mein Bester. Den würden wir riechen, bevor wir ihn sehen! Die Franzosen reiten doch immer ihre Pferde wund."
„ Sie haben Recht, Feldmarschall. Aber wer schickt uns dann einen Boten?! Noch dazu in solcher Eile?!?", hakte der Graf nach und legte die Stirn in Falten.
Blücher traf die Erkenntnis ähnlich einem Schlag ins Gesicht. Dem Graf erging es nicht anders. Beide sahen sich an.
„ Wellington!", entfuhr es ihnen gleichzeitig, wobei Blücher besorgt und Gneisenau genervt wirkte.
„ Feldmarschall Blücher! Feldmarschall Blücher!!", rief der Bote erschöpft und sah sich suchend um,

während das Heer rasch an ihm vorbei und um ihn herum marschierte.
Das Bein begann wieder zu pochen und schnell nahm Blücher einen Schluck aus seiner privaten Feldflasche, um den Schmerz zu betäuben.
Dann gab er seinem Pferd die Fersen und trabte, begleitet von Gneisenau, auf den Kurierreiter zu. Grüßend hob er den Hut.
„Hier, mein Guter, und einen schönen Tag wünsche ich!", meinte er lachend, wurde aber sofort wieder ernst, als er die verängstigte Miene des jungen Burschen sah.
Weder Ross, noch Reiter würden sich noch lange auf den Beinen halten können, entkräftet von Müdigkeit, Stress und Furcht. Sie hatten sich nicht geschont.
„Was ist denn los, mein Bester?! Sie sehen ja aus, als hätten Sie einen Geist gesehen."
„Keinen Geist, Sir.", bemerkte der Bote keuchend. „Den Teufel."
„Napoleon Bonapart.", entfuhr es Gneisenau grimmig.
Der junge Bursche nickte und hielt Blücher einen Zettel hin. Der Feldmarschall erkannte Wellingtons Handschrift.
Offensichtlich hatte der Herzog es in Eile oder voller Angst geschrieben, denn Blücher konnte es nur mit Mühe lesen.

Kommen Sie schnell! Wir kämpfen bis zum letzten Mann!
Wellington

Blüchers durch den guten Zuspruch Bruder Alkohols gerötetes Gesicht wurde aschfahl.
Hastig drehte er den Zettel um, kritzelte etwas darauf und gab ihn dem Boten wieder zurück.
„Reiten Sie, mein lieber Junge! Reiten Sie, als wären Ihnen und Ihrem Gaul sämtliche Teufel und Ausgeburten der Hölle auf den Fersen!!"
„Jawohl, Sir!", erwiderte der Jüngling gehorsam.
Der Bote bestieg rasch ein frisches Pferd, warf es herum und preschte im gestreckten Galopp davon.
Blücher sah ihm nach und atmete mehrmals tief durch.
„Feldmarschall?!", fragte Gneisenau besorgt.
Anstatt zu antworten griff Blücher zur Flasche, nahm einen großen Schluck und trieb seine Stute im Galopp voran.
„Keine Zeit, mein Bester, keine Zeit!", brummte er dem Grafen noch zu.
„WEITER, MEINE KINDER! WEITER!!"

„Zieht die Köpfe ein, Jungs! Keiner rührt sich, außer es ist ein verdammter Befehl!"
Die Infanterie auf der Hügelkette duckte sich unter der nächsten Salve der französischen Artillerie.
Dicht neben Smith schlug eines der Geschosse ein, riss die Männer, die dort standen, in Stücke.
Gedärme flogen, Gliedmaßen wurden durch die Luft geschleudert, warmes Blut spritzte und blieb an Leib und Kleidung haften.
Gellende Schreie schienen von überall herzukommen.
Es roch nach Blut, Pulver und Schweiß. Dazu Angst und Tod.
Verletzte stöhnten, viele verbluteten jämmerlich. Manche flehten um den Tod, andere riefen nach Gott oder ihren Eltern.
Ängstlich und entsetzt rückte der junge Private näher zu seinem hünenhaften Sergeant.
Der riesige Ire warf ihm einen kurzen Seitenblick zu, sah, dass der Junge vor Angst weinte.
„Ich will nicht sterben, Sir!", schrie Smith gegen den Lärm der Schlacht an.
Die Offiziere bellten Befehle, verlangten Ruhe und Geduld von ihren Leuten.
„Jetzt bloß nicht durchdrehen, Jungs! Bloß nicht – Aaargh!"
Einer der Offiziere fiel den Geschossen der nächsten Salve zum Opfer.
Er lag am Boden, in seinem eigenen Blut und drückte schreiend seine Hände auf den Oberschenkel.

Die Kugeln hatten ihm das Bein zerfetzt.
Eine Weile lag der einst so adrette, tapfere Offizier vor seinen Männern im Schlamm, krümmte sich und schrie – dann war er still.
Smith bebte vor Angst, wollte zurückweichen, aber Harper hielt ihn energisch am Arm zurück.
Salve um Salve folgte, Menschen schrien, fielen, starben. Wurden zerfetzt oder verkrüppelt.
„ Ich will nicht sterben, Sir!", rief der Private nochmals.
Neben Harper starben drei Soldaten, von Geschossen entstellt, im Pulverdampf.
„ Ich bin bei dir, Smittie.", brummte der Sergeant und zog ihn wieder neben sich. Im Vergleich zu seinem schlotternden Private wirkte er ganz ruhig.
„ Keine Angst, Smittie, ich bin bei dir. Wir alle sind bei dir!"
Der Hüne schaute erst Smith an, dann wies er mit einem Nicken auf das 33. Regiment hinter ihnen.
Alle nickten dem jungen Mann ermutigend zu, als seien sie ein Mensch.
Wieder eine Salve.
Donner. Rauch. Schreie.
Tod.

„Warum bewegst du dich nicht, du englische Ratte?! Jérome, warum bewegt sich diese Ratte nicht?!?", murrte Napoleon ungeduldig, dabei sein Fernrohr auf den Feind gerichtet und unterdrückte ein Husten.
Seit einer Stunde ließ er seine Artillerie aus allen Rohren auf die Front feuern.
Eigentlich hätte Wellington nun seine Männer in Sicherheit, nach Westen, verlegen sollen und damit seine Linie geschwächt.
Aber keiner der Männer rührte sich. Sie starben reihenweise, doch keiner wich.
Wellington war doch sonst immer so vorsichtig, die reinste Glucke, was seine Soldaten und deren Verluste angelangte. Warum also jetzt nicht? War er über Nacht zum skrupellosen Menschenschlächter geworden?!
Nein, unvorstellbar.
Der Kaiser geriet ins Grübeln.
„Mir scheint, die Ratte, lieber Bruder, ist keine Ratte, sondern ein schlauer, alter Fuchs.", meinte Jérome gelassen.
„Mag sein, aber jedenfalls nicht schlauer als der Goldene Adler! Ach, was soll`s! Seine Front hole ich mir später. Jetzt kümmern wir uns erstmal um die Gehöfte.", entschied Napoleon leicht beleidigt. Er mochte es nicht, wenn er einen Gegner falsch einschätzte. „Hogoumont scheint das Stärkste von ihnen zu sein, jedoch am Schwächsten besetzt, Bruder.", bemerkte Jérome.
„Das sehe ich. Deswegen wirst DU es für mich

holen.", schnaubte der Kaiser und begegnete dem entsetzten Blick seines Bruders mit eisiger Kälte, die nur gelegentlich von fiebernder Hitze erhellt wurde.
„ ICH?!", entfuhr es dem Jüngeren verdattert und er warf sich entgeistert in die Brust.
„ Ja, du. Na los, dein Kaiser befiehlt es dir!"
Jérome ergab sich seinem Schicksal, nickte demütig und drehte sein Pferd auf der Hand herum.
„ Wie du wünschst, Bruder. Es lebe der Kaiser! Es lebe Frankreich! Es lebe der Kaiser!"
Der rabenschwarze Wallach wandte sich von dem silberweißen Hengst ab und trug seinen Reiter zu zwei Einheiten der Infanterie, die Jérome nach Hogoumont führen sollte.

Es war 12:20 Uhr als die Feuer der Artillerie von der Front auf das kleine Schloss mit dem ummauerten Obstgarten umschwenkten.

„Euer Gnaden, sollten die Männer sich nicht besser in Sicherheit begeben, am Besten nach Westen? Sie stehen unter Beschuss und die Verluste sind hoch.", schlug Uxbrigde zögernd vor.
Wellingtons Gesicht zeigte keine Regung, aber in seinem Innern tobte ein Sturm.
Angst, Schuldgefühle, Selbsthass und Sehnsucht, die Sehnsucht nach seiner Liebsten, kämpften in ihm um die Vorherrschaft.
„Euer Gnaden?! Soll die Infanterie sich zurückziehen, Sir?!?", wiederholte einer der Offiziere drängend.
Wellington schwieg, beobachtete das Massaker.
So viele Menschen. So viele Leben. So viel Tod.
Und nur wenige von ihnen hatte er je gesehen, geschweige denn kannte er ihre Namen. Aber sie kannten ihn, ihn und wofür er stand, und dafür starben sie zu Tausenden.
Unzählige Kinder würden ab heute vaterlos, etliche Frauen Witwen sein.
So manchem Mädchen bräche das Herz, Mütter verloren ihre Söhne und kleine Jungen ihre großen Brüder.
Sie sollten nicht leiden, sie sollten nicht sterben!
Nicht hier, nicht jetzt, nicht so qualvoll und allein!
„Euer Gnaden!", forderte Uxbrigde unruhig und riss den Herzog damit aus seinen dunklen Gedanken.
„Was ist, Uxbrigde?!", fauchte er gereizt.
„Die Infanterie, Euer Lordschaft.", versuchte es der Stellvertreter zum wiederholten Male. „Soll

sie sich zurückziehen, Sir?!"
Wellingtons Blick fiel auf die Hügelkette. Die Kanonenkugeln hatten Wunden in seine Linien gerissen.
Wunden ja, aber sie waren nicht sonderlich tief.
„Nein. Die Männer halten ihre Position."
„Aber, Euer Gnaden -!", fing Uxbrigde entsetzt an.
Da fuhr Wellington im Sattel zu ihm herum. Sein scharfer, wütender Tonfall veranlasste Copenhagen dazu, laut schnaubend mit dem Vorderhuf zu scharren. Bis dato hatte der Hengst ruhig gehalten, als sei er aus Stein gehauen.
„Es ist eine Finte, Uxbrigde. Ein Trick, Sie verdammter Hornochse! Sehen Sie das nicht?!?"
„Nein, Sir.", gestand Angesprochener und beschloss im Stillen, diesen wüsten Ausfall des Generals zu vergessen. Der Rest des Stabes, der hinter ihnen verharrte, stimmte ihm in seinem monotonen Schweigen zu.
Wellingtons Blick schnellte wieder zum Schlachtfeld. Wie ein Falke über den Wiesen behielt er alles im Blick, so schien es. Aber Uxbrigde hatte seltsamerweise ein anderes Bild im Sinn. Eher wie ein Löwe, der in einem Käfig sitzt und zusehen muss, wie Hyänen seine Jungen zerfleischen.
„Falls wir weichen, wird er unsere Mitte erstürmen wollen.", erklärte der Eiserne Herzog ruhig und seine ozeanblauen Augen glänzten, als würden Schaumkronen auf den wilden Wellen tanzen, während er fortfuhr.
„Aber wenn unsere Linien halten, dann wird er

sich an uns die Zähne ausbeißen, Uxbrigde!"
„*Wenn* sie halten, Sir.", gab der Lord Stellvertreter zu Bedenken.
„ Sie *müssen*.", entgegnete der Herzog düster und seine Miene wurde noch kälter.
„ Euer Lordschaft!", rief Graham plötzlich, der bei seinen Männern auf seinen Einsatz wartete, und wies nach vorne.

Sofort schnellte Wellingtons Blick in die gewiesene Richtung.
„ Da! Sehen Sie, Sir! Es ist ein Bote!"
Graham behielt Recht.
Es war tatsächlich ein Kurier, der am Ende seiner Kräfte zu Seiner Lordschaft und dem Militärsstab aufschloss.
Keuchend streckte er Wellington den Zettel hin, der Blüchers Antwort enthielt.
Der Herzog nahm die Nachricht entgegen und musterte den jungen Mann für einen Moment aus dem Augenwinkel.
„ Sie sehen erschöpft aus, junger Mann.", bemerkte er und hob die Augenbraue.
Schnell schüttelte der krebsrote Jüngling den Kopf.
„ Was? Nein, nein, Euer Gnaden. Ich ... ich bin nicht müde!", versicherte er hastig und rang hörbar nach Luft. „ Ich kann immer weiter machen, Mylord."
Fast flehend begegnete er den eisigen, blauen Augen, ähnlich einem Hund, der darum bettelte

nicht von seinem Herrn fortgeschickt zu werden.
„ Wenn ich Sie weitermachen ließe, Sir, würden Sie mir noch tot vom Pferd fallen. Und tot nützen Sie mir höchstens als Deckung für die Salven der Franzosen.", knurrte der Herzog und machte seinem Spitznamen Ehre.
Er sah inzwischen wieder über die Ohren seines dunklen Hengstes hinweg, welcher gelassen dem Kanonenfeuer und den Schreien lauschte als handele es sich um das Murmeln eines Gebirgsbachs.
„ Da ich Sie aber nicht in Einzelteilen zurück nach London bringen will, sollten Sie sich ausruhen."
„ Aber, Euer Gnaden …!", fing der Jüngling an – offenbar ein beispielloser Patriot oder Idealist. Im schlimmsten Fall beides.
Wellington schnitt ihm mit knapper, harter Geste das Wort ab. „ Gehen Sie! Gehen Sie zurück ins Lager und ruhen Sie sich aus, Sir. Ich werde nach Ihnen rufen lassen, falls ich Sie brauche.", meinte er.
„ Muss ich mich wiederholen?!", erkundigte er sich nach einer Weile, da der Bote sich noch immer nicht vom Fleck rührte.
Auffordernd wedelte der Herzog mit der Hand, als eindeutiges Zeichen, dass der Junge nun entlassen war.
Der Bursche nickte, ein erleichtertes Lächeln auf den Lippen. Unendlich dankbar deutete er mehrmals eine Verbeugung an, wandte sein Pferd und ritt in den Schutz des Lagers davon.
„ Nein, Euer Lordschaft. Sofort, Euer Lordschaft!

Tausend Dank, Euer Gnaden!"
Während der Bote von dannen zog, widmete sich der Herzog der Nachricht Blüchers.

HALTEN SIE DURCH. WIR KOMMEN.
BLÜCHER

„ Es gibt also noch Hoffnung.", murmelte Wellington mehr zu sich selbst und fuhr Copenhagen beiläufig über den Hals.
„ Euer Lordschaft! Da!" Grahams Schreie weckten alle.
„ La Hayne Sainte und Hougoumont. Die Franzosen nehmen sie unter Feuer!" Der Herzog schaute auf und ließ den Zettel schlagartig, wie achtlos fallen. Eine Windböe erfasste das stürzende Schriftstück und trug es weit über das Schlachtfeld. Napoleon hatte seine gesamte Infanterie in drei Teile gespalten. Der erste Teil, unter Jerome Bonarparts Führung, nahm Hougoumont in Angriff, der Zweite – angeführt von Marschall Ney – drohte La Haye Sainte zu erstürmen und der Dritte nahm sich die Frontlinie der Briten auf der Hügelkette vor. Die Infanterie erhielt von der Artillerie in allen drei Fällen schlagkräftigen Feuerschutz.

„Was sollen wir tun, Sir?!"
Beinahe schon verängstigt, aber auf jeden Fall hoffnungslos überfordert sahen die Offiziere zu Wellington.
„Erteilen Sie Feuerbefehl, Lord Uxbrigde!", knurrte ihr Oberbefehlshaber dunkel. „Unsere Kanonen sollen den Franzosen mal zeigen, wozu sie fähig sind."
Angesprochener nicke ergeben. „Jawohl, Euer Lordschaft!"
Schon preschte der Stellvertreter los.

Das Donnern der britischen Kanonen antwortete wenig später dem Ansturm der Franzosen.
„Mr. Graham!"
Der Kavallerieoffizier drehte sich im Sattel um und schien wie ein übereifriger Jagdhund.
„Euer Gnaden?!"
„Sagen Sie Mr. Maitland, er soll vorrücken, sofern es ihm möglich ist. Er soll sich auf die Ebene kämpfen. Der Rest der Männer soll aufrücken und die Hügelkette geschlossen besetzen!", ordnete Wellington barsch an.
„Was ist mit denen vom 33.sten, Sir?", hakte Graham nach und griff die Zügel auf, worauf sein Hengst unruhig auf der Stelle zu tanzen begann.
„Schicken Sie sie in die Ebene. Wir brauchen kampfestolle Iren wie Mr. Harper und seine Leute dort unten. Ich nehme an, Storm ist noch immer ihr Captain?"

Mehr stimmiges Nicken antwortete ihm und Wellington konnte sich ein hämisches Grinsen nicht untersagen.
„Gut so! Dann wird dem Feind hören und sehen vergehen. Machen wir ihnen ein bisschen Angst, meine Herren.", sprach er in die Runde, ehe sein Augenmerk wieder auf Graham fiel.
„Und jetzt reiten Sie!"

„Jawohl, Euer Gnaden. Sofort!"
Graham gab seinem Schimmel die Sporen und galoppierte davon. „Jetzt können wir nur noch warten und hoffen, Gentlemen.", meinte der Herzog zu seinem restlichen Stab und tätschelte den Hals seines Pferdes.
Sein Blick wanderte vom sich entfernenden Graham wieder auf das weite Schlachtfeld.
„Alles Weitere liegt in Gottes Hand."

Eine Tür fiel ins Schloss. Aber so leise, dass es Julia entging. Ebenso die Erscheinung, welche behutsam an sie heran trat. Noch immer sah die junge Frau aus dem Fenster, raus auf die verschlammten Gassen und dreckigen Häuser. Rauch und Pulverdampf herrschten über Waterloos Äckern und Hängen. Mit ihnen Feuer und Tod.
Rosy war in einem der Nebenzimmer verschwunden. Wahrscheinlich versuchte sie, Schlaf zu finden. Trotz des Lärms der Schlacht, welcher wie ein unnatürliches Gewittergrollen vom Wind zu ihnen getragen wurde.
Unbewusst spielten Julias Finger mit dem Anhänger an ihrer Kette.
Die Augen des roten Löwen funkelten in dem wenigen Sonnenlicht, dass sich durch die Wolken zu kämpfen vermochte.
„ Man sagt, wenn es in der Nacht vor einer Schlacht regnet, so ist der Sieg den Engländern gewiss. Denn sie sind Kinder des Sturms. Brüder von Blitz und Donner."
Überrascht fuhr Julia herum. Ihr Blick fiel auf Gates, der mit der Andeutung eines Lächelns auf sie zu ging, dabei die Hände hinter dem Rücken verschränkt.
„ Die Franzosen sind da interessanterweise anderer Ansicht: Wenn die Sonne am Morgen der Schlacht scheint, werden sie diesen Kampf für sich entscheiden. Nun, Mrs. Green, sagen Sie mir: Wer von beiden trägt heute den Sieg davon?"
Der Sturm, welcher in der vorigen Nacht gewütet

hatte, war in den frühen Morgenstunden abgezogen. Dann war die Sonne hinter der Wolkendecke hervorgebrochen – pünktlich mit dem ersten Hahnenschrei.

„Herzog oder Kaiser?! Löwe oder Adler?! Wellington oder Napoleon?!"

„Ich weiß es nicht, Doktor.", antwortete Julia und ihre Finger spielten angestrengter mit der Halskette.

„Ebenso wenig wie ich.", gestand der Medicus und senkte mit einem Seufzen den Blick.

„Ich hab' sie gesehen.", erwiderte Julia unvermittelt und ihre Miene verriet echtes Grauen.

„Die Verwundeten. Sie bringen sie karrenweise her. Hierher ins Dorf. Ich ... ich kann sie unter den Messern der Ärzte schreien hören. Und diese Kammern, diese schrecklichen Kammern!"

Sie sprach von den Todeskammern. Orte - meist Keller oder Scheunen, in der Not auch Grotten - wo man all jene einpferchte, denen die Ärzte keine Hoffnung mehr zuschrieben. Dort, oft in völliger Dunkelheit, ohne Verpflegung und in Gesellschaft von Ungeziefer, ließ man die Verdammten liegen. Solange, bis der Tod sie endlich holen kam. Bis es soweit war, drang ihr Jammern und Schreien herauf und leckte auch an Julias Fenster.

Und mit scheinbar jeder Minute wurden es mehr!

„Das tut mir leid, Mrs. Green.", antwortete der Medicus ehrlich.

Er überbrückte den letzten Abstand und legte tröstend die Arme um sie.

„ Ich will ihn so nicht sehen müssen, Doktor!",
fing sie an und schluchzte an seiner Brust.
„ Bitte, ich will ihn nicht leiden sehen! Nicht so ... würdelos und entehrt. Allein mit sich und dem Wahn, auf den Tod hoffend. Bitte!"
„ Ich weiß, es ist kein Trost, aber er würde es ohnehin nicht überstehen, Madam. Verstehen Sie mich nicht falsch, Wellington ist stark!", meinte er bei ihrem bestürzten Blick.
„ Aber eine Amputation? Nein. Da würde ich ihn lieber vorher eigenhändig erschießen, um ihm das lange Leid zu ersparen, dass dem folgt."
„ Ich möchte ihm nicht beim Sterben zu sehen.", hörte er sie murmeln. So leise, dass er sich runterbeugen musste und mit seinem Ohr fast ihre Lippen berührte, um sie verstehen zu können.
„ Ich will nicht um ihn weinen und begraben müssen! Bitte, ich will einfach nur Nachhause! Zu meiner Familie, meinen Freunden."
Der Medicus seufzte schwer.
„ Überlegen Sie sich das nochmal gut, Mrs. Green! Es wird kein nächstes Mal geben ...", hob er an, doch ihr flehender Blick brachte ihn zum Schweigen und sein Herz zum Brennen.
„ Jonathan, *bitte!*"
Er ergab sich ihrem Wunsch und schlug die Augen nieder.
„ Nun gut. Wie Sie wünschen."
Fast sogleich erfüllte Julia ein Gefühl von Hitze, als habe sie Fieber, und ihre Beine gaben nach.

Sie spürte, dass sie jemand fing, und sie hörte einen Falken rufen.
› *Picard.* ‹, dachte sie noch … dann umfing sie Dunkelheit.

„Sir! Euer Gnaden!", rief einer der zahlreichen Berichterstatter aufgeregt, der sich und sein Pferd den Hang und an die Seite des Herzogs schleppte. Wellington würdigte den keuchenden Mann keines Blickes, sondern behielt die Augen stur geradeaus zwischen den spielenden Ohren Copenhagens. Was den Kerl nicht davon abhielt, weiter zu reden.
„La Haye Sainte hält den Angriff zwar stand, Euer Gnaden, doch Hougoumont wird ohne Unterstützung bald dem Feind in die Hände fallen!"
„Das sehe ich, Sie Narr! Und wissen Sie auch, was das bedeuten würde?!", grollte der Herzog grimmig, sodass der schnaufende Berichterstatter noch etwas blasser um die Nase wurde.
„Nein, Sir.", gestand er und man sah ihm an, dass er die Antwort eigentlich gar nicht hören wollte, so groß war seine Furcht. Auch vor dem Herzog.
„Das sie unsere linke Flanke *überrennen.*"
Wütend warf Wellington Copenhagen herum und schaute mit blitzenden Augen zu den Mitgliedern seines Stabes, die – zum Schutz vor der feindlichen Artillerie – etwas weiter entfernt standen.
„Schicken Sie die Scots Greys!", forderte er sie

zornig auf und warf einen Blick über die Schulter. „Wenn es welche gibt, die unsere linke Flanke retten können, dann sind es diese Leute."
Er sah wieder auf seine Offiziere und seine Augen warfen Blitze.
„Na los! Erteilen Sie ihnen den Befehl zur Attacke!"
„Jawohl, Euer Gnaden.", bekam er zur Antwort. Einer der Generäle scherte aus und ritt zur linken Flanke, um den Befehl weiterzugeben.
Indes kehrte Uxbrigde wieder an die Seite des Herzogs zurück und auch Graham war wieder bei seinen Reitern anzutreffen.
„Scots Greys?! Wirklich, Sire?", erkundigte sich Uxbrigde zweifelnd.
„Haben Sie eine bessere Idee, Uxbrigde?", zischte sein Oberbefehlshaber gereizt und lenkte seinen großen Hengst wieder zurück nach vorne. Nur sein Stellvertreter hatte den Mut, ihm dorthin zu folgen. „Nein, Sir. Aber ... die französische Artillerie, Euer Lordschaft.", gab er zu Bedenken.
„ ... Sie werden *sterben*, Euer Gnaden. Alle. Zu Tausenden, Sir!" Der Herzog nahm seinen Blick keine Sekunde vom Schlachtfeld und es war das erste Mal, dass Uxbrigde es schaffte, hinter die Maske seines Herrn schauen zu können.
„Ich weiß, Uxbrigde.", sprach der Iron Duke mit einem Bedauern, das nicht nur von Herzen kam, sondern tiefer ging. Es entsprang seiner Seele.
„Ich weiß!"
Sein Stellvertreter erschauderte.

Die Männer in ihren roten Waffenröcken mit den schwarzen Mützen und auf ihren weißen oder grauen Pferden, hatten den Befehl vernommen. Während der Überbringer wieder zu Seiner Lordschaft und damit in den Schutz der eigenen Linien zurück eilte, nahmen die Royal Scots Greys ihre Angriffsformation ein.
Die Pferde waren nervös, scheuten und tänzelten. Den Männern stand der Angstschweiß auf der Stirn und sie zogen dennoch mit grimmigen Mienen ihre Säbel.
Über die Köpfe der Reiter und Pferde schnellten Kanonenkugeln der Artillerie hinweg – von den eigenen Reihen, wie auch dem Feind.
Der Offizier der Scots Greys zitterte etwas, umfasste seinen Säbel und die Zügel fester, während er auf seinem Schimmel die vorderste Linie entlang ritt und seine Ansprache hielt.
Seine Stimme hallte laut und kraftvoll an die Ohren seiner Männer.
„ Ich weiß, ihr habt Angst, Jungs. Aber nur im Angesicht der Angst zeigt sich wahrer Mut! Eure Familien, eure Frauen und Kinder verlassen sich auf euch. Seine Lordschaft verlässt sich auf uns! Und euer Land ist auf euch angewiesen! Wenn wir diese französischen Bastarde nicht zur Hölle jagen, dann werden sie unser geliebtes Schottland überrennen!! Frauen würden vergewaltigt werden! Sie würden uns unsere Schwestern und Töchter stehlen! Unsere Häuser würden brennen! Unser geliebtes Schottland müsste sich diesem verrückten

Franzosen beugen. Aber ich sage euch: Wir halten sie auf! Lassen wir sie unsere Klingen spüren, Jungs! Nicht für den König. Nicht für England. Sondern für uns und unser Land! FÜR SCHOTTLAND!!"
Bei seinen letzten Worten riss er enthusiastisch seinen Säbel aus der Scheide und reckte ihn gen Himmel. Seine Reiter wiederholten die Geste synchron und stimmten in den Schlachtruf mit ein. Drei Mal schmetterten sie ihn dem Feind entgegen, jedes Mal ein bisschen lauter.
Ein Meer aus Stahl funkelte und Mensch wie Tier drängten voller Eifer vorwärts.
Der Schimmel des Offiziers rollte mit den Augen, schnaubte und bäumte sich auf, während sein Reiter ihn auf der Hinterhand herum warf und erst im Schritt, dann rasch im Trab auf den Feind zu lenkte.
„ FÜR SCHOTTLAND!!"
Die Männer hinter ihm spornten ihre Pferde zum Trab, anschließend in den Galopp. Die Spitzen ihrer gezogenen Säbel wiesen nach vorne, auf den Feind.

Den Franzosen wehte der Wind das Kampfgebrüll der Scots Greys entgegen.
Die Pferde preschten los, stiegen, wieherten und überholten sich gegenseitig, fielen manchmal auch zurück, nur um dann wieder vor zu schnellen. Manche Hengste bissen sich auch gegenseitig in Hals und Brust.

Der Boden bebte. Erde und Grasklumpen flogen unter den eisenbewehrten Hufen auf. Deren trommelnder Rhythmus klang wie Donnergrollen. Vorboten eines gewaltigen Sturms.
„ RRAAHH! FÜR SCHOTTLAND!!!"
Die Säbel blitzen silbern und die Abzeichen der Ranghöheren golden in der Sonne.
Die Mähnen und Schweife der Pferde wehten wie Nebeldunst und die Banner Schottlands und Großbritanniens peitschten Seite an Seite im Wind.
Die Farben und Formen verschwammen, flogen unaufhaltsam an den Reitern vorbei.
Alles, was sie hörten, waren das Donnern der Pferdehufe, das Rasen ihrer Herzen und das Rauschen des Windes.
Alles, was sie fühlten, war der kalte Luftzug und die kraftvollen, rasanten Bewegungen der Tiere unter ihren Sätteln.
In ihren Herzen hallte der Schlachtruf nach.

Für Schottland!

Schon kam das bedrängte Hougoumont in Sicht. Die Infanterie drohte, die Mauern des Schlosses zu erstürmen und den Willen des starken Haupttors zu brechen. Das Schlagen von Trommeln war zu hören. Ebenso die Schreie und Schüsse der Kämpfenden.
Pulverdampf erschwerte die Sicht. Aber das hielt die Scots Greys nicht auf!
Die Pferde rissen vor Angst die Augen und Nüs-

tern weit auf. Manche scheuten oder brachen zur Seite hin aus, aber alle stürmten sie weiter nach vorn. Weiter zum Feind.
Schaum flockte von einigen, aufgerissenen Mäulern, die Tiere atmeten schwer und keuchten, Hälse und Flanken waren nass vor Schweiß.
Ihre Reiter schwitzten ebenfalls, Furcht zeigte sich in so manchem Gesicht – doch gaben sie nicht nach.
„ Vive la France! Vive la France!", tönte es zu den nahenden Reitern.
„ Für Schottland!", schmetterten die Scots Greys ihnen als Antwort entgegen.
Die Kavallerie hatte die Gegner fast erreicht, nur noch wenige Meter trennten sie von einander.
Da erklang ein tiefes Grollen.
„ Bei Gott, nein!", entfuhr es dem Offizier leise und man sah Entsetzen auf seinem Gesicht.
Kanonen.

Schon schnellten die ersten Geschosse in die heranstürmenden Reiter!
Pferde stolperten, überschlugen sich im vollen Galopp und brachen sich die Hälse, begruben ihre Reiter unter sich, manche wurden auch von den Nachfolgenden überrannt.
Menschen schrien auf, stürzten blutend oder entstellt aus den Sätteln, einige riss es Gliedmaßen aus, andere erlitten Verbrennungen durch den Pulverdampf, wiederum Andere wurden von Ge-

schosssplitter durchbohrt.
Salve um Salve folgte, jedes Mal tiefe Wunden in die Linien der Reitereinheit reißend.
Menschen, wie Pferde gingen schreiend vor Schmerz zu Boden, wurden überrannt, zerfetzt oder erlagen qualvoll ihren Verletzungen.
Blut tränkte den Boden Waterloos. Nein, es tränkte ihn nicht, es *überschwemmte* ihn. Schon jetzt ertrank das Land in einer nicht enden wollenden Flut aus Blut und Leichen, wie Verwundeten.
Dabei hatte die Schlacht doch gerade erst begonnen!
Wieder und wieder feuerte die französische Artillerie auf die Scots Greys im Versuch, sie auszubremsen, auszurotten oder zum Rückzug zu zwingen.
Vergeblich.
Die Felle ihrer Grauen und Schimmel waren an Beinen, Bäuchen und Hälsen bereits rot vom Blut der Kameraden oder dem Eigenen – doch sie preschten weiter.
Kurz schaute der Offizier hilfesuchend hoch. Sein Blick fiel auf Wellington.
Der Herzog, auf seinem großen, dunklen Hengst, wirkte dort oben auf dem Hang und durch den Nebel des aufsteigenden Pulvers wie eine geisterhafte Erscheinung.
Ross und Reiter standen ruhig, unerschütterlich und der blaue Reitermantel Seiner Lordschaft flatterte im Wind, ebenso Mähne und Schweif seines Hengstes.

Dieser Mann wusste aus Erfahrung, wie es hier auf dem Schlachtfeld war. Hier im Dreck. Wie es war, die Hölle auf Erden zu erleben.
Nun ja, er *hatte* es gewusst. Damals, als er noch Arthur Wellesley, später Sir Arthur gewesen war. Jetzt war er schon seit mehreren Jahren der Herzog von Wellington und der hatte noch nie eine Schlacht am eigenen Leib erfahren.
Ach was, alles gelogen! Der Mann, der dieses Heer führte WAR Arthur Wellesley – ganz gleich, wie die Welt ihn sonst nennen oder kennen würde.
Der Schimmel des Offiziers setzte zum Sprung an, um sich der Infanterie entgegen zu werfen.
Die Welt hielt in diesem Augenblick den Atem an.

Wellingtons Blick verharrte mit geheimem Entsetzen auf dem blutigen Schauspiel bei Hougomont. Die stolzen Scots Greys, die reiterliche Elite, gingen im Kugelhagel jämmerlich zugrunde, doch gaben sie nicht auf.
„ Es tut mir leid.", flüsterte der Herzog heiser. Seine Stimme war mehr ein Krächzen.
Er richtete sich im Sattel auf, holte hörbar Luft und schloss dabei die Augen, um die Tränen zu verbergen, die sich sammelten. Ebenso hörbar ließ er den Atem wieder entweichen. Das Zittern seines Körpers dabei, entging allen.
Auch das silberne Glänzen und heftige Blinzeln seiner ozeanblauen Augen wurde von niemandem bemerkt. Kurz schüttelte er sich am ganzen Körper, als wolle er sämtliche Gefühle loswerden.

Dann setzte er wieder das Fernrohr an und ließ so seinen Blick mit stoischer Ruhe und Gelassenheit über das Schlachtfeld wandern.
Der Herzog hatte erneut seine eiserne Maske angelegt.
The Iron Duke.
„ Sie sterben, Sir. Reihenweise.", meldete Uxbrigde hinter ihm bedrückt.
„ Das sehe ich, Uxbrigde.", erwiderte er kühl und senkte sein Fernrohr.
„ Wie grauenvoll, Euer Lordschaft, nicht wahr?"
Er schob das Fernrohr wieder zusammen. Seine Miene ungerührt.
„ So ist der Lauf der Welt."

„Für Wellesley!", schrie der Offizier plötzlich.
„Für Wellesley!!", echoten seine Männer hinter ihm.
Die Welt atmete aus – und die Reiter brandeten in die Flanke der Infanterie als seien sie die Gischt einer gewaltigen Welle.
Säbel blitzen, fuhren nieder und erhoben sich blutverschmiert.
Pferde sprangen mitten in die Linien der Feinde - ihrer Todesangst zum Trotz -preschten weiter und trampelten Stürzende zu Tode.
Ihr angstvolles Wiehern und Schnaufen erfüllte die Luft, ebenso das Donnern ihrer Hufe, das

Schreien der Kämpfer, Verletzten und Sterbenden.
Trotz erheblicher Verluste, dem stetigen Beschuss durch die Artillerie und dem Gegenangriff der Infanterie, ergoss sich ein nicht enden wollende, unaufhaltsame Flut an weißen Pferdeleibern und roten Reitern über die überraschten, blau uniformierten Fußsoldaten.
Musketen feuerten, die Kugeln trafen warmes Fleisch und Muskeln, Schreie folgten, Blut spritzte. Aber unter dem Jubel der verschanzten, britischen Truppen drängten die Scots Greys ihre Feinde immer mehr zurück!
Verbissen gewannen sie zusehends an Boden und schafften es, sich zwischen den Gegner und das begehrte Schloss zu drängen.
Nun blieb den überwältigten Soldaten nur noch eines: um ihr Leben zu laufen!
Doch die wackeren Grauschimmelreiter scharten sich um ihren Offizier und setzten den Flüchtenden mit großen Geschrei nach – obgleich die französische Artillerie immer noch ihr Bestes gab, um diese Kämpfer zu bremsen und den Rückzug der eigenen Leute zu decken.

Ein Berichterstatter kämpfte sich erschöpft den Hang empor und an Wellingtons Seite.
„Sire! Sire! Hougomont ist frei, Euer Gnaden!", verkündete er freudig, wie keuchend.
Sofort riss der Herzog sein Fernrohr in die Höhe und spähte zu dem Gehöft.
Der Anflug eines Lächelns umwehte seine schmalen Lippen.
„Gut gemacht.", murmelte er zufrieden, ehe er suchend umher wanderte.
„Wo sind die Greys?! Mr. Parker, wo sind meine Grauschimmel?", verlangte er von dem jungen Trompeter zu wissen, der einige Meter zu seiner Rechten auf seinem grauen Pferd saß.
Dieser brauchte erstaunlicherweise nicht lange, um die rot-silbernen Reiter auszumachen.
„Sie halten geradewegs auf die Hauptbatterie der Franzosen zu, Euer Gnaden.", verkündete er voller Stolz.
Sogleich schwenkte Wellington in die entsprechende Richtung. Uxbrigde und Lord Loxley kamen behutsam etwas näher und trauten ihren Augen kaum.
„Wie?! Aber sie können doch nicht ...!", meinte des Herzogs Stellvertreter entsetzt.
„Das ist unmöglich.", wisperte Loxley und schauderte.
„Geben Sie Signal zum Rückzug, Mr. Parker.", verlangte Wellington ruhig und hielt seinen Blick auf die Scots Greys gerichtet.
Der junge Trompeter nickte und legte sein In-

strument an die Lippen.
Laut und klar hallte der Befehl über die Ebene.
Noch mal. Und nochmal.
Unablässig wiederholte der junge Mann das Signal, bis sein Kopf schon tief rot war.
„ Jetzt hören Sie schon mit dem unnützen Lärm auf, Junge!", knurrte Wellington unwirsch, dem schon der Kopf schmerzte.
Der Trompeter senkte sein Instrument gehorsam.
„ Nicht, dass Sie sich noch überanstrengen.", sprach der Herzog und tätschelte Parker mit gequältem Lächeln ein wenig gezwungen auf die Schulter.

Die Scots Greys ließen das Gehöft rasch hinter sich und folgten dem Feind bis kurz vor dessen Linien.
Dann schwenkten sie plötzlich ab und nahmen geradewegs Napoleons Hauptbatterie in Angriff!
Das Zeichen zum Rückzug verhallte ungehört.
Mit unvergleichlicher Tapferkeit und unter schwerstem Beschuss jagten die Männer auf das französische Zentrum zu, wo es der Kaiser allmählich mit der Angst zu tun bekam.

„Warum bleiben die nicht stehen?!", fragte er seinen Bruder immer wieder. Jedes Mal etwas nervöser.
„Warum bleiben die einfach nicht stehen, Bruder? Die werden kein bisschen langsamer!"
„Ich sehe es, lieber Bruder.", erwiderte Jeromé leise und schluckte.
Diese Grauschimmelreiter waren wirklich hartnäckig und ihr Mut imponierte dem jüngeren Bruder des Goldenen Adlers.
„Hörst du das?!", fragte er plötzlich und beide lauschten einen Moment.
„Wellington ruft sie zurück.", meinte Jeromé und sah wieder auf die anstürmenden Scots Greys.
Nicht mehr lange, und sie hatten ihr Zentrum erreicht und würden, trotz ihrer gewaltigen Dezimierung, ein Blutbad anrichten. Und noch viel schlimmer: Sie würden damit ein Zeichen setzen!
„Aber ... aber sie hören nicht.", wisperte der jüngere Bonaparte und machte keinen Hehl aus seiner Bewunderung, wenn gleich auch Bestürzung darin mitschwang.
„Sie sind die Elite.", wurde ihm in diesem Augenblick klar.
„Schickt die Leichten Dragoner!", forderte der Goldene Adler energisch und sogleich wurde der Befehl weiter gegeben. „Diesen Grauschimmelreitern muss eine Lektion erteilt werden!", knurrte er und beobachtete das weitere Geschehen mit einer gewissen Genugtuung.

Die Leichten Dragoner, Männer mit orangenen Federbüschen, in blauen Uniformen und auf braunen, dunklen Pferden, senkten ihre Speere und ritten an. „ Für den Kaiser!", riefen sie und spornten ihre Tiere zum Galopp.

„ Bei Gott, dieser Teufel!", fluchte Uxbrigde mit ehrlichem Entsetzen.
Sie alle wurden Zeuge, wie die Dragoner auf ihren dunklen Rössern und mit ihren langen Speeren den Scots Greys in die Flanke fielen.
Lord Loxley und einige andere Stabsmitglieder wandten sich bestürzt ab.
Wellington blieb scheinbar ungerührt.
Niemand sah das Flackern in seinen Augen.
Die Männer und ihre Grauschimmel wehrten sich mit dem Mut der Verzweiflung.
Die gesamte, französische Artillerie hatte nun das Feuer auf sie gerichtet und die Dragoner stachen auf sie ein, als wären sie Schlachtvieh.
„ Unsere Artillerie. Schnell!", meinte Wellington knapp und einer seiner Offiziere löste sich aus der Menge, um dem Folge zu leisten.
„ Das Signal, Mr. Parker!", forderte er und der junge Trompeter blies kreideweiß und mit einer Inbrunst in sein Instrument, als hinge sein Leben daran.
Diesmal fand der Ruf Gehör. Die Scots Greys machten kehrt und erreichten, im Schutz der ei-

genen Kanonen, die britischen Linien.
Doch die Dragoner nahmen die Verfolgung auf, wollten ein unerbittliches Exempel statuieren.
Aber zum Glück für die Männer, ließ der Herzog sie keine Sekunde aus den Augen.
„Mr. Graham!", rief er und der Kavallerieoffizier verstand den Unterton sofort.
„Jawohl, Euer Gnaden.", erwiderte er und ritt seinen Männern mit gezogenem Säbel voraus, begleitet vom trompetenden Angriffssignal.
„Für König und Vaterland!!"
Sein weißer Hengst flog dem Feind entgegen, dicht gefolgt von dem Farbenmeer der übrigen Rösser, und über ihnen flatterte das Banner des Königs.
Durch das beherzte Eingreifen seiner Einheit wurden die Dragoner zurück gedrängt und die Scots Greys erreichten endlich die Sicherheit der eigenen Reihen.
Es war ein Jammerbild, das da direkt unter Wellington und seinem Stab vorbei jagte. Von ehemals 12.000 stolzen Reitern und Pferden, kehrten an diesem Tag nur 300 wieder heim.
Allesamt abgerissen, ausgelaugt und traumatisiert, nicht selten verwundet.
So dankte der Krieg Tapferkeit.
Man erlaubte ihnen, sich ins Lager zurückzuziehen. Den übrigen Verlauf der Schlacht würden sie nicht mehr erleben.
Wellington weigerte sich, sie ein weiteres Mal einzusetzen.

Sie waren von ihren Pflichten befreit.
Man konnte es nicht mehr von ihnen verlangen.
Nichts mehr einfordern.
Sie hatten schon zuviel gegeben.
Doch sie kehrten nicht ohne Ehre zurück. Im Gegenteil, denn einer ihrer Fahnenträger hielt leichenblass den wohl wertvollsten Schatz umklammert:
Einen Goldenen Adler!
Die mutigen, tollkühnen Grauschimmelreiter hatten den Dragonern eine ihrer Standarten entrissen! Sie erbeuteten eine Fahne des Feindes, einen Gegenstand, den Napoleon eigenhändig berührt hatte.
Aber es war ein kleiner Sieg, denn er wurde mit einem viel zu hohen Preis bezahlt.

Im Laufe des Tages versuchten die Franzosen mehrmals und äußerst verbissen, eines der Gehöfte für sich einzunehmen. Aber sie brandeten an deren Mauern, wie Wasser auf Fels.
Wellington harrte geduldig aus, indes Napoleon immer mehr der Raserei anheim zu fallen schien. Wieder und wieder rannten die Franzosen gegen die englischen Linien an.

Wieder und wieder wurden sie zurückgeworfen. Die Verluste betrugen bereits auf beiden Seiten Tausende.
Und es verstrich gerade mal der Mittag.
„Was sollen wir tun, Sir?", fragte einer der Offiziere den Herzog vorsichtig.
„Wir warten.", entgegnete dieser mit einer Seelenruhe. Copenhagen schnaubte und schlug mit dem Schweif.
„Und wie lange?", wollte der Offizier wissen.
„Bis Blücher und die Preußen eintreffen.", lautete die Antwort, wobei sein Blick intensiv auf dem Gemetzel vor ihnen lag.
„Und wenn sie nicht kommen, Sir?", stellte der Offizier die entscheidende Frage.
Ehernes Schweigen.
Die Antwort war ohnehin jedem klar.

Waterloo zeichnete sich mehr und mehr als Alptraum einer Schlacht ab. Chaos und vereinzelte, kleinere Gefechte – alles weit ab jeglicher, geordneter Strategie. Die eine Seite stürmte, die Andere saß es einfach aus.
So war der Plan.
Aber die Schlacht hatte sich in ihren mehreren Stunden an Lebensdauer immerzu verselbstständigt, ein höchst prekäres Eigenleben entwickelt.

Doch wenn man das tragische Schicksal der Scots Greys als Hölle empfand, so war das weit untertrieben.
Die *wahre* Hölle brach um 14 Uhr über die Hügelkette herein, wo Wellington seine Infanterie postiert hatte – unter anderem auch Storm, Harper und das 33.ste.
Und diese Hölle war die gesamte französische Kavallerie mit dem Teufel an der Spitze, in Gestalt von Marschall Michel Ney!

Alles begann damit, das Mr. Maitland dem 33.sten und einigen anderen Batallionen den Befehl zum behutsamen Vorrücken gab.
Storm und seine Grünjacken lauerten etwas weiter vorne, verborgen im Gestrüpp.
Typisch Scharfschützen. Für den Feind nahezu unsichtbar – bis es schon zu spät für ihn war. Gehorsam schritten die Soldanten voran und Smith bebte neben seinem Sergeant wie Espenlaub.
Man hätte meinen können, sein Zähneklappern übertöne den dominierenden Lärm der Schlacht.
„ Ganz ruhig, Smittie.", brummte der hünenhafte Ire gutmütig. „ Uns passiert schon nichts. Wir treten nur ein paar Froschfressern in ihre verdammten Ärsche und gehen wieder heim. So wie immer."
„ Sir.", entwich es dem Private fast tonlos und er wies leichenblass nach vorne.
„ *Da!*"

Zuerst bebte die Erde. Dann tauchten sie urplötzlich aus dem Pulverdampf auf.
Reiter! Hunderte, nein, Tausende.
Angeführt wurden sie von Marschall Ney, der mit gezogenem Säbel seinen Schimmel geradewegs auf die Infanterie zu trieb!
„ VIVE LA FRANCE!!"
Die Ersten von ihnen gingen getroffen zu Boden, als Storm und seine Grünjacken ihre Schüsse abgaben.
Aber genauso gut hätte man versuchen können, mit Strohalmen einen rasenden Sturm aufzuhalten.
Doch der Drill mit dem Wellington seine Leute ausgebildet hatte, machte sich in diesem Moment mehr als bezahlt. Schneller als man mit dem Auge folgen konnte und aus reinem Instinkt teilte sich die Infanterie eilig in Karrees und die vorderen Männer pflanzen die Bajonette auf!
Als die beiden Fronten aufeinander prallten, begrüßten mehrere Inseln aus silbernem Stahl die Franzosen.
Einige Pferde stoppten abrupt, scheuten vor den blitzenden Wällen zurück und warfen ihre Reiter ab.
Wieder andere schossen an den ersten Karrees vorbei, drängten tiefer in die Reihen.
Ney und seine Leute warfen sich voller Inbrunst auf den Gegner, hieben mit ihren Säbeln nach links uns rechts, ließen ihre Rösser nicht selten mit Absicht in die Bajonette laufen, um durch das

Gewicht der sterbenden Tiere oder den Schwung eine Schneise zu provozieren. Röhrendes, manchmal auch schrilles Wiehern erfüllte die Luft, geeint mit dem Trommeln der Hufe und dem grotesken Geräusch, wenn ein Säbel auf den Lauf einer Muskete traf oder an einem Bajonette abglitt.
Der Boden zitterte und es stank nach Blut und Schweiß. Jetzt galt für die Männer des Königs vor allem nur eins: Diesen Wahnsinn zu überleben!

Neys waghalsige Attacke erfolgte mit unvergleichlicher Wucht. Aber ihm unterlief ein entscheidender Fehler! Ein Kavallerieangriff sollte normalerweise immer mit der Unterstützung der Infanterie und im besten Falle auch der Artillerie erfolgen. Beides hatte er aber nicht, da dieser Ausfall epischen Ausmaßes *gegen* Napoleons ausdrücklichen Befehl erfolgte.

Was den Kaiser auch sichtlich erzürnte, als er es durch sein Fernrohr erspähte.
„ Was macht Ney denn da?!", fragte er rethorisch und ziemlich erhitzt.
„ Die Männer sagen, er will sich dir beweisen, Bruder.", antwortete Jeromé vorsichtig.
„ Indem er ein verdammter Dummkopf ist? Er verheizt meine ganze Kavallerie, dieser Wahnsinnige!", schimpfte der Goldene Adler.
„ Willst du ihn nicht mit unseren Kanonen unterstützen? So gelingt es ihm vielleicht, Wellingtons

Linien zu durchbrechen.", riet sein jüngerer Bruder.
„Und wertvolle Munition für diesen Narren verschwenden?! Oh nein, ganz bestimmt nicht! Er hat sich selbst in diese Lage gebracht, also soll er zusehen, wie er da wieder rauskommt.", knurrte Napoleon und rieb sich den schmerzenden Bauch. Sein Magen quälte ihn schon seit mehreren Tagen.
„Und unsere Reiter, mein Kaiser?", fragte Jeromé höflich.
„Sind selbst daran schuld, wenn sie ihm folgen, anstatt auf ihren Kaiser zu vertrauen.", entschied der Korse und zuckte mit den Schultern. „Ich trage an ihrem Schicksal keine Schuld."
„Keine Schuld.", wiederholte er, als Ney die Kavallerie bereits zum dritten Mal in Folge gegen die britische Infanterie anreiten ließ.

Insgesamt fünf Mal stürmten die französischen Reiter heran.
Harper schnitt gerade einem langbeinigen Fuchswallach die Brust auf, als neben ihm ein Schrei ertönte, der dem Sergeant lauter schien, als das Kreischen des sterbenden Tieres. Er sah schnell zur Seite. Smith ging neben ihm getroffen zu Boden.
„Smittie!", brüllte der Hüne, packte den jungen Private am Kragen und schleifte hinter sich, ins Innere des Karrees.
Seine Jungs schlossen nahtlos die Lücke hinter

ihm und erwehrten sich weiter der hartnäckigen Reiter.
Blut troff dem schlaksigen Soldaten aus einer Wunde an der Seite. Es färbte seine dreckige Uniform unheilvoll schwarz.
Er war schneeweiß, schwitzte und zitterte am ganzen Körper.
„Hey, Kleiner! Hörst du mich, Junge?"
Harper schrie ihn regelrecht an und packte ihn an den schmalen Schultern.
„I-ich ... ich will nicht sterben, Sir.", murmelte er und sah den Iren mit großen Augen an. Panik war darin zu lesen.
„Wirst du auch nicht, Kleiner. Aber du musst wach bleiben, hörst du? Kannst uns ja anfeuern, während wir die Dreckskerle fertig machen. Ich wette, wir töten mehr als Storm und seine Jungs. Abgemacht?!"
Smith lächelte dünn.
„Wellington ... mag keine ... Wetten.", erinnerte er seinen Sergeant leise.
„Ach was! Das nennt sich Sportsgeist, Junge.", wehrte Harper mit einem Lächeln ab. „Wir sind nur fair. Und weißt du was, wir fragen den alten Lord Langnase später mal, wie viele *er* auf dem Gewissen hat, hm? Vielleicht kriegen wir dann sogar 'ne Prämie. Das wär` doch was, oder? Einen Penny pro toten Franzmann. Da kommt was zusammen, stimmt´s?!"
Er bekam ein schwaches Nicken zur Antwort.

„ Mir ... ist kalt, Sir. Und i-ich ... ich bin müde.", wisperte Smith plötzlich.

Ruhig ließ Wellington sein Fernrohr sinken und warf seinem Artillerieoffizier einen Seitenblick zu, welcher sofort aufhorchte. „ Warum unterstützt unsere Artillerie sie nicht?!", wollte er wissen und sein Unterton klang missbilligend.
„ Weil sie keinen Befehl dazu hat, Euer Gnaden.", antwortete der Offizier bedächtig und konnte sehen, wie Uxbrigde seufzend den Kopf schüttelte. Der Stellvertreter wusste nur zu gut, was jetzt folgen würde.
Der Herzog presste die Lippen aufeinander und steckte sein Fernrohr weg.
Durch seine innere Anspannung stampfte Copenhagen mit dem Vorderhuf auf und wieherte gereizt. Aber eine kurze, zärtliche Geste seines Reiters genügte und der Hengst wurde wieder ruhig und starr, als sei er aus Stein gemeißelt.
„ Aber die Männer verfügen doch über Augen, nicht wahr? Gesunde, hoffe ich.", forschte er lauernd nach.
„ Äh ... ja, Euer Lordschaft.", erwiderte der Offizier unschuldig.
Ihm entging, wie Uxbrigde den Kopf einzog.
„ Jesus! Dann sagen Sie ihnen, dass sie sie auch benutzen sollen!", fauchte Wellington und warf dem Mann einen vernichtenden Blick zu.

„ Jawohl, Euer Gnaden! Sofort, Euer Gnaden.", nuschelte Angesprochener kleinlaut und scherte aus, um im rasanten Galopp zu seinen Truppen zu eilen. „ Gut gemacht, Sir.", lobte Uxbrigde grinsend.
„ Klappe, Uxbrigde.", knurrte Wellington missmutig, worauf sein Stellvertreter ergeben den Blick senkte und sich auf die Lippe biss.
„ Ich kann es nicht leiden, wenn Männer – besonders meine Männer – unnütz sterben."
„ So ist der Krieg, Euer Gnaden.", wagte Lord Loxley zu erwähnen.
„ Ich weiß.", grollte der Eiserne Herzog düster und warf dem Adligen ein warnenden Blick aus schmalen Augen zu.
„ Und ich *hasse* den Krieg."
Er wandte seine Aufmerksamkeit wieder dem Schlachtfeld zu.
„ Gott gebe, dass dies meine letzte Schlacht ist!", kam es ihm mit schwerem Seufzen über die Lippen. Die britischen Kanonen begannen auf die französischen Reiter zu feuern.

„ Untersteh` dich, jetzt zu sterben, Smittie! Ich muss doch noch eine Dame für dich finden, weißt du noch? Von mir aus auch 'ne Englische."
Harper flehte den erschöpften Private regelrecht an, dessen Augenlider flatterten.
Wieder kamen die Franzosen auf sie zu gestürmt – doch da erklang das Donnern der englischen Artillerie!
„ Hörst du das, Junge?", fragte der Sergeant und horchte erleichtert auf.
„ Das sind unsere! Das ist Wellington. Hörst du, Smittie? Lord Langnase passt auf uns auf. Alles kommt in Ordnung. Hast du verstanden? Smittie?! Smittie?!?"
Aber der junge Private hörte ihn nicht mehr. Besinnungslos lag er in den Armen des Hünen. Derweil stoppten die britischen Kanonen die müden Franzosen und obgleich Ney - inzwischen zu Fuß, da man ihm bereits fünf Pferde unterm Sattel weggeschossen hatte – schrie und leidenschaftlich Befehle brüllte, zogen sie sich immer mehr zurück.
Wieder bebte die Erde, diesmal hinter den Fußsoldaten und die englische Kavallerie flog an den Karrees vorbei, um die Gegner endgültig in die Schranken zu weisen.
Fast erleichtert machten die französischen Reiter kehrt und flohen ohne großen Widerstand hinter die eigenen Linien.
Sie hatten genug von ihrem heißblütigen Offizier, der sie vor lauter Verzweiflung nur immer wieder

in den Tod schicken wollte.
Als Marschall Ney sich nahezu allein den Truppen der Briten gegenüber sah und die englische Leichte Kavallerie, unter Grahams Führung, sich bedrohlich, wie ruhig näherte, folgte er seinen Männern. Kurz sah Graham dem humpelnden Offizier nach, der den flüchtenden Reitern nach stolperte, dann wandte er seinen Schimmel. Im seichten, aber zügigen Trab kehrte die Leichte Kavallerie wieder auf ihren Posten zurück.
Im selben Moment gab die Infanterie auf Mr. Maitlands Befehl die Karrees auf und formierte sich in ihre alte Stellung.
Schnell, aber ohne Hast führten die Sergeants und Offiziere die Männer wieder auf die Hügelkette zurück, nur diesmal ein kleines Stück weiter dahinter.
Dies sollte als Schutz vor den Kanonen der Gegner dienen.
Die Toten ließ man liegen. Auch die Verwundeten, sofern sie nicht selbst laufen konnten.

Als Harper sich umsah, erkannte er plötzlich Storm und seine Grünjacken, die sich ebenfalls leichtfüßig zurückzogen.
John „die Nachtigall", hatte den bleichen, schmalen Körper von Smith auf den Armen.
Der Private wirkte noch schmächtiger als ohnehin schon und seine weiße Haut hob sich grauenvoll scharf von der dunklen Uniform der Rifles ab.

Storm blieb einen Moment stehen und hob sein Gewehr als Zeichen für Harper in die Luft.
Der Sergeant des 33.Regiments nickte in tiefer Dankbarkeit, sowie verstehend.
Der Anführer der Grünjacken erwiderte diese Geste knapp und eilte dann mit seinen Mannen weiter.Sie würden Smith ins Lager und zu einem Arzt bringen.
Indes ging für sein Regiment und das übrige Heer die Schlacht weiter.

Der Nachmittag verstrich und der Sieg schien für Napoleon zum Greifen nah.
Wellingtons Männer waren müde und die stetigen Angriffe der Franzosen drohten, sie zu zermürben.
Die Berichterstatter erzählten dem Herzog immer wieder von Attacken und Ausfällen von Seiten des Feindes und das es er den britischen Linien schon gefährlich nahe war.
„ Keiner weiß, wie lange wir das noch durchstehen, Sir!", meinte er von ihnen und Verzweiflung war aus seinem molligen Gesicht zu lesen.
Außerdem gingen die Vorräte an Munition zur Neige und Napoleon hatte raffinierter Weise sämtliche Zulieferungswege abgeschnitten.
Auf den Gehöften würde man schon mit Ziegelsteinen und Kuhmist nach den Franzosen werfen, so berichtete der Prinz von Oranien pikiert.
„ Uns bleibt nur der Rückzug zum Meer, Euer Gnaden. Zu unseren Flotten und dann heim nach

England.", drängte Uxbrigde.
„ Und was dann, Gentlemen?", fragte Wellington, der bis dahin geduldig zugehört hatte.
„ Dann wird der Goldene Adler endgültig seine Flügel ausbreiten, übers Meer kommen und in binnen kürzester Zeit wieder die Welt in seinen Klauen halten. Nur wird es diesmal die *ganze* Welt sein und zwar für immer."
Die Stabsmitglieder tauschten Blicke aus. Wellington sah grimmig auf das Schlachtfeld vor sich. Der Wind spielte mit seinem schwarzen Haar, das an den Schläfen schon grau wurde. Er rückte sich den Zweispitz zurecht.
„ Nein, Gentlemen! Ich sage, wir bleiben.", verkündete er entschlossen.
„ Aber, Euer Lordschaft! Was ist mit den Vorräten und der Munition?! Nicht zu vergessen, die Frauen und Kinder in den Lagern, Sir.", gaben seine Offiziere zu Bedenken.
„ Und wenn wir uns mit Gabeln und Löffeln gegen ihn wehren müssen, ich würde lieber *sterben* als meine Söhne unter seiner Herrschaft aufwachsen zu sehen!", fauchte der Eiserne Herzog und seine Stabsmitglieder sahen sich an.
Einige widersprachen stumm, nur Lord Loxley und Uxbrigde schienen ihm in ihrem Schweigen beizupflichten.
„ Blücher wird kommen, Gentlemen.", meinte Wellington zuversichtlich.
„ Und dann kann Napoleon was erleben. Sie werden schon sehen."

Die Offiziere zogen sich ein wenig von ihm zurück, indes er voller Selbstvertrauen zum Horizont sah, wo er das baldige Auftauchen der Preußen vermutete.
„Sie werden schon sehen!"

Der aufstrebende Adler hatte den Herzog dagegen fest im Blick.
„Ich glaube, es wird Zeit, lieber Bruder, dass wir ihnen *richtig* Angst machen.", sprach er mit sichtlichem Vergnügen an Jéromé gewandt.
„Was hast du vor, mein Kaiser?", fragte dieser, bereits schlimmes ahnend.
Ein hämisches Grinsen antwortete ihm.
„Bereit?", wandte er sich an seinen Artillerieoffizier.
„Jawohl, Euer Exzellenz.", erwiderte dieser und salutierte.
„Gut. Sehr gut!", meinte Napoleon und setzte das Fernrohr wieder an. Den Fokus auf den verhassten Herzog gerichtet.
„Dann jagen wir den alten Fuchs doch mal aus seinem Bau!"
Man hörte die französische Artillerie aus allen Rohren feuern.
Und ihr Ziel: war Wellingtons Position!

Die Pferde der Offiziere stoben beim Eintreffen der ersten Kugeln wild auseinander, schrien und rollten mit den Augen, blind vor Furcht.
„ Lord Wellington! WEG, SIR! SCHNELL!", brüllte Uxbrigde seinem Oberbefehlshaber noch zu, indes einigen Stabsmitglieder die Tiere durchgingen und sie in zügelloser Hast davon stoben.
Die Geschosse flogen meterweit am Herzog vorbei oder gruben sich tief in die Erde.
Aber Wellington rührte sich kein Stück.
Copenhagen, sein dunkler Hengst, legte die Ohren an und hob herausfordernd den Kopf.
Ross und Reiter zeigten keine Spur von Angst.
Stark und trotzig, als seien sie aus Stein gehauen.
Die Kanonenkugeln pfiffen an ihnen vorbei und über sie hinweg, aber beide schien das nicht zu interessieren.
„ Fürchten Sie ein Gewitter, Gentlemen?", erkundigte er sich gelassen. „ Es donnert zumindest so, als wäre eines am Aufziehen. Hoffentlich wird es nicht regnen."
„ WEG HIER, EUER GNADEN!! SOFORT!", schrie Loxley, der seinen Falben nur unter höchster Kraftanstrengung am Fliehen hindern konnte.
Auch Uxbrigde kämpfte mit seinem Fuchs, der mit gedehntem Wiehern auf die Hinterläufe ging.
Eines der Geschosse riss dem Stellvertreter das Bein weg.
Er konnte seinen Sturz nur verhindern, indem er die Arme um den Hals des Hengstes schlang, welcher krachend und halb wahnsinnig vor Angst -

durch den Geruch des Blutes noch weiter angestachelt - wieder auf allen Vieren aufkam.
„Jesus! Ich glaube, ich bin getroffen worden, Sir.", entfuhr es Uxbrigde mit blasser Miene, als er mit der Hand seine frische Wunde ertastete.
Lord Loxley kam sogleich neben ihn und stützte den Verwundeten.
Sofort fuhr Wellington herum und betrachtete erst das abgerissene Bein am Boden und dann den Stellvertreter, dessen Blut in Strömen über die Flanke seines Pferdes floss.
„Bei Gott! Ja, das sind Sie, Sir.", erwiderte er und wandte Copenhagen geschickt auf der Hinterhand.
Im letzen Moment, wie sich zeigte, denn kaum war er ein wenig beiseite getreten, grub sich an seiner alten Stelle eine der Kugeln geräuschvoll in den Boden!
„Wir sollten uns ein sonnigeres Plätzchen suchen, Gentlemen. Hier wird es mir etwas zu frisch." Damit spornte er seinen Hengst zum Galopp, dabei tief über dessen Hals gebeugt, und das treue Tier preschte wiehernd davon.
Der Rest seines Stabes, nur noch aktuell bestehend aus Lord Loxley und Uxbrigde, folgte ihm mit Windes Eile.
Ihr Rückzug wurde von Graham und seinen Reitern flankiert, die bereits ungeduldig auf den Herzog gewartet hatten. Der Kavallerieoffizier geleitete den verwundeten Stellvertreter auch sogleich in die Obhut eines Lazarettarztes.

Währenddessen nahm Wellington einige hundert Meter hinter seiner alten Position Stellung ein. Die gegnerische Artillerie konnte ihn hier nicht erreichen und dort fand ihn auch sein Stab wieder, der sich erneut und langsam um ihn scharte. Auch wenn der Herzog unverletzt aus dieser bedrohlichen Lage heraus kam, so verfehlte dieser gerissene Schachzug Napoleons nicht den gewünschten Effekt.
Die Moral erreichte ihren absoluten Tiefpunkt auf Seiten der Verteidiger.
Alles war verloren. Die Franzosen würden am heutigen Tag den Sieg davon tragen und die Weltgeschichte schrieb sich in diesem Augenblick um!
Von scheinbar allen Seiten stürmten Berichterstatter mit den verzweifelten Meldungen der verschiedenen Divisionen herbei.
Die Generäle sahen keine Chance mehr, flüsterten von Rückzug und Niederlage. Nichts ahnend, dass ihr Herzog sie hörte – und ihnen im Stillen beipflichtete.
„ Die Nacht oder die Preußen.", hörte man ihn leise sagen. „ Nicht anderes kann uns noch retten."
Es war spät an diesem 18.Juni 1815 und die Dämmerung zog herauf.

Da machte Graham in den Feuern des alten Tages und den Schatten der jungen Nacht eine Bewegung am Rande der Schlacht aus.

„ Euer Gnaden! Truppenbewegung im Osten, Sire! In schwarzen Uniformen.", unterrichtete er den Herzog sofort und wies in die entsprechende Richtung.

Wellington richtete sein Fernrohr darauf, aber es war schon zu dunkel, um die Soldaten klar identifizieren zu können.

„ Silber oder Gold, Mr. Graham?! Können Sie mir das sagen?", fragte er den Offizier nach den Beschlägen an den Westen der neuen Truppen.

Graham richtete sich etwas im Sattel auf und stellte sich in die Steigbügel, dabei die Augen zusammen gekniffen.

„ Nein, Sir. Es ist leider schon zu dunkel, Euer Lordschaft.", meinte er entschuldigend. Also hieß es ein weiteres Mal: Abwarten. Entweder waren diese Männer die Vortruppen der ersehnten Preußen oder sie gehörten zur Verstärkung Napoleons unter Admiral Grouchy.

„ Rettung oder endgültige Vernichtung? Was davon sind Sie für uns, Gentlemen?!", murmelte Wellington mehr zu sich selbst und lehnte sich mit beiden Händen aufs Sattelhorn.

Auch der Kaiser der Franzosen wurde von dem Erscheinen einer dritten Partei in Kenntnis gesetzt.

„Es ist Grouchy. Es ist Grouchy!", rief er fröhlich aus und freute sich darüber, wie ein kleines Kind.

„Aber, Bruder, hast du nicht gesagt, es wären ...", begann Jeromé zweifelnd.

„Still, du Tölpel!", zischte Napoléon augenblicklich und unterbrach ihn mit schneidender Geste.

„Ich sage: Es ist Grouchy. Also *ist* es auch Grouchy, verstanden?", knurrte der Goldene Adler.

„Aber was ist, wenn sie hier eintreffen? Wellington wird sie erkennen und wenn sie gemeinsam zuschlagen, dann werden wir verlieren, mein Kaiser.", fuhr Jeromé bedächtig fort.

Napoleon tat eine wegwerfende Geste und grinste wölfisch. „Ach, was sollen die schon tun?! Sie werden alleine sein, lieber Bruder. Denn *jetzt* werde ich endgültig mit Wellington abrechnen.", verkündete er siegesgewiss.

„Und wie?!", hakte sein Bruder verwundert nach.

Inzwischen zogen sich die Briten sichtbar zurück. Nur noch wenige Männer hielten die Hügelkette. Der Herzog gab offenkundig auf.

„Schickt ihm die Alte Garde!!", rief Napoleon lauthals und beobachtete mit höchster Zufriedenheit, wie sich seine Lieblinge, seine absolute Elite, zielsicher auf das Zentrum des Feindes zu bewegte.

Das Erste, was sie hörten, waren die Trommeln.
Die typischen Marschrhythmen der Franzosen.
Untermalt wurde es von dem Stampfen etlicher Militärstiefel und der Wind wehte nicht nur Pulverdampf herüber, sondern auch den mehrstimmigen Chorus der Marschierenden.
„Vive la France! Vive la France!", riefen sie im Takt der Trommeln.
Und sofort war Mr. Maitland klar, auf ihn und seine Leute bewegte sich der größte Schrecken ihrer Zeit zu.
Napoleons Alte Garde! Die Unsterblichen, die Unbesiegten.
Seine Veteranen und treusten, nicht selten auch besten Kämpfer.
Ob der Plan des Herzogs funktionieren würde?
Der Oberkommandeur der Infanterie hoffte es.
Mit leichter Sorge sah er zu seinen Männern. Nur die vorderste Linie war für den marschierenden Feind präsent.
Der Rest lag hinter der Hangkuppe flach auf dem Boden und schien, ähnlich wie Maitland, nicht so wirklich zu wissen, was jetzt gleich folgen würde.
Unruhe machte sich breit, denn die Soldaten erkannten selbstverständlich, wer da auf sie zu marschierte.
Jeder dieser Männer fürchtete den Klang der Trommeln und die Rufe der Franzosen. Denn die Alte Garde bedeutete den Tod.
Und für Napoleon scheinbar den Sieg.

Maitland warf einen raschen Blick zu Wellington. Der Herzog thronte auf seinem großen Pferd und wirkte ganz ruhig, behielt die Garde aber scharf im Auge.
Hoffentlich war das Glück auf seiner Seite. Glück für Seine Lordschaft hieß Glück für sie alle – und das bedeutete in diesen Tagen, das man überlebte.

Dass der Herzog angespannt war, erkannte Loxley an der Art, wie er die Augen zusammenkniff und gleichzeitig die Hakennase rümpfte.
Außerdem lehnte sich der General im Sattel leicht vor, um besser sehen zu können.
„Näher. Näher!", wisperte er. „Und ruhig. Ganz ruhig."
Sein Tonfall wechselte immer zwischen Spannung und Besänftigung.
„Näher! So ist es gut. Und schön ruhig, Männer. Ganz ruhig. Lasst sie nur kommen. Lasst sie nur kommen!"
Lord Loxley ließ Wellington vor sich hin murmeln und zog es vor, zu schweigen.
Was auch immer der General im Sinn hatte, es war ihre letzte Chance!
Die Alte Garde hatte die Spitze des Hangs schon fast erreicht und die vorderste Linie von Maitlands Männern feuerte bereits.

Ungeduldig sah Loxley zu Wellington. Er hatte gelernt, ihm zu vertrauen, aber diesmal stellte er seine Treue auf eine ganz harte Probe.
Da drängte sich ein fremder Reiter in schwarzer Uniform an die Seite des Herzogs.
„Euer Lordschaft!", sprach er ihn an und Wellington musterte ihn eine Sekunde irritiert.
Loxleys Hand schnellte zum Griff seines Säbels. Aber da flackerte fernes Erkennen in den Augen seines Oberbefehlshabers auf und erleichtert zog er sie wieder weg. „Oh, Sie … Sie sind einer unserer Privatkuriere, nicht wahr?", fragte Wellington und der Mann nickte.
„Jawohl, Euer Gnaden.", antwortete der Mann mit einer leichten Verneigung.
„Und … und was wollen Sie dann hier, Sir??"
Ein stolzes Lächeln erschien auf dem Gesicht des Kuriers. „Ich bin ein Kind des schwarzen Adlers, Euer Gnaden. Und ich habe eine Botschaft von meinem Vater für Sie, Euer Lordschaft."
Erwartungsvoll sah der Herzog den Mann an, welcher eine Kunstpause einlegte.
„Er ist hier.", verkündete der Reiter bedeutungsvoll, ehe er seinen Rappen herum warf und fort galoppierte. Plötzlich zeigte sich eine Freude in Wellingtons Gesicht, wie Loxley sie nur selten in all seinen Dienstjahren bei ihm gesehen hatte.
Vor Euphorie sprühend riss der Herzog sich den Hut vom Kopf und winkte Maitland.
„JETZT, MAITLAND!!", rief er ihm zu und sofort

kam Bewegung in die Infanterie.

„ HOCH!!", brüllte Maitland, kaum dass er das vereinbarte Signal entdeckte.
Sofort stemmten sich die 1500 Männer zugleich auf die Füße und die Alte Garde sah sich plötzlich einem Wall aus Gewehrmündungen gegenüber.
Es gab kein Entrinnen!
Mit aufgepflanzten Bajonetten gingen die Soldaten, welche dem Feind am nächsten waren, in den Nahkampf über, während die hinteren Linien mit aller Macht feuerten.
Sie hatten das Überraschungsmoment voll auf ihrer Seite und die Garde bekam ihren ganzen Zorn zu schmecken.
„ Für König und Vaterland!!"
Mit ihrem Schlachtruf auf den Lippen wälzten sich die englischen Bodentruppen, angeführt von Maitland, über den Hang und trieben die französische Elite mehr und mehr zurück.
Ihnen voraus eilten Storm und seine flinken Grünjacken.
Schon bald schallten zur Freude der Verteidiger schier unmögliche Rufe durch die Luft.
„ Lauft! Rette sich, wer kann! Rennt um euer Leben!"
Und die Alte Garde ... floh!

Fassungslos beobachteten die Gebrüder Bonapart, die Massenflucht der Veteranen.
„ Wir müssen hier weg, Bruder. Schnell!", warnte Jeromé und wandte seinen Rappen.
„ Das ist nicht möglich! Die Garde stirbt, aber sie ergibt sich nicht!!", polterte Napoleon aufgebracht und Jeromé musste den Hengst seines Bruders am Zügel fassen und ihn mit sich führen.
Da wurden weitere Rufe am Rande des Schlachtfeldes laut.
Ein gewaltiges Heer war inzwischen eingetroffen.
40 000 Mann, alle in schwarzen Uniformen.
Trotz der immer dominanter werdenden Dunkelheit konnte Jeromé die Beschläge blitzen sehen.
„ Oh Gott!", entfuhr es ihm.
Auf der Gegenseite wallte Jubel auf.

„ *Gold*, Euer Gnaden!", rief Graham mit einem Mal aus vollen Halse.
„ Schwarz und goldene Beschläge, Sir! Ihr Anführer ist ein alter Mann auf einem Rappen. Ich kann seinen weißen Backenbart leuchten sehen, Sir!"
„ Blücher!", entwich es Wellington voller Erleichterung und der Eifer packte ihn.
Seine Augen strahlten plötzlich wie die langsam aufziehenden Sterne.
„ Die Schlacht ist mir!", meinte er mit freudigem Grimm. Ein kurzer Schenkeldruck genügte und

Copenhagen sprengte mit hellem Wiehern die Senke hinab.

„Aber, Euer Lordschaft ...!", rief Loxley ihm entgeistert hinterher. „Wo wollen Sie denn hin?!?" Schnell machte er sich daran, dem Herzog zu folgen.

Dieser jagte im wilden Galopp vor zur Front.

Die Männer, welche ihn kommen sahen, brachen in lauten Jubel aus.

„VORWÄRTS, MAITLAND! HOLEN SIE SIE SICH!!", forderte Wellington lautstark und tat mit dem ganzen Arm eine auffordernde Geste an seine übrigen Männer, ihm zu folgen.

„Rasch, Jungs! Vollendet diesen Sieg!!", verlangte er enthusiastisch und seine Freude brannte mit so heller Flamme, dass sie auf jeden überging, der ihrer gewahr wurde.

Hoch oben am Himmel kreiste der sandfarbene Falke mit den Gold gesprenkelten Augen.

Und er wurde der größten Offensive ansichtig, die das 19. Jahrhundert je gesehen hatte!

Aus dem Osten trieb Blücher, der trotz seines Alters und der schlimmen Wunde hoch zu Pferd am Kampf teilnahm, seine Rappstute in die Schlacht.

„Los, los, meine Kinder! Vorwärts! Vorwärts!! Treibt sie in die Hölle zurück!", hörte man ihn donnern.

Die Preußen - durch den Gewaltmarsch, den sie hingelegt hatten und noch gezeichnet durch das

Grauen bei Ligny , total erschöpft - warfen sich voller Elan in den Kampf.
Angeführt von Marschall Vorwärts überholte die preußische Kavallerie rasch die Fußsoldaten und bohrte sich wie ein Pfeil in die französische Flanke und rieb schnell die Truppen von hinten auf.
Sie ritten mit dem Wappen ihres Landes, dem schwarzen Doppelkopf-Adler auf goldenem Grund.
Den Männern des Goldenen Adlers blieb also nur die Flucht nach vorne.
Doch auch hier war der Weg eindrucksvoll versperrt.
Denn ihnen flog das gesamte britische Heer entgegen – mit ihrem Herzog an der Spitze!
Direkt hinter dem Eisernen Herzog und seinem großen, dunklen Hengst fegten sogar die Überreste der Scots Greys auf ihren leuchtenden Schimmeln, welche durch das Beispiel ihres Anführers zu neuer Stärke gefunden hatten. Alsbald zogen die Rotröcke auf ihren Rössern am wesentlich langsameren Copenhagen vorbei und stürzten sich voller Rachedurst auf die panischen Franzosen!
Briten und Preußen wurden zu Hammer und Amboss, die das Eisen Napoleon zermalmten.
Wellington brachte Copenhagen aus vollem Lauf zum Stehen, indes seine Truppen – vom Kürassier bis zum niedrigsten Fußsoldaten – an ihm vorbei strömten.
„ Ho, mein Junge! So ist es brav.", lobte er das Tier

für seinen Gehorsam und klopfte ihm den schweißnassen Hals.

Mit einiger Genugtuung beobachtete Wellington, wie eine kleine Gestalt auf einem weißen, edlen Wüstenpferd sein Heil in der Flucht suchte, begleitet von einer zweiten Reiter im Sattel eines Rappen.

Bei diesem Anblick ergriff eine wunderbare Erleichterung von ihm Besitz:

Napoleon war geschlagen.

Der Sieg war ihm!

„Mache diesen Moment unvergesslich!"

Viele Franzosen wurden gefangen genommen. Napoleons ganzer Stolz, die Alte Garde, welche sich zum Karre formiert hatte, wurde von den Scots Greys eingekesselt, gebrochen und nahezu gänzlich vernichtet. Die Wenige, die man verschont oder nur verwundet hatte, wurden geschlossen ins Hauptlager der Briten, ins Dörfchen Waterloo, gebracht.
Graf Gneisenau setzte sogleich mit einigen, preußischen Reitern dem flüchtenden Kaiser nach – sollte aber als bald seine Spur verlieren.
Inzwischen versuchten die Feldärzte händeringend der schieren Übermacht an Verwundeten Herr zu werden. Nachdem das große Schlachten vorüber war und auch die letzte Kanone endlich verstummte, blieb etwas auf den Ebenen bei Waterloo zurück, wie es bei jedem Gefecht üblich war: Ein unüberschaubares Leibermeer, wo zwischen Toten und noch Lebenden kaum zu unterscheiden war. Mochten die Waffen jetzt schweigen, die Schreie brachen nicht ab.
Die blutenden Opfer lagen im aufgewühlten Dreck, bedeckt von Schlamm und Staub, kreischten ihren Schmerz gen Himmel – sofern sie dazu noch Kraft hatten.
Viele wimmerten auch einfach nur und warteten lange auf den Tod.

Neben den gierigen Plünderern, die selbst Goldzähne aus Kiefern brachen – egal ob von Lebenden oder Toten, suchte sich ein Reiter behutsam seinen Weg durch das Totenmeer.
Sein großer, dunkler Hengst war sichtlich erschöpft.
Kein Wunder, das brave Tier trug ihn auch schon seit 18 Stunden ununterbrochen.
Eine seltsame Melancholie ergriff den Herzog, während er Copenhagen auf eines der Gehöfte zu lenkte, die der Gegenseite angehört hatten.
War all das nötig gewesen? All dieses Leid. Das viele Sterben und die Zerstörung.
Nur, damit man entscheiden konnte, wer im Recht lag?!
Frauen suchten ihre Ehemänner und Geliebten, Kinder ihre Väter und großen Brüder.
Ihr herzzerreißendes Klagen begleitete Wellington auf seinem Weg. Da erregte ein reiterloses Pferd seine Aufmerksamkeit.
Ein stattlicher Hengst, der nervös umher irrte. Aufgeregt stampfte er mit dem Vorderhuf immer wieder auf die Erde und ließ ein röchelndes Schnauben hören. Der schöne Falbe senkte hin und wieder den Kopf, um eine Person anzustupsen, die reglos am Boden lag.
Wellington brachte Copenhagen mit einem kurzen Ruck an dem Zügeln zum Stehen und sah auf den Menschen, der da im Schlamm und vor den Hufen seines dunklen Hengstes lag.

Das reiterlose Pferd wieherte, als es den Herzog näherkommen sah.

Normalerweise klang es immer wie ein heiteres Lachen. Diesmal hatte es etwas von einem bittenden Hilferuf.

„Großer Gott!", entfuhr es Wellington und er schlug bestürzt eine Hand vor den Mund, als er den Mann erkannte.

„Lord Loxley."

Die Lanze eines Dragoners ragte dem Adligen aus dem Bauch. Seine Smaragd grünen Augen waren leer und starrten voller unausgesprochener Qual in den Sternenhimmel.

Immer wieder stieß der Falbe den reglosen Körper sacht mit dem Maul an, als wolle er ihn aufwecken.

Dabei gab der Hengst liebevolle, zärtliche Laute von sich.

Rasch warf Wellington Copenhagen herum, riss sich von dem Anblick des Toten los und spornte sein Pferd zur Eile.

„Vorwärts, mein Junge!", meinte er und schnalzte mit der Zunge, woraufhin der Hengst mit einem Ohr auf ihn lauschte und in einem schnellen Trab sich entfernte.

Der Falbe blieb einsam zurück.

Erst als es Hang aufwärts ging und Copenhagen dem Gehöft zustrebte, fiel er wieder in den Schritt.
Sein Atem ging schwer und der Hengst keuchte vor Anstrengung, die Nüstern geweitet.
Wellington gab ihm den Rücken frei und ließ ihn am langen Zügel gehen, damit der Anstieg ihm leichter fiel.
Wiederholt sah der Herzog über die Schulter und überschaute das schier endlose Leid jener, die überlebt hatten und nun ihre Kinder und Ehepartner unter den Gefallenen fanden. Aber noch schlimmer war es für jene, deren Liebsten unvermeidlich mit dem Tod rangen.
Diese Qualen, dieser Schmerz – und es war seine Schuld.
Er hatte das zu verantworten. Er würde damit leben müssen, all diese einmaligen Menschen in ihr Verderben geführt oder zum Krüppel gemacht zu haben.
 Familienbande waren an nur einem Tag gesprengt worden, Freundschaften zerfallen und Liebesversprechen gebrochen.
„ Nichts ist melancholischer als eine verlorene Schlacht – mit Ausnahme einer Gewonnen. Nicht wahr, mein Junge?", wisperte er schwermütig seinem Pferd zu, das ein Ohr zu ihm klappte und mühsam weiter ging. Während sie den Hang zu Belle-Alliance erklommen, fielen hinter ihnen die Raben und Krähen über ihr Festmahl her.

Bei Belle-Alliance, dem Gehöft, das Napoleon bis kurz vor der Schlacht als Quartier diente, hatte sich alles versammelt, was Rang und Namen besaß.
Der preußische Militärsstab, samt Fähnrichen scharte sich auf der einen Seite des Gebäudes, nahe der Straße, die nach Paris führte.
An der Gegenüberliegenden hatten sich die wenigen, britischen Offiziere eingefunden, die noch am Leben oder nicht allzu schwer verletzt waren.
Blücher fand man, frisch mit Knoblauch und Gin eingeölt gegen seine Wunden, in mitten der Männer und auf dem Rücken seiner schwarzen Stute, die gelassen an ein paar Grashalmen zupfte.
Vereinzeltes Gelächter erklang, als der Feldmarschall gerade mit großen Gesten eine seiner zahlreichen Geschichten aus seiner waghalsigen Militärkarriere beendete.
Er lachte so sehr, dass sein Gesicht ganz rot wurde und er hustend nach seiner Flasche verlangte, die sein getreuer Offizier Nostiz ihm sofort anreichte.
Mond und Sterne strahlten hell, aber das euphorische Feuer über den Sieg, welches man in den Augen der Umstehenden fand, leuchtete um einiges gleißender.
Die Preußen waren ungemein heiter und bezogen auch die etwas schweigsamen Offiziere ihrer Verbündeten mit ein – obgleich ihr Englisch grauenhaft war. Doch die Freude am Leben und dem Triumph einte die Männer und ließ Grenzen, wie Vorurteile verschwimmen.

Dieser traute Anblick war es, der ein Lächeln auf Wellingtons Gesicht zauberte.
Und das Hochgefühl stellte sich auch bei ihm wieder ein.
Als er aus dem Dunkeln heran ritt, fiel sein Augenmerk auf einen Trommlerjungen, der sich vorwitzig an die vielen Reiter angeschlichen hatte und sie mit großen, leuchtenden Augen beobachtete.
„Kannst du mir sagen, wie spät es ist, mein Junge?", erkundigte sich Wellington mit einem Lächeln und der Kleine fuhr ertappt herum.
Staunend sah er an dem großen Hengst hoch und zu dem Mann, der auf seinem Rücken thronte.
Durch die dunkelblaue, zivile Kleidung und das fast schwarze Fell verschmolzen Ross und Reiter nahezu in der Nacht.
„Ja, Sir.", erwiderte der Junge nicht ohne Stolz und zog unter seiner Jacke eine Taschenuhr hervor, die er wohl irgendwann mal einem Soldaten geklaut hatte.
Das vergoldete Deckblatt schnappte auf und gab das tickende Ziffernblatt frei.
Kurz kniff der Knabe die himmelblauen Augen zusammen und zog die Nase kraus, dann schaute er wieder lächelnd auf Wellington, was eine kecke Zahnlücke offenbarte.
„Es ist genau 21 Uhr, Sir.", gab er vollkommen korrekt Auskunft und reckte stolz das Kinn.
Wellington nickte anerkennend, legte einen Arm auf dem Sattel ab und beugte sich etwas vor.

„ Danke. Du bist ein ziemlich kluger Junge. Wie heißt du denn?", wollte er von dem kleinen Kerl wissen.
„ Thomas, Sir.", antwortete er knapp.
Wenn man sich den Dreck, der an ihm haftete, und die abgerissene Uniform wegdachte, so war er gewiss ein ziemlich süßes Kind, das die Herzen der Damen im Sturm für sich gewann.
„ Weißt du, wer ich bin, Thomas?", fragte Wellington weiter und musterte den Jungen mit einem schelmischen Lächeln.
„ Sie müssen jemand verdammt Wichtiges sein, wenn Sie hierher kommen dürfen, Sir.", erwiderte der Knabe ehrlich, was ihm ein aufrichtiges Lachen entlockte.

In dem Moment näherte sich einer der Offiziere mit einer Laterne.
Der silberne Ritterorden an seiner Generalsschärpe glitzere in ihrem warmen Schein.
„ Wer ist da?! Oh, Lord Wellington! Wo waren Sie denn, Sir? Der Feldmarschall erwartet Sie schon voller Ungeduld, Euer Gnaden – wie wir übrigens alle.", rief der Offizier.
Bei diesen Worten fiel dem Jungen die Kinnlade runter und er betrachtete den Reiter vor sich mit ganz neuem Respekt.
„ Geduld war noch nie seine Stärke, habe ich mir sagen lassen. Also soll er sich darin üben. Geben Sie mir noch einen Moment.", antwortete Wellington und der Offizier kehrte gehorsam

wieder zu den Übrigen zurück.
„Jawohl, Euer Lordschaft."
„Sie... S-Sie sind der Eiserne Herzog. Sie sind Wellington.", wisperte der Knabe überwältigt.
Arthur schmunzelte, doch als er sich dicht vor den Jungen beugte, war sein Gesicht ernst, aber nicht ohne Wärme.
„Merke dir diesen Tag, Thomas. Merke dir diesen Moment!", raunte er ihm eindringlich zu und das Kind nickte eifrig.
Auf einen stummen Befehl setzte Copenhagen sich schnaubend in Bewegung.
„Und sorge dafür, dass du ihn nie vergisst, Thomas! Niemals!", rief der Herzog noch über die Schulter und hob dabei mahnend den Zeigefinger in die Luft.
Die Offiziere wichen zur Seite, machten dem eintreffenden Herzog Platz und gaben den Blick auf den Feldmarschall frei.
Schlagartig herrschte Schweigen. Die Umstehenden hatten das Gefühl, Teil von etwas Besonderem zu sein und gleich Zeuge von etwas Großem zu werden.
Es lag eine Ehrfurcht in der Luft, die man beinahe greifen konnte.
Wellingtons ohnehin schon edle Haltung wurde noch ein bisschen strammer und er lenkte Copenhagen geradewegs auf die schwarze Stute zu, welcher Blücher im selben Moment das Fressen verbot und sie auf den großen Hengst zu schreiten ließ.

Sie tanzte auf der Stelle, als die beiden Männer im Schatten von Belle-Alliance aufeinander trafen.
Die Rappstute rollte nervös mit den Augen und schien vom gleichen, hitzigen Temperament wie ihr Reiter zu sein.
Copenhagen hingegen bot einen stolzen und prächtigen Anblick, als wisse er um die Bedeutung dieses Augenblicks, und als er wenige Schritte vor dem anderen Pferd zum Halten kam, wirkte er wie ein majestätisches Denkmal.
Ein Ausbund an Standhaftigkeit und voller ungebrochenem Stolz. Der große Hengst erschien auch um einiges eindrucksvoller, da er aufmerksam glühenden Auges und mit gespitzten Ohren den Kopf empor reckte.
Er schnaubte erregt, da er die Stute und die fremden Hengste witterte.
Wellington fühlte ihn zwischen seinen Schenkeln zittern. Doch er wusste, dass er sich auf dieses Pferd verlassen konnte und so hob er den Blick, um Blücher anzusehen.
Zum Gruß hob der Herzog den Hut und der alte Preuße tat es ihm gleich.
„ Meinen Glückwunsch zu diesem grandiosen Sieg, Feldmarschall.", sprach er höflich und seine Miene verriet keinerlei Regung.
Anstelle etwas zu erwidern setzte Blücher seinen Dreispitz einfach wieder auf und lenkte seine aufgeregte Stute noch ein Stück näher an Wellingtons großen Hengst heran.
Die Pferde standen nun Schulter an Schulter.

Für die Dauer eines Wimpernschlages geschah gar nichts.
Blücher sah seinen Verbündeten einfach nur an – und begann mit einem Mal donnernd zu lachen.
„Was für eine Schlacht, nicht wahr?", rief er ausgelassen und sein weißer Bart wippte.
„An meine Brust, mein Gefährte! Mein Bruder!"
Schon fand sich Wellington in einer so herzlichen Umarmung wieder, dass es ihm die Luft aus den Lungen presste.
Kurz war er damit überfordert, dann aber ließ er es geschehen und klopfte Blücher kameradschaftlich auf den Rücken, der ihn immer noch nicht losließ.
Ein ehrliches, erleichtertes Lächeln zierte dabei die schmalen Lippen des Eisernen Herzogs.
In einem aufwallenden Rausch der Dankbarkeit ließ er sich sogar dazu hinreißen, die Umarmung aufrichtig zu erwidern.
„Gut gemacht, mein Freund. Gut gemacht!", lobte er den alten Mann und musste sich sehr beherrschen, da ihm der Knoblauchgestank, der von dem Feldmarschall ausging, fast die Sinne raubte.
Der Preuße lachte polternd und nahm, zur Erleichterung des Herzogs, ein wenig Abstand, um ihm kräftig auf die Schulter zu klopfen.
„Dieser Tag, mein Freund und Waffenbruder, wird unvergessen bleiben!", prophezeite er euphorisch, wie laut stark und alle Umstehenden johlten. „Als der Tag, an dem der Doppelkopf-Adler und der englische Löwe das französische Monst-

rum in die Knie gezwungen haben. Und zwar ein für alle Mal!"
Er stieß ein triumphierendes Lachen aus und schaute sich Zustimmung suchend um.
Die ließ nicht lange auf sich warten.
Wellington rümpfte, ob des strengen Geruchs, den der Redeschwall des Feldmarschalls mit sich brachte, ein wenig die Nase und veranlasste Copenhagen dazu, einige Schritte rückwärts zu gehen. Der Hengst gehorchte ohne Zögern.
„ Wie gesagt: Ein wohlverdienter Sieg für Sie, Sir.", sprach er gewohnt reserviert und streckte Blücher die Hand hin.
„ Für mich?! Nein. Für *uns*. Das waren wir beide. Preußen und Britannien. *Gemeinsam!*"
Und damit schlug er strahlend ein.
Sein Händedruck war so stark, dass Wellington einen Moment um die Gesundheit seiner Finger fürchtete.

Belle- Alliance beherbergte an diesem Abend nicht nur einen großen Feldherren, sondern gleich zwei.
Denn die beiden Sieger beschlossen, ihren Erfolg ordentlich zu feiern!
Was damit endete, dass Blücher ungefähr fünfzehn Humpen Bier und sechs Flaschen Wein allein trank und mit einer molligen Dirne auf dem Schoß einschlief.
Wellington ging wesentlich kontrollierter vor. Er beließ es bei fünf Gläser feinstem Rotwein und

einem Glas bestem, englischen Sherry, sowie einer Keule des wahrhaft herrschaftlichen Bratens, den man ihnen zukommen ließ.
Mit mildem Lächeln fiel sein Blick auf den schnarchenden Preußen.
„ Er ist krank.", sprach er in erklärendem Tonfall zu der Dirne, die ein wenig beleidigt drein schaute, und wies auf das gebrochene und geschiente Bein des alten Mannes. „ Lassen wir ihn also schlafen."
„ Und was is` mit meinem Lohn, Sir?", hakte die Frau trotzig nach.
Wellington seufzte und rieb sich die Nasenwurzel.
„ Wie viel?!", erkundigte er sich gelangweilt.
„ 'n Shilling, Sir.", bekam er zur Antwort und ihre Augen glitzerten, als er seinen Geldbeutel hervorzog und die Münzen auf dem Tisch abzuzählen begann.
„ Für wie lange hat er bezahlen wollen?!"
„ Die ganze Nacht, Sir.", meinte die mollige Frau und spielte mit ihrem haferblonden, verwaschenem Haar. Mit einem Lächeln, das wohl verführerisch sein sollte, kam sie auf ihn zu, dabei bemüht, sich aufreizend zu bewegen.
„ Wenn Sie also auch ... *Lust* haben, Sir, dann ..."
Sie machte Anstalten, auf seinem Schoß Platz nehmen zu wollen.
„ Ich bedauere, aber nein.", erwiderte Wellington prompt, wie entschieden und lehnte sich soweit wie möglich im Stuhl zurück. „ Dennoch besten Dank, Madam."

Sie machte keine Anstalten, von ihm abzulassen.
„Haben Sie denn gar keine ... *Sehnsüchte?!*",
hauchte sie ihm ins Ohr und kicherte verspielt.
„Jetzt, wo Sie es sagen...", raunte er ihr schnurrend zu und packte sie energisch an beiden Oberarmen.
Sie lachte überrascht auf.
„Oh ja. Ja, die habe ich!", flüsterte er, stand auf und dirigierte sie ein wenig rückwärts.
Dann vollführte er eine halbe Drehung, sah ihr wild in die erstaunten Augen – und ließ sie urplötzlich los.
Kühle, höfliche Distanz beherrschte wieder seine Züge.
„Aber die gelten nur einer!", verkündete er fest und reckte das Kinn.
Einen Augenblick war die Dirne verwirrt, dann zuckte sie mit den Schultern.
„Pff! Spießer!", meinte sie schnaufend.
„Einen guten Abend, Madam.", verabschiedete sich Wellington förmlich und verließ strammen Schrittes sowohl das Zimmer, als auch das Haus.
„Und was is´ mit meinem Geld?!", rief ihm die Hure hinterher.
„Liegt auf dem Tisch. Sehen Sie es als Entschädigung.", antwortete er und beschleunigte seine Schritte.

Draußen hielten zwei Männer Wache und zwei Weitere hielten Copenhagen für ihn bereit. Wellington wandte sich an die Wachen. Einer war, der Uniform nach, Preuße und der Andere Brite.
„Sie! Sorgen Sie dafür, dass Ihr Feldmarschall sein Bein schont und in Ruhe schlafen kann. Bringen Sie ihn in sein Bett, verstanden?", befahl er dem Preußen, der sogleich im Innern des Hauses verschwand.
„Und Sie! Sie werden da drinnen eine ... eine Dame aus dem leichten Gewerbe finden."
„Eine Hure, Sir?!", fragte der Mann erfreut.
„Ja. Exakt. Eine ziemlich Teure sogar.", knurrte Wellington und trauerte seinem Geldbeutel im Stillen hinterher. „Hören Sie: Wer von Ihnen sich mit ihr ... beschäftigt, ist mir vollkommen egal! Sie wurde für die ganze Nacht bezahlt und das Geld, was man ihr hinterlassen hat, reicht wahrscheinlich auch für Sie beide. Sorgen Sie nur dafür, dass Sie aus diesem Gebäude verschwindet, klar?"
Der Soldat starrte ihn an, als sei er eine Erscheinung oder nicht mehr ganz dicht.
„Sehen Sie es einfach ... als Dank für Ihre Dienste an diesem großen Tag.", versuchte Wellington ihn zu ermutigen und der Mann strahlte glücklich.
„Wirklich? Vielen, vielen Dank, Euer Lordschaft!"
Und schon war er gleichermaßen im Haus verschwunden.

Als der Herzog auf seinem großen Hengst und mit den wenigen Überlebenden seines einst so glanzvollen Stabes, welche von den Stallknechten geweckt worden waren, wieder zurück zum Hauptquartier ritt, graute bereits der Morgen.
Noch nie war ihnen ein Sonnenaufgang so schön vorgekommen.

Während seine Soldaten und Offiziere sich in den Armen ihrer überglücklichen Frauen wiederfanden, musste Wellington ein letztes Mal zuerst dem Ruf der Pflicht folgen, ehe er seinem Herzen gehorchen konnte.
Vor dem Haus, indem er Quartier bezogen hatte, brachte er Copenhagen zum Stehen und glitt mit einem Seufzen aus dem Sattel.
Dann wurden seine Bewegungen plötzlich schnell, aber sicher.
Er öffnete augenblicklich den Sattelgurt und riss den Sattel regelrecht vom Rücken seines erschöpften, treuen Hengstes.
Das Gleiche tat er mit der Trense und zufrieden nahm Copenhagen die Kandare aus dem Maul. In seinen dunklen Augen lag tiefe Dankbarkeit.
Besonders die Sattelabdrücke hatten sich stark ins schweißnasse Fell des dunklen, großen Pferdes gegraben.
„Na lauf, mein Junge.", meinte der Herzog liebevoll und gab ihm einen Klaps auf die Hinterhand.
Der Hengst schlug im selben Moment wild aus

und seine Hufe verfehlten nur knapp den Kopf seines Herrn!
Das Tier nahm wohl immer noch an, dass sie sich im Krieg befanden.
Es hatte seinem Reiter nicht absichtlich weh tun wollen, viel mehr hatte es geglaubt, sich und ihn vor einem Feind schützen zu müssen.
So waren die Schlachtrösser eben ausgebildet.
Schnell trat Wellington an den Kopf seines Hengstes und fuhr ihm beruhigend über die Stirn, bis hinab zu den Nüstern.
Copenhagen zitterte am ganzen Körper, als wäre er geschockt darüber, was er beinahe getan hätte.
Genau wie sein Herr, war der Hengst kriegsmüde.
„Ruhig, mein Junge. Ganz ruhig!", raunte Wellington ihm zärtlich zu.
„Es ist ja jetzt vorbei. Versprochen! Das war unsere letzte Schlacht, mein Alter. Du hast mein Wort."
Das große Pferd ließ ein beinahe zweifelndes Wiehern hören und legte seinen Kopf auf Wellingtons Schulter.
Brummelnde, liebevolle Laute entwichen ihm, während der Herzog seinen Hals und die Mähne kraulte.
Schließlich schob er den Hengst dann doch von sich und winkte einen der umstehenden Männer herbei.
„Bringen Sie mir das Halfter dort.", forderte er und wies auf ein altes, zurückgelassenes Halfter, das nicht weit entfernt auf einem Zaun lag.

Angesprochener tat rasch wie geheißen und wollte dem Hengst es überstreifen.
Doch Copenhagen hob den Kopf soweit hoch, wie es ihm möglich war, und bleckte mit protestierendem Wiehern die Zähne. Er schnappte sogar nach dem Mann.
Das sagte Wellington, dass der Mann entweder neu oder noch nicht solange in der Armee diente. Jeder, vom Kind bis zum Veteranen, wusste, dass der dunkle Hengst Seiner Lordschaft schwer zu Händeln war.
„ Geben Sie das her, wenn Sie Ihre Finger behalten wollen.", bat Wellington und lachte leise, als der Mann mit blassem Gesicht und ohne zu protestieren dem nach kam. „ Glauben Sie mir, Sir, ich tue Ihnen damit einen Gefallen!"
Damit stellte er sich neben das große Pferd und hob das Halfter, um es ihm über zu streifen.
Er sprach sanft, aber bestimmt zu dem Tier, was beim Klang seiner Stimme lammfromm den Kopf senkte und beinahe von selbst sich das Halfter anzog, so tief tauchte er darin ein.
Wellington schloss es sorgfältig und ließ den Haken an der Wange einschnappen, ehe er seinem staunenden Helfer den Strick in die Hand drückte.
„ Passen Sie ja gut auf ihn auf! Und kümmern Sie sich um ihn. Er hat es sich wirklich verdient.", ordnete der Herzog an und sah auf das Sattelzeug, das er achtlos in den Staub geworfen hatte. „ Ach ja, und räumen Sie das weg, Soldat!"
„ Jawohl, Euer Gnaden!", erwiderte der Mann und

salutierte. Ohne ein weiteres Wort machte Wellington kehrt und sich auf zu dem Raum, der ihm als Arbeitszimmer diente.

Die Listen, welche sich bald auf seinem Tisch häufen, schienen gar kein Ende haben. Bloß einen traurigen Anfang.
Zuerst brachte man die Zahl der Verwundeten, dann der verschossenen Munition und der übrigen Lagerbestände.
Aber schließlich brachte einer der Offiziere die schlimmste Botschaft.
Ein Schreiben vom Umfang einer Zeitung und übersäet mit etlichen Namen, sowie Notizen über Rang und Regimenter.
Es war die Auflistung aller Verluste an diesem Tag. Jedes Leben, das diese verdammte Schlacht gefordert hatte, stand darauf. Auch das seines treuen Adjutanten. Alexander Gordon.
Als Wellington der ganzen Namen ansichtig wurde, ließ er das Schreiben langsam sinken, barg das Gesicht in den Händen – und weinte bitterlich.
Eilig zog sich der Offizier aus dieser peinlichen Situation zurück und überließ seinen schluchzenden General sich selbst.

„Ergreife die Gelegenheit und folge deinem Herzen."

Nach einer Weile holte der Herzog mehrmals tief Atem und während die letzen Tränen seine Wangen herab liefen, lehnte er sich in seinem Stuhl zurück und sah mit feuchten Augen zur Decke.
Er brauchte einen Moment, dann stand er entschlossen auf und verließ den Raum.
Sein ganzes Sein kannte jetzt nur noch ein Ziel: Julia.
Seine Schritte wurden immer ausgreifender und sein Herz schlug immer schneller, je näher er der Tür kam, hinter der sie sittsam auf seine Rückkehr wartete.
Freudig stieß er sie auf und trat mit einem strahlenden Lächeln, sowie ausgebreiteten Armen in den Raum – bereit, seine wunderbare Liebste zu empfangen. Doch es fiel ihm keine überglückliche Julia um den Hals, stattdessen saß eine weinende Rosy in dem Stuhl am Fenster.
Die Alte hielt ihr Taschentuch so fest umklammert, dass ihre Knöchel weiß hervor traten.
Als sie aufsah und den Herzog bemerkte, wurde ihr Weinen hysterisch.
„ ...Rosy?!", fragte Wellington besorgt, wie irritiert und kam behutsam etwas näher.
„ Ach, Euer Lordschaft!", wimmerte die rüstige Dame unter unzähligen Tränen.

„Es ist schrecklich, Sir! Einfach grauenvoll, Sir!"
Schlimmes ahnend kam Wellington auf sie zu und nahm sie besänftigend an den Händen.
„Ruhig, Rosy. Ganz ruhig. Was ... was ist hier passiert?! Wo ist Julia?", wollte er wissen und sogleich schrie Rosy voller Gram auf.
„Ach, Euer Gnaden! I-ich... ich konnte nichts tun, Sir.", jammerte sie und schnäuzte sich.
„Sie ist weg, Sir!"
„Weg?! Was soll das heißen, sie ist weg?!?", fragte der Herzog aufbrausend und die alte Dame wandte beschämt das Gesicht ab.
„E-er ... er hat sich einfach mitgenommen, Sir. S-sie... sie war gerade noch da ... und dann ... und dann ...!"
Sie schnappte mehrmals nach Luft und schien kurz vor dem Nervenzusammenbruch.
„... dann war sie fort, Sir! Einfach weg. E-er ... er hat sie gestohlen, Sir!"
„Wer?", grollte Wellington und ballte die Hände zu Fäusten, ehe er die wimmernde Alte energisch an den Schultern packte und etwas schüttelte.
„Wer, Rosy?! WER WAR HIER?!?"
„Der Doktor, Sir!", platzte es verzweifelt aus Rosy hervor und sie verbarg das Gesicht in den Händen.
Geschockt, wie ernüchtert prallte Wellington zurück und ließ sie los. Es gab nur *einen* Arzt, der es wagen würde, diesen Ort zu betreten. Nur einen, der überhaupt die Befugnis hatte und das nötige Vertrauen besaß, um unangemeldet und in Abwesenheit Seiner Lordschaft hier aufzutauchen.

„Gates!", wisperte Wellington erkennend und stürmte mit grimmiger Miene aus dem Raum.

Gleich einem apokalyptischen Reiter jagten der Herzog und sein dunkler Hengst rücksichtslos durch die Gassen Waterloos.
Picard sah sie kommen, rief seinem Herrn noch eine Warnung zu – doch zu spät!
Während Copenhagen scharf zum Stehen kam, sprang sein Reiter ab und stieß so kraftvoll die Tür auf, dass sie krachend an die Wand klatschte.
„Wo ist sie?", knurrte der Herzog beim Eintreten düster und ging entschlossen auf Gates zu.
Der Medicus drehte sich überrascht um.
„Euer Lordschaft, ich ..."
Doch weiter kam er nicht, denn schon wurde er mit dem Rücken gegen die Wand gepresst, Wellingtons Unterarm mit gefährlichem Druck an seiner Kehle.
Gates fühlte, wie sein rechter Arm über die Eckkante der Wand ausgestreckt wurde, mit dem empfindlichen Ellenbogen *genau* am scharfen Punkt.
Die andere Hand des Herzogs übte Gewicht auf das Handgelenk des Arztes, dessen Muskeln sich sofort spannten.
Schmerz flammte im Bewusstsein des Medicus hoch und er verzog das Gesicht.
„Ich frage nicht nochmal!", warnte Wellington

und Gates konnte sich nicht erinnern, ihn je so voller Emotion gesehen zu haben.
Pure Wut, blanker Zorn. *Rache*, wenn nötig!
Die eiserne Maske war schlagartig *sehr* dünn geworden.
„Ich weiß nicht, was Sie meinen, Sir.", erwiderte Jonathan und unterdrückte einen Schrei, da sich der Druck auf seinen Arm verstärkte.
Die Sehnen und Muskeln dehnten sich und brüllten. „Sie sind nicht in der Position für Spielchen, Doktor.", zischte Wellington mit einer eisigen Ruhe.
„Also?", fragte er lauernd und fixierte sein Gegenüber abwartend.
Aber Gates schüttelte nur den Kopf.
Gleich darauf entfuhr ihm ein gellender Schrei, da Wellington ihm energisch den ausgestreckten Arm umbog.
„Reden Sie, Gates. *JETZT!*", verlangte er zornig und drückte quälend langsam immer weiter.
Da schoss der sandfarbene Falke mit wildem Kampfschrei herein!
Seine Präsenz traf Wellington ohne jede Warnung und mit einer Wucht, das es ihn ächzend nach hinten und von den Füßen riss.
Von Draußen hörte man Copenhagen verängstigt wiehern und der große Hengst scheute, wich vor dem Gebäude zurück, das mit einer Macht gefüllt war, älter als alles. Erbost umkreiste Picard den Herzog in weiten Schleifen, im Versuch, seinen Herrn zu beschützen.

Gates stürzte indes nach vorne, auf Knie und Hände, und rieb sich hustend den Hals.
„NEIN, PICARD!", bat er leidenschaftlich, wie flehend. „ Tu´ ihm nicht weh!"
Nur widerwillig gehorchte der Falke und nahm auf der Lehne eines nahen Stuhls Platz.
Aber er ließ den Herzog keine Sekunde aus den Augen.
Dieser kam wieder auf die Beine und taumelte einen Moment orientierungslos, dabei sich den schmerzenden Kopf haltend.
Sofort stieß Gates sich vom Boden hab und stand ihm stützend zur Seite.
Draußen beruhigte sich der aufgebrachte Hengst wieder.
„ Euer Lordschaft! Ganz ruhig, Euer Gnaden. Schön langsam. Es ist alles gut, ich bin bei Ihnen, Sir. Sie sind nicht allein.", versicherte der Medicus besänftigend und half dem Entkräfteten, sich zu setzen.
„ Julia.", entwich es dem Herzog beinahe tonlos und Tränen verschleierten seinen Blick.
„ I-ich ... ich habe sie gesehen. Ganz kurz, auf einer Art ... Ball. Ihr Kleid ... ihr ... ihr Lachen. Sie ... s-sie war so wunderschön."
Er nahm die Hände vors Gesicht und schluchzte. Sein Körper bebte bei jedem neuen Tränenschwall und kraftlos sank er vornüber.
„ Wo bist du nur, mein Stern?! Komm zurück, bitte. Oh bitte, komm´ einfach nur zurück!"
Gates lauschte seinen Klagen, ließ Kopf und

Schultern hängen.
Da reifte in ihm mit einem Mal ein Entschluss heran, der ihm seine Fassung wiederbrachte.
„ Sie ist in Sicherheit, Euer Gnaden.", flüsterte er Wellington zu und legte ihm eine Hand auf die zitternde Schulter.
Verwundert und tränenblind sah dieser ihn an.
„ Woher wissen Sie das?", fragte er rau und erhob sich etwas.
„ Ich weiß es, weil ..."
Gates stockte, verwarf seine Bedenken aber. Jetzt war ohnehin alles egal!
„ ... weil sie so ist wie ich, Sir. Eine Frau aus einer anderen Zeit, Euer Gnaden.", offenbarte er dem Herzog, welcher ihm schweigend zuhörte.
„ Nicht aber aus einer anderen Welt. Die Gegenwart Ihrer Liebsten, Sir, ist eigentlich die Zukunft Ihrer Welt, Euer Gnaden."
„ Wie bitte?", hakte der Herzog vorsichtig nach und Gates holte tief Atem.
„ Miss Julia ist aus der Zukunft, Mylord. Exakt zweihundert Jahre. Aber für sie ist es die Gegenwart, ihr Zuhause, Sir. Dort gehört sie hin.", erklärte er ruhig, ehe er betreten die Augenlider senkte.
„ Das ... dachte ich bisher jedenfalls."
Kritisch zog der Herzog die Brauen zusammen und kam einen Schritt auf den Medicus zu.
„ Also ... haben Sie Ihre Meinung geändert?!", hakte er nach. „ Ja, Sir.", antwortete Gates und hob sofort zu einer Erklärung an, ohne Wellington die

Zeit für erneuten Zorn zu geben.
„Und ich schickte sie nur fort, damit ihr nichts passiert, Sire! Als die Schlacht begann, war ich mir nicht sicher, wie sie enden würde – durch Miss Julias Erscheinen und Mitwirken hatte sich soviel verändert – ich wollte nur, dass sie und die Weltgeschichte in Sicherheit sind, Euer Gnaden! Wenn die Schlacht zu Ihren Ungunsten ausgefallen wäre, wenn Sie verloren hätten, Sir, hätte das Konsequenzen zur Folge gehabt, die Sie sich gar nicht vorstellen können, Sir! So gewaltig wären sie gewesen."
„Aber wir haben nicht verloren, Doktor.", knurrte der Herzog und verengte die Augen zu Schlitzen.
„Ich weiß, Sir.", erwiderte Gates mit einem erleichterten Seufzen und wagte es, ihn anzusehen.
„Trotz ihrer Liebe zu einander nahm die Schlacht doch den Verlauf, den sie nehmen sollte. Der Sieg gehört Ihnen, Euer Lordschaft! Und lassen Sie mich sagen, dass ich die Dame zu nichts gezwungen habe. Sie bat mich sogar darum, gehen zu dürfen.", beteuerte der Medicus, ehe seine Miene bitter wurde.
„Sie wollte den Schrecken des Krieges nicht sehen und unter Umständen Ihren Tod betrauern müssen, Sir. Also ließ ich sie gehen. Niemand sollte so etwas erleben müssen, solange es sich noch irgendwie vermeiden lässt."
Wellington nickte in ernster Zustimmung.
„Also ... ist sie für mich verloren. Es ... gibt keine Chance sie zurückzuholen.", bemerkte er nieder-

geschlagen und zeigte sich, trotz seiner militärisch-stolzen Haltung, resigniert.
Der Medicus schenkte ihm ein wölfisches Grinsen und seine Bernstein-Augen funkelten listig.
„Ja, das ist sie, Sir. Außer ... Sie wären bereit für sie das Unmögliche zu tun?!"

Überraschenderweise fand Julia relativ schnell wieder in ihr altes Leben zurück.
Die technischen Annehmlichkeiten des 21.Jahrhunderts umschmeichelten sie und nahmen sie rasch wieder für sich ein, als sei nie etwas geschehen.
Auch ihre Freunde und Kollegen nahmen sie auf gewohnte Weise an.
Denn für sie war Julia niemals fort gewesen.
War es nur ein Traum? Ein Wahn ihrer Ohnmacht?!
Es gab Momente, in denen Julia das glaubte.
Bis die Erinnerung schrie! Sie brüllte, riss an ihren Fesseln und blieb einfach nicht still, nahm es nicht hin.
Die Menschen, denen sie dort begegnet war, ihre Freunde und Verbündeten – all das war echt! All das war geschehen.
Besonders der Anhänger um ihren Hals bezeugte das.
Wann immer ihre Finger über den roten Löwen mit den Rubinaugen strichen, flammten schemenhafte Echos hoch.
Sein Blick. Sanft und stark zugleich. Seine Hände

und die Art, wie er sie berührte. Seine Küsse. Wie seine Lippen nicht genug von ihrer Haut bekommen konnten.

Sein fürsorgliches Wesen und seine weiche Seele, die sich nur selten und in den wertvollen Momenten der Zweisamkeit offenbart hatten.

Er war der Herzog, der den Namen eines Königs trug. Er führte den prächtigen Herrn der Tiere in seinem Wappen, mit Fell und Schweif wie Feuer – gleich mehrmals!

Aber vor allem war er der Mann, dem sie ihr Herz geschenkt hatte.

Und diese Kette, sein Geschenk, würde sie auf ewig daran erinnern.

Es war ein Versprechen. Fast schon ein Schwur.

Ein Eid, den ihr Herz an diesem Tag, in dieser Nacht geleistet hatte.

> *Ich werde dich immer lieben.* <

Sie war in ihrem Büro und lehnte an ihrem Schreibtisch.

Mit tränennassen Augen sah sie auf und ihr Blick fiel geradewegs auf ein Gemälde an der Wand.

Sein Schöpfer, Sir Thomas Lawrence, war der Lieblingsmaler des Eisernen Herzogs gewesen. Nahezu sämtliche Zeichnungen oder sonstige Abbildungen Wellingtons ließen sich im Original auf diesen Mann zurückführen. Auch das, welchem nun Julias Aufmerksamkeit galt.

Es war auf das Jahr 1818 datiert, also drei Jahre nach der Schlacht bei Waterloo.

Lawrence hatte den Moment festgehalten, indem der Herzog mit dem Lüften seines Zweispitzes seiner Armee das Signal zur großen Attacke gab.
Im Hintergrund hatte der Maler zwar die Dunkelheit dominieren lassen, aber man konnte ganz deutlich die Sonne erahnen.
Ob sie auf – oder unterging, das konnte man der Interpretation überlassen.
Copenhagen war auf diesem Bild mit Absicht um vieles heller dargestellt, sodass sein Fell goldenrot wirkte und sich damit dem Sonnenlicht anglich. Brust, Hals und Vorderläufe wohnte eine Goldreflexion inne, als schiene das Licht frontal auf Ross und Reiter.
Die Stiefel Seiner Lordschaft glänzten und der weite, mitternachtsblaue Mantel viel weit über die Flanken des Pferdes, am Kragen durch eine silberne Brosche zusammengehalten.
Zügel und Fernrohr hielt er – vom Betrachter aus – in der rechten Hand und mit dem Zweispitz in der Linken wies er auf ein Ziel, dass sich vermutlich hinter dem Betrachter befand.
Sein Hengst warf den Kopf zur Seite und wölbte stolz den Hals, dabei ein Vorderbein erhoben und die Ohren gespitzt. Es schien, als wolle er sich umdrehen und zur Sonne sehen, die sich durch die Finsternis drängte – oder als erinnere er sich an etwas sehr Wertvolles, dass nun mehr hinter ihnen lag.
Gleich neben diesem Gemälde hing das absolute Prunkstück ihrer Sammlung.

Die ehrenwerte Familie Wellesley hatte sich, durch Julias damaligen leidenschaftlichen, wie charmanten Einsatz, dazu bereit erklärt, dem Museum eine exakte Kopie ihres altehrwürdigen Wappens zur Verfügung zu stellen.
Es war geviertelt und zeigte ein weißes Kreuz auf rotem Zentrum im ersten und vierten Feld.
Das Zweite und Dritte wiesen jeweils einen roten Löwen mit blauer Zunge und Krallen auf, der eine Krone um den Hals hatte und auf den Hinterbeinen dargestellt wurde.
Das erste und das zweite Feld wurden zum Großteil von einem weiteren, kleineren Wappen verdeckt, welches den Union Jack nachempfand.
Ein blauer Gürtel mit goldenen Löchern und einer Schnalle gleicher Farbe umschlang das Wappen und bildete einen schwungvollen Knoten zu dessen Füßen.
Auf dem „Haupt" des Wappens thronte die Krone der Herrscher von England und darüber, wie auf einem äußerst wertvollen Samtkissen, ein eindrucksvoller Ritterhelm mit goldenem Visier und ausladendem rot-weißem Federbuschen.
Als Schmuck wies der Helm gleichfalls eine Krone mit drei Zacken auf, die eine gewisse Verwandtschaft mit Eichenblättern aufwiesen, und aus dieser Krone erhob sich ein weiterer Löwe mit rotem Fell, blauer Zunge und ebensolchen Krallen.
In seinen Pranken hielt er einen flatternden Wimpel, welchen man mit dem Tatzenkreuz der Templer in Verbindung bringen mochte, ob seiner

großen Ähnlichkeit mit diesem.
An den Flanken fungierten zwei, prächtige Löwen als Wappenträger. Auch sie hatten rotes Fell und blaue Zungen, sowie Krallen und um ihre Hälse schlangen sich goldene Kronen.
Doch sie waren in goldene Ketten geschlagen, die ihren Anfang an den Halskronen nahmen, sich zwischen ihren Vorderläufen und um ihre herrlichen Schweife schlangen und schließlich in schwere Ringe mündeten.
Halt fanden die Leuen und ihre Fesseln in dunkelgrünem Gras, vor dem sich auf weißem Schriftbanner das Motto der Wellesleys – und damit des Herzogs – präsentierte:

„ Virturis comes Fortuna"
(Fortune is the companion of valour)

Julia ließ ihre Gedanken eine Weile um diesen Leitspruch schweifen.
> *Glück ist der Begleiter der Tapferkeit.* <
Laut den Geschichtsbüchern ihrer Zeit hatte er an diesem Tag bei Waterloo beides gehabt.
Wobei sie sich nicht erinnern konnte, wann ihr Geliebter einmal ängstlich gewesen war. Außer, wenn es sich um sie gehandelt hatte …
„ Du warst schon immer tapfer, mein Löwe.", flüsterte sie dem Gemälde zu und hielt sich den Finger unter die Nase, um ihre aufkommenden Tränen zu unterdrücken.

Nichts hatte sich geändert.
Und doch war alles anders.

Ein plötzliches Klopfen an der Tür ließ Julia auffahren.
„Herein?!"
Eine große, hagere Frau mit langem, blondem Pferdeschwanz steckte den Kopf herein.
Es war Julias Kollegin und Freundin Lucinda „Lucy" Smith.
„Ach, hier bist du! Kommst du, Süße? Wir warten nur noch auf dich.", meinte sie und schenkte ihr – trotz ihrer sichtlichen Ungeduld – ein herzliches Lächeln.
„Du weißt doch, heute ist unser großer Tag! Du siehst übrigens bezaubernd aus.", lobte ihre Freundin sie und schaute bewundernd auf das schlichte, rabenschwarze Kleid, welches Julia an diesem Abend trug und das bis zum Boden reichte.
Dazu schlang sie sich eine herrliche Stola selber Farbe um die Schultern.
Immerhin galt es, bei der Jubiläumsgala unter all den Reichen und Schönen eine gute Figur zu machen.
„Heute war *sein* großer Tag!", korrigierte Julia ihre Freundin streng und folgte ihr hinaus.
Lucy hatte Mühe, in ihrem sektfarbenen Paiettenkleid zügig zu laufen und die klappernden Pfennigabsätze trugen nicht gerade zur Erleichterung

bei.

„ Eigentlich war es ja *ihrer.*", warf Professor Baker vorsichtig ein, wohl wissend, wie reizbar sein geliebter Schützling seit einigen Monaten bei diesem Thema war.

Der alte Herr hatte sich mit seinem grauen Nadelstreifenanzug mächtig in Schale geworfen und stand den beiden Männer, die ihm Gesellschaft leisteten, in Sachen Stil in Nichts nach.

Der Eine war James, Lucys Freund - ganz edel im nachtschwarzen Sakko und mit Fliege. Und der Andere .... Robert. Der Anhang und Julias Begleiter an diesem Abend.

Er hatte sich für feinstes Tweed entschieden und war es, laut seiner Haltung, offenbar gewohnt Uniform zu tragen.

Unter anderen Umständen hätte er Julia gefallen, aber nicht jetzt.

„ Wellington und Blücher bezwangen Napoleon zusammen. Ein gemeinsamer Sieg, meine Liebe.", fuhr der Professor mit milder Strenge fort. Julia erwiderte nichts darauf, sondern stürmte aus dem Gebäude ohne sich um ihren Begleiter oder den Rest zu scheren.

Es war der 18. Juni 2015, kurz vor 21 Uhr.

Im flammenden Abendrot kämpfte sich das Taxi durch den dichten und gnadenlosen Londoner Verkehr.
Julia lehnte die Stirn gegen das kühle Fensterglas und ließ gedankenlos das Geschehen an sich vorbei fließen.
Die Lichter. Die Geräusche. Die Menschen.
Sie hörte den Fahrer unterdrückt fluchen und irgendetwas auf gälisch sagen, so wütend war er – dann brach das Taxi aus der langen Reihe aus und floh regelrecht durch mehrere Seitenstraßen.
„ Was ist los?", fragte Julia überrascht und sah zu Robert, der ihr beruhigend eine Hand auf den Oberschenkel legte.
„ Nur keine Sorge.", erwiderte ihr irischer Begleiter sanft. „ Der Fahrer muss nur einen Umweg fahren, weil da vorne im Moment totales Chaos ist. Wir werden schon noch rechtzeitig bei den Spießern auftauchen, versprochen."
Er grinste sie spitzbübisch an.
„ Aber...!", fing sie an und dachte an die Kosten, die mit diesem Umweg unweigerlich in die Höhe schnellen würden.
„ Keine Panik, Leannan, ich übernehm` das!", versicherte Robert sofort, was ihm ein Grinsen des Taxifahrers einbrachte.
Julia wurde mit einem Mal blass.
Er hatte sie Leannan genannt. Das war gälisch für „ Geliebte" oder „ mein Liebling".
Da gewann etwas Anderes ihre Aufmerksamkeit.
In der Nähe von Aspley House, der einstigen Resi-

denz des Herzogs, erhob sich im angrenzenden Park das Wellington Arch, das Queen Victoria zu Ehren ihres Helden, sowie Ziehvaters und Paten ihres einzigen Sohnes hatte erbauen lassen.
Aber Julia nahm weniger das pompöse Gebäude war – das mit seinen Säulen und der Quadriga, bestehend aus vier, wilden Rössern und der geflügelten Siegesgöttin, eher eine Mischung aus Akropolis und dem Brandenburger Tor war.
Sondern viel mehr zog sie ein Reiterdenkmal in den Bann, das nur wenige Meter vor dem Arch stand, als sei es sein Wächter und Beschützer.
Ein gewaltiger Steinquader bildete das Fundament, worauf sich eine Art Altar aus dem gleichen Stein begründete, sich nach oben immer mehr verjüngend, und vier, mannshohe Soldaten aus Eisen hielten imposant Wache.
Einer an jeder Ecke des Altars. Sie überragten also die Besucher, welche bei Tage durch den Park strömten.
An den beiden langen und der frontal, kurzen Seite des Altars prangte in Messinglettern nur ein einziges Wort.
Ein Name.
Aber Julia brauchte ihn nicht zu erkennen, um zu wissen, wer da oben an der Spitze auf seinem Pferd thronte.
Das Ross präsentierte sich erhaben, doch in stiller Majestät. Aufmerksam hielt es die Ohren gespitzt und den Schweif aufgestellt.
Es strahlte Ruhe und Zuversicht aus.

Sicherheit, Beständigkeit.
Es wurde nicht unbeherrscht oder wild dargestellt
– und das bewusst, es hätte nicht gepasst.
Kein kreischendes Wiehern, kein aufgeregtes
Bäumen, kein Toben unter dem Sattel.
Kein Steigen oder Treten.
Es stand einfach nur da. Und sagte doch so *unfassbar* viel!
Der Hengst sah ein wenig nach links, sein Reiter
leicht nach rechts, als wolle er sich jeden Moment
runterbeugen und einen der Besucher etwas fragen.
Vielleicht, ob sie seine Söhne gesehen hatten? Oder, ob ihnen London gefiel?
Vielleicht auch etwas völlig anderes ...

Nur mühsam und mit schwerem Seufzen riss sich
Julia vom Anblick des stolzen, adretten Reiters los.
Das Taxi fuhr um eine Ecke – und das Standbild
war in den Schatten der aufziehenden Nacht verschwunden.
Allein sein Name hallte mit über hundert Stimmen durch ihre Gedanken.
*Wellington. Iron Duke. Wellesley, Sir Arthur.
Arthur! Arthur. Arthur ....*

„ Alles gut, Leannan?!", erkundigte sich Robert
besorgt und musterte sie mit zusammengezogenen Brauen von der Seite.
Julia blinzelte mehrmals, als erwache sie aus ei-

nem Traum, ehe sie sich das lange Haar zurückstrich, welches sie lediglich mit einer silbernen Spange am Hinterkopf zurückhielt.
Forschend sah sie ihren Begleiter an.
Ihre Augen hatten im schwindenden Sonnenschein die Farbe von gutem Whiskey.
„ Was weißt du über ihn?", wollte sie von Robert wissen.
„ Von wem?!", fragte er verständnislos.
„ Vom Iron Duke. Von Wellington.", erklärte sie mit der unterschwelligen Ungeduld eines Menschen, der sich für ein Thema begeisterte, das bei allen sonstigen Leuten in seiner Umgebung auf Unverständnis traf.
„ Was kannst du mir über ihn sagen?!"
Sie musterte ihren Begleiter genau, der erst gleichgültig mit den Schultern zuckte und dann intensiv überlegte.
„ Wellington ... Naja, er ... er ist ein Held. Er ... hat bei Waterloo gewonnen. Gegen Napoleon.", versuchte er es vage.
„ Wie war sein Name?", hakte Julia lauernd nach.
„ Wie bitte? Nun, er war Herzog.", lautete Roberts Aussage.
Ihr Blick machte ihm klar, dass das die *falsche* Antwort war.
„ Ich habe dich nicht nach seinem *Titel* gefragt, sondern nach seinem *Namen*. Wie lautet der?!", verlangte sie zu erfahren.
„ Ist das denn wichtig? Julie, der Typ ist seit über hundert Jahren tot! Die Einzigen, die sich noch für

solchen Kram interessieren, sind Leute, wie du und Baker."
Das der Fahrer die Ankunft verkündete, war vermutlich Roberts Rettung.
Fassungslos prallte Julia von ihm zurück und stieg wutschnaubend aus, nicht ohne ihrem Begleiter brüsk die Tür vor der Nase zu zuknallen, als er ihr folgen wollte.
„Arschloch!", murmelte sie und zog ihre Stola enger um die Schultern, da der Wind auffrischte.
Schnell erklomm sie die weite Treppe des herrschaftlichen Altbaus, der an diesem Abend ihr Gastgeber war.
Hastig bezahlte Robert das Taxi und eilte ihr nach.
„Julie! Hey, Julie, komm schon!", rief er ihr hinter her.
Doch sie hörte nicht, wurde immer zügiger. Es gelang ihm trotzdem fast mühelos, sie einzuholen und er verhinderte ihre Flucht, indem er sie an den Armen fasste.
Nicht zu harsch, aber ausreichend.
„Julie, stopp!", forderte er und aus ihren sonst so lieben, braunen Augen schlug ihm funkelnder Trotz entgegen.
„Lass uns nicht im Streit da reingehen, okay? Gut, ich hab` Mist gebaut, schon klar. Ich hätte nicht so über Dinge sprechen sollen, die dir wichtig sind. Tut mir leid. Alles wieder gut?"
Er sah sie lange an und mit soviel Flehen, dass sie sich einem Welpen gegenüber glaubte.
Wobei sie *diesen* Welpen am liebsten in der

Themse ersäuft hätte!

„Du hast keine Ahnung, Robert!", zischte sie und kniff die Augen zusammen.

„Und damit das klar ist, wenn mir dieser Abend nicht so *verdammt* wichtig wäre, würde ich jetzt sagen: Verpiss` dich! Aber da die mich ohne Begleiter nicht rein lassen und ich weder dem Gastgeber, noch mir selbst eine Szene aufbürden will -"

Sie packte seinen Arm und zwang ihn, dass sie sich unterhaken konnte.

„Gehen wir und haben gefälligst einen schönen Abend!", schloss sie und brachte es sogar fertig, dem Mann am Empfang fröhlich zu zulächeln, obgleich es sich für sie wie Zähnefletschen anfühlte.

„Musik und Tanz verleihen uns Energie."

Pünktlich um 21 Uhr wurden die Feierlichkeiten imposant eröffnet und nach einer beinahe perfekten Inszenierung des Hergangs der Schlacht wurden die zahlreichen Gäste in den weiten Tanzsaal gebeten, wo sich rasch einige umeinander scharten und so ein reges Gemurmel und Getratsche seinen Anfang nahm.
Während das Orchester seine Instrumente stimmte und in Position ging, kam Julia mit einigen Damen von Rang ins Gespräch.
Sie alle waren Frauen oder Töchter einflussreicher Männer. Offiziere, Polizisten und Richter, sowie Politiker.
Aber auch einige Adlige waren unter ihnen. Gemahlinnen hochwohlgeborener Lords in fortgeschrittenem Alter, junge Grafentöchter und amtierende Baroninnen.
Julia waren die Blaublüter, schon von Berufswegen, wesentlich lieber als die Politiker und da Robert ihre Meinung in dieser Hinsicht nicht teilte, war sie relativ schnell allein.
Professor Baker war irgendwo in der schieren Masse an Menschen verschwunden und Lucy wollte Julia besser nicht stören.
Sie hatte eh schon so selten Zeit für James, da kam es Julia unfair vor, ihnen den gemeinsamen Abend zu versauen.
„ Die Kette, die Sie da tragen, Miss Green.", meinte

eine Gräfin und wies auf das Schmuckstück, das im Lichterspiel funkelte und schwer, aber wohltuend kühl auf ihrer bloßen Haut ruhte.
„ Sie gefällt mir. Wo haben Sie sie her? Scheint ziemlich kostspielig für eine Historikerin zu sein."
Unbewusst und aus Gewohnheit spielten Julias Finger mit dem Anhänger, fuhren Mähne, Maul und Pranken des roten Löwen nach.
„ Sie ... sie war ein Geschenk, Euer Ladyschaft.", erwiderte sie und spürte, wie ihre Stimme immer dünner wurde.
Erstaunt, aber auch anerkennend sah die Gräfin sie an.
„ Ein mächtiges Geschenk, meine Liebe.", sprach sie wohlwollend und betrachtete den Anhänger mit Julias Erlaubnis ein wenig genauer.
„ Einen Löwen verschenkt man nicht leichtfertig. Er ist ein mächtiges Symbol! Steht für Stolz, Macht und Herz. Nicht umsonst spricht man vom Löwenmut.", meinte die ältere Frau, ehe ihre Miene mild wurde und in fast mütterlichem Tonfall fuhr sie fort.
„ Aber wissen Sie, was dieser Anhänger noch erzählt? Er zeugt von Hingabe, beschwört die Treue und absolute Liebe einer Löwin gegenüber ihren Jungen. Von wem haben Sie das, wenn ich fragen darf?"
„ V-von ... von einem Freund.", wich Julia aus und es versetzte ihrem Herz einen tiefen Stich.
„ Nun, wer auch immer dieser Freund ist, Mrs. Green, er will Sie scheinbar beschützen. Und zwar

bis zum letzten Atemzug! Er wird immer für Sie da sein."

„Meinen Sie?", erkundigte sich Julia unsicher und fürchtete eine Antwort.

Ihr Verstand rief sie dumm und naiv, ihr Herz nannte den Verstand einen blöden Arsch.

Die Gräfin lächelte zuversichtlich und nahm ein wenig Abstand.

„So sagt es mir der Löwe.", meinte sie, als ihre junge Tochter hinzu trat.

Der Blick des Mädchens fiel sogleich auf die Kette und sie stieß einen Laut der Bewunderung aus.

„Wow! Die ist ja wunderschön...", hauchte sie ergriffen.

„... genau wie ihre Trägerin!", erklang es charmant in Julias Rücken.

Die Gräfin und ihre Tochter erstarrten mit einem Mal und zogen sich respektvoll zurück.

Als Julia sich verwirrt umdrehte – und erst mit einigem Zorn Robert im Verdacht hatte – sah sie sich einem Gentleman in Weiß und einem vertrauten Paar bernsteinfarbener Augen gegenüber. Doch die Gestalt ließ sie nicht zu Wort kommen, sondern tat vor ihr eine ausladende Verbeugung, dabei ein gewinnendes Lächeln auf den Lippen.

„Lord Rosendale, werte Dame. Habe die Ehre.", sprach er förmlich und deutete einen Handkuss an. Damit war die Frage der Anrede für Julia abgehakt. „Und mir mehr als ein Vergnügen, ... *Euer Gnaden.*", antwortete sie mit einem Zwinkern und konnte gar nicht mehr aufhören zu strahlen.

Der Lord richtete sich zu voller Größe auf und legte beide Hände vor dem Bauch zusammen.
Am liebsten wäre Julia ihm sofort um den Hals gefallen.
„ Was führen Euer Lordschaft denn zu mir?", erkundigte sie sich und musste sich sehr im Zaum halten, um nicht nervös auf der Stelle zu treten.
„ Nun, ich kam in der Hoffnung, die Dame würde mir die Ehre eines Tanzes erweisen. Darf ich mir also erlauben, um diesen Tanz zu bitten, Madam? Oder würde Ihr Begleiter mir das sehr übelnehmen?!", fragte Rosendale und bot ihr in einer leichten Verneigung seine Hand.
„ Er wird bestimmt nichts dagegen haben – und wenn doch: Hat er Pech!", antwortete Julia mit einem Schulterzucken, warf stolz ihr langes Haar nach hinten und ließ sich von dem Herrn in Weiß unter die Tanzpaare führen.

Der Lord war ein wunderbarer, ja meisterhafter Tänzer und gemeinsam flogen sie durch den Saal. Es kam Julia vor, als würden ihre Füße fast nicht den Boden berühren.
Doch ihre Aufmerksamkeit lag allein auf ihm und seinen Bernstein-Augen, die sie ihrerseits nicht aus dem Fokus nahmen.
„ Ich weiß, dass Sie Antworten wollen, Julia. Auf all Ihre vielen Fragen.", sprach er nach einer Weile und beugte sich etwas näher zu ihr, um ihr zuflüstern zu können.

„ Aber wirklich wichtig ist nur eine: *Wo gehören Sie hin?*"
Julia lief ein Schauer über den Rücken und die Musik, wie der Tanz war mit einem Mal nebensächlich und bedeutungslos. „ Vielleicht gehören Sie nicht *hier her*, Madam, sondern in Wahrheit ganz woanders hin...?", raunte er und dabei fiel sein Blick hinweisend auf den roten Löwen um ihren Hals.
„ Arthur ....", kam es über ihre Lippen und sie schloss rasch die Augen, um die aufsteigenden Tränen zu stoppen.
Es misslang. Sie quollen aus den Augenwinkeln und perlten ihre Wangen herab.
Lord Rosendale betrachtete sie mit einer Mischung aus Milde und Mitleid.
„ Mal sehen, ob Ihr Herz Recht hat, Madam. Wollen wir es drauf ankommen lassen?"
Fragend hob er die Augenbraue und sie hob verwundert den Blick.
„ Wie... wie meinen Sie das?"
„ Tanzen Sie mit mir!", bat er leidenschaftlich und seine Bewegungen wurden augenblicklich schneller.
„ Tanzen Sie mit mir ... *durch die Jahrhunderte!*"
Erst jetzt begriff Julia, dass nicht sie beide es waren, die sich zügiger bewegten – sondern die Zeit um sie herum!
Und zwar rückwärts.
Alle Farben und Formen verschwammen vor ihren Augen, wie bei einem Karussell oder einer Achter-

bahn. Sämtliche Epochen und großen Ereignisse in der Geschichte Englands flogen so rasch an Julia vorbei, dass sie sie kaum richtig wahrnehmen konnte. *Die Erschaffung von Stonehenge, die erste Erwähnung der Tafelrunde, Richard Löwenherz und die Kreuzzüge, die grausame Schlacht bei Hastings.* Es waren nur Wimpernschläge für Julia. Ein tobendes Meer aus Farben, Lichtern und Lärmfetzen. Ein Bildersturm, der sie fort riss – und sie hatte keine Ahnung, wohin.
Robin Hood, die Rosenkriege, die Herrscherära der Tudors unter Henry VIII., Bloody Mary bekommt den Thron, es folgen die Jahre der Virginqueen, Shakespear's Meisterwerke, Guy Fawkes und das Parlament, die Reise der Mayflower.
Sie konnte für einen Moment die salzige Luft des Meeres riechen und die Möwen kreischen, das Holz knarren hören.
Ängstlich drückte sie sich näher an Lord Rosendale, der sich im Takt einer Musik, die wohl nur noch er hören konnte, mit ihr drehte – und sie plötzlich los ließ!
Sofort packten sie übermenschliche Kräfte und zogen sie mit schierer Gewalt fort! Rissen sie durch die Zeitalter ohne jede Gnade.
Sie schrie mit tausend Stimme, weinte unzählige heiße, kalte Tränen, starb hunderte Male, um genauso oft wieder zu Leben. Sie war nicht mehr Julia Green. Schon lange nicht mehr.
Sie war ... nichts, aber auch *alles*.
Die Jahrhunderte rissen und zerrten an ihr, wie

ausgehungerte Wölfe an einem Knochen.
Es wurde schneller und schneller.
Der schwellende Atem der Pest umweht sie, London in Flammen, Trafalagar, Vollendung des Act of Union.
Eigentlich wollten die Zeitgeister weiter hetzen, das konnte Julia fühlen.
Aber irgendetwas gab ihnen plötzlich eine scharfe Parade und zwang sie zurück!
Trafalagar, 21. Oktober 1805. Tollwütig und gegen jede Regel hält die britische Flotte auf die französischen Linien zu. An ihrer Spitze: Die „Victory".
Ein Sprung. Mitten in der Schlacht.
Die „Victory" legt sich nach beiden Seiten mit zwei gewaltigen Kriegsschiffen des Feindes an. Wehrt sich, wie eine Löwin.
An Deck und zugleich vorderster Front: Horation Nelson, in blauer Marineuniform und dem Admiralsabzeichen an der Brust.
Seine Orden und Schärpen funkeln und blitzen in der Sonne.
Während um ihn die entfesselte Schlacht tobt – bleibt er gelassen.
Aber diese unbekannte, neue Kraft zwang die Geister noch weiter. Unerbittlich.
2. September 1666. Kurz nach der Pest. Der Große Brand von London.
Der Himmel ist schwarz vor Rauch und Qualm.
Panik beherrscht die Bevölkerung!
Alles, was sie sieht, sind Flammen! Ein grausames Feuermeer wälzt sich durch die Straßen, nimmt

einen Großteil der Stadt ein.
Meldereiter hetzten zur Marine, das halbe Volk, egal ob Mensch ob Tier, rennt um sein nacktes Überleben!
Die Versuche, mit Wassereimern der Urgewalt Herr zu werden, scheitern kläglich.
Selbst die Themse scheint zu brennen.
In ihrem schwarzen Wasser spiegelt sich das unheimliche Lichterspiel der Flammen.
In blanker Verzweiflung werden Straßen wahllos aufgerissen, um an das Wasser darunter zu kommen.
Der Druck sinkt dadurch blitzschnell gen Null. Die Folge: Das rettende Nass bleibt aus!
Plötzlich merkt sie, wie sie sich auf die Feuersbrunst zu bewegt.
Immer näher und näher kommt sie dem Flammenwall, der sich gierig reckt, zuckt und brüllt, wie ein lebendiges Wesen!
Der Lärm ist ohrenbetäubend.
Ihre Gegenwehr ist zwecklos und raubt nur Kraft.
Es sind die höheren Mächte, die sie auf ihr Ende zu bewegen.
Unerschrocken. Gnadenlos.
Die Hitze wird unerträglich.
Sie wird brennen! Sie wird sterben! Das Feuer wird sie verschlingen!
Schneller, schneller. Näher, näher. Hitze, Hitze.
Feuer, Feuer.
Qualvoller Tod...
STOP!

Sie prallte gegen eine Brust. Musik drang an ihre Ohren. Ein Orchester.
Sie war wieder im Saal.
Die Person, die sie gerammt hatte, hielt mühelos stand und stützte sie, indem sie sie an den Schultern fasste.
Mitternachtsblaues Jackett. Ein silberner Orden oberhalb des Herzens.
Sie kannte dieses Ehrenzeichen. Aber das trug an diesem Abend nur einer und der 9. Duke war ein alter Mann und natürlich Ehrengast heute.
Dieser Körper aber, der den ihren so angenehm wärmte, war stark und gehörte einem Mann in seinen besten Jahren.
Julia schaute behutsam an dem Gentleman hinauf – um ihn dann voller fassungsloser Freude stürmisch zu küssen!
Seine Erwiderung war genauso leidenschaftlich und er schlang einen Arm besitz ergreifend um ihre Taille, um mit der anderen Hand genießend durch ihr langes Haar zu fahren.
Tränen des Glücks liefen Julias Wangen herab und sie löste sich kurz, um mit strahlendem Lächeln beinahe ungläubig seine Gesichtskonturen nachzuzeichnen.
Dann kostete sie wieder nur zu gern von seinen Lippen, die mit dem gleichen Hunger nach ihren verlangten.
Er stieß ein seliges Seufzen aus, dass ihr eine wohlige Gänsehaut bereitete und hin und wieder unterbrach sie den Kuss, um vor Freude zu lachen –

gab sich aber immer wieder seiner Zärtlichkeit hin, nach der sie sich so sehr gesehnt hatte.
Nach einer Weile ließen sie schwer atmend von einander ab, doch er hielt sie weiterhin in seinen Armen und streichelte liebevoll ihre Wangen und ihren Rücken.
Julia umschlang seinen Oberkörper und schmiegte sich an ihn, als wolle sie ihn nie wieder loslassen – und das hatte sie auch nicht vor.
„ Oh, Arthur!", entwich es ihr beschwingt und sie labte sich an seiner Nähe, seinem Duft und dem Geräusch seines Herzschlags.
Er zog sich noch etwas näher an sich und sein Blick war tränenverschleiert.
„ Julia. Meine Julia! Meine wunderschöne Julia!", murmelte er wiederholt, dabei ihre Haut mit kleinen Küssen übersäend.

Derweil kam Lord Rosendale von der Tanzfläche herüber geschlendert und blieb einen Moment auf Abstand, das wiedervereinte Paar zufrieden betrachtend.
Dann trat er behutsam an sie heran.
Arthur bemerkte ihn zuerst, da er ihn kommen sah. Sogleich legte er schützend die Arme um seinen Stern, doch es lag kein Grimm in seiner Miene. „ Mir scheint, Sie haben gefunden, wonach Sie gesucht haben.", bemerkte Rosendale milde und sein Augenmerk wechselte auf Julia, die ihn über die Schulter hinweg ansah.
„ Sie *beide*."

Für einige Herzschläge herrschte einvernehmliches Schweigen, dann drängte Rosendale plötzlich nervös zur Eile.

„Schau dir die Vergangenheit an und du findest den Samen der Zukunft."

„ Aber Euer Lordschaft dürfen hier nicht bleiben. Schnell! Eile tut Not, Mylord!", meinte er hektisch und Wellington schien augenblicklich zu verstehen.
„ Komm, Leannan. Rasch!", sprach er an Julia gewandt und nahm sie an der Hand, ehe er sich zielstrebig und geschmeidig durch die Menge zu schieben begann.
Mit dem diplomatischen Geschick eines Mannes, der es gewohnt war bei großen Veranstaltungen voran zu kommen, ohne den übrigen Gästen unangenehm aufzufallen.
Leannan. Er hatte nur selten gälisch gesprochen. Eigentlich fast nie.

Julias Herz tat einen freudigen Satz und sie folgte ihm ohne Zögern.
Dicht hinter sich hörte sie Lord Rosendales eilige Schritte.
Der dichte Strom an Menschen schien kein Ende

zu finden und Julia umklammerte die Hand ihres Liebsten fester, aus Angst ihn doch noch zu verlieren.

Rosendale fiel immer wieder zurück, hatte Mühe in dem Gedränge Schritt zu halten.

„Schneller, Euer Gnaden! Beeilung!", hörten sie ihn ab und an rufen, mal nah bei ihnen oder aus einiger Entfernung.

Zu ihrem Unglück war ihnen nicht nur die Zeit auf den Fersen.

„Julie! JULIE!"

Robert hatte die Hände zum Trichter geformt, winkte und drängte seinerseits zu ihr.

„Oh nein!", entfuhr es Julia und Wellington blieb sofort alarmiert stehen.

Fragend sah er sie aus dem Augenwinkel an, die freie Hand am Säbel.

„Robert.", meinte sie erklärend und nickte in die Richtung, aus der ihr Begleiter auf sie zu strebte.

Wellington knirschte mit den Zähnen und verspannte sich schlagartig.

„Dafür ist nicht die Zeit, Sire!", hörten sie Rosendale sagen, der sie regelrecht zu den Balkonen schob und presste, als sei der Herzog ein störrisches Maultier.

„Schnell, wir müssen weg hier! Sonst wird es zu gefährlich!"

„JULIE! WARTE DOCH! HEY, JULIE!"

Im selben Moment überkam Julia ein Gefühl. Eine Emotion, so alt, mächtig und tief, dass sie augenblicklich wusste, worin sie begründete.

Man hätte meinen können, dass eine Jagdgesellschaft die Meute losgelassen hatte.
Als würden große, wilde Ungeheuer mit gebleckten Zähnen ihnen nachstellen und versuchen, sie oder Wellington zu zerreißen – und allein die Anwesenheit Rosendales schien sie noch ein bisschen zu bremsen!
„ Was... was ist das?!", fragte sie in die Runde und sie sah Arthur an, dass er ähnliches wahrnahm. Neben ihnen war Rosendale vor Schreck erstarrt und er sah sich ahnungsvoll im Saal um.
„ Oh nein!", wisperte er und drehte sich langsam zum Herzog um.
Julia las Panik und einen Ernst in seinen Augen, der unermesslich tief ging.
Es bestätigte ihren Verdacht: Es war das 21.Jahrhundert. Und es machte Jagd auf sie!
Alles ging schnell. „ LAUFEN SIE!!", brüllte Rosendale und stieß Wellington vorwärts, der Julia mit sich zog. Gemeinsam spurten sie auf einen der Balkone, raus in die kühle Nachtluft.

In dem weiten Garten unterhalb des Balkons erwartete sie schon ein großer Hengst.
Seine herrliche Erscheinung hob sich majestätisch in der Dunkelheit ab.
Als er ihr rasantes Eintreffen bemerkte, hob er den Kopf und wieherte aufgeregt, dabei die Ohren gespitzt.
Auch er schien den unsichtbaren Feind zu fühlen,

der immer mehr anschwoll und sie einzukreisen begann.

„Copenhagen!", rief Julia trotz der mächtigen Bedrohung erfreut und das Pferd trabte so nah wie möglich an die schmale Treppe, die von oben in die Gärten führte.

„Schnell! Verschwinden Sie!", forderte Rosendale mit flehendem Unterton und schaute wiederholt über die Schulter zurück.

Es drängte sich ein Gefühl auf, als würde ein riesiger Dämon sich vor ihnen aufbäumen, um sie mit seinem Feueredem alle zu versengen!

Nicht mehr lange, und Julias ursprüngliches Zeitalter würde grausam Rache nehmen. An ihr, ihrem Liebsten und wahrscheinlich auch an dem verräterischen Hüter, der sein Herz über die ehernen Regeln gestellt hatte.

„Julie! Verdammt, jetzt warte doch mal!", erklang Roberts Stimme schon gefährlich nahe.

Galant half Wellington seiner Liebsten die Treppe hinunter und hob sie geschwind auf den Rücken seines Hengstes.

Copenhagen hielt es vor lauter Furcht fast nicht mehr auf seinem Platz.

Rosendale hingegen blieb zurück und drehte sich Robert, sowie der unsichtbaren Bedrohung zu.

„Ich regele das!", brüllte er dem Herzog zu, der erschrocken zu ihm hoch sah.

„GEHEN SIE! SOFORT!!"

Der sandfarbene Falke mit den Gold gesprenkelten Augen zog weite Schleifen um den gewaltigen,

tanzenden Hengst, dessen Reiter sich schuldbewusst in den Sattel schwang.
Immer wieder hallten die gedehnten Rufe des Raubvogels wie drängende Warnungen oder eilende Bittgesuche durch die Nacht.
Energisch gab Wellington seinem Pferd die Fersen in die Flanken, der Hengst stürzte wiehernd nach vorn und preschte los.
„ PICARD!!", rief Rosendale in scharfem Befehlston, mit einem Hauch Verzweiflung und der Falke schoss den Fliehenden mit lautem Schrei voraus.
Geradewegs auf zwei Eichen zu, deren Kronen sich zu einer Art Tor verbanden.
Kurz davor flog er steil in den Nachthimmel auf und kehrte in einer eleganten Wende an die Seite des Pferdes zurück.
Copenhagens Sprünge wurden immer länger, das Trommeln seiner Hufe lauter und lauter.
Julia konnte ihn Atmen hören und fühlte, wie die Muskeln sich unter ihr streckten und zusammenzogen. Seine Mähne schlug ihr peitschend mit dem kalten Nachtwind ins Gesicht.
Der Reitermantel des Herzogs, sowie sein eigener Schweif flatterten wie Banner hinter ihm her.
Kurz hörte Julia ein ohrenbetäubendes Brüllen – vielleicht war es aber auch nur Einbildung.
Denn als Ross und Falke gemeinsam die Eichen passierten, kippte unter ihnen die Welt und sie waren ... einfach verschwunden!

Es empfingen sie frischer Wind und warmer Sonnenschein.
Copenhagens Hufe fanden dumpf den weichen Erdboden und der Hengst erklomm sogleich mit lauten Atemzügen den Hang, der sich unmittelbar vor ihm erhob.
Das saftige Gras wogte unter der milden Brise und Picard schnellte voraus.
Der Herzog umfasste die Taille seiner Liebsten etwas fester, indes sein Pferd in kraftvollen Sprüngen den Hügel eroberte.
Auf dessen Spitze angekommen, brachte er den Hengst mit einem Ruck an den Zügel zum Stehen. „ Ho, mein Junge!", rief er ihm dabei zu und das große Tier warf den Kopf hoch, klappte die Ohren lauschend nach hinten, ehe Ross und Reiter auf das Land blickten, dass sich zu ihren Füßen erstreckte. „ Oh Gott!", entwich es Julia freudig und mit glänzenden Augen, bevor sie sich umwandte und Arthur glücklich küsste.
Copenhagen verlangte im gleichen Moment mehr Zügel, was sein Herr ihm nur zu gern gewährte.

Denn ihr Blick fiel geradewegs auf das Lager der britischen Armee!
Auf den Scheunen und Bauernhütten flatterten fröhlich die Banner der verschiedenen Regimenter und über allem wehte in ungebrochenem Stolz der Union Jack.
Der Alltag herrschte dort unten vor und es lag eine Ruhe und Geschäftigkeit über allem, als sei

die Schlacht bei Waterloo nie geschehen.
Aber das täuschte - schwarzer Rauch in der Ferne, verkündete die Verbrennung der etlichen Toten.
Man konnte sie nicht alle begraben und nur Männern, die im Leben einen Rang bekleidet hatten, war es gestattet, in die Heimat überführt zu werden.
Trotz des tragischen Ereignisses, dessen letzten, wirklichen Zeugnisse nun Stück für Stück beseitigt wurden, durchflutete Erleichterung Julias Herz.
Sie hatten es geschafft! Sie waren wieder im Jahre 1815.
Ein neuer Gedanke formte sich in ihrem Kopf: Sie war Zuhause.
Sie spürte Arthurs Lippen weich und heiß auf ihrem Hals und sie legte den Kopf etwas zur Seite, um es ihm zu erleichtern, dabei fuhren ihre Finger liebevoll durch sein Haar.
Picard schnellte unterdessen wie ein Pfeil durchs Lager, tauchte zwischen den Häusern auf und ab, wie ein Delfin im Spiel mit den Wellen.

Das plötzliche Auftauchen des sandfarbenen Falken blieb nicht unbemerkt.
Schon bald scharten sich einige Neugierige zusammen, Frauen, Kinder, Alte und Soldaten gleichermaßen.
Gemeinsam versuchten sie, dieses Zeichen zu deuten.
Es hieß, die Franzosen hätten die Liebste des Her-

zogs hinterhältig geraubt und Seine Lordschaft sei heldenhaft mit Doktor Gates losgezogen, um sie zurückzuholen.
Nun waren sie schon drei Tage fort.
Die Preußen hatten indes jede verfügbare Streitkraft aufgebracht, um den fliehenden Franzmännern nach zu setzen – allen voran, dem Goldenen Adler selbst.
Mit dem Eifer eines Bluthundes waren die Generäle Stibitz und Graf von Gneisenau, die engsten Vertrauten des Feldmarschalls, auf ihren Rössern schon am frühen Morgen aufgebrochen und dem Schimmelreiter Napoléon hinterdrein gestoben.
Blücher selbst war im Lager der Briten zurückgeblieben – oder besser, sie hatten ihn bewusst zurückgelassen, was den alten Haudrauf tierisch ärgerte- um seinen Beinbruch auszukurieren.
Am Anfang hatte der gute Major noch geschimpft und gewettert, dass es vielen Angst und Bange geworden war. Aber dann hatte er sich der sanften Hand seiner blutjungen, schönen Pflegerin ergeben und duldete inzwischen diese „süße Gefangenschaft", wie er es nannte.
Die Grünjacken unter Storms Kommando hielten an diesem Tag Wache und ihren aufmerksamen Blicken war das Erscheinen des Pferdes mit den zwei Reitern nicht entgangen.
Sofort erkannten sie die Gestalt im blauen Reitermantel und auf dem großen, dunklen Hengst.
„ Schnell, gebt Papa Blücher Bescheid.", knurrte Storm zu seinen Jungs und ein Teil von ihnen

setzte sich ab, um dem nachzukommen.
Der Wind trug die Männer auf seinen Flügeln durch die Straßen, so groß war die Freude über die gerade gemachte Entdeckung.
Sie war sogar so groß, dass einer der Jüngeren sie lauthals quer über den Platz schrie.
„ Er ist wieder da! Hört ihr?! Hört alle her, der Herzog ist da! LORD WELLINGTON IST WIEDER DA!!", brüllte der Junge ausgelassen und die Nachricht verbreitete sich aufgeregt wie ein Lauffeuer.
Storm schüttelte nur den Kopf, den Anflug eines Lächelns auf den Lippen, ehe er sich zu erkennen gab und aus seiner Deckung trat.
Seine übrigen Männer taten es ihm nach.
„ Euer Lordschaft.", grüßte Storm seinen Oberbefehlshaber mit tiefem Respekt und verneigte sich leicht.
Wellington war der Einzige vor dem der stolze Captain je breitwillig knien würde.
„ Sie waren lange fort, Sir.", bemerkte er und schaute zu ihm hoch.
„ Ma 'am.", meinte er mit einem Nicken zu Julia und seine Jungs folgten dem Beispiel.
„ Wie ist die Lage, Captain?", erkundigte sich der Herzog gewohnt kühl.
In knappen Sätzen erklärte es Storm ihm.
„ Was werden Sie jetzt tun, Sir?!", wollte er von Wellington wissen, der behutsam seinen Hengst den Hang hinunter treten ließ.
Dabei zog er Julia nahe an sich und sie legte ihre Hand um seine.

„ Sie haben zwei Augen, Captain. Benutzen Sie sie.", forderte der Herzog und seine Mundwinkel zuckten.
Storm schmunzelte und die Männer in seinem Rücken lachten vereinzelt.
„ Verstehe, Sir. Einen guten Tag, Sir!", wünschte er und gab seinen Leuten den Befehl, wieder auf Posten zu gehen.
„ Ihnen auch, Captain.", rief Wellington über die Schulter, dann lenkte er seinen Hengst auf das nahe Dorf zu.

Aber weit kam er nicht, denn auf halbem Wege strömte ihm schon ein Großteil der Bevölkerung entgegen.
Alle Klassen waren anzutreffen. Frauen und Kinder, Alte und Krüppel. Soldaten standen Schulter an Schulter mit Offizieren und Huren neben wohlhabenden Damen.
Sie waren gekommen, um ihren General, den Herzog, zu begrüßen und in Empfang zu nehmen.
Als sie dann auch noch Julias ansichtig wurden, ging ein reges Gemurmel und Getuschel um.
„ Lord Wellington ..."
„ Er hat sie wieder ..."
„ Hat sie zurückgeholt..."
„ ... hat seine Lady gerettet ..."
„ Siehst du, Mädchen? Er ist wieder da! Der alte Naseweis ist zurück!"
Respektvoll wichen die Menschen ihm aus, als der

große, dunkle Hengst in weiten, stolzen Schritten auf sie zu kam und mit gewölbtem Hals an ihnen vorüber piaffierte.
Eine kleine Gruppe Reiter schob sich durch das Gedränge und wollte offenbar Wellington entgegen kommen.
Es waren seine überlebenden Stabsoffiziere, angeführt von Graham auf seinem Schimmel.
Wenige Schritte voreinander kamen die beiden Hengste zum Stehen.
„ Willkommen zurück, Euer Lordschaft. Madam. Wir waren schon in Sorge um Sie, Sir.", sprach Graham und nickte ihnen freundlich zu.
Wellington quittierte das mit einem knappen Nicken und Julia neigte lächelnd den Kopf.
Einer der Offiziere führte ihre geliebte Snow am Zügel und einer der Umstehenden half Julia, unter den scharfen Blicken des Herzogs, beim Aufsitzen – auch wenn sie sich nur widerwillig von ihrem Liebsten trennte.
Die berittenen Offiziere scharten sich in trauter Formation um ihren Anführer und auch Julia lenkte Snow an ihre gewohnte Position.
Bis ihr der auffordernde Blick ihres Liebsten auffiel, der neben sich wies.
Sie sollte an seiner Seite reiten, wurde ihr plötzlich klar und ihr Herz schlug ihr bis zum Hals.
Normalerweise war das nur den Ehefrauen gestattet und nicht einer Geliebten, deren Rang sie ja noch immer inne hatte.
Obgleich das zwischen ihnen soviel mehr war.

Zuerst hielt es Julia für ein Versehen, aber als der Herzog keinerlei Anstalten machte, sein Pferd vorwärts zu treiben, leistete sie seiner stummen Bitte Folge und dirigierte Snow neben Copenhagen.
Kaum geschehen setzte sich der dunkle Hengst mit einem Schnauben in Bewegung.
Grahams Schimmel lief an seiner linken Flanke.
Staunend betrachteten die Umstehenden die Prozession und für einen Moment herrschte Schweigen.
Dann brandete Jubel auf!
„ VIVAT! VIVAT!!"
Dieser Chorus wurde erst von einigen Wenigen, dann von tausenden Stimmen getragen.
Jedes Mal lauter und voller Euphorie und Enthusiasmus.
„ Es lebe Lord Wellington! Hoch der Iron Duke! HOCH!" , riefen die Männer und Frauen, Kinder und Greise, Soldaten und Krüppel.
„ Segen und Glück der Dutchess! Hoch! HURRA!"
Julia blieb bei diesen Rufen fast das Herz stehen.
Die Menge nahm sie jetzt scheinbar als Wellingtons Frau wahr!
„ Ein Hoch auf Lord und Lady Wellington!"
Und immer wieder dazwischen das freudigkraftvolle „ Vivat! Vivat!!"-
Die Menge geleitete die Reiter noch ein ganzes Stück, machte ehrfürchtig den Pferden nach vorne Platz, um sich hinter ihnen wieder zusammenzudrängen.

Manche Offiziere hatten Mühe, ihre Hengste am Ausbrechen und Bocken zu hindern, so sehr machten sie das Gedränge und der Jubel nervös.
Allein Copenhagen und Snow schritten Seite an Seite in aller Seelenruhe daher und das mit einem Stolz und einer Majestät als wären sie das Königspaar ihrer Art und trügen gekrönte Häupter auf ihren Rücken.
Die silber-weiße Stute und der große, dunkle Hengst tanzten mit einander, so schien es, ja sie schwebten regelrecht durch die Gassen.
Ihre Hufe berührten fast nicht den Boden und ihre Bewegungen waren ebenso elegant, wie leichtfüßig.
Kurz vor dem Quartier Seiner Lordschaft zerstreute sich die Menge und auch die Offiziere verabschiedeten sich mit einem leichten Nicken, was Wellington hoheitsvoll erwiderte.
Dieser Gruß wurde auch an Julia entrichtet, welche mit dieser Ehre nicht gerechnet hatte, und deswegen die selbe Geste um einiges fahriger ausführte. Sie spähte aus dem Augenwinkel zu Arthur, um zu sehen, ob er über sie lachte.
Doch der Herzog verzog keine Miene.
Ihr wäre es lieber gewesen, wenn er es getan hätte.
Nach diesem Zeremoniell wandten die Stabsmitglieder ihre Pferde und trabten davon.
Graham verschwand als Letzter und wollte gerade seinen Schimmel anspornen, als Wellington ihn nochmal aufhielt.
„ Ach, Mr. Graham."

„ Euer Gnaden?!"
Der Offizier wandte sich im Sattel fragend um.
Das Gesicht des Herzogs bekam einen Ausdruck der Milde.
„ Grüßen Sie Ihre werte Frau von mir, Sir.", meinte er und Graham verstand die unterschwellige Botschaft dahinter.
Er lächelte offen und seine Augen funkelten.
In diesem Moment empfand Julia Stolz für ihren Liebsten.
„ Das werde ich, Euer Lordschaft. Danke, Sir."
Es kam von Herzen, wie alle Drei wussten.
Er nickte ihnen nochmal zum Abschied zu, dann trabte sein Schimmel mit leisem Wiehern endgültig davon.

Arthur schwang sich zuerst aus dem Sattel und machte sich gerade daran, Julia beim Absitzen zu helfen.
Da griffen zwei große Hände in die Zügel der beiden Pferde und hielten sie fest.
„ Darf man Ihnen helfen, Euer Lordschaft?! Sieht so aus, als könnten Sie ein paar Hände mehr gebrauchen.", brummte ein Hüne mit irischem Akzent und schmunzelte.
Überrascht drehte sich Arthur zu dem Kerl um.
An der Art, wie seine Augen leuchteten, erkannte Julia, dass er sich freute.
Sie trat von ihrem Liebsten zurück, um den Mann erkennen zu können.

„Schön Sie wiederzusehen, Miss. Oder heißt es jetzt Euer Ladyschaft?!"
„Mr. Harper!", rief Julia freudig aus und fiel dem riesigen Iren strahlend um den breiten Hals. Dieser ließ die Zügel fallen, um sie in die Arme schließen zu können.
Mühelos hob er sie hoch und sein lautes Lachen ließ die Pferde einen Schritt zurück tun. Wellington hielt die Tiere fest und murmelte ihnen sanfte Worte zu.
„Oh Patrick! Was bin ich froh Sie zu sehen."
„Sagen Sie das bloß nicht zu laut, Miss. Sonst komm` ich noch in Schwierigkeit, oder, Sir?", meinte der Hüne grinsend und sah zum Herzog, welcher der Szene schweigend beiwohnte.
„Ich denke, Sie sind klug genug, Ihr Glück nicht zu überfordern, Mr. Harper. Selbst als Ire.", erwiderte dieser reserviert.
„Vielen Dank, Sir!", antwortete Harper und salutierte lächelnd, da er es als großes Lob, fast einen Ritterschlag auffasste.
Ein Verhalten, das Wellington mit einem verdrießlichen Schnauben würdigte.
„Wo ist Raphael?!", fragte Julia und sah sich suchend nach dem schlaksigen Private um.
Harper trat einen Moment unbehaglich von einem Bein aufs andere.
„Tut mir wirklich leid, Miss. Er ... er kann nicht kommen.", meinte er und knetete seine großen Hände vor dem Bauch.
„Wieso?", erkundigte sie sich unschuldig.

„ Seine Wunde braucht noch Zeit, um zu heilen, Miss. Aber ich soll Sie schön grüßen und er freut sich schon, Sie mal wiederzusehen. Hat verdammt viel Glück gehabt, der Kleine.", antwortete Harper und seine dunklen Augen schimmerten.
„ Oh, dann sagen Sie ihm meine besten Grüße und das ich ihn besuchen werde, sobald ich kann. Machen Sie das, Patrick?", bat Julia und war sichtlich bestürzt.
„ 'türlich, Miss. Smittie wird sich freuen.", brummte der Hüne und lächelte milde.
Da stürzte Rosy aus dem Haus, an Arthur vorbei – riss diesen dabei fast um – und fiel Julia weinend um den Hals.
„ Großer Gott, Kind! Dir ist nichts passiert. Oh Heilige Maria, dir ist nichts passiert!", war eine Weile das Einzige, was zwischen etlichen Tränen und Schluchzern, aus ihr hervor zu bringen war.
Julias Erwiderung fiel nicht weniger herzlich und rührend aus.
„ Ich hätte Seine Lordschaft auch zum Teufel gejagt, wenn er dich nicht wiedergebracht hätte!", meinte die alte Dame, als sie sich voneinander lösten.
„ Ach wirklich?!", hakte Arthur mit erhobener Augenbraue nach und seine Lippen verzogen sich zu einem Lächeln.
„ Nichts für ungut, Sir.", meinte Rosy hastig in seine Richtung.
Harper nahm dem Herzog die Pferde ab, damit er seine Julia wieder in die Arme schließen konnte.

Da fiel der alten Lady etwas Entscheidendes auf.
„ Wo ist Jonathan?"
Erst jetzt bemerkten sie, dass der Doktor fehlte.

Picard rief mehrere Tage nach seinem Herrn und in tiefer Trauer zog der sandfarbene Falke mit den Gold gesprenkelten Augen seine Bahnen über den Köpfen der Überlebenden.
Doch sein Meister betrat nie wieder belgischen Boden.
Die Klagelaute des Raubvogels wurde bald für die Menschen so alltäglich, wie der Wind in den Zweigen und das Murmeln der Bäche.
Irgendwann blieb es am Himmel still und der Falke hüllte sich in Schweigen.
Eines Morgens war er für immer verschwunden.

„Du kannst jeden Tag wählen, wer du werden möchtest."

Nachdem die Preußen ihren wieder genesenen Feldmarschall abgeholt hatten, machten sie sich im Laufschritt und beinahe ohne jede Rast auf nach Paris.
Sie wollten die Hauptstadt des Feindes. Voller Häme sie an sich reißen, wie damals Napoléon in Berlin sich hatte feiern lassen.
Und sie bekamen Paris auch.
Arthur hingegen ließ seine Männer ausruhen und genoss die dadurch gewonnene Zeit mit Julia in vollen Zügen.
Aber nach ein paar Wochen sammelte auch er seine Männer um sich und die Armee marschierte den Preußen hinterher.
Im großen Triumphzug gelangten sie in die weitläufige Stadt und Wellington traf an diesem Tag ein letztes Mal auf Blücher.
Der Feldmarschall wurde alsbald von seinem Herz gen Heimat gerufen und führte seine Soldaten fort aus der Fremde und zurück Nachhause.
Als Sieger. Als Helden. Später würden sie Legenden sein.
Aber vor allem waren sie: Überlebende.

Es war auf einem der ausladenden Balkone des Chatéus, an dessen Geländer Julia lehnte und die Sonne genoss, als ein Vogel neben ihr Platz nahm und sie wissend musterte.
Als Julia das Tier betrachtete traute sie ihren Augen kaum: Ein sandfarbener Falke mit Gold gesprenkelten Augen.
„ Picard! Was machst du denn hier, mein Freund?", fragte sie ihn überrascht und fuhr ihm behutsam über das weiche Federkleid.
Der Falke stieß einen sanften Laut aus und raschelte mit den Flügeln.
„ Eigentlich sind wir nur gekommen, um uns zu verabschieden.", meinte da eine Stimme und Julia drehte sich auf dem Absatz um.
„ Doktor Gates!", rief sie glücklich aus und fiel ihm um den Hals.
Der Medicus ließ es geschehen und so entging ihr sein trauriges Lächeln.
„ Warten Sie, ich lasse Arthur rufen.", meinte sie voller Eifer. „ Er ist zwar gerade unten und bespricht sich mit den Offizieren, aber ..."
„ Nein, bitte!", unterbrach Gates sie unerwartet und hielt sie am Arm auf.
„ Bitte nicht. Es ... es ist besser, wenn ... wenn er nicht weiß, das ich hier bin, Madam."
„ Äh ... na schön.", erwiderte Julia etwas verwirrt und machte zwei Schritte zurück.
Scheinbar beruhigt und sicher, dass sie nicht doch noch nach Wellington rufen würde, ließ er sie los.
„ Wie gesagt, Madam, ich bin eigentlich nur hier,

um mich von Ihnen zu verabschieden.", sprach er und man sah ihm mühelos an, wie schwer ihm das fiel.
„Verabschieden?! Aber Sie kommen doch wieder, nicht wahr?", hakte Julia nach, die eine plötzliche Verlustangst empfand.
Die Vorstellung, dass der Medicus einfach gehen würde, der Mann, dem sie all ihr Glück – nun gut, und auch einen guten Teil des ihr widerfahrenen Unglücks – zu verdanken hatte, erfüllte sie mit tiefer Trauer.
„Sie ... Sie kommen doch wieder? Jonathan?!"
In ihren Augen sammelten sich Tränen. Bald darauf rollten sie ihre Wangen herab, da sein bedrücktes Schweigen anhielt und er es mied, sie anzusehen.
„Es ... tut mir sehr leid, Madam.", meinte er betreten und sah auf seine Füße.
„Wieso?", wollte sie anklagend von ihm wissen.
„Sie können doch nicht einfach verschwinden?! Ich brauche Sie doch noch. *Wir* brauchen Sie. Arthur und ich."
„Nein, Madam. Das tun Sie nicht.", erwiderte Gates mit nachsichtiger Strenge und beggnete ihrem Blick.
„Lord Wellington hat mich noch nie *wirklich* benötigt und Sie bedürfen meiner auch nicht mehr. Es ist einfach Zeit für mich, verstehen Sie?"
„Nein.", gab sie offen zu und streichelte Trost suchend Picard. Der Falke putzte sich indes das Gefieder und sortierte seine Federn.

Sein Herr tat eine tiefe Verbeugung vor Julia.
„ Es mir eine Ehre, Sie kennengelernt zu haben, Madam. Letztlich hat es wohl doch die Richtige getroffen."
„ Scheint wohl so.", erwiderte sie und es zauberte ihr ein leichtes Lächeln auf das tränennasse Gesicht.
Die Bernstein-Augen des Medicus besahen sie voller Ernst.
„ Leben Sie wohl, ... Lady Wellington."
Sie lachte leise auf und ihre Finger spielten wie immer unbewusst mit dem Löwenanhänger.
„ Lebewohl?! Nein, Doktor.", widersprach sie ihm und schenkte ihm ein Lächeln.
„ Sagen wir, auf Wiedersehen.", bot sie an und er strahlte.
„ Es wäre mir ein großes Vergnügen!", antwortete Gates und verneigte sich ein weiteres Mal.
„ Nun denn: Auf Wiedersehen, Lady Wellington!"
Sie erwiderte diese Worte und knickste.
Aber kaum als sie den Blick hob ... war er auch schon verschwunden.
Ein Falke schrie in der Ferne.
Wie immer.

Mochte die Geschichte der Schlacht bei Waterloo nun vergangen sein, eine andere, ganz neue Geschichte hatte gerade erst begonnen ...

Historische Anmerkungen

Dem Geschichtskundigen Leser dürfte aufgefallen sein, dass ich mir einige Freiheiten nahm, bezüglich der historischen Fakten.
Wellingtons Feldzüge in Spanien bezogen sich, wenn man die langwierigen Vorbereitungen mit einrechnet, auf die Jahre 1808 bis 1814. Damals war er noch Sir Arthur Wellesley. Den Titel eines Ritters und den Hosenbandorden (Britanniens höchste Ehrenmedaille) bekam er 1804 für seine militärischen Verdienste in Indien verliehen.
Als berühmtestes Beispiel ist hier die Schlacht bei Assaye zu nennen. Sie wurde am 23.September 1803 geschlagen und hier zeigte sich, dass Wellesley nicht nur Qualität als Verteidiger besaß, sondern sich auch auf entschiedene Angriffe verstand.
Im Kampf gegen die Franzosen in Spanien bewies er diplomatisches Geschick und strategisches Kalkül, denn er nutzte den Hass der Einwohner, um Napoleons Truppen aus dem Land zu treiben. Vielleicht wäre es seinen Männern ohne die Hilfe der tapferen, spanischen Milizen nie gelungen? Darüber kann man nur spekulieren. Fest steht, dass es eben auch Männer wie Scombra gab, die versuchen wollten, die Feldherren gegeneinander aufzuhetzen und sich natürlich vorher noch auf beiden Seiten üppig zu bereichern.
Doch auch das kann man ihnen nicht verübeln, denn sowohl Wellington als auch Napolcon waren mit ihren Truppen Fremde und brachten Unruhe,

wie unweigerlich auch Zerstörung in das Leben und Umfeld der spanischen Bauern.
Der Marsch der britischen Truppen nach Brüssel wurde ebenso zusammen gerafft, da ich mich entschied, die Unterhaltung meiner Leser in den Vordergrund zu stellen, nicht deren Belehrung.
Im Übrigen bitte ich die Nachfahren und Erben von Lady Catherine Pakenham, der 1.Dutchess of Wellington um Verzeihung.
Es lag und liegt mir fern, das Andenken oder Wirken dieser hohen Persönlichkeit zu entehren oder zu schmälern.
Gleiches gilt für Feldmarschall Gebhardt Lebrecht von Blücher und natürlich Napoléon Bonaparte, dem ich schon seit frühen Tagen eine tiefe Verbundenheit zukommen lasse.
Für mich persönlich ist dieses Werk ein Zeichen meiner Wertschätzung und Dankbarkeit gegenüber Sir Arthur Wellesley, 1. Duke of Wellington, dessen Worte und Wirken mich tief beeindruckten und bis heute inspirieren.
Auch wenn ich weiß, dass er für Autoren eigentlich überhaupt nichts übrig hatte und mich wahrscheinlich für mein Handeln verwünschen würde, wenn er hiervor wüsste.
Aber wer weiß, vielleicht würde es ihn ja auch amüsieren?
Ich hoffe jedenfalls, dass seine Nachkommen an meiner Art der Interpretation ihres Ahnen keinen allzu großen Anstoß nehmen – denn so war es keineswegs gedacht.
Sämtliche Gemälde, die ich im Laufe dieser Geschichte erwähne und beschreibe, existieren wirk-

lich. Auch wenn ich gezwungen war, ihren Standort zugunsten meiner Erzählung etwas zu variieren.
Das Bildnis „Wellington at Waterloo" (datiert auf 1890) von Sir Robert Hillingford (1828-1904) ist im Museum Wellington in Waterloo zu finden.
„Wellington mounted on Copenhagen" (entstanden 1808) ist nicht etwa im Büro einer gewissen Historikerin zu bewundern, sondern bereichert die Sammlung des Eigentümers, Earl Barthurst.
Sein Schöpfer hingegen ist Sir Thomas Lawrence (1769 – 1830).
Das Wappen der ehrwürdigen Familie Wellesley befindet sich immer noch wohlbehalten in deren Besitz.
Auch das Denkmal ihres Ahnen lässt sich in London, nahe dem Wellington Arch finden und bestaunen.
Der Ball der Dutchess of Richmond fand in der Nacht vor dem Gefecht bei Quatre Bra statt und damit drei Tage vor der Schlacht bei Waterloo. Ich habe mir auch hier erlaubt, die Gegebenheiten und zeitlichen Faktoren ein wenig zu meinen Gunsten zu verändern.
Auch der zweite Ausruf der Scots Greys ist dem Stil der Romantik verschuldet und beruht nicht auf wahren Ereignissen.
Zu den Personen: Georg Graham und Lord Loxley entstammen meiner Feder. Ebenso Professor Baker, Jonathan Gates und natürlich Julia Green.
Charaktere wie den Earl of Uxbrigde, den Graf von Gneisenau und Alexander Gordon hat es dagegen wirklich gegeben und sie sind historisch be-

legt.
Natürlich auch die drei berühmtesten Namen: Napoleon, Blücher und Wellington.
Ich habe versucht, mich so nah wie möglich, den Beschreibungen dieser hohen Herren zu nähern, welche ich aus Biographien oder Dokumentationen entnommen habe. Aber – wie so oft – gab es die unterschiedlichsten Meinungen und so habe ich mir hiermit meine Eigenen gemacht.
Einiges musste für Unterhaltungszwecke etwas überdramatisch oder fast als Karikatur dargestellt werden. Dies hat nichts mit Respektlosigkeit zu tun und sollte es jemanden geben, der daran Anstoß nimmt, so bitte ich diese Person um Entschuldigung.

Nun, das Zeitalter des Goldenen Adlers ist vorbei, liebe Leser.
Aber die Herrschaft der Löwen bahnt sich an …

Besonderer Dank

Mein Dank gilt den Teams der Zeitschriften „P.M. History" (3.Ausgabe, März 2006, Sonderausgabe „ Schicksalsschlacht Waterloo") und „ G/ Geschichte" (Sonderheft Nr.1, „ Napoleon Bonarparte"), die mich mit ihren Artikel nachhaltig beeindruckten, informierten und mein größtes Fundament bei der Entstehung dieses Werkes bildeten.
Einen weiteren sehr großen Anteil hatten das Buch „ Blücher – Der Marschall Vorwärts" von Roger Parkinson List (Ohne die Güte von Marcel Lehmkuhl wäre ich nie an dieses Werk gekommen. Ich ziehe den Hut, mein Lieber!) und die Romanreihe „ Die Abenteuer des Richard Sharp " von Bernhard Cornwell, sowie die Verfilmung der selbigen Reihe als „ Die Scharfschützen ".
(Deutscher Titel, Anm. d. A.)
Aufmerksame Leser und Fans Cornwells werden eventuell bemerkt haben, dass meine Figur des Captain Storm an seinen Protagonisten angelehnt ist, ebenso Sergeant Harper des 33.sten.
Dies geschieht als Zeichen meiner Hochachtung und Verehrung.
Weiterer Dank geht auch an Mr. Hugh Fraser, der mich in seiner Darstellung des Herzogs von Wellington in der „Scharfschützen"- Verfilmung, mehr als prägte.

Bildergalerie

1. „Wellington mounted on Copenhagen" by
Sir Thomas Lawrence

2. Coat of arms, Duke of Wellington

„Fortune is the companion of valour"

3. „ Scotland forever" by Lady Butler

(fand als Cover Verwendung, Anm. d. A.)

4. „Wellington at Waterloo" by Sir Robert Hillingford